Anita Shreve

Anita Shreve vit dans le Massachusetts avec son mari et leurs deux enfants. Elle a mené une carrière de journaliste avant de se consacrer à l'écriture. Ses romans et essais ont tous été des best-sellers aux États-Unis. Après, entre autres, *La femme du pilote*, *Un seul amour*, *Ultime rencontre*, *La maison du bord de mer*, *L'objet de son désir*, *Une lumière sur la neige*, *Un amour volé*, *Un mariage en décembre* et *Le tumulte des vagues* (tous publiés chez Belfond et repris par Pocket), *Une scandaleuse affaire* est son quatorzième roman à paraître en français.

UN MARIAGE
EN DÉCEMBRE

DU MÊME AUTEUR
CHEZ POCKET

UNE LUMIÈRE SUR LA NEIGE
UN AMOUR VOLÉ
UN MARIAGE EN DÉCEMBRE

ANITA SHREVE

UN MARIAGE EN DÉCEMBRE

Traduit de l'américain
par Michèle Valencia

BELFOND

Titre original :
A WEDDING IN DECEMBER
publié par Little, Brown and Company, New York

Les personnages et les événements de ce livre sont fictifs. Toute ressemblance avec des personnes réelles, vivantes ou mortes, serait pure coïncidence et involontaire.

Le papier de cet ouvrage est composé de fibres naturelles, renouvelables, recyclables et fabriquées à partir de bois provenant de forêts plantées et cultivées durablement pour la fabrication du papier.

ISBN : 978-2-266-19855-4

Pour mon père

VENDREDI

« Les glaciers reculent, dit Nora en regardant par la fenêtre, comme si elle pouvait voir leur progression vers le nord, à plus de quinze mille kilomètres de là. Je l'ai lu dans le journal. Ce matin. »

Harrison avait admiré la vue avant de s'asseoir : prairies encore bien vertes et rosiers en dormance, grille en fer forgé et banc de jardin, gazon et sapins blancs. Au loin courait le ruban acier d'une rivière et, derrière, on apercevait une chaîne de montagnes bleu-gris à la lumière matinale.

« Les oiseaux doivent en être désorientés, dit-il.

— Ils le sont. Je... je les vois tout le temps voler vers le nord.

— Est-ce que c'est mauvais pour les affaires ?

— Non. Pas vraiment. Aucun client n'a annulé sa réservation. Les stations de ski, en revanche, en pâtissent. »

Nora quitta la fenêtre pour s'installer dans le fauteuil, face à lui. Harrison l'observa quand elle croisa les jambes. Son revers de pantalon remonta légèrement au-dessus d'un bottillon en cuir noir, révélant un mince carré de peau blanche et lisse. Harrison confronta la femme d'aujourd'hui au souvenir de l'adolescente âgée de dix-sept ans qu'il avait connue, une jeune fille au visage doux, aux grands yeux en amande, aux mouvements gracieux. Celle qui se trouvait devant lui avait quarante-quatre ans, et la douceur s'était en partie effacée de ses traits. Ses cheveux aussi avaient changé. Elle les portait courts, ramenés derrière les oreilles, une coupe à l'allure plus européenne qu'américaine.

À peine quelques instants plus tôt, ils s'étaient retrouvés dans le hall d'entrée. Nora se tenait derrière le petit bureau de la réception, et Harrison au pied de l'escalier. Elle avait levé les yeux sur lui et, l'espace d'un instant, l'avait considéré tel un hôtelier face à un client dont il ne s'est pas encore occupé. « Harrison ! » avait-elle dit ensuite en s'avançant vers lui avec un sourire qu'il lui avait retourné. Lorsqu'elle l'avait enlacé, il s'était senti à la fois dérouté et exalté – un bouchon flottant sur des eaux inconnues.

« Ta... ta chambre est confortable ? »

Il se souvenait de cet infime bégaiement, comme si elle hésitait à prendre la parole. En fait, pas vraiment un bégaiement ; plutôt un vacillement.

« Très confortable. La vue est magnifique.

— Puis-je te servir quelque chose ? Un thé ? Un café ?

— Du café, ce serait parfait. La machine que tu as là est impressionnante.

— Elle fait un express très mousseux. C'est un sérieux atout. Certains clients m'ont dit qu'ils revenaient pour le café qu'on sert dans la bibliothèque. Et aussi pour le monte-plats. J'ai installé la salle à manger à l'étage. Pour que les gens profitent de la vue. »

Des demi-colonnes flanquaient les rayonnages, et, sous les rangées de livres, des placards avaient été aménagés. Une banquette encastrée dans un mur était capitonnée d'un tissu rayé couleur lichen. Trois portes-fenêtres donnant à l'ouest étaient vitrées dans leur seule partie supérieure, de sorte que, du canapé en cuir où il était assis, Harrison apercevait les montagnes sans que rien vienne troubler son champ de vision.

« Depuis combien de temps cette maison est-elle une auberge ? demanda-t-il.

— Depuis deux ans.

— J'ai été navré d'apprendre la triste nouvelle au sujet de ton mari.

— Tu as envoyé un mot. »

Il inclina la tête, surpris de constater que Nora s'en souvenait. Des centaines, voire des milliers de messages de condoléances avaient dû lui être adressés tant son mari était éminent.

« Des travaux, dit-elle avec un ample geste de la main englobant tout le bâtiment. Il a fallu faire des travaux de rénovation.

— Tu t'en es merveilleusement bien tirée », répliqua-t-il, quelque peu déstabilisé par ce brusque changement de sujet.

En arrivant au centre de la ville, Harrison avait suivi les panneaux puis grimpé la longue pente menant au sommet de la colline. Dès que, du parking, il avait aperçu la chaîne des Berkshires, il avait senti son cœur se gonfler, puis cesser de battre, de la même façon que son cœur d'enfant marquait toujours un temps d'arrêt au Cinérama quand la caméra s'envolait au-dessus d'un précipice pour révéler le Grand Canyon, la Great Rift Valley ou les glaces de l'Antarctique.

Sa valise à la main, il s'était dirigé vers le perron, remarquant en chemin les pelouses ratissées, les buissons émondés et les haies habilement taillées en un labyrinthe qui ne constituait peut-être plus un réel défi. Les murs et le toit de l'auberge était couverts de bardeaux blancs, une cheminée penchait légèrement en avant. Les vitres des fenêtres nues luisaient à la lumière matinale. Comme de nombreuses constructions du début du siècle, le bâtiment arborait des pignons de différentes largeurs et des vérandas qui surgissaient à des endroits curieux. La ligne du toit aurait presque été impossible à dessiner de mémoire, songea Harrison.

À l'intérieur, l'auberge avait un aspect net et précis qui, en partie, avait été obtenu par une grande quantité de peinture blanche et de chrome, se dit Harrison. Pourtant, malgré son admiration, il se demanda si certains clients ne regrettaient pas l'ancienne maison, celle que Carl Laski avait habitée.

« C'était déjà une auberge autrefois. Il y a des années, expliqua Nora. Après la Seconde Guerre mondiale, on l'a transformée en maison d'habitation. Il existe une ancienne photo. Derrière toi, sur le mur. »

Harrison se leva et se pencha vers la cloison en s'appuyant d'une main au dossier du canapé. Encadrée de noyer foncé, la photographie était d'une netteté remarquable, chaque brin d'herbe, chaque branche bien distincts, témoignant d'une précision que l'œil nu ne saurait atteindre. On y voyait un bâtiment couvert de bardeaux blancs, surmonté d'un dôme. À en juger par la fine couche de neige qui soulignait les allées du jardin, on devait être en novembre ou début mars. Au bord de la rivière, une traînée de brume s'attardait, mais, en y regardant de plus près, Harrison s'aperçut que c'était la fumée d'un train en mouvement, l'engin lui-même, flou, réduit à une ombre.

« La photo date de 1912, précisa Nora. Elle a été obtenue à partir d'une plaque sensible. Regarde la roseraie, ici. Et le champ de courses, là. »

Harrison se rassit sur le canapé et se demanda si d'autres invités étaient arrivés. Il avait souhaité être le premier pour revoir Nora avant le brouhaha. « Donc, c'était une auberge, puis une maison, et maintenant, c'est redevenu une auberge ? » demanda-t-il.

Elle sourit en remarquant son air un peu perdu. « Quand Carl et moi nous y sommes installés, c'était une maison particulière. Nous y avons passé quinze ans. Après sa mort… après sa mort, j'ai eu l'idée d'en refaire une auberge. C'est ce que cette bâtisse a toujours voulu, même au temps où elle était une simple habitation.

« Combien de chambres ?

— Autrefois, il y en avait vingt-deux.

— Comment fais-tu pour t'en sortir ?

— Nous en avons fermé la plupart. Veux-tu un autre café ?

— Non, merci. Ça va très bien. Est-ce que quelqu'un est déjà arrivé ?

— Agnes a prévenu qu'elle serait là à l'heure du déjeuner. Bill et Bridget aussi. Rob… Rob viendra plus tard.

— Il vient ? » s'enquit Harrison, ravi. Il n'avait pas vu Rob Zoar depuis… disons vingt-sept ans. Saisi par ce chiffre, il refit le calcul. Oui, vingt-sept. « Il est à Boston en ce moment, n'est-ce pas ? Je crois l'avoir lu quelque part.

— Il donne des concerts dans le monde entier. Les critiques sont enthousiastes.

— J'ai été surpris d'apprendre qu'il était devenu pianiste. Il ne parlait jamais de son don pour la musique quand nous étions à Kidd.

— Je pense qu'il essayait de lui résister.

— Dis-moi, ce mariage n'a-t-il pas été décidé très vite ?

— En effet. »

Trop vite pour qu'Evelyn, l'épouse de Harrison, puisse modifier son emploi du temps. Bill avait envoyé un e-mail à Harrison pour l'inviter, ainsi que sa femme, à son mariage avec Bridget, qui aurait lieu à l'auberge. Après le lycée, Harrison et Bill étaient restés un certain temps en contact (leurs familles étaient allées skier ensemble deux fois), mais Harrison était tombé des nues en apprenant cette union.

« Bridget est malade, ajouta Nora. C'est pour ça que Bill veut l'épouser sans tarder.

— Elle est gravement malade ?

— Oui, répondit Nora avec une expression tendue. Tu te rappelles ces deux-là ?

— Au lycée ? Bien sûr. »

Bill était un receveur de base-ball musclé et, logiquement, un lanceur d'une telle force qu'il envoyait tout le temps la balle par-dessus la clôture. Jeune fille sérieuse, Bridget avait beaucoup de charme malgré ses rondeurs. À une époque différente, elle aurait été qualifiée de très belle femme. Ils se promenaient si étroitement enlacés sur le campus qu'on croyait voir une seule personne. Harrison se souvint qu'il avait été déçu en apprenant que chacun avait épousé quelqu'un d'autre.

« Comment se sont-ils retrouvés ? demanda-t-il.

— À l'occasion de la vingt-cinquième réunion des anciens élèves. Est-ce que tu y participes parfois ? »

Harrison secoua la tête. Il s'était toujours dit qu'il s'en abstenait pour ne pas ennuyer Evelyn. Canadienne, sa femme n'aurait connu aucun des participants, et le trajet lui aurait pris plusieurs de ses précieux jours de congé. Mais il ne parvenait pas à s'expliquer pourquoi il ne s'y était pas rendu seul. La réponse la plus simple, supposa-t-il, était qu'il ne le souhaitait pas. La seule vue des invitations faisait monter en lui une angoisse qu'il n'avait aucune envie de sonder. Il avait même hésité avant de prendre la décision de venir à cette petite fête – à ce mariage hâtif.

« Et toi ? » lui retourna-t-il.

Nora secoua la tête, et il n'en fut pas surpris. Il avait peine à imaginer Carl Laski à une réunion d'anciens élèves de Kidd.

« As-tu revu les autres ? demanda Nora. Depuis le lycée ?

— J'ai revu Bill. Et j'ai rencontré Jerry à New York il y a environ cinq ans. Nous avons bu un verre ensemble.

— Il va venir avec sa femme, Julie. Quel effet ça t'a fait de revoir Jerry ?

— Il avait surtout envie de me montrer à quel point il avait réussi, répondit Harrison avant de hausser les épaules pour adoucir cette remarque désobligeante.

— Tu restes jusqu'à dimanche ?

— Oui, c'est ce qui était prévu, non ? »

Il avait pris l'avion de Toronto à Hartford, puis loué une voiture et, après avoir emprunté l'autoroute du Massachusetts, avait roulé vers l'ouest. Tout en conduisant, il s'était rendu compte qu'il n'était encore jamais venu dans cette partie du Massachusetts. Quand, enfant, il avait eu l'occasion de visiter la Nouvelle-Angleterre, il était resté à Boston, et ensuite, il était allé directement à Kidd, dans le Maine. Il ne s'était jamais aventuré à l'intérieur des terres. Bien sûr, il avait entendu parler des Berkshires : Tanglewood, la résidence d'été du Boston Symphony Orchestra, était célèbre dans le monde entier ; Edith Wharton avait passé l'été à Lenox ; Melville avait écrit *Moby Dick* à Pittsfield.

« Il y a de belles promenades à faire, dit Nora en agitant la main vers les fenêtres. Le temps… le temps est incroyable.

— À Toronto aussi, il n'était pas de saison. Très doux.

— Chaque jour est plus beau que le précédent. Je crois que la Nature se gausse de nous.

— Pourquoi dis-tu ça ?

— À cause du 11 Septembre. »

Harrison hocha lentement la tête.

« Toute cette horreur. Tout ce chagrin. » Elle s'interrompit. « Les gens… les gens s'arrêtent les uns les autres dans les rues pour se dire : “Vous arrivez à le croire ?” Et : “Vous ne trouvez pas ça inimaginable ?” Et : “Profitez de la vie tant que vous le pouvez.”

— Il paraît que les températures battent tous les records.

— Je crois que nous allons atteindre les vingt-deux degrés aujourd'hui.

— C'est sûrement un record pour une première semaine de décembre.

— Je me demande… je me demande s'il n'y aurait pas quelque chose de vrai dans l'idée que les péchés des hommes, pourtant plus terribles que tout ce qu'on peut imaginer, sont peu de chose en regard de la générosité et de la sérénité de la Nature, dit Nora.

— La Nature serait donc un être suprême ? demanda Harrison, perplexe.

— Une force, peut-être ?

— Terrible, parfois.

— Mais pas aujourd'hui.

— Non, pas aujourd'hui.

— Ou alors… ou alors on nous rappellerait que nous avons une bonne raison de rester en vie ? de savourer chaque jour comme s'il était le dernier ?

— La Nature nous ferait grâce ? Cette idée me plaît bien. »

Nora se mit à rire, tendit la main et lui effleura le genou. « Non, mais, écoute un peu. Que nous sommes prétentieux ! Nous faisions tout le temps ça dans la classe de M. Mitchell, hein ?

— Oui. » Il était content qu'elle s'en souvienne, et encore plus content de ce contact physique soudain.

« C'est fantastique de te revoir, reprit-elle avec un plaisir qui semblait sincère.

— Où étais-tu au moment où c'est arrivé ?

— Ici. Dans la cuisine. J'ai allumé la télé juste avant que le deuxième avion percute la tour. Judy, mon assistante – tu vas forcément faire sa connaissance –, est venue me prévenir. Et toi ?

— Je me trouvais à Toronto, en train de prendre mon petit déjeuner. J'avais une tasse de café à la main, et je lisais le journal. Le présentateur de télévision a changé de voix, si bien que j'ai levé les yeux pour voir l'avion heurter la deuxième tour. »

Le reportage avait été diffusé en boucle. La télévision canadienne éprouvait moins de réticence que les chaînes américaines à montrer les images les plus horribles, comme celles des corps qui tombaient dans le vide.

« Tu as eu peur ? demanda Harrison.

— Ici ? Non. Pas vraiment. J'étais bouleversée. Complètement bouleversée. Mais je n'ai pas eu peur. J'ai pensé à Carl. J'étais contente qu'il ne soit plus de ce monde pour voir ça. »

Nora se mordilla le bout de l'index, puis, soudain, d'un geste décidé, posa les mains sur ses genoux. Derrière la porte fermée de la bibliothèque, Harrison entendait un aspirateur.

« On a dit que cet événement marquait la mort de la littérature, déclara-t-elle.

— Je trouve que c'est aller un peu loin. » Il changea de position sur le canapé. Au cours des jours qui avaient suivi la tragédie, il avait été très agacé par ce genre de remarques théâtrales. « J'admirais beaucoup l'œuvre de ton mari, ajouta-t-il, sentant qu'il avait manqué à tous ses devoirs en ne l'ayant pas dit plus tôt.

— Il… il était merveilleux. C'était un poète merveilleux et un homme merveilleux.

— Oui.

— J'étais son accordée. » Harrison fut étonné de l'entendre employer cette expression désuète. « Je… je n'ai jamais vraiment compris pourquoi on disait ça. Une accordée.

— Je vérifierai, proposa-t-il.

— Je pourrais le faire moi-même. Je dois bien avoir un dictionnaire quelque part. » Elle balaya du regard les dos des ouvrages qui garnissaient les rayonnages.

Pour Harrison, l'éclat des œuvres de Carl Laski provenait du point de vue oblique qu'il privilégiait. Le plus important dans ses poèmes était souvent un élément annexe : une manchette de journal qu'une femme aperçoit sur la table du petit déjeuner au moment où elle annonce à son mari qu'elle a un amant. Un homme qui, dans une salle d'attente d'aéroport, utilise son téléphone portable pour faire une scène à sa femme et passe devant une fillette toute seule, assise sur une valise rouge vif. Ce sera le souvenir de cette petite juchée sur la valise qui forcera un peu plus tard l'homme à capituler dans sa chambre d'hôtel.

Bien entendu, Harrison connaissait la notoriété de Laski. Le poète avait remporté de nombreux prix internationaux, obtenu divers diplômes *honoris causa*. À sa mort, il était professeur émérite de l'université St. Martin, où il avait fondé un célèbre atelier d'écriture dont un nombre écrasant de poètes étaient sortis pour essaimer aux quatre coins du monde. D'après ce que Harrison avait lu, Laski avait considéré la poésie comme la plus noble vocation humaine, une vocation qui méritait bien qu'on lui sacrifie son mariage et sa santé, pour ne rien dire de sa situation matérielle. Au moment de son décès, la poésie avait connu une sorte de renaissance, en grande partie grâce à ses efforts, même si ce regain d'intérêt était trop faible pour être vraiment perceptible en Amérique du Nord. Aujourd'hui, moins d'une personne sur quarante pourrait citer un poète vivant, songea Harrison. Moins d'une sur cent saurait qui était Carl Laski.

Harrison avait lu la biographie de Roscoff, un ouvrage qui se voulait littéraire mais, en fait, s'intéressait fort peu à l'œuvre elle-même. L'auteur s'était concentré sur les aspects les plus spectaculaires de la vie de Laski : brutalité de son père, problème d'alcoolisme dans sa jeunesse, drague presque obsessionnelle à l'époque où il enseignait à l'université de New York, premier mariage désastreux, perte de la garde de ses fils au cours d'une âpre bataille juridique, et, ensuite, exil volontaire teinté de misanthropie à St. Martin, une université un peu perdue située dans l'ouest du Massachusetts.

« Ton mari aurait dû avoir le prix Nobel. »

Nora se mit à rire. « S'il était là, il serait bien d'accord avec toi.

— Est-ce qu'il a trouvé pénible d'en être écarté année après année ?

— Chaque fois qu'on le décernait, ce… ce n'était pas une mince affaire. Ça le marquait vraiment. On aurait dit une petite secousse tellurique. Il entendait la nouvelle, ou la lisait dans le journal, ou encore quelqu'un téléphonait pour la lui apprendre, et, l'espace d'un instant, son visage s'affaissait. Même s'il faisait l'éloge du lauréat ou continuait à lire une autre rubrique du journal. La seule fois… la seule fois où il a été sincèrement heureux, c'est quand Seamus Heaney l'a décroché. Il adorait Seamus. »

Harrison posa sa tasse. Il y avait trente ans d'écart entre Nora et Laski. Tous deux s'étaient connus quand Nora avait dix-neuf ans et Laski quarante-neuf. « Est-ce que la différence d'âge vous a parfois posé problème ? demanda-t-il.

— Uniquement du fait qu'il devait mourir avant moi. »

Harrison guetta une note d'amertume ou de chagrin.

« Nous avons toujours su que ce serait le cas », ajouta-t-elle.

Harrison hocha la tête.

« Sauf que nous ignorions que ce serait aussi atroce. Un soir... un soir où il allait vraiment mal, il m'a dit : "Ça n'a rien de bien terrible." Je croyais qu'il parlait de la douleur. Qu'il avait un peu moins mal. Mais non, il parlait de la mort. Il avait trouvé un moyen simple pour mourir. »

Laski avait empli la baignoire, branché le séchoir à cheveux et l'avait plongé dans l'eau. Harrison se rappelait parfaitement où il se trouvait quand il avait appris cette nouvelle saisissante. Dans un restaurant new-yorkais, un directeur de collection avec lequel Harrison avait travaillé à Toronto s'était approché de sa table, penché vers lui et avait murmuré : « Est-ce que vous êtes au courant, au sujet de Carl Laski ? »

« Une fin terrible après une vie magnifique », estima Harrison.

Nora garda le silence.

« Il faut du courage pour faire ça, ajouta-t-il.

— Carl... Carl aurait parlé de lâcheté.

— Il avait un cancer de la gorge, n'est-ce pas ?

— Il disait tout le temps qu'il n'aurait jamais réussi à décrire la douleur qu'il éprouvait. Même en étant au summum de ses moyens. Que les mots se révélaient impuissants.

— Quand on est en bonne santé, il est difficile d'imaginer de telles souffrances.

— Le plus horrible, disait toujours Carl, c'est de savoir. De savoir qu'on va mourir. »

Harrison acquiesça. Savoir qu'on allait mourir était sans doute l'une des pires choses de l'existence. Tous les jours qui vous rapprochaient du moment fatal devaient être gâtés, empoisonnés par cette cruelle certitude. « Finalement, il a choisi son moment », dit-il.

Nora se leva et lissa le bas de son chemisier sur son ventre plat. Elle avait le corps d'une femme qui n'a pas eu d'enfant, et Harrison songea brièvement à celui de sa femme : musclé, allongé par la pratique de la natation, présentant pourtant un petit renflement abdominal qu'il adorait caresser.

« Veux-tu t'installer dehors ? » lui demanda Nora en ouvrant les deux battants de la porte-fenêtre.

Harrison s'attendait à être saisi par le froid, mais l'air qui venait de la petite véranda jouxtant la bibliothèque était tiède. « Agnes et toi êtes restées amies, je suppose, dit-il en se levant.

— Oui. Nous… nous ne nous voyons pas beaucoup, mais nous nous écrivons. Notre Agnes est un peu vieux jeu. Elle est toujours à Kidd. Elle y enseigne. »

Harrison se rappela la carrure robuste d'Agnes, sa nature rêveuse, sa fascination pour l'histoire.

« Quand la direction lui a mis le couteau sous la gorge, elle a fini par acheter un ordinateur. Mais elle l'a caché sous son lit et ne le sort que pour transmettre ses moyennes à l'administration. »

Harrison se mit à rire.

« La mère et la sœur de Bridget vont venir au mariage. Mais pas la famille de Bill. Elle lui en veut de… bon, d'avoir quitté sa femme et sa fille pour Bridget. Le fils de Bridget amènera un copain pour lui tenir compagnie. Nous serons quinze. Ce sera un petit mariage. Un dîner plutôt qu'une grande fête. Même si Bill ne néglige aucun détail ; je l'ai aidé à composer le menu et à choisir les fleurs. Il veut que tout soit… parfait. Pour Bridget.

— De quoi souffre-t-elle ?

— D'un cancer du sein. »

Harrison fit la grimace en songeant au fils de Bridget, âgé de quinze ans, mais préféra ne pas s'appesantir sur cette pensée.

Il s'abrita les yeux de sa main. « Qu'est-ce qu'il y a là-bas ?

— On aperçoit le haut des montagnes russes, répondit Nora d'un ton gai. En été, avec des jumelles, on distingue même les gens dans les wagonnets. On les voit grimper lentement au sommet et dévaler la pente, bientôt hors de vue derrière les arbres. Puis, comme par magie, on les voit réapparaître. On a l'impression qu'ils sont propulsés en l'air.

— Je ne suis jamais monté dans ce genre d'engin, avoua Harrison. C'est sans doute au Cinérama que j'ai éprouvé des sensations comparables. Ma mère m'y emmenait quand j'étais gosse.

— Je crois que je ne suis jamais allée dans un Cinérama.

— C'était le premier grand écran de cinéma. Ça donnait l'impression d'être au milieu de l'action – de monter et descendre des montagnes russes, d'escalader des sommets. On était censé avoir le frisson de l'aventure, la sensation du mouvement.

— Les montagnes russes, ce n'est plus pour moi. Mais Carl saisissait n'importe quel prétexte pour y aller. Si nécessaire, il empruntait des enfants à leurs parents. »

Nora regarda sa montre. Harrison réfléchit à l'idée d'emprunter des enfants.

« Parle-moi de toi, reprit-elle.

— Il n'y a pas grand-chose à raconter.

— Tu es marié.

— Oui. Je vis à Toronto avec ma femme et nos deux fils, Charlie et Tom. Evelyn, ma femme, est notaire spécialisée dans les successions.

— Comment t'es-tu retrouvé là-bas ? À Toronto ?

— Evelyn est de Toronto.

— Tu… tu travailles dans l'édition ?

— Oui. »

Nora se balança dans son fauteuil à bascule. « Dis-m'en un peu plus sur ta femme.

— Evelyn ? Voyons. Elle est canadienne française, elle est grande et a les cheveux blonds, coupés court. À mon avis, ils doivent grisonner à présent, mais elle tient à ce que personne ne s'en aperçoive. C'est une très bonne mère. »

Soudain, un tableau d'Evelyn et des garçons lui apparut. Il visualisait l'intérieur de sa maison de ville, et surtout la petite cuisine en désordre. Dans le recoin où étaient installés le lave-linge et le séchoir, un tas de vêtements avait glissé par terre, notamment les maillots de hockey des gamins, rouges et luisants. Il voyait la table du petit déjeuner, avec la boîte des céréales américaines préférées des enfants, et un sachet de thé replié, sec, au bord d'une sous-tasse. Evelyn devait porter la robe de chambre rose en cachemire qu'il lui avait offerte pour son anniversaire, et ses cheveux étaient sûrement en bataille au saut du lit. En fond sonore, un journal télévisé matinal ronronnait. Tout en s'imaginant la scène, Harrison se rendit compte qu'il était content de ne pas être là-bas. Ce constat s'accompagna d'une sensation de vide qu'il ne connaissait que trop, une sensation qui l'envahissait dès qu'il était seul dans un endroit étranger – l'impression de flotter, de ne pouvoir se raccrocher à rien loin des tâches quotidiennes, des matches de hockey et de ses occupations.

« Charlie, l'aîné, qui a onze ans, ressemble physiquement à Evelyn, mais a mon caractère. À l'inverse, Tom, âgé de neuf ans, est mon portrait craché, mais a le caractère d'Evelyn. » Il marqua une pause. « C'est parfois très déstabilisant, ajouta-t-il en souriant.

— Et quel est ce caractère ? demanda Nora.

— Celui d'Evelyn ?

— Oui.

— Oh ! je crois que la plupart des gens diraient qu'elle a tendance à être un peu plus théâtrale que moi, répondit-il en se sentant un brin déloyal.

— Et toi, tu serais donc…

— D'humeur plus égale.

— Oui. Je m'en aperçois. »

Parfois, plus Evelyn se trouvait physiquement éloignée de lui, plus il se sentait proche d'elle. Quand ils étaient séparés, il pensait souvent à elle avec une affection accrue et se demandait si elle éprouvait la même chose. Il lui arrivait de se dire qu'il l'avait déçue en tant qu'époux, ou plutôt que ce mariage, avec sa promesse d'amour et de relations intimes éternelles, les avait déçus tous les deux. Dans ses moments les plus mélodramatiques et, paradoxalement, les plus romantiques, Evelyn se reprochait de ne pas avoir assez aimé son mari ; mais il ne pouvait la rassurer sur ce point sans reconnaître par là même la mort de l'espoir. Ensemble, ils s'occupaient bien de leurs enfants, exerçaient chacun une profession intéressante, et formaient, à son avis, une famille heureuse. Ils connaissaient même des moments de pure allégresse, par exemple quand l'un des garçons faisait une remarque charmante pendant le dîner, et que Harrison et Evelyn échangeaient un regard, ou bien quand, le dimanche, ils faisaient l'amour à la lumière clémente du petit matin, paressaient au lit en ayant l'impression d'avoir franchi les obstacles de la semaine. Evelyn posait alors la tête sur la poitrine de son mari, il lui caressait l'épaule, et un bref contentement les enveloppait avant qu'ils cèdent de nouveau au sommeil.

« Raconte-moi une histoire », dit Nora.

Il se mit à rire. « Tu me réclamais tout le temps des histoires autrefois.

— C'est vrai. »

Harrison fit le vide dans son esprit. Il s'assit en face d'elle, dans un fauteuil à bascule lui aussi, et laissa passer quelques secondes.

« Un jour, j'étais descendu au Concorde, à Québec. Ma chambre donnait sur le château Frontenac, au bout de la Grande-Allée. Entre mon hôtel et le Frontenac, il y avait une dizaine de toits de diverses formes et tailles. Quatre adolescents étaient montés sur l'un d'eux. Ils avaient des balais et, au début, j'ai cru qu'on les avait envoyés retirer la neige. Mais je me suis bientôt aperçu qu'ils la tassaient pour faire une patinoire de hockey. C'était une perspective effrayante, tu comprends, parce qu'il n'y avait ni garde-fou, ni barrière. Si, pendant la partie, un gamin en percutait un autre, ou s'il perdait simplement l'équilibre, il risquait de tomber du toit. Et de mourir. L'immeuble comptait au moins six étages. »

Nora pencha la tête en attendant la suite.

« Je n'arrivais pas à détourner les yeux. Et pourtant, bizarrement, je n'ai rien fait. J'ignorais quel était cet immeuble et, si j'étais sorti dans la rue, je n'aurais pas su le retrouver. Donc, je n'ai rien fait.

— Et que s'est-il passé ?

— Rien. »

Nora posa le menton sur le dos de sa main. « Quoi d'autre ? »

Harrison réfléchit une minute. « Avant de venir ici, j'ai observé ma femme pendant qu'elle s'habillait pour aller à son travail. Elle avait une socquette et une chaussette haute. Elle ne s'était pas rasé les jambes.

— Et quelle a été ta réaction ?

— J'étais légèrement dégoûté, admit-il. J'aime ma femme, soit dit en passant.

— N'empêche que tu taisais ce sentiment. Tu as élagué ton récit. Tu aurais volontiers omis ce détail si on t'avait demandé de te décrire. Si bien que j'aurais... j'aurais eu une autre image de toi.

— Comment ça ?

— Je sais à présent que tu es prêt à partager des petits secrets. Mais qu'il y a peut-être un peu de lâcheté en toi. Tu répugnes sans doute à trop t'engager. Tu es capable d'être légèrement dégoûté par quelqu'un que tu aimes.

— Ne savais-tu pas déjà toutes ces choses ?

— Nous étions des mômes à l'époque. Nous… nous avons changé. »

Vraiment ? se demanda Harrison.

« Qu'est-ce que c'est ? dit-il en tendant la main. Ce panache de fumée ? Il me semble toxique.

— Une usine de sacs en papier. Ils prétendent qu'elle ne présente aucun danger. Je n'y crois pas.

— La forêt est imposante.

— C'est l'impression qu'elle donne. Mais, d'ici, on ne voit que les cimes des arbres. Plus bas, il y a des maisons, des routes, des lignes électriques. Et même un McDonald's.

— Ne me dis pas ça ! s'écria Harrison en feignant d'être horrifié.

— J'ai bien peur que si. Derrière l'auberge, il y a quand même une vraie forêt. »

Il tendit le cou, mais le toit bouchait la vue. « L'auberge tourne bien ?

— Oui, bien que j'en sois la première surprise. Ça marche mieux que je ne l'espérais. Il y a… il y a toujours quelques problèmes – les gens se plaignent surtout des sièges de toilettes trop bas.

— Je ne l'ai pas remarqué.

— Mais beaucoup de clients reviennent. Et ils en parlent à leurs amis. Cette année, nous sommes complets jusqu'en février.

— Bravo.

— Je ne cherchais pas à me mesurer à qui que ce soit. Ça ne m'est jamais venu à l'esprit. Je voulais juste avoir quelque chose à moi. Mais je suis bel et bien entrée en concurrence avec les *bed and breakfast* qui pullulent dans les collines des Berkshires.

— Qui sont tes clients ?

— Surtout des gens de Boston et de New York. Qui cherchent à fuir la ville. Ils affirment qu'ils viennent ici pour le charme – cette sorte de charme un peu mièvre, à mon avis, de la Nouvelle-Angleterre. Donc, je ne le propose pas. Sauf pour les fauteuils à bascule de chez L. L. Bean sur lesquels nous sommes assis. Ou alors les clients arrivent avec un idéal de vie familiale qui se délite invariablement au cours du week-end.

— Tu ne serais pas un peu cynique ?

— Ce que les gens viennent surtout chercher, c'est la promesse de sexe, de bonne bouffe et d'achats. Pas forcément dans cet ordre. Les magasins de sortie d'usine se trouvent à moins de dix minutes d'ici.

— Sous tous ces arbres. »

Nora inclina la tête.

« En fait, j'ai chaud ici, dit Harrison, quelque peu étonné.

— Enlève ton pull.

— Je crois que je vais le faire. Si nous appartenions à un peuple primitif, nous serions effrayés par ce temps bizarre.

— L'année dernière, il y a eu un article sur l'auberge dans le *New York Magazine*. L'auteur disait qu'on pouvait rester assis sur la véranda en décembre. Il voulait dire assis avec une parka, mais cette année, on peut le faire en bras de chemise. Le soleil cuit les bardeaux.

— La pelouse est encore bien verte.

— D'habitude, à cette époque de l'année, il y a de la neige. Les hommes qui n'ont pas fait de luge depuis des années aiment se donner en spectacle devant leur femme et leurs enfants avant que leurs genoux n'en aient plus la force. » Elle jeta un coup d'œil à sa montre et se leva. « Il faut vraiment que je te laisse. J'ai un déjeuner pendant lequel nous allons organiser un autre mariage prévu demain. Agnes et Rob devraient être là vers une heure. Nous aurons un salon particulier pour le dîner ce soir. Et, bien sûr, demain soir aussi.

— Ça arrive souvent ? D'avoir plusieurs mariages au cours d'un même week-end ?

— Oh ! oui. Parfois j'en ai quatre, tous avec un dîner préalable pour mettre les choses au point. L'astuce… l'astuce, c'est d'empêcher les mariées de se croiser. Chacune a envie de se croire unique.

— N'est-ce pas ce que nous voulons tous ? »

Nora sourit.

« Je crois que je vais aller faire une promenade, dit Harrison en se levant lui aussi. J'ai pris mon petit déjeuner en chemin.

— Bon. Alors, tu n'as besoin de rien pour l'instant.

— Non. »

Nora s'éloigna d'un pas, puis se retourna. « Je suppose que quelqu'un ne manquera pas de faire allusion à Stephen. »

Comme toujours, en entendant ce nom, Harrison sentit son ventre se nouer et un léger sentiment de honte l'engluer. Il s'immobilisa et attendit.

« J'ai beaucoup pensé à lui », ajouta Nora.

Harrison garda le silence.

« Tu te rappelles l'enterrement ?

— Bien sûr, répondit-il d'un ton calme.

— Vu d'aussi près, le chagrin est insupportable. Il était tellement pire que le nôtre. Tellement plus intense. Ça m'a fait prendre conscience que notre affection pour lui n'était pas très profonde.

— Peut-être, dit Harrison, même si, à l'époque, il avait eu l'impression d'aimer réellement son ami.

— Nous n'avons pas parlé tous les deux depuis ce fameux soir.

— C'est vrai. »

Nora le dévisagea un instant, et il sentit le poids de son regard.

« Je me demande si ce n'était pas une erreur d'organiser le mariage ici, reprit-elle. Te faire venir, c'est un peu remuer un bâton dans une eau claire et voir la boue remonter à la surface.

— L'eau était-elle vraiment claire avant mon arrivée ?

— Oui. Oui, je crois. »

Nora se retourna, et Harrison la vit s'éloigner sur une étroite allée de gravier qui décrivait un cercle jusqu'à l'entrée principale de l'auberge. Elle se déplaçait d'un pas vif, tête baissée, alors même qu'elle devait se douter qu'il l'observerait. Un souvenir soudain, aigu, traversa l'esprit de Harrison : Nora en train de marcher dans une petite rue du Maine. Certes, jamais il n'oublierait quand et où il avait rencontré Nora, mais il y avait des années qu'il n'avait pas pu visualiser la scène avec une telle précision. Le souffle coupé, il ramassa son pull sur le fauteuil et songea que d'autres images vivaces ne manqueraient pas de surgir au cours du week-end. Pour l'instant, il resta planté là le temps de se ressaisir, les mains sur les hanches, tout en admirant la vue spectaculaire.

Agnes écrivait une histoire inspirée par l'explosion de Halifax. Elle avait entendu parler pour la première fois de cette catastrophe l'été précédent, au cours de courtes vacances passées en Nouvelle-Écosse, un voyage organisé conjointement par la station locale de radio publique et le lycée privé de Kidd. Sur le moment, aller à Halifax début juin lui avait paru une bonne idée, mais, comme cela arrive souvent dans ce genre d'excursions, les choses s'étaient révélées pénibles – ennui inattendu renforcé par un temps détestable, une pluie incessante qui lui glaçait tellement les mains et les pieds qu'elle était obligée de les réchauffer tous les soirs dans sa chambre d'hôtel en utilisant le séchoir à cheveux. Des activités étaient prévues – balades dans la campagne, visites de musées et ainsi de suite – mais Agnes se sentait beaucoup mieux toute seule. Le matin, elle parcourait huit kilomètres au pas de course, se douchait, prenait le petit déjeuner et, si la sortie du jour ne la tentait pas, elle marchait dans les rues en profitant de cette liberté temporaire qui lui permettait d'échapper à la routine de la vie d'enseignante.

Au cours d'une de ces promenades, elle s'arrêta devant une librairie qui exposait en vitrine un ouvrage intitulé *Un éclair plus aveuglant que le soleil : l'explosion de Halifax*. Intriguée, Agnes entra, trouva le livre et le feuilleta en accordant une grande attention aux photos de la ville prises quelques jours après l'explosion. L'une d'elles, notamment, la frappa : celle d'une petite fille assise sur un lit d'hôpital métallique, blanc, les yeux bandés, la coiffure rappelant un peu celle que la mère d'Agnes lui faisait quand elle était enfant : coupés au bol, les cheveux du sommet du crâne étaient rassemblés par un élastique sur un côté. D'autres photos montraient les bâtiments en bois qui avaient implosé avec une certaine grâce, et des hectares dévastés, anticipant le Dresde ou le Londres d'une guerre à venir.

Agnes acheta le livre, le fourra dans son sac à dos, puis alla dans une cafétéria où elle commanda un cappuccino. Assise à sa table, oublieuse des autres clients, elle lut que le matin du 6 décembre 1917, un bateau belge chargé de munitions, l'*Imo*, avait percuté dans le port de Halifax un cargo français, le *Mont-Blanc*, un vaisseau qui transportait vers l'Europe de l'acide picrique, du benzol et du TNT destinés aux armées en guerre. La collision, qui s'était produite peu avant 8 h 30, avait provoqué un émoi considérable dans la ville canadienne, et le spectacle de l'incendie qui avait suivi avait rivé tous les habitants à leur fenêtre. Curieux, attirés par cette beauté irrésistible, ils avaient négligé leur petit déjeuner, leur repassage, leur départ pour l'école. Le Canada était certes entré en guerre, mais aucune bataille ne s'était déroulée à Halifax. C'était plutôt une ville nourricière, qui fournissait hommes et matériel à l'Europe. Un incendie dans le port apportait donc un peu d'animation à une journée qui promettait d'être banale.

Quand le *Mont-Blanc* avait explosé à 9 h 05, les vitres des bâtiments proches du port avaient été soufflées, et les éclats de verre avaient frappé au visage de nombreux spectateurs, s'incrustant parfois dans les yeux. Lorsque la journée s'acheva, deux mille personnes étaient mortes, neuf mille blessées, et près de deux cents avaient totalement ou partiellement perdu la vue, parmi elles beaucoup d'enfants.

L'une des raisons pour lesquelles Agnes avait commencé à écrire sur ce sujet était qu'elle souffrait elle-même d'un problème de vue – de curieuses taches lumineuses et fluides s'élevaient à la périphérie de son champ visuel telles des bulles huileuses dans un cylindre. Depuis plusieurs semaines, elle envisageait de consulter un ophtalmologue. Bien entendu, une bonne vue était précieuse pour elle, et même essentielle dans son travail. Elle enseignait l'histoire depuis dix-sept ans et entraînait l'équipe féminine de hockey à Kidd Academy, un lycée mixte privé situé dans le nord-est du Maine, où elle avait elle-même été élève.

Agnes aimait tout particulièrement l'histoire de cet établissement fondé en 1921 par James Kidd, un fabricant de tissus qui avait acquis plusieurs grandes résidences d'été perchées sur la falaise, juste en dehors de Fenton, un village du Maine, dans l'intention de les transformer en un petit pensionnat pour enfants surdoués – parmi lesquels, bien sûr, son fils. Peu à peu, il avait acheté la plupart de ces *cottages* de vingt pièces à des propriétaires qui, depuis des générations, venaient passer l'été dans ce village côtier (mais trouvaient de plus en plus difficile d'entretenir ces bâtisses colossales sans les légions de serviteurs qu'avaient employées leurs parents). Kidd les fit aménager pour l'hiver et y conçut salles de classe et dortoirs. Les vieilles maisons s'y prêtaient à merveille, avec leurs longs couloirs et leurs nombreuses petites chambres. D'ailleurs, Agnes s'émerveillait parfois de constater à quel point le lycée continuait à ressembler à une résidence d'été. À Kidd, il n'y avait ni flèches gothiques ni vastes pelouses. Les bâtiments au bois attaqué par l'air marin comptaient rarement plus d'un ou deux étages. Les voitures étaient interdites dans l'enceinte du lycée, mais, avant le début de l'année scolaire, les élèves se débrouillaient pour louer un garage aux gens du coin.

Au début des années 1980, après avoir passé cinq ans à enseigner dans des établissements publics qui ne lui convenaient pas et à qui elle ne convenait pas davantage, Agnes devint professeur dans le lycée qu'elle avait elle-même fréquenté. En 1917, les gens de Halifax l'auraient qualifiée de vieille fille. Même en pensée, Agnes hésitait à employer cette affreuse expression, non seulement en raison de son caractère suranné et insultant, mais surtout parce qu'elle évoquait une femme d'âge indéterminé, dépourvue de vitalité, alors que, si l'on exceptait son récent problème de vue, Agnes était en bonne santé, en excellente forme, et avait un âge bien précis, à savoir quarante-quatre ans.

Quand elle pensait à l'explosion de Halifax, elle imaginait un certain Innes Finch, jeune chirurgien formé à l'École de médecine du Maine, à Bowdoin, qui serait arrivé à Halifax le 5 décembre dans l'après-midi. Jusqu'ici, Agnes avait écrit :

> Innes s'était arrêté dans une rue de Richmond, un quartier de la ville, pour observer le soleil déclinant derrière une couche de nuages olive. La lumière avançait vers lui, illuminant d'abord une maison à l'autre bout de la rue, puis un boghei tiré par deux robustes chevaux de race écossaise, et enfin une jeune femme qui se débattait avec un landau sur le trottoir cendré. La forte luminosité de la rue humide obligea Innes à plisser les paupières. Il posa sa valise en carton – cabossée par son séjour dans le ferry et maculée d'une substance rappelant la graisse à essieux – et, de sa main, s'abrita les yeux. Il était frappé par cette clarté d'une couleur surnaturelle. La jeune femme au landau leva la tête vers le ciel. Un marin – un homme qui avait pourtant dû voir de nombreux phénomènes atmosphériques en haute mer – se retourna pour jeter un coup d'œil. Derrière une vitre, la garniture en bois d'une cheminée rougeoyait et dessinait de petits rectangles roses sur un mur.
>
> Cette lumière translucide n'avait pas valeur de présage, décréta Innes en attrapant sa valise maculée. De tels spectacles étaient de simples phénomènes physiques – intensité lumineuse, angle de rayonnement, longueur d'onde et émission de la lumière.

Agnes ignorait si, à l'époque, il y avait eu un Innes Finch à Halifax. Sans doute que non, mais ce n'était pas impossible. On avait déjà vu chose plus étonnante. Peut-être y avait-il eu un Ian Finch ou un Innes Findlay. Toutefois, pour Agnes, ce personnage était devenu si réel que, lorsqu'elle pensait à l'accident, c'était le récit d'Innes qui s'imposait à son esprit. C'était là un procédé, sinon une habitude, dont elle usait souvent. Au cours des années, elle avait appris à traduire le général en particulier pour ses élèves, et elle s'apercevait qu'elle le faisait souvent dans sa vie personnelle. Chaque fois qu'elle était témoin ou entendait parler d'un événement horrible qui défiait l'entendement, elle imaginait – pas seulement dans son subconscient, mais avec un certain effort de volonté – une personne spécifique que cette tragédie allait affecter, procédé destiné à mieux appréhender les faits. Ainsi, au printemps dernier, elle avait vu dans son rétroviseur une conductrice perdre le contrôle de sa Volvo, faire des embardées, puis plusieurs tonneaux pendant que la distance s'accroissait entre elles. Il lui arrivait encore de penser à cette femme, de revoir son expression sidérée et d'imaginer sa vie, alors même qu'elle ne l'avait entrevue qu'une seconde. Elle se représentait sa cuisine, où son fils, âgé d'une quinzaine d'années, était assis devant le comptoir en granit, mangeait des crackers Wheat Thins avec du cheddar, son sac à dos accroché au dossier d'une chaise, un livre d'algèbre ouvert devant lui, à côté du verre de lait qu'il avait bu. Agnes imaginait l'adolescent en train d'attendre sa mère, tout d'abord insouciant, puis légèrement inquiet en voyant l'heure tourner, six heures, puis sept, jusqu'au moment où son père entrait, perplexe lui aussi, et bientôt affolé. Qu'était-il arrivé à sa femme, la mère du gamin ? À ce moment précis, elle se trouvait dans un hôpital du Maine et allait survivre à son horrible accident, décida Agnes.

Après la catastrophe du World Trade Center, à l'automne précédent, Agnes avait fait la même chose.

Pendant plusieurs jours, elle avait été frappée d'une stupeur incrédule jusqu'au moment où elle avait lu dans le *New York Times* un paragraphe consacré à une jeune Latino-Américaine morte au cent unième étage de la tour nord. Une fois le journal posé, toute une vie se dévida à l'envers, depuis le moment où la jeune femme avait tendu la main vers la machine à café pendant que le vol AA11 percutait l'immeuble. Pour Agnes, cette jeune femme, bien réelle à présent, avait une vie pleine, complexe et, chaque fois que quelqu'un mentionnait la tragédie, Agnes repensait avec affection à cette femme et à sa fille.

Innes Finch frappa à une porte et une femme lui ouvrit, un écheveau de laine rouge à la main. Mme Fraser possédait cette maison, but du voyage d'Innes, car il était convenu qu'il y serait hébergé pendant plusieurs mois. Elle sembla surprise de le voir, alors qu'il lui avait pourtant écrit qu'il arriverait avant seize heures. Ce fut peut-être son aspect – fatigué, ébouriffé par le vent, il n'avait pas belle allure – qui la fit hésiter.

« Entrez », lui ordonna-t-elle en voulant sans doute corriger cette impression de tiédeur.

Innes passa le seuil et laissa des traces humides sur le carrelage, gêné à présent par la graisse à essieux sur sa valise. Il aurait pu l'essuyer au port, ou demander à un steward de s'en charger sur le bateau, mais il n'avait jamais été très doué pour donner des ordres.

« Je suis Mme Fraser », ajouta-t-elle inutilement, les mains emprisonnées dans la laine.

Derrière l'écheveau, Innes aperçut un buste bien charpenté qu'il imagina dur au toucher. Mme Fraser pouvait avoir cinquante-cinq ans, cinquante ans si son physique n'était pas tendre avec elle. Ses cheveux étaient aussi corsetés que son corps, toutefois, de façon inattendue, son visage se plissa en un sourire nerveux. Innes ne comprenait pas la raison de cette nervosité. Mme Fraser avait un maintien impressionnant.

« Le Dr Fraser ne rentrera pas avant six heures, annonça-t-elle. Il est encore à l'hôpital. Une complication au cours d'une opération. Avez-vous faim ? Souhaitez-vous prendre un bain ? Vous pouvez laisser votre valise devant cette porte, et je la ferai monter dans votre chambre. »

Innes n'avait pas encore prononcé un mot.

Un homme lent, à la mine un peu renfrognée, apparut. Malgré sa veste et sa cravate, on ne pouvait le prendre pour autre chose qu'un serviteur. Il attrapa la valise et commença à monter lourdement l'escalier, une main sur la rampe, chaque pas lâchant un petit reproche injustifié.

Innes retira ses gants et les posa sur la table.

« La patère se trouve dans le coin, dit Mme Fraser.

— Puis-je vous donner un coup de main ? » proposa Innes en tendant les bras vers la laine rouge.

Mme Fraser passa l'écheveau sur le dossier d'une chaise en acajou. « Venez donc plutôt avec moi, dit-elle. Je vais vous montrer votre chambre. Vous devez avoir envie d'une tasse de chocolat et d'un bon bain chaud. »

D'après Agnes, à ce moment-là, Innes Finch devait en effet avoir envie d'une tasse de chocolat, d'un bon bain chaud, et souhaiter bien plus encore : travail stimulant et amour sans problème ; vie professionnelle passionnante, aventureuse, rencontre avec une jeune beauté exceptionnelle.

Pour sa part, Agnes ne se trouvait pas très gâtée par la nature. Son visage était prématurément ridé, du fait qu'elle avait assisté à plusieurs centaines de matches de hockey et à d'innombrables entraînements, et, en outre, avait passé près de trente ans sur la côte du Maine. Solidement bâtie, elle n'était pas élégante. Elle dépassait à peine un mètre soixante, ce qui était dorénavant considéré comme une petite taille (les élèves qu'elle entraînait la dominaient). Ses cheveux étaient châtain clair, coupés très court, et, ces derniers temps, ils s'étaient mis à frisotter par temps humide, ce qu'elle trouvait agaçant. Elle avait toutefois de beaux yeux – profonds, sombres –, seul trait qui lui attirait régulièrement des compliments. Quand elle avait commencé à enseigner, elle portait tous les jours une jupe en laine et un chemisier en oxford. À présent que le code vestimentaire s'était assoupli, elle s'habillait en pantalon de treillis et polo. Elle se flattait d'avoir conservé une taille fine.

Pendant les douze premières années où elle avait travaillé à Kidd, Agnes avait habité un logement de fonction. Certains professeurs étaient hébergés dans des petits *cottages* construits au bord de la mer, qu'on qualifiait de cabanons, mais la plupart logeaient sur place, dans des appartements aménagés à côté des chambres des élèves. Après plus d'une décennie de garde de nuit, elle louait à présent un appartement indépendant dont elle pourrait bénéficier tant qu'elle enseignerait, après quoi il reviendrait au lycée.

C'était un espace inhabituel, ménagé dans l'une des plus grandes maisons du domaine, et Agnes pensait qu'elle pourrait s'y sentir très bien jusqu'à sa retraite. L'aile qu'elle habitait possédait une tourelle et comptait deux niveaux. La cuisine et la salle de séjour se trouvaient au rez-de-chaussée et, dans la tourelle, une grande table ronde était entourée par une banquette en cuir aménagée sous les fenêtres. Agnes passait tout son temps à cette table, y mangeait, y corrigeait ses copies, formait les équipes de hockey, imaginait des exercices d'échauffement. Au premier étage, il y avait une grande salle de bains et, dans la tourelle, un lit qui n'était pas rond, mais orienté de manière à voir la mer, une activité à laquelle elle consacrait un temps considérable. La chambre donnait sur un petit balcon où Agnes pouvait aussi contempler l'horizon, une tasse de cappuccino à la main, la machine, onéreuse, étant un cadeau de sa sœur, employée à la Citibank de New York.

Presque chaque maison appartenant au lycée avait une belle vue – sur les vagues, la plage de galets, la côte rocheuse. Le terrain était laissé à l'abandon, de sorte que buissons et sentiers pullulaient entre les bâtiments. Se trouver perché sur une falaise surplombant l'océan était certes théâtral, pourtant l'atmosphère du lycée était plus familiale que solennelle. En hiver, le vent était redoutable. Des mois entiers passaient sans qu'Agnes ouvre ses fenêtres de crainte de voir ses plantes renversées. Un ancien terrain de golf avait été transformé en plusieurs terrains de sport, avec le gymnase au centre. De l'endroit où elle entraînait ses équipes, Agnes voyait non seulement la mer, mais aussi les hortensias sauvages qui entouraient la maison du directeur. La plupart des élèves oubliaient bien vite ce cadre grisant, même si, de temps à autre, Agnes en voyait un assis sur les rochers, le regard fixé sur l'océan. Malgré un nombre incalculable de panneaux d'interdiction, les élèves partaient parfois à la rame vers Pepperell Island pour boire et faire la fête et, inévitablement, il s'en trouvait un pour essayer de grimper l'étroit escalier en colimaçon du phare abandonné. Il parvenait en haut, puis blêmissait en redescendant car il se rendait compte qu'il n'y avait rien pour se tenir. Un faux pas, et il dégringolerait dans le puits sombre de la tour. Par miracle, aucun n'y avait jusqu'ici laissé la vie.

Agnes adorait le site du lycée, où les pommes cannelle se mêlaient aux églantines fuchsia, une espèce vigoureuse qui réussissait à survivre aux hivers rigoureux du nord de la Nouvelle-Angleterre et fleurissait en juin, puis début septembre. Elle regrettait de ne pas connaître les oiseaux car Fenton était un paradis pour eux. On les trouvait surtout dans les marais où poussaient des verges d'or et où soufflait un air pur et vif. Le fait était connu, de nombreux habitants de Fenton – en tout cas, les cent quarante-huit vrais natifs du coin – vivaient jusqu'à plus de quatre-vingt-dix ans, ce qu'on ne pouvait entièrement attribuer à leurs gènes. Les fleurs mises dans des vases contenant de l'eau de Fenton duraient plusieurs semaines. (Agnes buvait d'énormes quantités d'eau locale, lui attribuant un pouvoir de conservation.) Les toits enchevêtrés du village et la succession de résidences d'été construites à grands frais sur la plage la charmaient. À quelques mètres du rivage, les bateaux de pêche au homard, avec leur forme ramassée, leur moteur bourdonnant et leurs silhouettes solitaires campées à l'arrière, ne cessaient de la captiver. Elle aimait même le côté années 1940 des lignes nues de téléphone qui s'étiraient sur la route côtière du village, car elles suggéraient un lien mince comme un fil avec le monde extérieur. À Kidd, on avait le sentiment de jouir de privilèges naturels, de certains droits, de posséder ce que d'autres payaient des millions – une maison donnant sur l'océan Atlantique –, un attrait considérable, du reste, pour les parents qui y inscrivaient leurs enfants.

Soudain, Agnes s'aperçut qu'elle avait loupé la bretelle de sortie. Ça lui arrivait tout le temps, car elle rêvassait au lieu de se concentrer sur sa conduite. Après avoir jeté un coup d'œil sur le papier posé à côté d'elle, elle se dit qu'elle parviendrait aisément à retrouver le bon chemin en quittant l'autoroute à la prochaine sortie. Le trajet avait été long et toute sa cuisse droite, du genou à la fesse, était prise d'une crampe. Elle essaya de modifier la position de sa jambe, mais, étant obligée d'exercer une pression régulière sur l'accélérateur, elle n'y parvint pas.

La pendule du tableau de bord indiquait midi. Malgré un arrêt dans le sud du Maine, Agnes avait faim. Elle avait du mal à imaginer la maison de Nora en auberge, une maison qu'elle avait connue du vivant de Carl Laski, et où elle n'était retournée que pour son enterrement. Dans son souvenir, c'était une bâtisse sombre, sans grand confort, avec une cuisine lugubre et un labyrinthe de petites chambres à l'étage. Celle dans laquelle elle avait dormi n'était pas assez chauffée et, sur le lit, il y avait une courtepointe incroyable en velours et soie, que Nora avait dénichée au marché aux puces. Certaines coutures s'effilochaient, mais c'était un objet magnifique, au travail stupéfiant. Agnes espérait que Nora ne s'en était pas débarrassée.

Dans ses longues missives rédigées de son écriture droite et précise, Nora avait évoqué les travaux de rénovation et leur coût exorbitant, et s'était montrée persuadée que le fonctionnement de l'auberge lui permettrait bientôt de rembourser ses énormes dettes. L'argent que Carl Laski lui avait laissé était à présent épuisé, mais, dans son dernier courrier, Nora semblait optimiste. Tout était complet jusqu'à fin février. Elle se plaignait de devoir lui envoyer une lettre au lieu d'un e-mail, mais Agnes la soupçonnait d'aimer autant écrire des lettres qu'en recevoir.

Agnes effectua ce qui lui parut un long parcours, puis s'arrêta sur une aire de repos. Elle gara sa voiture, attrapa son sac à dos et entra dans le bâtiment. Après être allée aux toilettes, elle fit la queue pour commander un café et un beignet et se dirigea vers une table libre. Une fois son beignet avalé, elle s'essuya les mains sur une serviette en papier, fouilla dans son sac et en sortit un carnet et un stylo.

Si elle enseignait à la fois l'anglais et l'histoire, Agnes ne s'était encore jamais essayée à une œuvre d'imagination. Ce travail d'écriture demeurait secret. Elle n'en avait même pas parlé à Jim. Un jour peut-être, si elle venait à bout de cette nouvelle, elle la lui enverrait.

Mme Fraser s'attarda un moment sur le seuil de la chambre d'Innes, comme si elle gravait dans sa mémoire le visage et la silhouette du jeune homme, comme s'il risquait de repartir aussitôt arrivé. Mme Fraser avait deux filles, et les jeunes gens de belle apparence lui causaient une double angoisse : pour l'instant, ses filles n'avaient pas de mari, et les Fraser n'avaient pas de fils. Mme Fraser annonça que le dîncr serait servi à huit heures. À l'École de médecine, les étudiants s'habillaient pour dîner, apportant dans la salle à manger des relents de formol. Dans la famille d'Innes, on ne mettait ses beaux vêtements que le dimanche et on appelait le dîner « souper ». Sa région natale lui semblait maintenant bien loin, à une distance plus grande que cinq ans d'études et une guerre n'auraient dû mettre entre eux.

Martin, son frère, était allé en France, et lui à Halifax. Innes avait des pieds imparfaits et de l'asthme depuis l'enfance, un asthme qui, inexplicablement, avait disparu quelques mois après son exemption du service militaire. Souvent, il se disait qu'il allait tenter une nouvelle fois sa chance. D'après ce qu'on racontait, les problèmes de pieds n'étaient plus déterminants. Mais ses professeurs affirmaient qu'il pouvait mieux servir son pays en peaufinant ses compétences chirurgicales. Les éclats d'obus entraient parfois dans les yeux des soldats. Il fallait tenter de leur sauver la vue. Si la guerre durait toujours une fois sa formation achevée (Seigneur, il espérait que non !), il pourrait se rendre utile en Europe.

Ayant découvert sa vocation assez tard, Innes était âgé de vingt-sept ans.

Lorsqu'il effleura une petite tache sur le dessus en marbre de la table de toilette, il se demanda qui son arrivée avait expulsé de cette chambre. Au-dessus de la commode, le miroir n'était pas droit. Innes le redressa pour s'y regarder. Des cheveux bruns, un teint pâle accentué par de longues années d'études et un climat nordique. Bleu de Prusse, ses yeux semblaient une erreur génétique dans un visage aussi quelconque. En le regardant, on songeait à l'océan en plein hiver. Malgré sa couleur filtrée par le paysage, le bleu de la mer était tout aussi vif en juillet.

Innes posa ses livres sur le marbre de la table de toilette. Ils renfermaient tout ce qu'il devait étudier. De sa paume, il effleura le cuir grenu. La fabrication de ces ouvrages était soignée. On les avait ouverts un millier de fois sans en faire craquer le dos.

Leur contenu avait inculqué à Innes une partie de ce qu'il devait savoir. Quant au reste, il l'avait appris pendant ses études de médecine clinique. Ainsi, par exemple, il savait à présent anticiper la réaction d'un patient à qui on annonçait qu'il serait aveugle le restant de ses jours. Tout d'abord son visage, puis le reste de son corps étaient frappés de paralysie, et cette immobilité effrayante durait parfois plusieurs minutes. Ensuite, le choc masquait la douleur physique et mentale, constituait une sorte d'intermède miséricordieux. Innes avait rarement entendu sangloter un patient au moment où il apprenait cette mauvaise nouvelle. Mais bientôt, l'esprit créait des images, des scènes, le patient imaginait ce que serait une vie privée à jamais du sens de la vue, essayait cette idée comme on essaie un nouveau vêtement. Alors, les jambes flageolaient, le besoin de se raccrocher à une chaise se faisait sentir. Même les plus jeunes et les plus robustes paraissaient assommés en repartant.

Innes s'était orienté vers la chirurgie et l'ophtalmologie en partie parce que sa mère avait commencé à perdre la vue quand il avait eu treize ans. Les yeux l'avaient donc sans cesse intéressé et, en grandissant, il avait essayé d'inventer des méthodes ingénieuses pour aider sa mère. Un jour, il avait fabriqué une sorte de couronne métallique qu'elle devait porter autour du visage pour capter davantage de lumière. Une autre fois, il était allé trouver un pharmacien pour savoir comment fabriquer des verres de lunettes. Mais ils étaient si lourds que sa mère ne parvenait pas à les garder sur le nez. Contente que son fils jouisse pour sa part d'une excellente vue, elle avait fini par lui demander de cesser ses efforts.

Innes était allé étudier la médecine dans le sud du Maine, mais il se sentait chez lui à Halifax. Plus qu'à Cape Breton, le village de pêcheurs où sa mère et sa sœur fabriquaient des filets et des chandails, car c'était dans cette ville qu'il avait toujours voulu aller. Il compléterait sa formation à Dalhousie, avec le Dr Fraser. Après quoi, il partirait vers le vaste monde.

Le premier jour de classe, Agnes expliquait toujours à ses élèves que l'histoire, ce n'étaient pas des dates et des batailles, mais plutôt des récits. Elle allait leur raconter des histoires, et ils écouteraient. Mais, en rangeant son carnet et son stylo, elle se posa la question suivante : l'imagination s'appuie-t-elle sur l'expérience, ou l'expérience est-elle influencée par l'imagination ?

Agnes quitta l'aire de repos et se remit en route vers l'auberge. Peu après, elle aperçut le panneau qu'elle guettait. Tout en ralentissant pour sortir de l'autoroute, elle se rendit compte qu'elle était surexcitée. Qui serait là ? Harrison, c'était certain. Bill et Bridget. Rob. Jerry et sa femme, qu'Agnes ne connaissait pas – quelqu'un l'avait-il déjà rencontrée ? Depuis plus de vingt ans, Agnes n'avait revu ni Harrison, ni Rob, ni Jerry. Bien sûr, elle les serrerait dans ses bras, mais ce seraient des étrangers. Elle repensa à tous les jours qui s'étaient écoulés depuis qu'ils s'étaient parlé pour la dernière fois. Ce fut alors qu'elle comprit la raison de sa surexcitation. Ils connaissaient tous Jim. Certes, ils ne le connaissaient qu'en tant que M. Mitchell, le jeune professeur d'anglais qui leur avait parlé de Whitman, d'O'Neill, puis de Kerouac et de Sylvia Plath, qui les avait fait rire au moment même où ils se prenaient déjà pour des intellectuels en herbe. Agnes pourrait lâcher, d'un ton très détaché, bien entendu : « Vous vous souvenez de M. Mitchell ? »

(Une poitrine musclée, le vide entre la boucle de ceinture et les os iliaques. Un pincement – ce désir nostalgique qui lui était aussi familier que l'acte de respirer – parcourut le corps d'Agnes, et elle attendit son reflux.)

Le leur dirait-elle ? Est-ce que la dissimulation se justifiait à présent ? Oui, bien sûr que oui. Jim était encore marié. Mais, si toutefois elle avait pu le leur révéler, comment auraient-ils réagi ? Par une mine scandalisée. Voilà que leur Agnes – solide, studieuse, et parfois têtue (mais, à leurs yeux, sûrement pas sexy) – entretenait une liaison avec un de leurs anciens professeurs.

Jim. Il était dans ses os, dans son sang. Elle leur raconterait comment tout avait commencé, évoquerait le défi qui consistait à garder leur liaison secrète, parlerait de tous les endroits où ils étaient allés pour être ensemble. Plus tard, quand elle avait enseigné dans les établissements publics, ils se retrouvaient dans des motels et hôtels de villes et villages anonymes. Elle se souvenait – et même se nourrissait – du frisson ressenti pendant qu'elle se rendait en voiture vers des lieux où elle n'était jamais allée, descendait dans un hôtel, puis retrouvait Jim au bar, à l'heure convenue. Et, plus tard encore, quand elle avait été recrutée à Kidd et lui avait annoncé cette nouvelle stupéfiante, ils s'étaient vus tous les jours pendant trois ans, jusqu'au départ de Jim pour le Wisconsin, marquant la reprise de leurs rendez-vous sporadiques. Nora, Harrison, Bridget et les autres se rappelleraient que Jim était marié à l'époque. En apprenant qu'il l'était toujours, voudraient-ils savoir comment Agnes s'était accommodée de cette réalité pendant toutes ces années ? Vingt-six, pour être précis ?

Elle leur répondrait par une question : Pourquoi seul le mariage mènerait-il au bonheur ?

(Non, elle n'aborderait pas le sujet, décida-t-elle soudain. Après tout, c'était le mariage de Bridget.)

N'empêche, Agnes aurait bien aimé leur demander ce qui, à leur avis, était plus réel, vivre une histoire d'amour ou l'imaginer ? N'était-il pas plus exquis de s'engager dans une passion transcendante que de supporter le quotidien peu glorieux et ennuyeux d'un couple marié ? Dans le scénario idéal qu'Agnes avait élaboré, Jim et elle continuaient à se retrouver dans les chambres anonymes d'hôtels anonymes. Agnes n'avait pas très envie d'être une épouse. Elle préférait rester à jamais une maîtresse. À condition d'être sûre que leur liaison allait durer, de pouvoir compter sur Jim.

Agnes avait envie de certitude.

Si l'occasion s'était présentée, elle n'aurait peut-être pas forcément refusé le mariage. Le problème, c'était qu'il arrivait à Jim d'être pris de doutes. La culpabilité l'envahissait parfois. Il se débattait avec des dilemmes moraux. Cette lutte l'éloignait d'Agnes, souvent pendant des mois, voire des années.

Agnes poserait donc une autre question. Si un homme n'avait pas le courage de ses convictions, restait-il néanmoins un type bien ?

Mais comment définir un type bien ? se demanda Agnes. Elle songea à Bill et à Bridget, qui se dépêchaient de saisir un brin de bonheur avant ce qui risquait d'être pour tous deux une épreuve redoutable. Une femme pouvait-elle aimer sincèrement un homme qui avait abandonné son épouse et son enfant pour être avec elle ? Bill était-il quelqu'un de bien ? S'agissait-il d'un véritable amour, même si l'homme en question s'était montré capable de trahison ? Quel était le prix que payait l'épouse de Bill pour ce bonheur ? Et, inversement, quel prix payait la femme de Jim – Carol, quel prénom froid ! – en vivant sans le savoir avec un homme qui ne l'aimait pas ?

Bien entendu, Agnes ne dirait rien de tout cela.

La dernière lettre que Jim lui avait envoyée datait de juin. Agnes lui avait écrit deux fois depuis le 11 Septembre, mais elle n'avait pas reçu de réponse.

Agnes chérissait les lettres de Jim. Elles regorgeaient de déclarations d'amour et de passion. Et de souvenirs. Il était la seule personne qui partageait leur histoire commune. Agnes croyait sans réserve à ce qu'il écrivait.

Elle avait attendu si longtemps. Elle pouvait attendre encore.

En général, l'histoire d'une vie, songea Agnes, c'était tout ce qui vous arrivait. La sienne, c'était au contraire tout ce qui ne s'était pas produit, c'était la somme de toutes les journées, de toutes les années que Jim et elle n'avaient pas passées ensemble, des journées, des années qui ne reviendraient pas. Mais son histoire n'était pas encore terminée, pensa-t-elle. Des possibilités demeuraient. Parfois, Agnes se figeait dans l'attente d'une brillante destinée qui pouvait encore se concrétiser.

Agnes suivit des pancartes (d'élégantes lettres dorées sur un fond vert foncé) judicieusement placées dans de petits villages, puis sur une route étroite, et enfin au bout d'une longue allée. Soulagée d'arriver à l'auberge sans s'être trompée de chemin, elle se gara sur le parking, descendit de sa Honda Civic, le genou encore raide d'avoir gardé la même position pendant si longtemps, et boitilla un peu pour aller attraper ses bagages sur le siège arrière. D'un rapide coup d'œil, elle embrassa le paysage, qui n'avait pas changé, puis tourna son attention vers le bâtiment à présent rutilant au soleil.

Mon Dieu, se dit-elle, quelle transformation !

La maison dont elle se souvenait, celle de Carl Laski, était presque en ruine, peinture écaillée, appuis de fenêtre rouillés, sol de la véranda précaire par endroits. À présent, la façade de l'auberge, avec ses nouvelles fenêtres à deux battants, sa peinture neuve, sa véranda refaite, ressemblait à ce qu'on pouvait voir dans un magazine de décoration. Des bacs de robustes chrysanthèmes jaunes flanquaient l'entrée. Ornée d'une couronne de Noël, la porte avait été calée pour rester ouverte. On était le combien d'ailleurs ? Le 7 décembre ? Le 8 décembre ?

Agnes hissa sur une épaule son sac en Nylon orange et son sac à dos, grimpa les marches et entra dans le hall. Devant elle, apparut un long couloir au parquet foncé bien ciré, un escalier aux pilastres en volute et, à sa droite, une réception désertée. Agnes posa ses bagages. Elle entendait parler derrière la réception. Les bras croisés, elle avança vers le salon à sa droite. Deux canapés et plusieurs fauteuils avaient été disposés en trois groupes. Aussitôt, Agnes eut envie de s'allonger. À un bout de la pièce, il y avait une cheminée, sans feu pour l'instant, et à l'autre, une table de jeu octogonale en bois noir. Agnes revit alors l'ancien salon, sombre avec son mobilier en noyer, un piano droit contre un mur, les tables et le sol couverts de livres, de revues, de verres à vin et de cendriers.

Agnes traversa le couloir, entra dans une autre pièce, dont un mur était occupé par une succession de fenêtres donnant sur les collines, au loin, et un ciel, au-dessus, qui ressemblait à une poudre bleutée. Elle essaya de se rappeler ce qu'avait été cette pièce avant les travaux : le bureau de Carl, peut-être ? En entendant des pas sur le parquet, elle retourna dans le hall. Une jeune femme aux fins cheveux blonds se trouvait au bureau de la réception et feuilletait un gros registre. Elle leva les yeux et remarqua Agnes.

« Bonjour. Vous venez d'arriver ? » Son regard glissa vers le sac en Nylon orange criard, qui paraissait déplacé dans ce hall feutré.

Agnes le confirma.

« Et vous êtes ? »

Agnes déclina son identité.

La jeune femme se pencha sur le registre et tourna une page. « Il y a un petit mot demandant que j'aille chercher Nora à votre arrivée. Vous êtes une amie ?

— Oui.

— Voulez-vous qu'on vous montre votre chambre ou préférez-vous attendre Nora ? »

Agnes hésita. Nora pouvait être occupée en ce moment, et son arrivée la dérangerait. Mais ne serait-il pas impoli de ne pas la voir tout de suite ?

« Je vais l'attendre.

— Je crois qu'elle est dans la cuisine. »

Pendant qu'elle patientait, Agnes examina de nouveau le couloir. Elle remarqua la moulure à mi-hauteur et, au-dessus, une série de photos en noir et blanc encadrées avec goût, marie-louise et fine baguette noire. Des scènes de village datant des années 1920 et 1930, à en juger par les automobiles. L'une d'elles montrait une femme en tailleur et chapeau sortant d'une pharmacie. Une autre représentait une maison perchée sur une colline, celle d'Edith Wharton, si sa mémoire ne la trompait pas.

« Agnes ! »

Elle se retourna et Nora l'enlaça.

« Laisse-moi te regarder ! dit Nora en reculant.

— Me regarder ? C'est plutôt à moi de regarder la maison ! Nora, comment as-tu fait ? C'est stupéfiant. J'ai peine à la reconnaître.

— Ça te plaît ? »

Agnes comprit tout de suite que Nora risquait d'être un peu sensible sur ce point, ayant anticipé, voire redouté les commentaires. « Tout ce que j'ai vu jusqu'ici est magnifique, s'empressa-t-elle de dire pour la tranquilliser. Tu as fait un énorme boulot.

— Oui, reconnut volontiers Nora. C'est vrai. Bon, pas moi toute seule. Ce sont surtout l'entrepreneur, l'architecte et les ouvriers qui ont travaillé. Mais j'ai l'impression d'avoir planté chaque clou, lessivé chaque mur. Viens. Je vais te montrer le reste. » Elle se tourna vers la réceptionniste. « Judy, demandez à Dennis de monter ces bagages dans la chambre 22. C'est tout ce que tu as ? demanda-t-elle à Agnes, qui le confirma. Je crois que ta chambre te plaira.

— Donc, ça ne sera pas mon ancienne chambre.

— Elle n'existe plus. J'ai… j'ai réuni plusieurs petites pièces pour en faire des suites. C'est l'une d'elles que tu auras.

— Le couvre-lit y sera ? demanda Agnes pendant qu'on lui montrait le salon qu'elle venait de visiter à peine quelques minutes plus tôt.

— Quel couvre-lit ?

— Cette courtepointe incroyable en velours et soie ?

— Je crois que je l'ai rangée quelque part. Je la ressortirai peut-être. Elle s'effrangeait, tu te rappelles ?

— Elle était magnifique. En tout cas, moi, je l'adorais.

— Nous avons percé un mur pour agrandir cette pièce, expliqua Nora avec un geste de la main. Nous… ils… ont réussi à faire fonctionner la cheminée, après toutes ces années. »

Agnes se souvenait que l'ancienne maison était impossible à chauffer et que Carl, Nora et elle s'installaient au salon avec de gros pulls, et même s'enveloppaient de couvertures. D'ailleurs, le plus souvent, Nora et Agnes y restaient seules. Pour sa part, Carl écrivait de l'autre côté du couloir, ou allait donner ses cours.

« Viens voir la cuisine. »

Agnes franchit les portes battantes derrière Nora. Celle-ci portait un simple chemisier blanc et un pantalon noir, mais Agnes ne put s'empêcher de remarquer le chic du chemisier qui blousait légèrement sur ses hanches menues, et la coupe élégante du pantalon au tombé parfait, étroit en bas, au-dessus des bottines de prix en cuir noir. « Tes cheveux », dit-elle.

Nora porta la main à sa nuque. « Je m'en suis débarrassée. Ils me donnaient trop de travail. »

Agnes se rappelait ses cheveux châtains épais, parcourus de fils roux qui captaient la lumière, et ne voyait pas de quel travail elle parlait. Distraitement, elle tripota ses propres cheveux, courts parce qu'elle n'avait pas le choix. Dès qu'ils poussaient un peu, ils devenaient plats, s'étiolaient. Quand on possédait quelque chose d'aussi somptueux, pourquoi s'en séparer ? « Comment t'en sors-tu ? demanda-t-elle en faisant allusion au décès de Carl.

— Bien, répondit Nora d'un ton ferme qu'Agnes ne lui connaissait pas. Bien », répéta-t-elle, et Agnes perçut une certaine distraction. En tant que propriétaire de l'auberge, elle était sans doute assaillie de préoccupations. « Harrison est arrivé, ajouta-t-elle.

— Ah bon ? » Agnes balaya du regard une pièce qui effaçait presque le souvenir de l'ancienne cuisine lugubre.

Deux hommes s'affairaient devant un comptoir central en granit noir comprenant une paire de cuisinières. Il y avait en outre un vaste évier en céramique, deux grands réfrigérateurs et deux lave-vaisselle en acier inoxydable, et des étagères blanches sur lesquelles s'empilait de la vaisselle ivoire.

« J'ai pris plaisir à dénicher tout ça, dit Nora en balayant la vaisselle de la main. Je vais aux puces et dans des brocantes. Certaines pièces sont très anciennes. Elles sont toutes dépareillées, ce qui, pour moi, fait leur charme. Chaque table de la salle à manger peut très bien avoir des assiettes différentes. »

Des fenêtres juxtaposées laissaient entrer la lumière naturelle, et, de surcroît, des globes en verre étaient suspendus au-dessus des cuisinières et des plans de travail. L'espace d'un instant, Agnes revit l'ancienne cuisine : une pièce étroite avec une table sous une petite fenêtre d'un côté, et le réfrigérateur de l'autre. Les placards arboraient ce turquoise en faveur dans les années 1950, le sol était couvert d'un linoléum foncé que Nora frottait tant et plus sans jamais parvenir à le rendre impeccable. En guise de bougeoirs, des bouteilles de vin vides étaient juchées sur le rebord de la fenêtre qui, pour toute vue, n'offrait qu'un aperçu de la véranda. Comme toujours, Agnes était la première à descendre préparer le café. Elle aimait ces moments solitaires passés à observer la progression de la lumière lorsque la nuit cédait la place au jour. Vers huit heures et demie, Nora venait la rejoindre, mais pas Carl. Il travaillait jusqu'à midi, après quoi il montait dans sa Volkswagen verte pour aller donner ses cours à St. Martin. Agnes se souvenait de dîners qui commençaient à neuf heures et duraient jusqu'à minuit. À ce moment-là, elle prenait congé pour monter se coucher dans son lit à l'incroyable courtepointe, abandonnant au rez-de-chaussée le couple qui continuait à boire, à fumer, et parfois à se disputer, un mot se faufilant de temps à autre le long de l'escalier étroit et du couloir pour lui arriver aux oreilles.

Nora n'était pas vraiment en forme à l'époque, même si Agnes ne s'en apercevait que maintenant, par contraste, en se rappelant un visage blême, des cernes bleuâtres sous les yeux, un corps mince mais peu résistant. Nora portait alors jupes longues, grands pulls, bottes et énormes anneaux aux oreilles. Carl s'était toujours montré poli avec Agnes (elle avait l'impression qu'on le lui avait demandé), même si, de par son caractère, il était plutôt porté à sonder, à commenter ses remarques les plus anodines. On apprenait à parler avec retenue en présence de Carl Laski, à moins d'être vraiment ivre, ce qui arrivait parfois, auquel cas un manque de retenue pouvait conduire à une imprudence, puis, presque à coup sûr, donner lieu à une dispute camouflée en débat intellectuel, exploit pour lequel ils étaient tous trois fort doués. Malgré les perches qu'ils lui tendaient, Agnes n'avait jamais été tentée de leur parler de Jim, ni même de se confier à Nora, qui lui inspirait pourtant une sincère affection.

Agnes ferma brièvement les yeux. Où pouvait bien se trouver Jim en ce moment ? Elle jeta un coup d'œil à la gigantesque pendule en bois posée sur l'une des étagères. Sans doute en train de déjeuner tôt, au réfectoire, ou peut-être de se promener sur le vaste domaine du lycée privé où il enseignait à présent. Aurait-il une pensée pour elle aujourd'hui ?

« Tu l'as gardée, dit-elle en désignant la pendule.

— Oui. Harrison est déjà là. Je te l'ai dit ? Il est arrivé il y a environ une heure. Laisse-moi te montrer ta chambre.

— Oh ! Nora, comme je suis contente de te voir aussi en forme ! s'écria Agnes, manifestement heureuse pour son amie, avec laquelle elle avait partagé une chambre à Kidd.

— Oui, c'est vrai, je me sens en forme, confirma aussitôt Nora avec un sourire. Très en forme. »

Agnes la suivit dans l'escalier de derrière – moins impressionnant que celui du hall d'entrée –, puis dans un couloir au parquet ciré, où des bouquets de fleurs fraîches avaient été déposés sur de petites tables installées à intervalles réguliers. Nora s'arrêta devant une porte, l'ouvrit avec une clé – une vraie clé dorée – et s'effaça devant son amie.

Il ne s'agissait pas là d'une chambre typique d'auberge campagnarde, estima Agnes. Ni chintz, ni rideaux à fleurs, ni couvre-lit chiffonné. Une impression de simplicité, de calme l'envahit et, de nouveau, elle éprouva une forte envie de s'allonger. Le lit et les tables de chevet étaient en bois noir. Le couvre-lit était une simple couette blanche bordée de noir, le même motif se répétant sur la parure qui recouvrait les taies d'oreiller. Des appliques en chrome servaient de lampes de chevet, et le mur était peint en taupe pâle. Sous les trois fenêtres juxtaposées, une méridienne blanche était drapée d'un jeté en chenille et, de l'autre côté de la pièce, il y avait un bureau noir et une chaise. Le sac en Nylon orange d'Agnes, posé sur un banc, apportait la seule note discordante à cette charmante harmonie.

« Cette chambre pourrait figurer dans *Maison et Jardin*, dit Agnes. Est-ce que tu as fait prendre des photos ?

— Oh ! quelques-unes. »

Dans la salle de bains, il y avait un plan de toilette en marbre jaspé avec des accessoires en chrome brillant qui semblaient venir d'Angleterre. Une baignoire à remous, ovale, était encastrée dans une niche sous la fenêtre. Serviettes et tapis de bain étaient blancs, somptueux.

« Je n'en reviens pas ! déclara Agnes sans pouvoir s'empêcher de s'approcher du lit et de s'y asseoir.

— Tu dois être fatiguée. Je vais te laisser te reposer. »

Nora consulta sa montre, un geste qu'Agnes ne se souvenait pas lui avoir vu faire. Avait-elle même possédé une montre ?

« Dire que tout ça est à toi ! » reprit Agnes. Elle songea qu'il fallait parfois des années pour trouver vraiment sa voie, pour connaître ses aptitudes.

Nora s'approcha de la porte et posa la clé dorée sur le bureau. « Si je ne te vois pas avant, je te retrouverai à l'apéritif. À six heures, dans la bibliothèque ? »

Agnes se mit à rire. « Comme nous avons de la chance que Bill et Bridget aient décidé de se marier ! » Elle s'interrompit. « Comment va Bridget ?

— Je crois que ces festivités vont la fatiguer, mais Bill... Bill assure qu'il est assez énergique et motivé pour deux. Nous allons essayer de ne pas compliquer les choses. De temps en temps, Bridget ira peut-être s'allonger. Mais ça ne pose pas de problème. Nous nous en sortirons.

— Je suis sûre que ce sera réussi.

— Il te suffit de descendre dans la salle à manger à n'importe quelle heure pour que quelqu'un t'aperçoive et te serve à manger. »

Nora referma la porte derrière elle. Une fois seule, Agnes s'allongea, puis replia la couette et posa la tête sur la taie d'oreiller fraîche et soyeuse. Elle pensa aussitôt à Jim, regretta son absence, imagina la surprise de Nora et des autres s'ils voyaient débarquer son amant, et la gloire immédiate dont elle bénéficierait pour avoir amené à cette réunion un de leurs anciens professeurs – et aussi le parfum de scandale qui s'attacherait à elle. Mais, non, pas question. Ce serait indélicat de voler la vedette à Bridget le jour de son mariage. Non, malgré son envie lancinante de le voir, pas question que Jim vienne ici. Elle allongea le bras le long de la couette, tâta l'endroit où il aurait pu être allongé. Parfois, le désir qu'elle éprouvait était vif, brutal, et, d'un instant à l'autre, pouvait se muer en rage ou en apitoiement sur elle-même. Pourquoi moi ? s'écriait-elle parfois. Pourquoi ne pouvait-elle pas obtenir la seule chose qu'elle voulait si fort ? Elle était prête à renoncer à tout le reste. Oui, vraiment. Même si on ne lui accordait qu'une année. Accepterait-elle ce marché ? Un an de rendez-vous fréquents, réguliers, et ensuite, plus rien ? Oui, se dit-elle. Car après, quelle que puisse être sa difficulté à se séparer de lui, elle aurait au moins eu quelque chose.

Allons, elle avait déjà quelque chose. Quelque chose de grand, d'indéfinissable, et qui appartenait à sa vie.

Elle soupira et se tourna sur le ventre. Comme elle aurait aimé pouvoir oublier !

Or, Agnes ne pouvait se payer le luxe d'oublier.

Se levant du lit, elle s'approcha de la fenêtre et appuya le front contre la vitre. En fait, ce mariage lui donnerait l'occasion d'écrire une nouvelle fois à Jim sans paraître trop insistante, bien qu'il n'eût pas répondu à ses courriers précédents. Car comment ne pas lui raconter cette réunion de ses anciens élèves ? Il aimerait sans doute en être informé. Elle lui écrirait longuement, lui décrirait de son mieux l'auberge, parlerait de Nora et de tous les autres. Sa lettre serait volubile – non, pleine d'esprit, pour le faire rire. Il n'y aurait pas de mots d'amour. Ce serait simplement un message amical, au contenu riche, regorgeant de détails.

Agnes vit un homme sortir de l'auberge. Un pull bleu marine sur une chemise blanche habillée, il avançait les mains dans les poches de son pantalon. Ses cheveux bruns s'éclaircissaient au sommet du crâne. En suivant l'allée menant à l'arrière du bâtiment, il apparut de face, et Agnes reconnut Harrison Branch.

Elle voulut ouvrir la fenêtre, mais celle-ci était bloquée. Le temps qu'elle déverrouille le mécanisme, Harrison avait tourné le coin de l'auberge. Agnes aurait aimé l'appeler, le surprendre avec sa voix et son visage. Ils auraient pu déjeuner ensemble. Elle se rappelait l'adolescent timide et doué, ce sportif qui ne la rendait pas aussi nerveuse que les autres garçons, qui eux ne s'en privaient pas. Un gamin loin de posséder une beauté exceptionnelle – contrairement à Stephen, par exemple –, mais dont le visage, dès le premier regard, vous semblait attachant. Harrison était l'ami des garçons les plus appréciés, sans pour autant que cette cote rejaillisse sur lui. Agnes devinait que, s'il n'avait pas été aussi doué pour le sport, surtout pour le base-ball, il aurait pu rester assez solitaire. Elle l'avait souvent vu arpenter les rues de Fenton tout seul.

Quant à Stephen… Difficile en effet d'évoquer Harrison sans penser aussitôt à Stephen. Stephen qui avait une telle hantise de s'ennuyer qu'il fonçait parfois tête baissée. Stephen qui avait réussi à demeurer sympathique malgré sa popularité, et à qui son goût du risque, si séduisant à leurs yeux, avait souvent joué de vilains tours. Stephen qui était resté sur place pendant que tous les autres avançaient – prenaient de l'âge se mariaient, avaient des enfants, des liaisons, échouaient à la fois dans les domaines amoureux et professionnel – tandis que Stephen, lui, s'était arrêté. Comme les victimes du World Trade Center. Comme tous ces gens de Halifax.

Agnes s'installa au bureau, et Innes vérifia son nœud de cravate dans le miroir suspendu au-dessus de la commode. Elle attrapa son stylo.

Il se demandait s'il serait le seul homme en civil et il espérait que le Dr Fraser ne comptait pas parmi les réservistes. Son exemption exigeait une explication qu'Innes répugnait à fournir dans la mesure où l'asthme avait visiblement disparu, et où l'autre motif semblait soit assez dérisoire, soit peu héroïque. Il avait rarement été obligé de se justifier du fait qu'il vivait parmi des étudiants et des médecins américains (leurs rangs s'étaient éclaircis à partir d'avril seulement, avec l'entrée en guerre de l'Amérique), mais il voyait bien qu'il lui faudrait inventer une raison à toute épreuve aux yeux de nouvelles connaissances. Puis il lui vint à l'esprit qu'il n'y aurait peut-être pas d'autre homme que le Dr Fraser au dîner, puisque tant de jeunes gens avaient été envoyés en Europe.

Lorsqu'il ouvrit la porte pour jeter un coup d'œil dans le couloir, il ne perçut pas la moindre activité, ne vit personne qui aurait pu le guider vers le salon. C'était là une maison modeste, même s'il avait l'impression qu'elle abritait de nombreuses pièces. Il se voyait déjà un peu perdu, ouvrant et refermant des portes pour y chercher une présence humaine, et espérait ne pas tomber sur un serviteur. En tout cas, pas sur l'homme maussade qui avait monté sa valise.

Innes descendit dans le hall d'entrée. Des voix lui parvenaient. Quelqu'un posa une question qui se terminait par « bocal de chutney », et quelqu'un d'autre insista sur le mot « chaussettes ». Les portes fermées donnant dans le couloir rappelèrent à Innes la poitrine peu accueillante de Mme Fraser.

Estimant que la grande porte en chêne, sur sa droite, pourrait mener à un salon, il essaya de l'ouvrir. Elle donnait sur une pièce éclairée par un unique globe qui laissait la plus grande partie de l'espace dans la pénombre. Il remarqua que les lourds rideaux permettant de faire l'obscurité totale en ces temps de guerre étaient tirés et entendit le crépitement du feu. Par pur instinct, il se dirigea vers la cheminée. Ce faisant, il aperçut une femme assise le dos tourné. Innes hésita. Elle ne semblait pas avoir remarqué sa présence (son indifférence était-elle délibérée, ou n'avait-il vraiment pas fait le moindre bruit ?), et il ne voulait pas perturber son immobilité parfaite. D'un autre côté, comme il venait d'arriver, il n'était pas censé savoir se repérer dans cette maison et pouvait espérer un accueil chaleureux. D'ailleurs, s'il repartait maintenant, il ne le ferait sûrement pas dans un silence total, et la question se poserait de savoir pourquoi il battait en retraite.

« Bonsoir », dit-il d'une voix voilée.

Innes s'avança et la femme tourna la tête légèrement de profil pour signifier qu'elle l'avait entendu. La lampe posée sur la console, derrière elle, éclairait à peine son visage. Il fut tout d'abord frappé par ses cheveux, masse sombre qu'elle avait relevée en un chignon compliqué avant de la laisser retomber librement sur son front et ses oreilles. Sa joue était lisse – cette personne était jeune, âgée de dix-neuf ou vingt ans, peut-être ? – et sa bouche au repos. Ses sourcils formaient presque une ligne droite obliquant vers les tempes, et ses cils étaient recourbés d'une manière exquise. Désireux de voir l'ensemble du visage, Innes s'approcha en disant : « Bonjour, je suis content d'avoir trouvé quelqu'un. »

Elle lui tendit la main et il la serra.

À présent, il voyait tous ses traits, le bref sourire effaçant l'impression étrange suscitée par la vue du seul profil. Elle avait des yeux sombres magnifiques. Sur une robe de fin tissu à pois noirs, elle portait une étole duveteuse d'un bleu presque irisé. Innes devinait les contours noirs d'un corset ou d'une combinaison. La robe avait un grand col marin et les plis de la jupe s'arrêtaient juste sous les genoux.

« Vous êtes sans doute M. Finch, dit-elle. Je m'appelle Hazel Fraser. Je suis descendue la première et je bois un sherry. Voulez-vous m'accompagner ? Mon père, je le crains, n'est pas encore rentré. Je me doute que vous devez être impatient de faire sa connaissance.

— En effet », confirma Innes, debout, les bras le long du corps. On ne l'avait pas invité à s'asseoir. Devait-il se servir lui-même ce sherry ? Oui, bien sûr. Il se pencha vers la bouteille posée sur la table, devant Hazel, conscient que sa main tremblait, regrettant de ne pas avoir attendu un moment, par correction, ou même de ne pas avoir décliné cette offre. La jeune fille ne manquerait pas de remarquer ce tremblement, qui s'accentua encore quand il souleva du plateau le petit verre à pied bleu et or. Il compta six verres et se demanda à qui ils étaient destinés.

« Asseyez-vous, je vous en prie », dit Hazel lorsqu'il eut enfin réussi à se servir.

Des doigts tremblants sonnaient le glas d'un chirurgien de l'œil. Pourtant, ses mains restaient d'une fermeté absolue lorsqu'il opérait. Dans ces moments-là, une froide certitude le gagnait. En tant que médecin, il faisait preuve d'une concentration absolue et, songeait-il parfois, d'un réel don.

« Comment s'est passé votre voyage ? demanda Hazel.

— Sans le moindre incident », répondit-il. En s'asseyant, il lissa son costume. Il n'en possédait qu'un et deux chemises, ce qui était insuffisant pour la ville. Il espérait qu'il aurait le temps d'aller voir un tailleur, mais il devrait se montrer économe. Tant qu'un salaire n'avait pas été convenu – Innes supposait qu'il en recevrait un, même si ce point n'avait pas été évoqué –, il disposait seulement de l'argent envoyé par sa sœur et sa mère, une fortune pour elles, mais à peine de quoi payer un nouveau costume.

« Tant mieux. Bien que l'on désire toujours secrètement vivre des aventures, estima Hazel.

— Vous croyez ? À mon avis, l'absence d'aventures est plutôt une bonne chose en temps de guerre.

— Ici, nous préférerions un peu plus d'animation. Cette ville est un trou perdu. »

Innes se creusa la tête pour trouver une réponse diplomate.

« J'ai toujours vécu ici, mais vous, ajouta-t-elle avec élégance en reportant la conversation sur lui, vous avez eu une vie fascinante – des études aux États-Unis, m'a-t-on dit. Un diplôme de médecine. »

Hazel savait donc qu'il était de Cape Breton. Sans doute connaissait-elle aussi sa situation financière.

« Peut-être, à condition toutefois de trouver passionnants les cadavres, les bibliothèques et les livres », dit-il en espérant mettre dans son ton plus de gentillesse que de malice. Il devinait à présent que la jeune fille dont il venait de faire la connaissance (il reconsidéra son âge en remarquant une certaine gravité autour de la bouche : vingt-trois ou vingt-quatre ans) avait le goût du risque, qu'elle rêvait d'en prendre et brûlait de s'en ouvrir, mais, en même temps, luttait peut-être pour ne pas laisser deviner cette tendance aux autres. D'où sa parfaite immobilité.

(Innes songea qu'il avait en effet connu une certaine sorte d'aventure, quoique fort éloignée d'un voyage en Europe et d'études assidues pour l'obtention de son diplôme. Il aurait préféré oublier ce qu'il avait vécu – la bataille que les pauvres devaient livrer, leurs difficultés quotidiennes pour se procurer de quoi manger, une entreprise qui recelait du danger et parfois entraînait la mort ; c'était le cas de son père, un pêcheur qu'une lame avait jeté par-dessus bord. Innes faisait maintenant partie de ceux qui ne désiraient pas prendre de risques physiques, car il en avait déjà fait l'expérience, et il leur préférait les risques intellectuels, une sorte d'aventure, aussi, qu'il attendait en revanche avec impatience.)

« Ah ! vous voilà ! » s'exclama quelqu'un derrière lui.

Avant même de la voir, il imagina la silhouette de Mme Fraser en train d'approcher d'un pas vif, et fut surpris par la grande contrariété que cette interruption abrupte lui causa, car sa conversation avec Hazel, tout juste entamée, ne pourrait à présent se poursuivre en présence de sa mère, car elle impliquait une certaine intimité, quoique ténue, avec la jeune fille assise en face de lui, et leur entretien lui parut soudain indispensable, non pas en raison de son contenu qui, somme toute, pourrait se révéler plutôt banal, mais parce que Innes n'avait pas goûté la voix de Hazel assez longtemps.

« Je vois que vous avez trouvé le sherry », reprit Mme Fraser en l'accusant implicitement d'avoir pris trop de liberté.

Innes se leva, comme l'exigeaient les bonnes manières. Il ne pouvait se rasseoir avant que Mme Fraser ait pris place, et elle n'avait pas l'air pressée. En fait, elle semblait agitée, voire un peu offensée, ce qui ne pouvait pas être attribué au seul sherry, se dit Innes.

« Puis-je vous en servir un verre ? » lui demanda-t-il. Quand il se pencha légèrement vers la bouteille, il surprit le regard sidéré de Hazel, et vit aussi, à la lueur du feu, un cercle de minuscules diamants à l'un de ses doigts refermés autour du verre bleu et or.

« Pas pour l'instant, répondit Mme Fraser en impliquant peut-être que l'heure de l'apéritif n'avait pas encore sonné (un autre impair ?). Hazel, où est passée

Louise ? » ajouta-t-elle avec un regard appuyé qui passa de la jeune fille à Innes, planté là sans bouger.

Lorsqu'il se redressa de toute sa hauteur (il n'était pas exceptionnellement grand, même s'il dominait la minuscule Mme Fraser), il commença à comprendre que, aux yeux de Mme Fraser, il avait sans doute commis une faute en se présentant d'abord à la sœur qui n'était pas la bonne.

C'était couru d'avance, songea Agnes en posant son stylo et en se levant du bureau. Avec une certaine satisfaction, elle s'approcha alors du lit et se mit à sortir ses affaires de son sac en Nylon.

Bridget examina les deux garçons de quinze ans affalés sur la banquette arrière. Bouche ouverte, ils dormaient, et le casque qu'ils avaient sur les oreilles laissait échapper des sons grêles. Matt, son fils, avait une peau nette, n'ayant pas hérité, contre toute attente, de l'acné paternelle. Le visage de son ami était en revanche presque ravagé, cruel signe annonciateur de l'adolescence. Bridget aurait bien voulu lui conseiller le BenzaClin et la tétracycline, mais Brian ne risquait-il pas de se vexer ? Sûrement. Et si Bridget signalait l'existence de ces antibiotiques à la mère de Brian ? Non, aborder la question pourrait se révéler tout aussi gênant. Elle ne s'en mêlerait donc pas. D'ailleurs, elle avait déjà bien assez de soucis comme ça sans se débattre avec les problèmes de peau du gamin.

N'empêche. La médecine moderne accomplissait des miracles.

Bridget laissa son regard s'attarder sur le visage assoupi de son fils, ayant eu bien peu l'occasion de le faire ces derniers temps. Matt avait un rythme biologique radicalement différent du sien et, en général, il ne dormait pas encore quand elle allait se coucher. Bien sûr, le matin, elle montait le réveiller pour qu'il se prépare à aller en classe, mais elle redoutait cette corvée. Renfrogné au réveil, il ne faisait aucun effort, et son pas lourd vers la salle de bains, sa douche interminable et son indécision exaspérante au moment de choisir un polo et un pantalon manifestaient une profonde résistance à se voir arracher à ses rêves. Il prenait rarement un petit déjeuner, et essayer de converser avec lui de bon matin n'avait rien de réjouissant. Mère et fils communiquaient par questions lapidaires, sans doute communes à toute l'Amérique du Nord, se disait Bridget. « Tu as ton sac à dos ? Tes chaussures à crampons ? Tes devoirs sont terminés ? À quelle heure finit l'entraînement aujourd'hui ? » Les réponses parvenaient souvent sous forme de grognements qui pouvaient dégénérer en ripostes hargneuses si Bridget posait une question de trop. Depuis un an et demi, elle avait appris à être présente s'il avait besoin d'elle, à se faire oublier le reste du temps, une technique qu'elle avait presque maîtrisée.

L'après-midi, les choses se passaient mieux. Plus sociable en revenant de ses cours, Matt fonçait dans la maison en apportant avec lui l'odeur du gymnase ou des terrains de sport, et, l'estomac dans les talons, il était prêt à avaler quasiment tout ce qu'on lui présentait. C'était le seul moment où Bridget réussissait à lui faire manger des légumes – crus, qu'il trempait dans une sauce. Il lui parlait alors sans esquiver ses questions. Elle prenait toutefois soin de ne pas les multiplier et ne posait jamais la même deux jours de suite. Depuis qu'elle était tombée malade, Matt se montrait parfois plein de sollicitude. Il lui arrivait de lever soudain les yeux de sa guitare pour regarder sa mère et lui demander comment elle se sentait, ou alors elle le surprenait à la scruter quand il croyait qu'elle ne le voyait pas. Bridget avait tenté d'épargner à son fils le plus gros de sa maladie. C'était Bill qui portait ce poids et l'acceptait sans se plaindre.

Bill prenait un jour de congé les jours où Bridget avait sa chimiothérapie, était à ses côtés pendant qu'on lui perfusait cette substance qu'elle n'assimilait pas à un poison, contrairement à de nombreux patients, même si, supposait-elle, c'en était bien un. Elle préférait considérer comme des potions bienfaisantes les trois produits chimiques qui passaient goutte à goutte dans son corps. Les après-midi et les soirs où elle ne pouvait pas lever la tête de son oreiller, Bill était là. Les jours de traitement, il lui apportait de la ricotta et des fruits, les seules choses, curieusement, qu'elle avait envie de manger. Si elle le souhaitait, il la laissait seule, ou bien, les mains sur les hanches, restait dans la chambre pendant qu'elle allait vomir dans la salle de bains. Elle n'aimait pas qu'il la voie dans cet état, même si elle savait qu'il l'entendait. Parfois, lorsqu'elle souffrait de nausées, l'affolement la gagnait, et alors elle appelait Bill, qui s'approchait de la porte. Le simple fait de savoir qu'il était devant la salle de bains suffisait à la calmer. Il lui rappelait que l'épreuve allait bientôt se terminer et que le médicament agissait, des banalités qu'elle aurait pu se répéter elle-même.

Bridget jeta un coup d'œil à Bill, assis à côté d'elle, au volant – cheveux acier, visage rond sculpté par l'âge ; et aussi l'autre sculpture, celle de son torse, qui se défaisait avec les ans, telle de la glace qui fond lentement. Elle aimait Bill. Pas avec férocité, comme elle aimait son fils. Pas d'une passion dévorante comme autrefois, quand elle était adolescente. Non, plutôt d'une manière solide, en toute connaissance de cause, un courant d'adoration et de souvenirs agitant le fond d'une eau dont la surface était faite de gratitude.

Sentant son regard, il tourna la tête et avança la main pour lui donner une petite tape, ce contact étant à la fois machinal et rassurant.

« Comment ça va ? demanda-t-il.

— Bien. » Bill accepterait cette réponse sans en être dupe, elle le savait.

Car Bridget n'allait pas bien. Depuis qu'elle avait commencé la chimio, les longs trajets en voiture la rendaient malade. Elle éprouvait le besoin de descendre se dégourdir les jambes, de respirer un peu d'air pur. En outre, autre conséquence de la chimio, elle avait faim, se sentait sans cesse obligée de se remplir l'estomac. Enfin, désir tout à fait justifié, elle voulait se faire plaisir de temps à autre, si bien qu'elle avait grossi de six kilos en six semaines. Cette prise de poids lui paraissait vraiment mortifiante, surtout au moment où elle allait se marier. Elle songeait au tailleur rose en lainage bouclette qu'elle porterait pour la cérémonie. La taille trop juste la serrait et faisait remonter la jupe. Cette pensée en entraîna une autre, déprimante : il lui faudrait mettre des sous-vêtements en béton pour effacer ses nouveaux bourrelets, body, collant, gaine. Trop de baleines, mais Bridget refusait de se laisser aller.

Ainsi, par exemple, elle ne voulait pas qu'on voie sa tête presque chauve. La perruque, c'était pour son fils, se disait-elle, car si elle n'avait pas l'air malade il s'inquiéterait moins. Et aussi pour ses collègues du Conseil de l'enseignement. Pourtant, bien sûr, la perruque était surtout pour elle. Après la première des trois semaines de traitement, ayant retrouvé quelque énergie, elle pouvait presque se croire en bonne santé. Son teint avait changé (il était devenu plus pâle et, d'après les médecins, pourrait le rester), mais, avec la perruque et un peu de blush, elle espérait avoir une apparence normale. La peur était contre-productive, avait-elle appris. On ne pouvait pas passer tout son temps à penser à la mort.

Elle effleura le tulle rêche qui s'écartait légèrement de sa nuque. La perruque était en cheveux naturels européens, colorés en châtain clair, plus épais que les siens. Mais Bridget n'arrivait pas à s'habituer à l'impression curieuse que lui faisaient ces cheveux qui ne lui appartenaient pas et, pour elle, ressemblaient davantage à un chapeau.

La perruque avait été hors de prix, et Bridget s'était donné un mal fou pour la trouver. Dès sa première chimio, elle s'était rendue de la banlieue de Boston, où elle habitait, à New York, sur les conseils d'une amie qui connaissait à Brooklyn une boutique censée être la Rolls-Royce des perruquiers (les *sheitel machers*, comme on les appelait). Après une nuit passée dans un hôtel de Manhattan, elle avait pris un taxi pour s'enfoncer dans le quartier Flatbush de Brooklyn, et avait remarqué la nette démarcation qu'opéraient enseignes en hébreu et commerces casher. Assaillie de doutes, elle était entrée dans le magasin peu avenant, ayant conscience d'être une étrangère. On l'accueillit pourtant bien, quoique d'une manière désordonnée, puis on l'entraîna vers l'arrière-boutique. Là, en attendant la propriétaire – qui allait s'occuper d'elle et devenir une sorte de confidente dès le premier essayage –, elle avait, sans pouvoir s'en empêcher, suivi dans le miroir le drame qui se jouait dans le fauteuil voisin. Une jeune fille qui ne pouvait guère avoir plus de dix-huit ans essayait pour la première fois une perruque neuve. L'air juvénile, elle paraissait, de même que certaines adolescentes, sur le point d'échapper à tout contrôle – tout d'abord enchantée, puis hargneuse avec sa mère, elle arracha bientôt la perruque comme si elle était contagieuse, et se mit à sangloter. Elle allait se marier dans deux jours, entendit Bridget (le mariage se déroulerait donc un mercredi, jour peu courant pour cette cérémonie), et, juste avant, elle se ferait raser la tête. La tradition orthodoxe à laquelle elle appartenait interdisait à une femme mariée de montrer ses cheveux à quiconque, sauf à son mari. La jeune femme porterait une perruque le restant de ses jours. Ses cheveux étaient d'une beauté étonnante, épais, longs, luisants, et Bridget n'arrivait pas à croire que, dans deux jours, elle permettrait qu'on les lui rase. Cette vision pénible rappelait les camps de concentration et le sort des collaboratrices françaises pendant la Seconde Guerre mondiale. Les minutes durant lesquelles Bridget resta dans cette arrière-boutique comptèrent parmi les plus étranges (et les plus difficiles à appréhender) de son existence, et ce ne fut qu'au moment où la propriétaire vint passer délicatement les doigts dans ses cheveux courts, qu'elle percevait sans aucun doute comme étrangers, étant donné le contexte, que Bridget fut ramenée à la réalité de son cancer et à la raison pour laquelle elle était venue.

Le processus avait réclamé trois visites à Brooklyn, chacune plus pénible que la précédente du fait de la progression du traitement, la dernière presque désespérée, car Bridget perdait ses cheveux à une allure folle. Le taxi commandé par Bill avait pris Bridget chez elle et l'avait déposée chez le *sheitel macher*, un lieu désormais familier, et même confortable, où les employés l'avaient accueillie en vieille amie. La voiture l'avait attendue, ramenée à la maison, un aller retour de treize heures qui avait coûté à Bill près de mille dollars, une dépense qui valait vraiment la peine, convint ensuite Bridget.

Elle était maintenant habituée à la perruque et appréciait même son côté pratique (elle la mettait au réveil et, aussitôt, avait une coiffure parfaite), malgré la présence importune de cet objet inanimé dans le lit lorsque Bill passait la nuit auprès d'elle. Le plus difficile à supporter, avec cette maladie, ce n'était pas la peur de la mort ou le traitement proprement dit, mais plutôt la perte de sa dignité, qu'on ressentait de façon encore plus atroce au moment où on se préparait à se marier.

Le cancer avait pris Bridget à l'improviste, et il lui avait fallu un certain temps pour accepter cette réalité. Elle se rappela la mammographie passée fin août, un simple contrôle, le troisième depuis ses quarante ans, et la manière dont elle s'était plainte à Bill que cet examen était ennuyeux et désagréable. Après la radio, elle avait attendu dans une cabine, se sentant nue sous sa chemise d'hôpital, et au bord de la claustrophobie. Elle lisait un article de *Family Circle*, qui expliquait comment faire neuf repas avec les quantités initialement prévues pour trois, et pensait qu'on allait lui dire que tout allait bien, comme les deux fois précédentes. Mais on prit d'autres clichés, en prétextant toutefois un problème technique. Après quoi, elle retourna attendre dans la cabine et, incapable de lire à présent, serra son magazine au point d'avoir des marques noires et rouges sur les doigts. Un technicien lui annonça qu'une échographie serait nécessaire. On lui assura qu'il n'y avait pas lieu de s'inquiéter et on lui présenta la chose comme une simple vérification due à la présence de kystes. Bridget était allongée dans une pièce sombre, du gel étalé sur le sein droit, pendant qu'un technicien promenait une sonde autour de son mamelon, puis dessus, refaisant sans cesse le même circuit, avant de poser la sonde et d'aller chercher le radiologue. Les questions de Bridget – « Tout va bien ? Vous voyez quelque chose ? » – restèrent sans réponse. À voix basse, le médecin et le technicien parlaient d'une « ombre ».

La lumière se ralluma soudain et Bridget fut priée de se rhabiller pour aller voir le radiologue dans son bureau. Même si elle avait les mains tremblantes en boutonnant son chemisier, elle pensait encore qu'on ne lui annoncerait rien de catastrophique. Peut-être faudrait-il retirer un kyste, voire pratiquer une biopsie, mais ce serait là pure routine.

Dans son bureau étriqué, non éclairé, le radiologue demanda à Bridget de regarder sa mammographie et lui montra une tache « suspecte ». Un terme codé qui, elle l'apprendrait bientôt, désignait une tumeur maligne.

« Vous voyez cette étoile ? » Il montrait quelque chose sur la radio, mais regardait Bridget droit dans les yeux.

Ce fut seulement dans l'après-midi, quand elle en parla à Bill, qu'elle se rendit compte que l'« étoile » était un euphémisme pour « cancer », car elle avait bel et bien vu la forme d'un crabe, l'ovale du corps et les pinces plantées dans sa chair. Pourtant, même en prononçant le mot redouté, elle n'y croyait pas encore. La tumeur se révélerait bénigne.

Au cours des semaines suivantes, des résultats d'examen de plus en plus alarmistes causèrent à Bridget une succession de chocs : tout d'abord, la biopsie révéla une tumeur maligne ; lorsqu'on l'enleva, on se rendit compte qu'elle était un peu plus grosse que prévu ; autre mauvaise nouvelle : cinq ganglions lymphatiques étaient atteints ; enfin il fallut se rendre à l'évidence : des rayons et une chimiothérapie lourde seraient nécessaires. Même alors, Bridget n'avait pas pris toute la mesure des ravages provoqués par ces traitements avant d'assister à une réunion d'information sinistre au cours de laquelle une infirmière aborda l'hygiène anale et le déclin de la sexualité. Elle leva alors la main et, calmement, lui dit : « Ça suffit », refusant d'entendre un mot de plus, car elle craignait la force de suggestion. Nier la réalité, apprenait-elle peu à peu, n'était pas seulement efficace, mais parfois primordial.

En revenant chez elle, Bridget était confrontée à une tâche difficile : il fallait annoncer la nouvelle à Matt. S'il avait vaguement compris que sa mère avait subi certaines interventions, il ignorait tout de son cancer. Elle lui demanda de s'installer dans la salle de séjour. Du fait de son caractère inhabituel, cette solennité était en elle-même dérangeante.

« Qu'est-ce qu'il y a ? » En s'asseyant, il répéta : « Qu'est-ce qu'il y a ?

— J'ai un cancer du sein. »

Elle savait que ces deux mots, « cancer » et « sein », appliqués à sa mère, pouvaient le déstabiliser, du moins au début. À quinze ans, son fils ne souhaitait sans doute pas s'y appesantir.

L'année précédente, Matt avait eu un cours de sciences sur le cancer, et il était bien informé sur cette maladie. « Je ne veux pas être là quand on t'annoncera qu'il y a une récidive ! » s'écria-t-il. Puis le choc et la peur le pétrifièrent, et Bridget eut bien du mal à le rassurer, à lui affirmer que, en dépit de tous les cas tragiques, les choses allaient bien se passer. Physiquement épuisante, cette entreprise se termina à dix heures du soir par un repas de tacos devant une émission de sports à la télé.

Bridget posa un pied sur le tableau de bord et le bras droit sur le rebord de la vitre. Les quinze jours qui avaient suivi cette soirée avaient été difficiles. Son fils était de plus en plus renfermé, refusait de parler de ce qui l'inquiétait, comme si, lui aussi, savait qu'évoquer une chose, c'était la rendre réelle. Bridget et Bill avaient décidé que, dans l'intérêt de Matt, Bill ne quitterait pas son appartement bostonien pour s'installer chez Bridget (une décision nostalgique et illogique, dans la mesure où foyers brisés et familles recomposées n'avaient rien d'inédit pour la plupart des adolescents d'aujourd'hui), toutefois Bill se mit à passer de plus en plus de soirées et de nuits auprès d'elle pour la soutenir pendant le traitement, faire la cuisine et aider Matt avec ses devoirs. Bridget dormait d'un sommeil irrégulier et, parfois, devait se coucher avant huit heures. Savoir que Bill se trouvait dans la maison la rassurait, même si Matt n'avait pas vraiment besoin de lui.

Pourtant, Bill n'était pas là quand « le problème avec l'alcool » s'était produit. C'était à présent en ces termes que Bridget y pensait.

Un lundi matin, elle s'était réveillée avec l'intention de préparer du pain perdu pour Matt et Lucas Frye, un ami de son fils, qu'elle avait hébergé pour la nuit. Les parents de Lucas – et Bill lui aussi – étaient en voyage. Se sentant plus en forme que d'habitude, Bridget était allée dans la cuisine en robe de chambre, avait sorti les ingrédients, puis était montée réveiller les deux garçons. Par la porte ouverte de la chambre, elle avait appelé, et Lucas lui avait répondu d'une voix faible. Un peu soulagée, Bridget s'était dit que Lucas se chargerait de faire lever Matt et de l'envoyer sous la douche sans qu'elle ait besoin d'intervenir, une bénédiction inespérée pour un lundi matin. Mais un Lucas penaud, aux yeux rouges, se présenta seul à la table du petit déjeuner. Bridget se reprocha de ne pas s'être assurée que les garçons se couchaient à une heure raisonnable avant de se retirer dans sa chambre.

« Où est Matt ?

— Il ne veut pas se lever.

— Tu parles sérieusement ?

— Je n'arrive pas à le tirer du lit, fut tout ce que Lucas répondit en essayant de détourner les yeux du lard en train de frire.

— Tu ne te sens pas bien ? »

Lucas haussa les épaules. Bridget en conclut seulement qu'il était aussi rétif que son fils dès qu'il s'agissait de se lever pour aller en classe.

Elle remonta à l'étage et entra dans la chambre de Matt. Il n'était pas dans son lit. Après l'avoir appelé, elle alla vérifier dans la salle de bains, puis revint dans la chambre. Ce fut alors qu'elle remarqua sur la moquette, au milieu d'un enchevêtrement de jeans, de T-shirts et de jeux vidéo, une tache sèche, orange, de vomi. Elle appela de nouveau son fils et s'avança dans la pièce pour scruter entre les lits jumeaux. Matt était étendu sur le flanc, vêtu d'un short de basket en maille et d'un T-shirt, les pieds emmêlés dans son jean, comme s'il avait vainement tenté de s'habiller. Effrayée, Bridget hurla son nom, puis s'agenouilla et essaya sans succès de le réveiller. Le choc lui noua la gorge, lui remua l'estomac. Matt avait-il eu une attaque ?

Elle se précipita sur le palier, appela Lucas pour tâcher de savoir ce que les garçons avaient fait, mais s'aperçut plus tard qu'il était déjà parti pour le lycée. Bridget composa le 911 pour demander des secours, retourna auprès de Matt, lui prit le pouls, le trouva d'une rapidité affolante. Curieusement, son fils ne sentait pas l'alcool, ce que secouristes et policiers firent remarquer avant de lui demander à plusieurs reprises si son fils avait déjà eu une attaque. Bridget réfléchit à toutes les raisons pour lesquelles un adolescent de quinze ans aurait pu avoir une attaque, et aucune ne lui parut crédible. Les secouristes allongèrent Matt sur un brancard, le descendirent et l'installèrent dans l'ambulance qui attendait. En enfilant un pantalon et un pull, Bridget pensait : « Dites-moi que ce n'est pas vrai ! »

Deux voitures de police et une ambulance étaient garées dans son allée, toutes trois avec leur gyrophare en action, le genre de cirque propre à attirer tous les voisins à leur fenêtre. Une légère bruine tombait, et Bridget, pourtant tremblante à présent, s'inquiéta au sujet de Lucas et demanda à un policier d'essayer de le retrouver.

Puis elle s'installa à l'avant de l'ambulance. Ils se dirigèrent vers l'hôpital sans sirène, et ce silence eut un effet tour à tour affolant et apaisant sur elle. En scrutant par la petite ouverture donnant à l'arrière du véhicule, elle vit qu'un secouriste frottait vigoureusement le sternum de son fils, si bien que Matt lâcha un mot que Bridget ne lui avait encore jamais entendu prononcer. Elle faillit le réprimander pour cette grossièreté, puis le côté ridicule de ce reproche lui apparut. Avant l'arrivée à l'hôpital, le chauffeur apprit par radio que Lucas avait été repéré sur le chemin du lycée et était passé aux aveux : à eux deux, les gamins avaient descendu une bouteille entière de vodka trouvée dans le congélateur, reste d'une petite fête estivale que Bridget et Bill avaient donnée. Bridget avait complètement oublié cette vodka, qui, de même que les paquets de petits pois surgelés et la viande indéfinissable contenue dans des sachets de congélation Ziploc, faisait partie du décor. Soumis à un interrogatoire serré, Lucas avait affirmé que Matt et lui avaient bu la même quantité d'alcool, et Bridget se demanda comment il avait été capable de se rendre au lycée à pied. L'idée venait sans doute de Matt, car son copain ne pouvait pas savoir qu'il y avait de la vodka dans le congélateur, songea Bridget. Bon, d'accord, il l'avait peut-être aperçue en cherchant un bâtonnet de glace, mais quel gamin aurait pris la liberté de s'en saisir ? D'un autre côté, tout était possible avec ces gosses. Comment, en effet, pouvait-on se douter que deux adolescents de quinze ans auraient envie de se cuiter un dimanche soir ?

À l'hôpital, Matt et Bridget furent séparés. Elle s'installa dans une salle d'attente où, aux quatre coins, des téléviseurs montraient tous des talk-shows matinaux pleins d'entrain. Quand on lui permit enfin de pénétrer dans le service des urgences pour voir son fils, elle le trouva sans connaissance, vêtu d'une blouse d'hôpital, relié à plusieurs moniteurs. On l'avait piqué au dos du poignet pour le mettre sous perfusion, une vision qui la glaça. C'était, bien sûr, dans cet hôpital qu'elle venait pour sa chimiothérapie. Elle demanda à une infirmière si un lavage d'estomac avait été pratiqué, et on lui répondit que c'était trop tard. L'alcool avait déjà été absorbé par l'organisme.

Sept heures durant, Bridget resta assise au pied du lit pendant que médecins et infirmières la heurtaient dans ce compartiment étriqué aux odeurs bien reconnaissables et souvent déplaisantes. Dans le box voisin, un homme âgé se plaignait d'une douleur atroce au ventre. Un médecin vint dire à Bridget que Matt avait encore un taux d'alcool incroyablement élevé dans le sang et estima qu'il aurait pu s'avérer mortel vers une heure du matin. Ses reins, apprit-elle, avaient failli ne plus fonctionner.

Sentant l'alcool à présent, Matt reprenait connaissance de temps à autre, mais ses propos restaient incohérents. Bridget passait de la colère au chagrin. « À quoi pensais-tu donc ? » s'écriait-elle. Puis, tout de suite après, elle murmurait : « Je t'aime beaucoup. » Tant que son fils serait sous perfusion, lui dit-on, il n'aurait pas cette affreuse gueule de bois qu'elle se surprit à lui souhaiter, ne serait-ce que pour que ça lui serve de leçon.

Puis vint le moment des coups de fil. À Bill (sidéré). Aux parents de Lucas (sidérés et déroutés). Et au lycée (déjà prévenu par la police). Peu à peu, la terreur – deux rasades supplémentaires d'Absolut se seraient-elles révélées mortelles ? Les reins auraient-ils explosé ? Matt se serait-il étouffé dans son vomi ? – fit place à l'ennui pendant que Bridget voyait l'urine de son fils s'écouler dans une poche en plastique qu'elle frôlait du genou. Vers trois heures de l'après-midi, pour ne pas céder à la somnolence, elle s'obligea à se rappeler la gravité de l'incident et se répéta : « il a failli mourir ».

En silence, mère et fils avaient quitté l'hôpital et, au début, Matt avait refusé d'entrer dans la maison. Pendant près d'une heure, il avait sangloté, assis jambes croisées dans l'allée, et Bridget n'était pas parvenue à lui arracher la raison de ces pleurs. Une fois la perfusion ôtée, les nausées et le mal de tête commencèrent à se manifester, et il alla plusieurs fois vomir dans la salle de bains du haut. Tant mieux, songea Bridget en l'entendant. Attentive à l'extrême, elle ne se coucha pas avant trois heures du matin, car elle éprouvait le besoin de le surveiller dans son sommeil et de le réveiller brièvement de temps à autre. Avant de se glisser dans son lit, elle jeta tout l'alcool qu'elle put trouver dans la maison : deux bouteilles de vin rouge, une bouteille de blanc, une flasque de Chivas dénichée dans le placard, et enfin un pack de six Samuel Adams qu'elle sortit du réfrigérateur, geste idiot et futile dans la mesure où Bill le remplacerait sans doute en revenant de voyage. Ce n'était d'ailleurs pas la bière qui posait problème.

Le lendemain matin, Matt s'habilla sans difficulté et, affaibli, prit un petit déjeuner complet. Quand il revint du lycée, dans l'après-midi, il dévora un bol de *guacamole* avec des côtes de céleri cru et, penaud, raconta à sa mère ce qui s'était passé. À force de « chiche » et de « t'es pas cap' », les deux gamins, qui ne connaissaient pas leurs limites, s'étaient copieusement soûlés. Ignorant que toutes les bonnes choses avaient une fin, ils n'avaient cessé de se passer la bouteille. Après le problème avec l'alcool, Matt avait plus ou moins retrouvé son caractère accommodant, et Bridget se demandait si cette expérience n'avait pas exercé un effet cathartique, si cette cuite qui avait failli le tuer, mais dont il s'était sorti, ne l'avait pas purgé de sa peur de la mort (la mort de sa mère).

« Si on faisait une pause-café ? suggéra Bridget en remettant les pieds par terre.

— Les garçons doivent être affamés.

— Ils sont toujours affamés », répliqua Bridget en dévisageant Bill. Elle qui n'avait plus de mari depuis près de dix ans s'était aperçue que Bill comptait parmi les rares hommes suprêmement doués pour tirer le meilleur des gens. D'elle. De Matt. Et, sans aucun doute, des quelque deux cents employés qu'il dirigeait dans son entreprise d'informatique.

« Qu'est-ce qu'il y a ? demanda-t-il en esquissant un sourire.

— Rien.

— Allons, dis-le-moi.

— Je n'arrive toujours pas à croire que nous allons le faire. »

De son bras libre, il l'attira à lui. Elle se pelotonna un instant contre lui malgré l'inconfort de la manœuvre. Il l'embrassa brièvement en détournant les yeux de la route.

« Tu vas nous tuer », dit-elle.

Bill s'arrêta sur le parking d'une aire de repos, et les garçons sortirent de leur torpeur. Vêtus tous deux d'une doudoune North Face et d'un jean Abercrombie & Fitch, ils descendirent du monospace et s'étirèrent. Pendant qu'ils dormaient, ils avaient grandi de un centimètre.

« Où on est ? demanda Matt.

— Je me suis dit qu'on pourrait manger un morceau », répondit Bill.

Émergeant de leur hibernation, ils traversèrent le parking pour se diriger vers l'alignement de fast-foods. Bill passa un bras sur les épaules de Bridget.

« Tu es sûre que ça va ? demanda-t-il.

— Cette pause va me faire du bien, répondit-elle en tâchant de régler son pas sur le sien.

— Matt voulait louer un smoking.

— C'est vrai ? » Son fils estimait donc que l'occasion méritait une tenue de soirée. Bridget en était surprise.

« Alors, on l'a fait.

— Quoi ? Matt et toi, vous allez porter un smoking ?

— Brian aussi.

— Pour un repas de douze personnes ? »

Bill se fendit d'un large sourire.

« Ah ! ces hommes ! Comment vous êtes-vous donc débrouillés ? Quand êtes-vous allés les chercher ?

— Tu te rappelles le soir où Matt m'a demandé de l'emmener acheter des baskets ? C'est lui qui a pensé aux smokings, et il voulait que ce soit une surprise. Je t'en parle maintenant pour que tu aies le temps de t'habituer, au cas où cette idée ne te plairait pas. Parce que, ma petite, nous allons les porter, ces smokings.

— J'en suis ravie, au contraire. »

Ils aperçurent les garçons dans la queue du Burger King, et Bill alla les rejoindre. Bridget, qui même avant sa maladie n'avait jamais pu ingurgiter ce genre de nourriture, s'approcha du stand de yaourts glacés. Elle commanda une portion moyenne de yaourt à la vanille, garnie de noix (les six kilos qu'elle avait pris n'avaient rien d'étonnant, songea-t-elle). En se retournant, son yaourt à la main, elle vit que Bill l'appelait à une table où les garçons s'affairaient déjà à engloutir leur double *whopper* avec supplément de fromage. Une quantité de graisse inimaginable ! Mais inutile de s'inquiéter. L'organisme de Matt et de Brian était doté d'un moteur à combustion interne qui brûlerait les calories avant même leur arrivée dans les Berkshires. Tout en se dirigeant vers leur table, Bridget se représenta l'auberge de Nora. Elle se rappelait le voyage qu'elle avait fait avec Bill deux mois auparavant pour rendre visite à leur vieille amie et voir sa nouvelle création. Fin octobre, au moment où ils avaient décidé de se marier, Bill avait pensé à l'auberge et avait écrit à Nora. L'idée de n'inviter que des anciens amis, ceux qui les avaient connus des années plus tôt, quand ils sortaient ensemble au lycée, était romantique. Bridget avait prévenu ses autres amis que le mariage serait une fête strictement familiale, un pieux mensonge qui ne la tracassait pas outre mesure.

« Voilà ton café », annonça Bill pendant qu'elle s'asseyait et que les garçons rassemblaient papiers gras et gobelets en plastique, sachets de ketchup et enveloppes de pailles.

Bill poussa vers elle l'énorme gobelet et, instinctivement, elle tourna la tête. L'odeur de café était écœurante. Sans se presser, pour que Bill ne s'en aperçoive pas, elle mit le café sur le côté et plongea sa cuiller en plastique dans le yaourt. La texture était soyeuse sur sa langue, le froid de la glace bienvenu, car elle avait soudain très chaud dans cette cafétéria. Elle laissa glisser sa parka de ses épaules, la coinça entre son dos et le dossier de la chaise, puis s'essuya le front et la lèvre supérieure.

« Ça va ? demanda Bill.

— J'ai un peu chaud, c'est tout.

— Merci pour le déjeuner », dit Brian. Il se rappelait ses bonnes manières à de curieux moments et, parfois une heure après le repas, il sortait en courant de la chambre de Matt pour remercier Bridget dans la cuisine une fois qu'elle avait fini la vaisselle.

« C'est de bon cœur, lui retourna-t-elle en espérant qu'il passerait un week-end acceptable et que Matt et lui trouveraient à s'occuper jusqu'à la fête proprement dite.

— Qu'y a-t-il ? demanda calmement Bill.

— Je crois que je dois aller aux toilettes. Je reviens tout de suite. »

Bridget avait horreur des toilettes publiques à cause des microbes, avec le papier qui traînait par terre et les cuvettes bouchées. Elle détestait les robinets automatiques qui refusaient de laisser couler l'eau, les sèche-mains qui lui faisaient amèrement regretter de ne pas avoir emporté de crème. Lorsqu'elle franchit la porte réservée aux femmes, la sueur perlait sur son front et elle éprouvait une sensation familière d'affolement et de vertige. Éprouvant le besoin de s'isoler le plus possible, elle choisit le dernier W-C de la deuxième rangée.

Après avoir fermé la porte, elle se pencha au-dessus de la cuvette dont elle releva la lunette avec sa botte. Les yeux fermés, elle se soutenait à deux mains posées à plat sur chaque paroi métallique et attendait. La nausée se manifesta. Pour s'aider, elle toussa. Rien ne vint. La transpiration lui avait trempé les cheveux sous la perruque et s'écoulait le long de sa colonne vertébrale.

Seigneur ! pensa-t-elle. Il lui faudrait s'en sortir toute seule. Bill ne pouvait pas entrer ici. Dans combien de temps commencerait-il à s'inquiéter ? Enverrait-il quelqu'un la chercher ? Une autre bouffée de nausée monta, et elle se pencha davantage. Le mieux était d'essayer de rendre pour s'en débarrasser, mais elle n'osait pas s'introduire un doigt dans la bouche. Peut-être avait-elle touché quelque chose de sale ; or, en ce moment, elle devait faire très attention aux germes et avait pris l'habitude de se laver les mains une bonne dizaine de fois par jour. Une troisième bouffée nauséeuse la gagna, et elle s'efforça une nouvelle fois de vomir.

Au bout d'un moment, elle se redressa. Était-ce là un répit temporaire ? Après avoir patienté une minute, elle s'enhardit à ouvrir les yeux. Avec une poignée de papier hygiénique elle s'essuya le visage, puis souleva l'arrière de sa perruque pour éponger la sueur accumulée sur la nuque. Elle se sentait beaucoup mieux. Avait-elle obtenu un sursis ? Pour son mariage ? Elle jeta le papier dans la cuvette.

Une fois sortie des W-C, elle se lava les mains devant le miroir. Son teint était pâle, ses traits moins nets, car les kilos supplémentaires (quelques grammes à cet endroit) lui alourdissaient le menton. La perruque avait été lavée ce mois-ci et gonflée par un brushing. Quand elle ouvrait le petit carton carré expédié de Brooklyn, Bridget ne savait jamais qui elle serait ce mois-ci. Une dame mûre, avec les cheveux sagement roulés en dedans ? Une ingénue vieillissante avec des boucles ? Ou quelqu'un de plus à la page, avec des cheveux raides qui tombaient sur les épaules ? Bridget avait spécifié « pas de rouleau en dehors » en renvoyant la perruque pour le shampooing mensuel (si elle l'envoyait par la poste à six heures du soir le lundi, elle la récupérait avant dix heures le mercredi matin – ce qui voulait dire s'en passer pendant quarante heures et, parfois, porter une perruque de substitution en fibres synthétiques), mais sans doute cette recommandation passait-elle mal en yiddish. La semaine précédente, Bridget avait été un peu angoissée à l'idée de se marier avec cette coiffure bouffante, mais elle s'était bien gardée de laver elle-même la perruque. Elle l'avait fait une fois, et le résultat obtenu, désastreux, était une sorte de coiffure afro descendant jusqu'aux épaules.

En revenant des toilettes, elle trouva les garçons en train de se balancer sur leur chaise. Ils étaient rassasiés et ne tarderaient pas à se rendormir. Bill guettait son retour, mais peut-être son absence avait-elle été assez brève pour ne pas lui laisser le temps de s'inquiéter. Elle força un sourire sur ses lèvres, un sourire que la reconnaissance éprouvée pour ce répit rendit bientôt plus convaincant. (Reconnaissance envers qui ? Dieu ? Pouvait-il vraiment se soucier de Bridget et de ses nausées avec le 11 Septembre et les terroristes sur les bras ? Elle entendait la phrase que son père répétait tout le temps : « Nous ne valons pas plus cher qu'un tas de haricots », une formulation qui pouvait déranger ou apaiser, selon le point de vue qu'on avait sur la question.)

« Alors, les garçons, vous êtes prêts ? » lança-t-elle pour couper court à la question que Bill, elle le savait, s'apprêtait à lui poser.

Les adolescents repoussèrent leur chaise et se levèrent avec leur plateau. Après avoir essuyé une éclaboussure, Bill emporta le sien vers la poubelle. Ils allaient tous reprendre la route, arriver dans les Berkshires et s'installer dans leur chambre. Les garçons seraient en smoking, et Bridget se comprimerait dans son tailleur rose en lainage bouclette. Agnes, Harrison et Rob porteraient un toast et, demain, Bill et Bridget seraient mariés.

Adultes et gamins sortirent à la lumière du soleil. Bridget sentit un air doux lui entrer dans la gorge et lui effleurer la nuque. Elle était soulagée, tellement soulagée de ne pas se sentir nauséeuse pour l'instant. Lorsqu'elle prit Bill par le bras, il la laissa faire avec plaisir. Y avait-il chose plus enviable que se sentir bien ? Simplement se sentir bien ? se demanda-t-elle.

Harrison s'attaqua à la montée derrière l'auberge. Si les arbres dénudés évoquaient l'hiver, l'air tiède était printanier et, en songeant que Noël allait arriver dans moins de trois semaines, il se sentit agréablement déconcerté. Le chemin battu qu'il suivit serpentait entre des bosquets de bouleaux, contournait des affleurements rocheux et, de temps à autre, était si raide qu'il fallait s'aider de ses mains. Le soleil baignait les bois et la douce lumière hivernale ravit un instant Harrison.

Au fur et à mesure qu'il grimpait, la colline se faisait moins escarpée. Il atteignit un muret qui lui arrivait aux genoux et qui, malgré son ancienneté, était fort bien conservé. Après l'avoir longé, il fut surpris de découvrir qu'il se terminait abruptement sans laisser deviner ce qu'il avait jadis entouré. Revenant sur ses pas, il s'assit sur la pierre rugueuse et constata qu'il jouissait d'une vue exceptionnelle non seulement sur l'auberge, mais sur les Berkshires, au loin. Peut-être le muret avait-il été construit à cette fin.

Il se demanda où se trouvait Nora et à quoi elle s'affairait en ce moment. L'image qu'elle avait gravée en lui lorsqu'il l'avait vue de près pour la première fois lui revint à l'esprit avec une netteté frappante.

C'était un dimanche, l'année de sa seconde, il s'en souvenait. Il avait arpenté les rues du village comme il le faisait parfois quand il avait travaillé pendant plusieurs heures d'affilée et qu'une pause se révélait nécessaire. On était fin octobre, car une odeur de feuilles brûlées flottait dans l'air. Contrairement à Stephen, avec qui il partageait une chambre, il se levait tôt le dimanche matin et tâchait de liquider le plus gros des devoirs de la semaine. Son sommeil n'était pas extraordinaire, tandis que Stephen, lui, avait le chic pour bien dormir, comme il était doué pour presque tout, d'ailleurs. Harrison se rappela l'avoir vu suspendu par les pieds à sa couchette, la tête en bas, en train de commenter « The Death of the Ball Turret Gunner », de Randall Jarrell, alors qu'il avait à peine jeté un coup d'œil sur ce poème. Il se rappela aussi que ses plaisanteries savamment distillées avaient déclenché le rire de tous ses camarades quand il avait prononcé son laïus pour devenir délégué de classe – les élèves prisant par-dessus tout la décontraction et l'ironie. Et il le revit en train d'acquiescer avec respect, et même avec ardeur, lorsque son père avait affirmé que chacun devait découvrir son talent particulier et en tirer le maximum – un verre à la main et, à côté de papa, une carafe contenant un cocktail au whisky. Harrison avait l'impression que l'attention que son père lui accordait était rare, et donc d'autant plus briguée.

C'était sûrement avant le déjeuner qu'il avait entrepris cette promenade, se dit-il. Oui, forcément, puisqu'il y avait un flot restreint mais continu de voitures qui démarraient devant l'église congrégationaliste.

Onze heures et quart, donc ? Nora sortait-elle de l'église ? Curieusement, c'était la première fois qu'il se posait la question.

À l'époque, il marchait beaucoup – le dimanche, et parfois en semaine, le soir après l'entraînement, ou le matin avant les cours. Ce n'était pas pour prendre de l'exercice, car il n'en manquait pas, le sport étant obligatoire à Kidd. Non, c'était davantage pour s'éclaircir les idées et pour être en plein air. Depuis son plus jeune âge, il avait compris qu'il était amoureux de la nature et s'était souvent demandé s'il cherchait, en communiant avec elle, à apaiser un grand chagrin – la nostalgie d'un père disparu, peut-être ? –, mais il n'avait pas poursuivi l'analyse.

Non loin de lui, cette fille traversait la rue, Harrison s'en souvenait à présent. Il revoyait le bleu pâle de son manteau, son écharpe en laine nouée plusieurs fois autour du cou, de sorte que ses cheveux châtains, pris dedans, bouffaient et oscillaient de droite à gauche. À la différence de Harrison, elle ne semblait remarquer ni les maisons ni les tas de feuilles autour d'elle, elle ne regardait ni les fenêtres ni les jardins de derrière, mais elle paraissait fixer les yeux sur un point qui se trouvait à un mètre cinquante devant elle.

Souhaitant la rattraper, ne serait-ce que pour la voir de face, Harrison accéléra l'allure, passant de la promenade à la marche. Il croyait savoir de qui il s'agissait. Venant du Middle West, elle était arrivée à la rentrée des classes et était elle aussi en seconde. Il l'avait vue traverser le parc du lycée, entrer dans le réfectoire. Elle s'appelait… Sarah ? Non. Nora, voilà.

Sans jamais modifier son allure, elle avançait les mains dans les poches de son manteau. Harrison n'avait guère de peine à régler son pas sur le sien, mais hésitait à la dépasser. S'il se retournait et qu'elle croisât son regard, il serait obligé de lui parler, voire de faire un bout de chemin avec elle. Mais, même s'il trouvait excitante la perspective d'une conversation, il sentait que la jeune fille pourrait voir là une intrusion.

Harrison fut bientôt assez près pour distinguer son menton et ses cils bruns. Chargée en carbone, la fumée épaisse sentait délicieusement bon dans l'air frais. C'était bien la fille à laquelle il pensait. Nora. Nora comment ? Il se demandait dans quelles pensées elle était plongée pour ne pas lever la tête.

En s'approchant encore, Harrison se dit qu'elle avait forcément remarqué sa présence, ou du moins entendu ses pas. Il ne pouvait pas continuer à marcher sur ses talons sans ouvrir la bouche, car il aurait l'air de la suivre. Et elle serait obligée d'accélérer l'allure, ou, pire même, de pivoter pour lui faire face. Un vrai dilemme.

Tout compte fait, il n'avait pas vraiment le choix. Sans grand enthousiasme, il arriva à sa hauteur et balaya la rue du regard. Il lança un « bonjour », hésita une seconde, puis se remit à avancer.

Conscient de son regard – un regard brûlant qui semblait lui vriller le dos –, Harrison marchait en voulant donner l'impression de se diriger vers un but. Il avait à peine entrevu son visage (ses yeux sombres, pas vraiment surpris, plutôt prudents ; elle ne lui avait pas retourné son salut), et il atteignit bien trop vite l'entrée de Kidd. Il n'avait pas envie d'y pénétrer et, pendant qu'il marquait une pause devant ce qui était moins un portail qu'une simple voûte en fer forgé, seul un formidable effort sur lui-même l'empêcha de se retourner.

Pourtant, c'était ce qu'il aurait dû faire, songeait-il à présent. Où était le mal ? Il aurait pu feindre de nouer un lacet. Un prétexte quelconque, fût-il piètre, transparent, lui aurait permis d'engager la conversation. Harrison lui aurait demandé dans quel bâtiment elle était hébergée, si elle allait parfois se promener sur la plage. Et (que Stephen aille se faire foutre), ils auraient pu aller manger au réfectoire, s'asseoir l'un en face de l'autre, se trouver des points communs – des professeurs qu'ils avaient tous les deux, des cours qu'ils aimaient ou non.

Des univers entiers se bâtissaient sur des décisions prises en un clin d'œil, pensait maintenant Harrison. Si, ce jour-là, il avait parlé à Nora, elle aurait pu devenir sa petite amie, et non pas celle de Stephen. Et la scène du *cottage* n'aurait pas eu lieu.

Il se leva du muret et chercha l'endroit où le sentier repartait vers l'auberge. Ce que le hasard avait bâti ne pouvait pas être détruit, il le savait bien. Les décisions prises à un moment donné ne pouvaient pas être désavouées.

Si la montée lui avait pris près de quarante minutes, il n'en mit que quinze pour redescendre et arriva à l'auberge avec les genoux en compote et un appétit féroce. Il se demanda s'il avait loupé l'heure du déjeuner. Dans le hall, il remarqua une affiche mentionnant un autre mariage (se trouvait-elle déjà là tout à l'heure ?) : DÎNER DE MISE AU POINT KAROLA-JUNGBACKER, SALLE PIERCE, 19 H. Dès qu'il entra dans la salle à manger et s'assit, une serveuse lui apporta la carte. Les plats principaux étaient peu nombreux, mais variés : raclette aux cornichons et pommes de terre rôties ;

crêpes fourrées d'aubergines au four ; étuvée de foies de poulets fermiers. En entrée, il commanda une salade d'épinards et de figues, puis choisit la raclette. Tout en sirotant un verre de cabernet sauvignon, il apprécia la vue sur les montagnes qu'offrait la fenêtre orientée à l'ouest. Trois autres tables étaient occupées, l'une d'elles par un couple paraissant blindé contre l'enthousiasme débordant de son fils, un garçon qui avait plus ou moins l'âge de Tom, qui coloriait un album avec des feutres et ne cessait de vouloir extorquer à ses parents la promesse qu'ils monteraient dans un wagonnet des montagnes russes, puis iraient dans le magasin de sortie d'usine North Face et qu'enfin ils reviendraient à temps pour se baigner avant le dîner. Harrison essaya de croiser le regard du père dans l'espoir de lui transmettre un message d'empathie parentale.

Sa bonne humeur fut à peine entamée lorsque la salade arriva. Une mouche morte était tapie au bord, sous une feuille d'épinard. La serveuse ne s'en était pas aperçue et, ne voulant pas la gêner (ni elle, ni surtout Nora), il décida de ne pas en parler. Lorsqu'elle revint débarrasser la salade, à laquelle il n'avait presque pas touché, elle remarqua la mouche.

« Oh ! mon Dieu ! s'écria-t-elle aussitôt. Vous auriez dû le signaler.

— Ce n'est pas grave.

— Puis-je vous apporter une autre salade ? »

La serveuse avait des cheveux blonds sévèrement tirés en arrière, noués sur la nuque, et une canine saillante tachée de rouge à lèvres. Elle semblait si troublée que Harrison regretta de ne pas avoir dissimulé la mouche pour lui éviter cet embarras.

« Je vous assure que ce n'est rien. Mais, si vous voulez, vous pouvez m'apporter un autre verre de cabernet sauvignon. »

La jeune femme parut soulagée et fit aussitôt disparaître l'assiette incriminée, qui n'avait pourtant pas provoqué un bien grand émoi, songea Harrison, la présence d'une mouche à la mi-décembre n'étant qu'un signe supplémentaire de cette tiédeur anormale pour la saison. Presque tout de suite, elle lui apporta un verre de vin, et il prit le temps de le savourer en mangeant sa raclette. Il repensa au fameux jour où il avait vu Nora.

Sans un regard en arrière, il avait franchi l'entrée du parc, était retourné dans sa chambre et avait patienté jusqu'à une heure de l'après-midi pour réveiller Stephen. Harrison était rongé par l'indécision. Il aurait voulu remonter le temps, revivre le moment où il avait dépassé Nora et, au lieu de s'éloigner, engager la conversation avec cette fille en manteau bleu, ou même l'attendre à l'entrée, solution moins subtile. Pourtant, une fois cette chance envolée, il ne chercha pas à provoquer une nouvelle rencontre, comme un autre garçon aurait été tenté de le faire. Et lorsqu'il aperçut Nora dans le réfectoire cet après-midi-là, il ne lui parla pas, car la simple présence de Stephen, éblouissante et exigeante, masqua peu à peu le coin de la salle où elle se trouvait (quand il leva les yeux, elle avait disparu). Un peu plus tard, vers trois heures, il y eut la partie hebdomadaire de poker, puis un repas hâtif, suivi par l'étude, à huit heures du soir, pendant laquelle Harrison lut *Le Vieil Homme et la mer*, puisqu'il avait terminé tous ses devoirs le matin.

Si Harrison se rappelait très bien cette journée, il n'en allait pas de même pour les suivantes, et des mois entiers étaient à présent rayés de sa mémoire. Il se souvenait de quelques moments clés à Kidd, certains ayant trait au sport et d'autres, plus tard, à Nora, et, à condition d'être mis sur la voie, il parvenait à se remémorer tel ou tel incident, mais la quasi-intégralité de ses deux dernières années de lycée restait floue. Maria, une autre fille, lui revint à l'esprit. Pendant les vacances de Noël, il avait fait du ski avec elle. Ils étaient hébergés chez les parents de Maria, qui possédaient un appartement à Sunday River. À sa grande surprise, il avait été réveillé peu après une heure du matin par une Maria sportive qui s'était glissée dans son lit. Au début, il avait guetté le moindre bruit provenant de la chambre des parents et du couloir, mais sa vigilance avait cédé devant l'excitation d'avoir une fille dans son lit, une fille au savoir-faire remarquable, pas forcément indispensable, d'ailleurs, dans la mesure où Harrison était plus que consentant, quoique empoté, et très impatient de se débarrasser de sa virginité. Après cette expérience partagée, ils sortirent quelque temps ensemble, néanmoins Harrison sentait que Maria, avec ses longs cheveux blonds et ses seins épanouis, pouvait à tout moment se glisser dans le lit d'un autre. La fille au manteau bleu – troqué contre une veste en jean lorsque l'hiver céda la place au printemps – se fondit dans le passé, un passé gros d'occasions manquées, de chances envolées, et de légers regrets.

Début avril, au moment où la saison de base-ball commençait, ils avaient joué contre le lycée de North Fenton, une équipe coriace que Kidd devait néanmoins battre. Harrison avait gardé en mémoire la quatrième manche, mais pas vraiment les précédentes, même s'il se rappelait que North Fenton menait par cinq à zéro. Sur le monticule du lanceur, Jerry Leyden était la frustration incarnée. Un peu plus tôt, dans l'abri, il avait lâché : « Les gars, il faut qu'on s'y mette tous ensemble », l'équipe n'ayant pas marqué de point. Pour une fois, Harrison n'avait pas accusé la défense. À son avis, c'étaient les lancers qui posaient problème. Jerry n'envoyait pas la balle assez bas. North Fenton s'en était aussi aperçu et, à force de patience, avait obtenu ses cinq points : deux buts sur balles, un triple qui avait rapporté deux points, une base automatique et un coup de circuit. Au moment où sa mémoire défaillante fit un arrêt sur image, Harrison jouait sur la deuxième base, et le type de North Fenton qui était sur la première le rendait fou à force de rester loin du coussin. Jerry l'aurait d'ailleurs éliminé s'il avait été plus rapide à lancer la balle.

Harrison se demandait pourquoi l'entraîneur ne s'était pas encore pointé sur le monticule pour remplacer le lanceur. Placé entre la deuxième et la troisième base, Stephen fourrait le poing dans son gant. Une défaite l'affecterait encore plus que Jerry. L'arrêt-court se pencha en avant, posa les mains sur les genoux, oscilla pour garder sa souplesse. Harrison voulait de l'action et rôdait derrière le sentier de course. Dans le Maine, le base-ball était un sport qu'on pratiquait l'hiver sur un terrain boueux, par des températures glaciales, avec un vent violent qui soufflait de l'océan Atlantique et faisait sortir du champ droit une balle correctement frappée. Et pourtant, Rob Zoar était l'un des meilleurs joueurs de champ extérieur que Harrison avait jamais vus.

Une rafale s'abattit sur le monticule. Jerry attendit que ça se calme. L'arbitre lui demanda de jouer. Jerry exécuta son mouvement sans arrêt et, d'une manière théâtrale, leva la jambe très haut, avec une dépense d'énergie inutile, selon Harrison. N'importe quel coureur digne de ce nom pouvait voler la deuxième base avant que la balle rencontre le gant du receveur. Le batteur envoya un coup en flèche entre la deuxième et la troisième base. Harrison vit Stephen arquer son corps d'une façon impossible, attraper la balle dans son gant au moment où elle rebondissait dans la poussière et se retourner d'un bond pour la lancer, une technique impensable pour un lycéen. Harrison, qui l'attendait, sauta plus haut que le coureur, et la renvoya à la première base, éliminant ainsi le batteur. Deux retraits. C'était là leur double jeu breveté, mis au point l'année précédente. Harrison et Stephen en avaient parlé tout l'hiver et s'y étaient exercés sans cesse, Stephen en étant la clé, le pivot, car son mouvement de rotation était décisif. C'était la première fois de la journée qu'ils avaient l'occasion de l'exécuter.

Plus léger sur ses jambes à présent, gonflé à bloc, ses cheveux blonds agités par le vent sous sa casquette, son maillot plaqué contre sa poitrine, Stephen leva le pouce, un geste destiné à Harrison, assez discret pour que personne d'autre ne le remarque. Si, cette fois, Jerry parvenait enfin à envoyer une balle basse, l'équipe pourrait terminer la moitié de la manche et recommencer dans l'ordre initial : Harrison serait le premier batteur ; Rob Zoar, un frappeur de contact superbement doué, serait le deuxième ; Billy Ricci, le receveur, un frappeur d'une puissance phénoménale, passerait en troisième ; et enfin Stephen ferait le quatrième batteur pour « nettoyer ». Ils avaient encore une chance de s'imposer.

Harrison vit bien que la balle lancée par Jerry était facile à frapper. Le batteur ne s'y trompa pas. Il l'envoya par-dessus la clôture avec une trajectoire haute et longue, et elle alla s'enfoncer dans les fourrés épais, si bien qu'il était inutile d'essayer de la récupérer.

Six à zéro.

Jerry fut sorti, et un nouveau lanceur vint s'échauffer sur le monticule. Harrison jeta un coup d'œil vers la petite butte où les spectateurs étaient rassemblés – moins nombreux en avril qu'en mai, beaucoup de monde assistant à des matches à domicile – et aperçut une petite grappe de parents, dont certains, il le savait, avaient parcouru des centaines de kilomètres pour voir jouer leur fils. Assise à l'écart, sur la partie la plus raide de la pente, les coudes enfoncés dans l'herbe tendre, à demi allongée, il y avait Nora dans sa veste en jean, un foulard rose noué lâche autour du cou. Harrison nota la jupe kaki, les hautes bottes noires dont elle esquintait les talons. D'une main, elle s'abritait les yeux, mais il n'eut aucun mal à voir ce qu'elle fixait du regard. Elle était venue pour Stephen.

Même à présent, dans la salle à manger de l'auberge, Harrison ressentit une légère réplique du tremblement de terre qui l'avait secoué cet après-midi-là : il avait été tout d'abord perplexe, puis sidéré, et enfin indigné, même s'il savait que la trahison de Stephen ne pouvait pas être intentionnelle. Harrison ne lui avait jamais parlé de son occasion manquée, une occasion manquée constituant, par définition, un non-événement.

Soucieux à l'extrême, Harrison ne parvint ni à s'accroupir, ni à se détendre lorsque le nouveau lanceur envoya sa balle. Première prise. Le regard de Harrison passait sans cesse de Stephen à Nora, un manège digne d'un dessin animé, et son intuition se trouva confirmée lorsqu'il vit Stephen regarder en direction de la butte en souriant. Comment Harrison n'avait-il pas remarqué ce sourire ? Ce n'était sûrement pas le premier depuis le début du match.

Le batteur tenta de frapper – une deuxième prise qui aurait dû obliger Harrison à se dresser sur la pointe des pieds, à se préparer à une balle roulante et à un troisième retrait. D'une manière incroyable, le batteur réussit à frapper la troisième balle, très haute, à l'extérieur. La balle heurta soudain la jambe de Harrison et arriva derrière le joueur première base, un élève plus âgé, qui fut obligé à son tour de courir après pour essayer de l'attraper alors qu'elle ricochait sur une palissade.

Un joueur sur la deuxième base.

En jetant un coup d'œil à Stephen, Harrison vit que son ami ne comprenait pas ce qui se passait. Furieux, Harrison se détourna. Le lanceur de North Fenton était sur le marbre et, selon toutes probabilités, serait facile à retirer, mais la balle roulante passa entre les jambes du lanceur de Kidd. Harrison l'attrapa, mais mit trop longtemps à l'extirper de son gant, et le coureur en profita. Quand Harrison releva les yeux, il s'aperçut que le coureur de la deuxième base avait marqué un point.

Sept à zéro.

Harrison ne se rappelait pas le reste du match, mais il se souvenait que, une fois les battes et les casques rassemblés, lorsqu'ils mangèrent les *brownies* et burent la limonade qu'un des parents avait apportés, il avait vu Stephen s'approcher de l'endroit où Nora était allongée. Elle se leva et brossa sa jupe. Stephen se pencha pour lui parler. Du match pitoyable ? de son joli coup, qui n'avait pourtant servi à rien ? Nora leva les yeux et sourit. Ils avaient beau ne pas se toucher, Harrison savait, à la manière dont ils se tenaient tout près l'un de l'autre, qu'ils s'étaient déjà touchés, et même peut-être embrassés. Pouvaient-ils déjà avoir été amants ?

Harrison sentit qu'on lui effleurait l'épaule et leva les yeux. Nora se glissa dans son champ de vision.

« Apparemment, la mouche ne s'est pas posée par hasard sur la figue, dit-elle. Et... et ce n'est pas non plus par mégarde qu'elle s'est noyée. Il... il semblerait, d'après sa posture indolente, voire sensuelle, qu'elle se soit vautrée avec délices dans le sirop visqueux de la sauce. »

Elle était vêtue d'une jupe noire serrée et d'un chemisier blanc à travers lequel Harrison apercevait son caraco. Il se leva, mais elle lui fit signe de se rasseoir et s'installa en face de lui.

« Ce... ce n'est pas à proprement parler un crime, ajouta-t-elle. Et cet incident ne parvient pas à gommer l'impression de bien-être que j'avais tout à l'heure sur la véranda. Pas comme le ferait une canalisation bouchée, par exemple. Mais je me demande si ce n'est pas de mauvais augure pour le week-end qui nous attend. Le bien-être se pèle peut-être comme un oignon. »

Cette façon baroque de présenter ses excuses fit sourire Harrison.

« Je plaisantais, reprit Nora. Mais je tiens à te dire que je suis désolée pour la mouche.

— Surtout ne le sois pas puisqu'elle nous a valu cette charmante image obscène.

— Judy m'a montré ton assiette. » Nora portait des boucles d'oreilles en perle et, contrairement au début de la matinée, un léger maquillage. Ses lèvres étaient luisantes, ses yeux plus sombres, mieux mis en relief.

« Judy est donc très honnête, et tu ne devrais jamais t'en séparer. Ses excuses étaient bien suffisantes pour vous deux.

— Judy est une jolie fille totalement dénuée de charme. Mais elle est si vive, si intelligente que je n'ose pas la vexer.

— J'imagine que la mouche, étourdie par la température anormale, est entrée dans la cuisine et a été séduite par la figue affriolante.

— Comptes-tu en parler aux autres ?

— Très amusant. Tu me parais de bien bonne humeur.

— Oui, en fait, malgré la mouche, je le suis.

— Pourquoi ? »

Elle s'appuya au dossier de la chaise. « Je... je suis éberluée par cette journée. Et donc envahie par une incroyable impression de bonheur.

— Tu m'en vois heureux. À propos, la raclette était très bonne. Mes félicitations au chef.

— Eddie. Je vais les lui transmettre. Tu permets ? » lui demanda-t-elle en montrant le verre d'eau auquel il n'avait pas touché.

Harrison le poussa vers elle. « Je me demandais une chose. Pourquoi t'être chargée d'une auberge ? Les droits d'auteur de ton mari auraient sans doute...

— Les droits d'auteur de Carl étaient pitoyables. » Nora croisa les jambes. « Tu... tu... devrais le savoir mieux que quiconque. » Harrison fut frappé par son calme. « Mais ce n'est pas la vraie raison. La vraie raison, c'est que j'en avais envie. » Nora but un long trait.

« Comment as-tu fait la connaissance de ton mari ? » Harrison avait un léger problème pour désigner Laski. L'appeler « Carl » aurait sous-entendu une familiarité entre eux qui n'avait pas existé. Mais parler à Nora de « M. Laski » lui aurait fait un effet curieux. Pourtant, il ne pouvait pas sans arrêt dire « ton mari ».

« J'aimerais bien que tu cesses de poser des questions quand tu connais déjà les réponses », répliqua Nora.

Sensible à cette rebuffade, Harrison but une gorgée de vin.

Nora reposa son verre d'eau. « J'estime que *Licence poétique* est malveillant. J'ai refusé d'aider Alan Roscoff. Tu as lu sa biographie ?

— Oui.

— Ce… ce n'était pas tant qu'elle faisait preuve de moins de respect qu'une veuve l'aurait souhaité. Mais surtout elle était insipide. Et mal informée. Je crois qu'il n'avait pas la moindre idée de ce qu'était le travail de Carl.

— J'ai trouvé son travail mince et bâclé, renchérit Harrison avec loyauté. Axé sur le sensationnel.

— Je me demandais si je ne devrais pas essayer d'obtenir un portrait plus sérieux de Carl. » D'un air rêveur, elle se rongea un ongle, et cette brèche dans sa tranquille assurance parut attachante à Harrison. « Tu pourrais peut-être me suggérer un auteur ? Quelqu'un que tu respectes ? »

S'il était flatté par cette proposition, Harrison éprouvait quelques doutes quant à sa sincérité. Nora Laski était sûrement inondée de demandes d'entretien et d'accès aux dossiers du poète. Il était convaincu qu'il y avait déjà deux ou trois biographies de Laski en chantier. « J'en serais heureux, répondit-il.

— Je… j'étais installée sur un banc à Washington Square Park. Je mangeais un sandwich au moment où Carl s'est assis à côté de moi et m'a demandé si je pouvais lui en donner la moitié. Je savais qu'il s'agissait du professeur Laski. Pendant quelques minutes, je n'ai pas pu sortir un son. J'étais en deuxième année à la New York University. Le professeur Laski, lui, était… bon, c'était un personnage. En première année, j'avais suivi un de ses cours. Ce jour-là, il a affirmé qu'il s'en souvenait, mais plus tard, il m'a avoué que ce n'était pas le cas. »

Harrison avait peine à imaginer qu'un homme puisse ne pas se souvenir de la jeune Nora.

« Carl est alors venu dans ce parc tous les jours à la même heure. Il était entendu que je lui donnerais à manger. Je me suis mise à préparer des repas de plus en plus élaborés, si bien qu'ils ressemblaient à de vrais pique-niques. Je savais qu'il était marié. Je connaissais aussi sa réputation. Je me disais… je me disais que tant que les choses en restaient là, tout allait bien. D'ailleurs, pendant très longtemps, ça n'a pas été plus loin. » Après un silence, Nora reprit : « Je ne pensais pas vraiment à la question d'âge. Une telle relation ne semblait pas alors aussi risquée qu'elle l'est aujourd'hui. Au contraire, les filles qui couchaient avec leurs professeurs bénéficiaient d'une sorte de statut privilégié.

— Combien de temps a duré ce manège ?

— Plusieurs semaines. Je l'ai rencontré au printemps. Ça a duré jusqu'à ce que je parte pour les vacances d'été.

— Où es-tu allée ?

— Je travaillais comme serveuse à Provincetown. Je partageais une chambre avec une autre fille. C'était ce qu'on faisait à l'époque. Nous dépensions nos pourboires dans les bars après le boulot. En juillet, j'ai vu une affiche annonçant une lecture de Carl Laski à l'église unitarienne. Je m'étais sans doute vantée devant mes amis de le connaître. Après ça, j'étais obligée d'y aller. Pour prouver que je n'avais pas menti. Je me suis dit que j'allais apporter un pique-nique. Ce serait une sorte de plaisanterie. » Nora sourit. « Carl lisait du haut de la chaire. Il n'y avait pas d'autre endroit. Bon, tu peux imaginer la scène. Cet homme, avec sa crinière et sa voix tonnante ! Est-ce que tu as déjà entendu Carl lire ses poèmes ?

— Oui. Une fois, je crois. À New York.

— Il… il était magnifique. C'était spectaculaire. Et les mots… les mots… » Elle porta une main à sa poitrine, comme si, même à présent, après toutes ces années, elle était encore un peu sonnée par ces mots prononcés à l'époque. « Il a lu des extraits du recueil *Os de sable*. De la chaire, il m'a vue et, pendant toute la lecture, je crois qu'il n'a pas regardé ailleurs. En fait, il ne lisait pas vraiment. Il apprenait tout par cœur. Pour que le spectacle, si on veut l'appeler ainsi, soit captivant.

— J'imagine un calviniste charismatique dans une chaire de Nouvelle-Angleterre. »

Nora jeta un coup d'œil à sa montre, et Harrison s'aperçut que ce geste répétitif commençait à le gêner.

« Il était descendu à l'hôtel. Mais tu n'as pas besoin de connaître les détails. »

Harrison avait à la fois envie et pas envie de les connaître. « En tant qu'éditeur, je trouve ça fascinant. Parfois, un fait vécu éclaire l'œuvre.

— Un poème est un acte d'imagination. Rarement, voire jamais, la transcription d'un événement vécu. »

Harrison n'était pas sûr de partager ce point de vue. « À ton avis, ton mari n'a pas vu la petite fille à la valise rouge en train d'attendre dans l'aéroport ?

— Non, répondit Nora avec une lassitude qui le surprit. Il y a des années que j'ai renoncé à chercher un rapport avec la réalité. Je ne pense pas… je ne pense pas que les lecteurs reconnaissent suffisamment le pouvoir de l'imagination des écrivains. Ils veulent toujours savoir si ce qu'ils lisent lui est arrivé. Alors que, bien entendu, ce n'est sans doute pas le cas. Pas au sens strict. Pas de la manière dont c'est décrit. C'est l'imagination qui rend une œuvre vivante.

— Mais les cheveux châtains ? lui opposa Harrison avec douceur. Je suppose que tu as servi de modèle à “Lundi matin” et à “Conversation d'après-dîner” ?

— En fait, non, répondit Nora en détournant le regard. L'idéal m'a précédée. »

Cette formulation était lourde de sous-entendus, et Harrison ne releva pas. « À propos, j'ai cherché le mot “accordée”. “Je veux lui faire une aide qui lui soit accordée.” La Genèse. Adam et Ève. Je vais lui créer une compagne à sa convenance. Je suppose que ça correspondait à votre couple ?

— Certains hommes ont besoin de femmes pour se sentir exister. »

Harrison posa sa serviette à côté de son assiette.

« Veux-tu prendre un café ? lui demanda Nora.

— Oui, merci. »

Harrison la vit faire un signe à quelqu'un qui se trouvait derrière lui.

« Tu ne ressembles pas à une aubergiste, dit-il.

— En quel sens ?

— J'imagine un patron au visage rubicond, ou une vieille fille guindée, mais pas… » Il laissa sa phrase en suspens, car lui dévoiler l'image qu'il avait d'elle l'aurait entraîné sur un terrain trop intime. Il ajouta donc : « À une autre époque, tu aurais été la mère d'un héros de guerre, ou l'épouse d'un médecin distingué, ou peut-être un poète toi-même.

— On aurait alors parlé de poétesse.

— En effet.

— On pourrait soutenir que le métier d'aubergiste… du fait qu'on acquiert une indépendance financière et qu'on n'a de comptes à rendre à personne… est préférable à celui de mère ou d'épouse. Et même à celui de poète.

— C'est vrai. » L'assiette de Harrison fut débarrassée en un clin d'œil, et une tasse de café déposée devant lui. « Tu n'en bois pas ?

— Je… je prends déjà bien trop de caféine.

— Tout à l'heure, je suis allé me promener, dit Harrison en versant du lait dans son café. Je suis arrivé à un muret qui ne semblait mener à rien.

— Il faisait partie d'une ancienne propriété.

— Voilà un curieux endroit pour bâtir une propriété.

— Ces bois regorgent de chemins qui paraissent ne conduire nulle part.

— Je suppose que c'est là ta tenue de rigueur pour les répétitions de mariage ? » De sa petite cuiller, il désigna Nora.

« Oui.

— Très joli, glissa-t-il d'un ton léger. Que t'est-il arrivé quand tu es retournée à l'université après l'été passé à Provincetown ?

— Carl était marié et avait deux fils. Sa femme avait plus ou moins toléré ses liaisons précédentes. Mais cette fois il voulait quitter le foyer, et ça elle ne le supportait pas. Elle ne lui a pas pardonné de l'avoir laissée seule avec les enfants et de l'avoir humiliée. On pourrait bien sûr rétorquer que l'humiliation existait déjà bien avant.

— Tu sembles t'apitoyer sur son sort.

— Maintenant, oui, mais pas à l'époque. Rien ne rend plus égoïste que d'être amoureux. L'épouse de Carl s'est vengée en intentant un procès pour obtenir la garde exclusive des enfants. Il a engagé un bon avocat et était certain d'avoir gain de cause, mais ce n'est pas ce qui s'est passé.

— La situation a dû être difficile pour vous deux.

— Quand… quand un homme quitte son épouse et ses enfants pour une autre femme, celle-ci se retrouve avec un lourd fardeau sur les épaules. Il faut qu'elle se montre à la hauteur du sacrifice consenti. »

Harrison souffla sur son café. « Je suis sûre que tu l'as été.

— Personne ne vaut un tel sacrifice. En ce qui concerne Carl, c'était encore pire. Pour le valoir, il fallait que chaque mot écrit soit incandescent. »

Dans le coin de la salle, Harrison vit Judy débarrasser les tables.

« Car si son œuvre se révélait extraordinaire, on pourrait plus tard affirmer que cette grandeur artistique était due à ce sacrifice, ajouta Nora.

— À mon avis, pour valoir ce sacrifice, comme tu dis, il suffisait d'un seul poème magnifique.

— Et tu penses qu'il y en a ?

— Bien sûr. Il y en a même plusieurs. Je sais que beaucoup estiment que "La Valise rouge" est son meilleur poème, mais, personnellement, c'est "Le Quatrième Chant" que je préfère. »

Nora garda un silence que Harrison interpréta comme un désaccord.

« J'imagine que tu as une connaissance approfondie de son œuvre, reprit-il.

— Je suis bien obligée. J'ai dû les taper à la machine une bonne centaine de fois.

— Les taper à la machine, vraiment ?

— Dans les premiers temps, oui.

— Avec des carbones, et tout et tout ?

— Carl a été lent à se mettre à l'ordinateur. Je crois que c'est la promesse de pornographie qui a fini par éveiller sa curiosité. »

Cette révélation d'ordre intime, avec son cortège de sous-entendus, décontenança Harrison. Relations sexuelles insatisfaisantes du couple ? Amertume ? Trahison ? Ou alors s'agissait-il d'une simple plaisanterie dont Harrison n'aurait pas perçu le sel ?

« Carl écrivait le matin, dans son bureau. Il s'y rendait dès le réveil, et je ne le voyais pas avant l'heure du déjeuner.

— Il travaillait toujours le matin ?

— Il répétait que ce qui était écrit l'après-midi était bon à jeter. Quand il sortait de son bureau, il était parfois grincheux, et, en général, on ne pouvait pas lui parler. À mon avis, il avait horreur d'être arraché à l'état de rêverie dans lequel l'écriture le plongeait. Je lui conseillais alors de prendre une douche. Mais la plupart du temps, il se contentait de rester avachi et de regarder par la fenêtre. C'était un moment où je n'aimais vraiment pas me trouver près de lui. Si j'engageais la conversation, ou s'il le faisait, ça se terminait toujours en dispute. Alors je l'évitais à ce moment-là. » Nora jeta une fois de plus un coup d'œil à sa montre.

« Agnes est arrivée.

— Ah bon.

— Je suis surprise que tu ne l'aies pas vue au déjeuner.

— Comment est-elle ?

— Est-ce que notre Agnes changera jamais ?

— Je ne sais pas. J'aimerais bien me dire qu'elle a vécu une grande aventure. »

Nora sourit. « Je lui ai trouvé bonne mine. Elle paraît en pleine forme.

— Tu as maintenu des relations amicales avec elle ?

— Oui. Elle venait souvent ici. Quand Carl était en vie. Ils avaient des discussions homériques.

— Ils se disputaient, c'est ça ?

— Pas vraiment. Pour moi, leurs débats étaient en forme de spirales verbales, ils tournaient en rond, mais tentaient aussi d'atteindre une autre dimension. De toute façon, Carl était de taille à battre n'importe qui.

— Même toi ?

— Surtout moi, répondit Nora d'un ton léger. Il faut que j'aille chercher des documents dans mon bureau. Tu veux venir ? »

Lui emboîtant le pas, Harrison longea un couloir, grimpa quelques marches, enfila un autre couloir et descendit un nombre égal de marches. Un vestibule donnait dans une pièce qui servait de chambre et de salon, avec une porte-fenêtre ouvrant sur une véranda privée. En face, Harrison aperçut une grande salle de bains blanche. Des flacons en verre taillé contenant des huiles aux couleurs exotiques s'alignaient sur le plateau en marbre qui entourait la baignoire.

« C'est ton appartement ? demanda Harrison.

— Juste une chambre et une salle de bains. Je mange toujours à la cuisine. Je ne prépare jamais mes repas moi-même.

— C'est la belle vie.

— À condition d'aimer les journées de quinze heures.

— Tu ne plaisantes pas ?

— Le week-end, en tout cas. » Elle s'avança vers son bureau et ouvrit un tiroir. « Les fêtes durent souvent jusqu'à minuit. Essayer de tout arrêter à onze heures, ça ne marche presque jamais. Les gens continueraient encore plus tard si on les laissait faire. Qu'est devenue la tradition qui voulait que les jeunes mariés partent en voyage de noces avant la fin de la réception ? Aujourd'hui… aujourd'hui, il y a des déjeuners avant la fête, des dîners préparatoires, des parties de golf, de tennis, des courses dans les magasins, des verres pris au bar après la fête, des petits déjeuners en l'honneur de la mariée le lendemain matin. Pour moi, ça suffirait à gâcher le mariage dès le début. Car si je suis épuisée le dimanche après-midi, la mariée, elle, doit être dans un état comateux.

— C'est sûrement bon pour les affaires ?

— En fait, oui. » Elle se mit à rire. « D'ailleurs, c'est moi qui pousse à la roue. »

L'aspect net, impeccable de l'auberge se retrouvait dans les lieux occupés par Nora. Harrison jeta un coup d'œil aux fauteuils et à la table basse – avec, dessus, un vase, une pile de livres, une petite photo qui pouvait représenter la mère de Nora –, et à une méridienne installée devant une fenêtre. Un pan de mur était couvert de peintures, gravures et photographies arrangées d'une façon moins artistique que hasardeuse, comme si Nora les avait accrochées au fur et à mesure, en utilisant la place disponible. Harrison fut aussitôt attiré par les photos.

« C'est toi ? » Il en désigna une qui montrait un homme en qui il reconnut Carl Laski, et une femme qui devait être la très jeune Nora.

« Oui, répondit-elle en levant les yeux. C'était le jour de notre mariage. »

Harrison examina le cliché. Nora, qui paraissait à peine âgée de vingt ans, avait une robe à fleurs, bleu et orange, et ses longs cheveux châtains étaient relevés en chignon. Laski avait lui aussi les cheveux longs – rebelles, ébouriffés. Il portait un jean, une chemise blanche et une veste sport. Ses yeux semblaient un peu dans le vague, comme s'il avait déjà bu. En regardant mieux, Harrison perçut en Nora une vulnérabilité qu'il n'avait jamais devinée, celle d'un petit enfant qui veut être rassuré, ou d'une épouse affligée qui a besoin d'être consolée. Soudain, il comprit comment on avait pu profiter d'elle. Il avait une envie folle de tendre un bras pour la séparer de Carl Laski.

« Voilà », dit Nora en trouvant un papier dans un dossier. Elle se tourna vers Harrison avec une question sur les lèvres. Après un instant d'hésitation, elle la posa : « Est-ce que… est-ce qu'il t'arrive de te demander ce que serait devenu Stephen ? »

Harrison se força à ne pas détourner le regard. « Tu veux dire, s'il avait vécu ?

— Oui.

— J'imagine qu'il serait allé étudier à Stanford avec une bourse que lui aurait value son talent au base-ball, puis aurait été recruté par les Blue Jays[1]. Il serait ensuite passé chez les Twins[2] et aurait fini comme arrêt-court des Red Sox[3], avant que Nomar entre dans l'équipe, bien sûr. Stephen aurait remporté quatre fois le gant d'or et obtenu une moyenne de frappe de trois cent un pour mille, et, à un moment ou à un autre, il aurait été sélectionné pour le Hall of Fame, la récompense suprême des sportifs.

— Il était vraiment aussi bon que ça ?

— Oh ! oui. » Harrison passa les doigts sur le bord de la console en acajou.

« Toi aussi, tu étais doué ?

— Non. J'en avais seulement l'air à cause de lui. À nous deux, on arrivait à exécuter un double jeu mieux que n'importe qui dans notre catégorie. Mais c'était grâce à Stephen – à la manière dont il se saisissait de la balle, la fouettait en l'air et me la lançait en trombe. Le seul autre joueur que j'ai vu faire ça, c'était Nomar, justement. »

Nora s'assit à son bureau. « C'est tellement…

— Triste ?

— Oui, mais bien plus. Absurde. »

1. Les Toronto Blue Jays. *(Toutes les notes sont du traducteur.)*
2. Les Minnesota Twins.
3. Les Boston Red Sox.

Oui, songea Harrison. Parfaitement absurde. « Quand je pense à Stephen, je me fais du souci pour mes deux fils.

— Il paraît que c'est encore pire aujourd'hui.

— Pour ce qui est de l'alcool ?

— Nous… nous avons eu un groupe de garçons en ville l'année dernière. Ils ont piqué une bagnole, dérapé sur le verglas et percuté un poteau de ligne téléphonique. L'un a été décapité. Tous les six sont morts. »

La scène s'insinua dans l'esprit de Harrison. « C'est un miracle que nous nous en soyons tirés, dit-il avec calme.

— Bon. » Nora se leva. « Il est bientôt trois heures, il faut que j'y aille. » Elle se dirigea vers la porte et s'immobilisa sur le seuil. « Ça ira jusqu'à six heures et demie ?

— Bien sûr. » Harrison se leva lui aussi et s'approcha de la porte. « J'ai apporté du travail. Et je vais peut-être chercher Agnes. »

Il se tenait si près de Nora qu'il sentit l'odeur de son shampooing.

« Cette fameuse nuit… », commença-t-elle.

Harrison secoua la tête.

« Non. Tu as raison. » Du plat de la main, Nora effleura le léger creux qui se trouvait entre l'épaule et la clavicule de Harrison, et il eut l'impression qu'elle frôlait sa peau nue. Toutefois, à peine l'avait-il senti que ce contact cessait, et que Nora avançait déjà dans le couloir. « J'ai vraiment hâte de revoir Rob », dit-elle à des kilomètres de Harrison.

Agnes déballa le sac orange et étala ses vêtements sur le lit. Un jean et un pull tricoté à la main. Un tailleur rose pour le cocktail prévu le soir même. Une robe en laine bleue qu'elle porterait le lendemain au repas de mariage. Assise sur le lit, elle avala une PowerBar. Elle savait que l'auberge servait à déjeuner – Nora ne l'avait-elle pas précisé ? –, mais son salaire modeste l'obligeait à serrer son budget, si bien qu'elle avait apporté de quoi manger, ne sachant si les repas étaient inclus dans l'hébergement que Nora leur offrait avec générosité. Agnes répugnait à poser la question.

Tout en mangeant, elle songea à l'auberge qu'elle venait de visiter, au salon austère et pourtant accueillant, à la cuisine magnifique, équipée d'appareils ménagers neufs, aux couloirs fraîchement peints en blanc. Nora avait-elle eu recours à un décorateur ou laissé s'exprimer son esthétique personnelle ? La rénovation tenait du nettoyage, comme si l'auberge avait été passée au lave-linge et que l'essoreuse eût recraché une bâtisse toute neuve. Oui, c'était la nouveauté de cette structure pourtant réelle, concrète, qui la déroutait autant.

En outre, une pensée encore floue, qui lui était venue à l'esprit dans la cuisine avant d'être chassée par une interruption, tarabustait Agnes. De quoi s'agissait-il au juste ? Eh bien, malgré toute cette splendeur, elle avait l'impression que quelque chose clochait. Voilà : c'était une odeur de viande. Délicieuse en elle-même, mais étrangère à l'ancienne cuisine. Végétarien, Carl pouvait même être qualifié de puriste. Avec un frisson, Agnes se rappela les pains de savon fabriqués à la maison, à la fois glissants et granuleux, dans la minuscule salle de bains située au fond du couloir.

L'odeur de viande dans la cuisine. Carl Laski devait se retourner dans sa tombe. D'ailleurs, maintenant qu'elle y pensait, où était-il enterré ?

Ignorant si elle n'allait pas aussitôt tomber sur Jerry, Bill ou Bridget, Agnes était arrivée dans sa plus belle tenue de travail. Elle se changea, enfila le pull, le jean et des bottillons de chez L. L. Bean, termina sa barre énergétique, but une gorgée d'eau à la bouteille fournie par l'auberge, et glissa la clé dorée dans sa poche avant de hisser son sac à dos sur une épaule.

Au bureau de la réception, elle trouva une carte de sentiers de randonnée et s'arrêta un instant sur le perron pour l'étudier et essayer de s'orienter. Elle avait chaud avec son pull, mais n'avait pas envie de retourner dans sa chambre pour se changer. La température allait sans doute baisser dans l'après-midi, et elle se trouverait peut-être à l'ombre de la colline. Il faisait un temps magnifique et elle avait bien l'intention d'en profiter au maximum. Se promener sans qu'un vent cuisant vous souffle au visage, comme c'était presque toujours le cas à Kidd en décembre, avait pour elle l'attrait de la nouveauté.

Impatiente d'exercer ses muscles douloureusement contractés durant le long trajet entre le Maine et les Berkshires, elle s'empressa de se mettre en route. Elle s'imaginait déjà en train de grimper à belle allure le versant de la colline, mais s'aperçut que le sentier était plus raide qu'elle ne l'avait cru. Une douce lumière filtrait à travers les arbres, gaze voilant l'auberge et les montagnes lointaines. Si Jim était venu passer ce weekend avec elle, il ne l'aurait pas accompagnée en balade. Doté d'une nature contemplative, il n'aimait pas l'exercice physique. À force de persuasion, on pouvait l'entraîner dans une promenade, mais il semblait rarement y trouver plaisir. Si sa mémoire n'abusait pas Agnes, Jim n'avait jamais proposé lui-même la moindre randonnée ou balade. Une épouse – mais non une amante – aurait pu trouver là matière à récrimination et, avec le temps, en serait peut-être venue à le mépriser.

Après avoir contourné un muret, Agnes suivit un sentier toujours plus raide. Elle haletait à présent, transpirait sous son pull (tricoté de ses propres mains) et s'en voulait de ne pas avoir superposé les couches de vêtements pour pouvoir en retirer une. On ne pouvait toutefois pas lui reprocher de ne pas avoir emporté une tenue plus adaptée. Qui, en effet, aurait pu prévoir une température de vingt et un degrés au mois de décembre en Nouvelle-Angleterre ? Afin de reprendre son souffle, elle s'appuya à un arbre. La sueur lui coulait dans le cou et sous les bras, et il lui vint à l'esprit qu'elle avait pu oublier de mettre du déodorant le matin. Dans ce cas, son pull serait fichu. Impossible de venir entièrement à bout d'une odeur de transpiration. Elle jeta un coup d'œil autour d'elle pour déceler une quelconque présence humaine, mais le parfait silence des bois lui avait déjà appris qu'elle était seule, si bien qu'elle passa le pull par-dessus sa tête.

Aussitôt, la transpiration sécha sur sa peau. En jean et soutien-gorge, Agnes s'assit sur un roc, assez titillée par l'idée d'être à moitié nue dans les bois, mais aussi un peu décontenancée par un mince bourrelet au-dessus de son pantalon. Il lui faudrait faire cent abdominaux par jour au lieu de cinquante. Saisie d'horreur, elle s'imagina Jim en train de lui donner rendez-vous sans savoir qu'elle avait grossi. Si une femme avait un homme tous les soirs dans son lit, cessait-elle pour autant de redouter la prise d'un ou deux kilos ? se demanda-t-elle.

Ce soir, on lui demanderait sûrement pourquoi elle ne s'était pas mariée, pourquoi elle n'avait pas voulu d'enfant. Il y en aurait bien un pour supposer qu'elle était lesbienne, sans le dire, bien sûr. Cette idée viendrait forcément à l'esprit de l'un ou de l'autre. Célibataire. Sans ami attesté. Entraîneuse de hockey. Elle avait déjà été confrontée à ce genre de réaction, avait même été en butte à des avances féminines (notamment au cours de l'excursion en Nouvelle-Écosse). Si, par le passé, elle avait esquivé ou écarté ces questions, ces derniers temps, leur insistance commençait à l'agacer. Agnes n'avait aucun désir d'enfant. Parfois, elle se demandait si ce n'était pas par manque d'imagination. Elle était tout aussi incapable de se représenter avec un enfant qu'avec un cheval.

Une légère brise se leva et passa sur son torse et son soutien-gorge en coton. La main qu'elle porta à sa poitrine lui rappela que sa peau était douce et tendue à cet endroit, et qu'il y avait bien longtemps qu'on ne l'avait pas touchée. Plus d'un an. Combien d'années lui restait-il avant qu'elle ne soit fripée entre les seins, comme elle l'avait remarqué chez des vieilles dames trop décolletées ? Douceur et beauté de la peau se seraient alors enfuies. Cette sombre pensée en fit naître une autre. Une femme aimée avec constance déplorait-elle moins la perte de sa jeunesse qu'une femme qui n'avait pas connu ce bonheur ?

Ils avaient tous eu Jim comme professeur en terminale. Harrison, Nora, Rob, Jerry, Bill et Stephen. Pas Bridget, qui avait un an de moins qu'eux, la seule à ne pas être dans leur classe. Le cours de littérature américaine contemporaine était très demandé, et ceux qui avaient réussi à s'y inscrire se considéraient comme privilégiés. Assis sur des canapés, dans la salle Bloomfield[1], ils parlaient de Bellow, de Kerouac et de Ginsberg. Stephen, qui lisait rarement les textes au programme, avait un don pour la discussion. Nora, en bonne élève, rédigeait d'excellentes dissertations et on lui demandait parfois d'en faire la lecture à ses camarades. Dans le souvenir d'Agnes, Harrison était le plus réfléchi ; les idées qui fusaient, les débats vifs étaient en revanche le point fort de Stephen. Rob ne cessait de commenter tout bas le commentaire, au grand amusement de qui avait la chance d'être assis à côté de lui, parfois M. Mitchell lui-même. Toujours bien préparé, brusque, Jerry ne dédaignait pas les attaques personnelles quand tout le reste avait échoué ; puis, lorsqu'on se disait qu'il était allé trop loin, il s'avouait vaincu avec grâce et posait une question brillante qu'aucun d'eux n'avait été capable de formuler. M. Mitchell (pas encore Jim) tentait alors d'y répondre en amenant avec

1. Leonard B. Bloomfield, linguiste américain, 1887-1949.

doigté la discussion vers sa conclusion et en tolérant les effets dramatiques de ses élèves. Malgré ces poses, on apprenait vraiment. Ce ne fut que bien plus tard, quand elle enseigna elle-même, qu'Agnes comprit l'habileté tranquille de ses méthodes pédagogiques.

Ça s'était passé en novembre de leur dernière année, le 13 novembre, pour être précis, et depuis Agnes célébrait chaque année la date de cet anniversaire secret. Elle était allée dans le bureau de M. Mitchell après les cours pour contester la note d'une dissertation. Durant sa scolarité à Kidd, elle n'avait pas eu l'habitude d'ennuyer ses professeurs à ce propos (contrairement à certains), de sorte qu'elle s'était sentie parfaitement en droit de le faire cette fois. Dès son entrée, elle était prête à livrer bataille et avait terminé sa protestation en bafouillant, des plaques rouges sur le visage, sans laisser M. Mitchell prononcer un seul mot. Pendant que, debout devant lui, elle lui assenait ce déluge verbal, Jim, assis à son bureau en chêne, recula son fauteuil et croisa les bras sur la poitrine.

« Mademoiselle O'Connor (à l'époque on appelait les élèves mademoiselle ou monsieur), je n'ai jamais entendu d'argument plus convaincant pour changer une note. Plus convaincant, pourrais-je ajouter, que tous les devoirs que vous m'avez remis. Je suis impressionné. Tellement impressionné que je vais modifier votre note. Mais à une condition.

— C'est vrai ? demanda Agnes, épuisée et un peu stupéfaite de ce succès facile.

— Je veux que vous me promettiez de vous mettre dans le même état quand vous ordonnerez vos idées pour rédiger. »

Agnes se demanda si c'était un piège. « D'accord.

— Bien. Vous allez recommencer votre dissertation et je vous donnerai une excellente note. »

Il se leva, remonta sa ceinture et mit les mains sur les hanches. Agnes regarda ses hanches, vit la façon dont la chemise blousait un peu au-dessus de la ceinture, remarqua aussi les dix à douze centimètres de peau nue découverte par les manches retroussées sur les avant-bras, et éprouva une bouffée de désir. Un désir pur, un sentiment encore inconnu, non corrompu. Elle leva les yeux sur son visage, sur ses iris bleus qu'elle n'avait encore jamais remarqués. Agnes avait suivi vingt ou trente de ses cours sans jamais le regarder en face. Inimaginable.

Visiblement perplexe devant ce comportement, M. Mitchell pencha la tête sur le côté. « Eh bien ? »

Agnes était pétrifiée.

« Bon, si je vous laisse jusqu'à mercredi, vous aurez assez de temps ? » suggéra-t-il, gêné à présent par cette curieuse réaction.

Agnes acquiesça, mais ne fit pas mine de ramasser la copie qu'elle avait lancée sur le bureau au milieu de son argumentation.

« Autre chose ? » demanda-t-il.

Elle essaya de calculer son âge. Il n'était pas vieux. La trentaine. Elle tâcherait de se renseigner. Par exemple en lui demandant où il avait fait ses études – il y avait tant de choses à apprendre sur lui – et en quelle année il avait obtenu son diplôme.

« Non, répondit-elle. C'est juste que... »

M. Mitchell attendit qu'elle termine sa phrase. « Que quoi ? » dit-il bientôt d'une voix douce en baissant la tête.

(Plus tard, Jim lui dirait qu'il avait craint que son geste généreux ne provoquât en elle un besoin de se décharger de son angoisse d'adolescente – redouté qu'elle ne déversât sur lui le supplice de sa vie familiale, une altercation avec sa camarade de chambre, une histoire d'amour malheureuse, toutes choses qu'il ne se sentait pas de taille à affronter et ne voulait pas entendre.)

« Il faut que je parte », dit-il comme Agnes ne répondait pas.

Agnes récupéra sa copie. « Merci. Mercredi, ça ira.

— Parfait. » Il avait l'air de se féliciter d'avoir réussi à si bien se sortir d'une situation épineuse avec une élève.

Mais, pour Agnes, il en allait tout autrement.

Appuyée contre le tronc, en repensant à ce jour-là, elle se rendit compte qu'elle devait court-circuiter sa nostalgie. Sinon, elle se mettrait à pleurer, et les larmes ne l'avantageaient pas. Des vaisseaux disgracieux apparaîtraient dans ses yeux et ses paupières prendraient une couleur de lard cru. Le maquillage ne réussirait pas à masquer le désastre. Elle remit son pull et prit plusieurs inspirations profondes, puis pensa aux copies qu'elle n'avait pas encore corrigées, au solde de son compte en banque, au bourrelet au-dessus de son jean. Enfin, elle pensa à la catastrophe de Halifax, cet endroit où son esprit vagabondait sans risques ces derniers temps, et sortit son carnet et son stylo de son sac à dos.

Au dîner, Innes était assis en face de Louise, une jeune fille plus petite que sa sœur. Louise avait de magnifiques yeux noisette (oui, exactement de cette couleur ; Innes était connaisseur en matière de couleur d'yeux), ce qui provoqua en lui une légère dissonance, du fait que Hazel[1], elle, avait des yeux marron. Les Fraser regrettaient-ils d'avoir donné ce prénom à leur aînée quand Louise était née ? Ou avaient-ils savouré cette petite plaisanterie génétique ?

« Nous sommes ravies de vous avoir parmi nous, dit Louise tout d'un trait, sa bouche crispée trahissant sa nervosité. Dieu sait si, pourtant, les hommes ne manquent pas par ici avec la guerre. Il y en a une multitude. Ils vont et viennent. Une multitude, vraiment. »

C'était là une curieuse réflexion, qui obligeait à se demander pourquoi Louise n'avait pas noué de relation amoureuse, songea Innes. Mais il pouvait se tromper. Louise portait peut-être elle aussi une bague de fiançailles. Pour l'instant, il ne voyait pas ses mains.

« Il ne doit pas y en avoir beaucoup qui possèdent les compétences de M. Finch. » C'était le Dr Fraser qui venait de parler. S'il avait manqué l'apéritif, il avait été ponctuel pour le dîner. Son col montant, sa cravate à pois et sa moustache peignée avec soin lui donnaient une allure militaire et constituaient une sorte d'uniforme. Innes regrettait de n'avoir pas pu s'entretenir un instant avec lui avant le repas, non seulement pour pouvoir se présenter dans les règles, mais parce qu'il n'avait qu'une idée fort vague du travail qui l'attendait.

« Comment s'est passé votre voyage ? demanda Louise.

— Il faisait froid, mais tout s'est déroulé sans problème », répondit Innes en se disant que Louise serait bien plus jolie si ses traits se détendaient. Sa nervosité

1. *Hazel* : noisette en anglais.

lui venait sûrement de sa mère, pas de son père, qui s'était montré taciturne pendant tout le repas, imperméable au bavardage de sa fille cadette et de sa femme, peut-être préoccupé par des images qui défilaient dans sa tête : blessures, instruments chirurgicaux ou visages de soldats. Car, comme Innes l'avait appris par l'une des rares déclarations du Dr Fraser, les soldats blessés et morts arrivaient par cargaisons entières, contrepoint sinistre à la « multitude » de Louise.

Pendant qu'on servait le foie aux lardons, Mme Fraser évoqua une nouvelle maison, loin de Richmond, dans un plus beau quartier, dans Young Street. Innes connaissait-il cette rue ? Non, il ne la connaissait pas. Mme Fraser s'en montra déçue et, au cas où Innes n'aurait pas encore compris, elle ajouta : « Là où habitent les gens bien ». Innes, bien sûr, n'appartenait pas à cette classe, toutefois, il avait en sa faveur des perspectives d'avenir que Mme Fraser, en épouse de médecin, savait parfaitement évaluer. Hazel sourit-elle en entendant cet échange ? Innes en eut l'impression. Il se demanda si l'anneau en diamants était un cadeau d'une grand-mère. Mais, presque aussitôt, on évoqua un certain Edward après avoir prononcé le nom de Hazel, et cette association fit froncer les sourcils de Louise. Donc, c'était bien vrai, songea Innes. Après à peine une dizaine de phrases échangées avec elle, voilà que Hazel s'envolait loin de lui. Qu'elle était déjà partie avant même son arrivée. Il se rendait compte de l'absurdité qu'il y avait à éprouver un intérêt aussi vif pour elle, tout à fait hors de proportion avec le peu de temps passé en sa compagnie. Elle ne lui avait rien accordé sauf, peut-être, ce demi-sourire, et restait une étrangère.

L'attirance d'Innes était cependant viscérale.

« J'ai hérité cette maison de mon oncle, expliqua Mme Fraser en tentant une nouvelle fois de prendre ses distances avec Richmond. Il possédait une raffinerie de sucre.

— Allez-vous rester longtemps ici, monsieur Finch ? demanda Louise en lui passant le plat de légumes.

— Six mois, répondit-il en lançant un regard interrogateur au Dr Fraser, qui ne réagit pas.

— Donc, jusqu'à Noël. Est-ce que vous serez là pour les fêtes ou devez-vous retourner les passer dans votre famille ? Où habite-t-elle ?

— À Cape Breton.

— C'est trop loin pour faire le voyage, dit Louise.

— Mon travail m'empêchera peut-être de voyager », répondit prudemment Innes, embarrassé par cette question. Voulant sans doute être seuls pour les vacances, les Fraser préféraient le voir parti. En réalité, Innes ne pouvait pas se payer le trajet jusqu'à l'île du Cape Breton.

Les parents Fraser mangeaient de bon appétit. Soucieuse de les contenter, Louise meublait les silences, son débit rapide trahissant plus qu'une simple nervosité. Innes diagnostiqua une légère hystérie. Ses cheveux châtain clair, coupés court, bouclaient de part et d'autre de son visage.

« Nous serions ravis d'avoir M. Finch à Noël », dit Mme Fraser, poliment, mais un peu tard.

Innes imaginait le fiancé de Hazel. Un homme en uniforme. Un chirurgien ? Un officier envoyé en France ? Louise parlait d'un bal à bord d'un bateau amarré dans le port et se demandait tout haut si Innes aimerait y aller. Innes fut rappelé à son statut de civil et se dit qu'il ne pourrait pas se présenter dans son unique costume sur un bateau regorgeant d'officiers de marine en uniforme.

Le Dr Fraser se manifesta entre le foie aux lardons et le dessert. « Monsieur Finch, j'ai quelques documents dont j'aimerais que vous preniez connaissance ce soir. Demain matin, je vous retrouverai dans le couloir à neuf heures et demie. Nous aurons une rude journée. De nouveaux blessés ont été rapatriés de France. »

Tel du gaz qui aurait flotté au ras de la table, cette intervention étouffa la conversation. Le silence s'étira, frisant l'insupportable. Même Louise, si volubile, se tut, mais elle jeta un regard en coin à Hazel. Une conjecture s'en trouva confirmée. Hazel était fiancée à un officier qui était parti pour la France.

« Quinze vaisseaux ont été coulés la semaine dernière », reprit le Dr Fraser sans paraître se rendre compte de l'effet produit par ses déclarations. Les femmes assises autour de la table y étaient peut-être habituées. « D'après ce qu'on dit, un homme envoyé au front a une espérance de vie de trois mois. Un cheval, d'un mois. »

Curieusement, ce fut Hazel qui rompit ce silence redoutable. « Est-ce que vous jouez aux cartes, monsieur Finch ? »

En fait, Innes Finch se débrouillait très bien aux jeux de cartes. « Oui, répondit-il.

— Nous allons jouer au rami », expliqua Louise au moment où tout le monde se leva de table. Elle s'approcha d'Innes et lui prit le bras. « Nous ferons équipe tous les deux, car Hazel joue très bien. N'est-ce pas, Hazel ? Nous allons y consacrer la soirée, en buvant du chocolat. »

Tous trois retournèrent dans le salon où l'apéritif avait été servi. Une lampe électrique était allumée près d'une table hexagonale. Entre cette faible lumière et les rideaux fermés pour cause de guerre, on se serait cru chez une diseuse de bonne aventure, et Innes avait l'impression bizarre qu'une séance de spiritisme allait avoir lieu. Une pelote de laine juchée sur le large bras d'un fauteuil le rassura. Louise devait tricoter des chaussettes pour soutenir l'effort de guerre. Mais pas Hazel, il en était certain.

Les deux jeunes filles s'assirent de part et d'autre d'Innes. Mme Fraser ne se joindrait pas à eux. Un léger trouble digestif fut invoqué. Louise ne cessa de parler de la guerre. Mille vaisseaux britanniques perdus. John Ferguson tué. Le père de Mary avait fait une réserve de munitions. Hazel ne semblait pas troublée par les nouvelles implacables de sa sœur.

Malgré la lumière insuffisante, Innes remarqua que la pièce avait un côté miteux qui ne lui était pas apparu jusque-là. Cela ne tenait pas au mobilier, trop imposant pour la simplicité des lieux, mais plutôt à l'absence de moulures, aux lames de parquet étroites, à un endroit où le plâtre s'était écaillé, juste au-dessus de la porte. Derrière lui, une fenêtre laissait passer de l'air. Innes sentit la maison trembler au passage d'une automobile.

Il gagna la partie pour Louise, jouant avec une habileté machinale qui n'entravait pas ses pensées conscientes, même lorsqu'il perdit intentionnellement la partie suivante au profit de Hazel. À l'École de médecine, ils jouaient pour des piécettes, gagnaient ou perdaient de quoi s'offrir une bière. Il avait été formé à réfléchir avec méthode et précision sur un plan, avec intuition sur un autre, un procédé que son mentor lui faisait pratiquer le soir dans son bureau. Une compétence que tout le monde pouvait acquérir, mais à laquelle les chirurgiens devaient sciemment avoir recours lorsqu'ils interrogeaient des patients avant de les opérer.

Le serviteur maussade qui avait monté la valise d'Innes à l'étage en ayant l'air de penser qu'elle contenait de la morue apparut à une porte du fond pour demander Louise. Celle-ci quitta la table pour aller lui parler et, aussitôt, Innes et Hazel échangèrent un regard – elle leva les yeux sur lui juste avant qu'il détourne les siens. Le cœur martelant dans sa poitrine, il vit Hazel aller rejoindre sa sœur à la porte. Innes les entendit murmurer, puis s'aperçut que Louise, un peu bouleversée, s'éloignait en compagnie du serviteur maussade.

Hazel s'arrêta devant le feu de cheminée et annonça : « Ma mère ne se sent pas bien et a besoin de Louise. Ma sœur prépare un tonique pour soulager son malaise. »

Innes diagnostiqua une constipation. « Je suis désolé qu'elle soit incommodée, dit-il en se levant.

— Vous n'êtes pas passionné par les cartes, n'est-ce pas ? demanda Hazel en tournant le dos à la cheminée.

— Parfois, mais pas ce soir.

— Je travaille avec mon père à l'hôpital.

— Ah bon ? s'écria Innes avec un étonnement non feint.

— Aimeriez-vous boire un verre ?

— Non, je dois être en forme demain matin », répondit Innes en s'approchant du feu.

Hazel s'était assise à un bout du canapé en cuir. Ne sachant où s'installer, Innes choisit un fauteuil disposé près de l'autre extrémité du canapé. Le visage de Hazel était éclairé par les flammes. « Que faites-vous à l'hôpital ?

— Je roule des bandages. J'apaise les patients effrayés.

— Pour ma part, je trouverais en effet votre présence apaisante, osa Innes.

— Pourquoi n'êtes-vous pas resté aux États-Unis ? répliqua Hazel sans relever le compliment.

— Je sentais que ma place était ici. En ce moment, le sentiment national s'exacerbe partout. En outre, c'est un grand honneur pour moi de pouvoir me former aux côtés de votre père.

— La guerre met ses capacités à rude épreuve. Et son moral. Il en a vu plus d'un mourir de ses blessures. Je dois vous prévenir qu'il va se révéler un vrai tyran.

— Ce défi ne me fait pas peur.

— Je n'en doute pas, monsieur Finch.

— Puisque je vais habiter ici pendant ma formation, pourriez-vous envisager de m'appeler par mon prénom ? » Sans attendre la réponse, il ajouta : « Voulez-vous que j'attise les braises ?

— Je vais bientôt aller me coucher, mais faites-le si vous avez l'intention de rester ici un moment. »

Innes lui aussi irait se coucher sans tarder. Il espérait qu'on avait allumé un feu dans sa chambre. Dans le cas contraire, les draps seraient glacés. Pendant ses études, de la glace se formait parfois dans le broc posé au chevet du lit.

« Louise est quelqu'un d'assez nerveux », expliqua Hazel.

Innes hocha la tête et se demanda si c'était là une traîtrise pour anéantir les chances de Louise, ou un simple avertissement. Il n'exprima pas sa pensée, à savoir que Louise était prête à aimer le premier qui l'aimerait en retour. C'était l'aînée, constata Innes, qui avait bénéficié de toutes les attentions. « Vous êtes fiancée, d'après ce que j'ai cru comprendre. »

À Halifax, l'ennui des soirées devait être angoissant. Tricoter des chaussettes. Faire des parties de bridge. Aller à des bals sur des bateaux. À condition de revenir de France, un officier offrirait un moyen d'échapper à tout cela.

« Si vous ne l'aviez pas deviné, vous n'auriez pas fait un bon médecin, estima Hazel.

— Parlez-moi de lui.

— En un mot, il est lieutenant de vaisseau dans la marine britannique. »

Songeant que, s'il aimait quelqu'un, une phrase se révélerait bien insuffisante à décrire cette personne, Innes demanda : « Il n'est donc pas chirurgien ?

— Non. » Hazel détourna les yeux pour les reporter sur les flammes. « C'est un industriel. »

L'argent, ou un physique avantageux, devait l'avoir attirée, se dit Innes, sachant pourtant, au moment même où cette pensée l'effleurait, que l'attirance défiait toute logique, ce qu'il était en train de vérifier dans le salon des Fraser.

« Allez-vous vous installer ici ?

— Ce sera à Edward d'en décider », répondit Hazel en levant le menton.

Hazel partirait donc. Même Young Street, avec sa promesse de gens bien, ne suffirait pas à la retenir. Déjà, Innes ressentait l'absence future de Hazel. Pleine de possibilités à peine quelques heures plus tôt, la ville de Halifax semblerait vide sans elle.

« Monsieur Finch… Innes… je suis persuadée que vous vous débrouillerez très bien dans votre profession.

— J'espère que vous avez raison.

— Vous êtes à la fois intuitif et ouvert aux autres. Je l'ai remarqué pendant le dîner et aussi pendant que nous jouions aux cartes.

— Merci. »

Hazel montra les fenêtres. « Je déteste ces rideaux, dit-elle avec chaleur. La vue sur le port est si belle, avec les bateaux au clair de lune. Une fois la guerre terminée, quand j'aurai une maison à moi, je ne mettrai pas de rideaux aux fenêtres. Je veux voir les lumières, les étoiles. » Elle se leva. « Je vais me coucher à présent. »

Jaloux en pensant à cette maison aux fenêtres nues, Innes l'imita.

« Je vous verrai demain matin, dit-elle. Ellen, notre cuisinière, préparera un petit déjeuner écossais en votre honneur.

— Je me sentirai très honoré.

— Est-ce que votre famille vous manque ?

— De plus en plus avec les années qui passent, avoua-t-il. Au début, j'avais hâte de partir. Il y avait une certaine cruauté dans ce sentiment, me semble-t-il. J'ai un frère qui se trouve en France. »

Il y eut un silence au cours duquel tous deux imaginèrent ce frère en France, un pays qu'ils ne connaissaient ni l'un ni l'autre.

« Avez-vous pensé à faire vous-même des études de médecine ? demanda Innes.

— On ne m'y a pas encouragée, répondit-elle en se dirigeant vers la porte. Louise sera désolée de ne pas vous avoir souhaité une bonne nuit. L'état de ma mère doit être plus préoccupant que je ne le pensais.

— J'espère les voir toutes deux au petit déjeuner.

— Je déteste cette guerre, dit Hazel en se retournant. Je la déteste. »

La violence de cette déclaration surprit Innes. « Comme nous tous.

— Non. Pas tous. Certains s'enrichissent. »

Innes se demanda si elle pensait à Edward, qui était industriel. « On pourrait dire que les médecins en profitent, avança-t-il. Certains peuvent faire carrière en ce moment.

— À mon avis, la guerre épuise davantage les médecins qu'elle ne les favorise.

— Votre père est donc épuisé ?

— Oui, et je m'inquiète à son sujet. Heureusement il possède une grande hygiène de vie.

— Et vous ? » demanda Innes en lui ouvrant la porte. Elle passa le seuil et s'approcha de lui.

« Pas du tout, répondit-elle. Absolument pas. »

Bientôt, Innes irait se coucher, songea Agnes. Il dormirait entre des draps glacés – non, tièdes. Le lendemain matin, il avalerait son petit déjeuner écossais, puis l'impensable se produirait. Certains membres de la famille Fraser mourraient. L'un resterait aveugle. Le pouvoir qu'Agnes avait sur Innes, Hazel et Louise – Agnes, impuissante à modeler sa propre vie – l'effrayait tout en lui procurant une paisible surexcitation.

Agnes retourna à l'auberge sans garder en mémoire la descente de la colline. Il faisait presque nuit quand elle passa le seuil et ferma la porte derrière elle. Elle grimpa les marches deux par deux, préférant éviter qu'on ne la voie en pull, les cheveux ternes et mous. Telle une fugitive, elle s'enferma dans sa chambre et reprit son souffle, puis retira son pantalon et son pull et se dirigea vers la douche. Le jacuzzi la rendit perplexe. Est-ce que toutes les chambres en avaient un ? Sa première idée fut un plaisir anticipé. La deuxième une souffrance. Est-ce que tout, dans la vie, devait être une allusion à une expérience passée ? Tout devait-il toujours lui rappeler Jim ?

Agnes ôta ses sous-vêtements et examina son visage dans le miroir du lavabo. Ses yeux étaient limpides. Son teint légèrement empourpré. Pas question qu'elle se mette à pleurer. D'ailleurs, elle n'allait pas accorder un seul regard à la baignoire. Sur l'étagère argentée s'alignaient des flacons contenant shampooing et gel douche. Elle dévissa le bouchon du shampooing et l'approcha de son nez. Il sentait le romarin et le pamplemousse.

En retournant dans sa chambre, Harrison sentait que la main de Nora posée sur son épaule, telle une note aiguë jouée sur ses nerfs, annihilait en lui toute pensée, tout objectif, tout repos. Alors qu'il en avait pourtant eu l'intention, il ne souhaitait plus se mettre aussitôt en quête d'Agnes. Campé devant la fenêtre, il vit une voiture longue et luxueuse apparaître et disparaître au gré des virages et du relief, puis remonter l'allée. L'automobile attirait son attention car il pensait que Bill et Bridget avaient dû la louer pour arriver en grande pompe (bravo, Bill, songea Harrison). Il alla se poster devant une autre vitre pour mieux voir l'entrée de l'auberge. Une femme qui n'était pas Bridget ouvrit la portière arrière droite et descendit. Élégante, elle portait un pantalon et un pull noirs dont la ligne pure accentuait encore une taille qui devait friser un mètre quatre-vingts. Elle avait des cheveux blonds soyeux, mais, quand elle se retourna, Harrison constata qu'elle était âgée pour le moins d'une quarantaine d'années. Quelqu'un, dans le vaste et sombre habitacle, lui tendit une fourrure qu'elle passa sur un bras. Harrison l'observa lorsqu'elle entra dans l'auberge sans jeter un seul regard derrière elle.

Un homme que Harrison reconnut – grand, athlétique, les cheveux bouclés tirant sur le roux, bien disciplinés – descendit par la portière opposée, avança sur le gravier et jaugea la bâtisse comme s'il comptait l'acheter. Bien sûr, louer un véhicule n'était pas entièrement illogique pour Jerry – habitant Manhattan, il ne voulait sans doute pas s'embarrasser d'une voiture –, mais était-il obligé de choisir un modèle aussi démesuré ?

Jerry n'eut toutefois pas droit à une arrivée en grande pompe. Il n'y avait ni portier, ni chasseur pour l'accueillir. Le chauffeur sortit les imposants bagages en cuir souple, fauve, et les aligna sur la première marche du perron avec le sentiment du devoir accompli. Son sens commercial ne réussissait pas à masquer sa hâte de repartir. (Avait-il faim ou envie d'aller aux toilettes ? Jerry s'était-il montré odieux pendant le trajet ?) S'occuper lui-même de ses bagages contrarierait Jerry (à moins que Judy ne se voie obligée de venir les prendre pour les monter à l'étage ?), et Nora chuterait d'un ou deux crans dans son estime avant même le début des festivités. Harrison fut tenté de sortir de sa chambre et de s'avancer sur le palier pour surprendre les paroles qu'il prononcerait en pénétrant dans le hall déserté. Sauf si l'automobile luxueuse avait ameuté le personnel.

Harrison avait l'impression qu'une nouvelle promenade s'imposait. Il avait besoin de rassembler ses idées. La perspective de revoir des gens qu'il avait connus intimement dans un autre univers, l'illusion dérangeante que ces gens étaient ses seuls vrais amis, même s'il n'avait pas eu de contact avec certains d'entre eux depuis vingt-sept ans, et l'idée qu'il devrait se soumettre à leur jugement (Harrison avait-il réussi dans la vie ? Était-il heureux en ménage ? Faisait-il ses quarante-quatre ans ?) le troublaient. Moins, toutefois, que la main qui avait brièvement effleuré son genou et son épaule, geste sans doute dénué de signification, vu l'âge qu'ils avaient tous les deux, simple manière pour Nora de souligner ses propos. Et pourtant, elle avait touché une corde sensible et la note vibrait encore. En outre, le nom de Stephen avait été mentionné deux fois, et son fantôme prenait corps, comme s'il surgissait grâce aux effets spéciaux d'un film de série B. Car on l'évoquerait forcément dans la conversation, Harrison devait s'y préparer. Des hommes et des femmes qu'il n'avait pas revus depuis plus de vingt ans le regarderaient et penseraient aussitôt à Stephen. C'était normal, il fallait s'y attendre. Après tout, ils avaient partagé une chambre et été de grands amis.

Harrison s'assit au bureau garni d'une lampe, d'un sous-main et d'un téléphone, et écarta les dépliants (promotions, liste des sites touristiques) pour en dégager autant que possible le plateau. En songeant au percolateur installé dans la bibliothèque, il eut envie d'un deuxième café, mais, s'il allait en boire un, il risquait de tomber sur Bridget ou Agnes, ou même sur Jerry, et il n'y était pas encore prêt. Non, pour l'instant, ce qu'il devait faire, c'était se rapprocher de sa famille, écrire à Evelyn, malgré le caractère ténu, chimérique de cette tentative (il serait en effet de retour avant l'arrivée de sa lettre). Il pourrait téléphoner, mais il n'avait pas envie d'entendre la voix pressée de sa femme et ses questions de pure forme : Tu vas bien ? Comment s'est passé le vol ? À quoi ressemble l'auberge ? Il préférait imaginer Evelyn au repos, pelotonnée sur le canapé en cuir, dans la pièce qui passait chez lui pour une bibliothèque, un tiers des rayonnages étant occupé par des livres d'enfant. Elle lirait sa missive en buvant un café (quelle chance elle avait !). Prendre la peine de rédiger une lettre semblait anachronique à l'heure des courriers électroniques, dénotait un refus délibéré du progrès technologique et représentait une perte de temps. Pourtant, ce fut cette vision de sa femme, telle qu'il ne la voyait presque jamais dans la vie, qui incita Harrison à fouiller dans le tiroir du bureau pour en sortir du papier à lettres – de grandes feuilles d'un épais papier blanc avec le nom de l'auberge inscrit en relief, blanc sur blanc, au dos des seules enveloppes, pour qu'un en-tête commercial ne gêne pas le rédacteur dans l'exposé de ses idées.

Nora était pleine de délicatesse, songea Harrison.

Chère Evelyn,

Depuis quand ne t'ai-je écrit ? Un an ? À l'occasion de mon voyage à Londres ? J'ai eu envie de le faire aujourd'hui et j'espère que tu ne seras pas ennuyée par cette lettre décousue ni par le fait que j'aurai déjà regagné Toronto quand tu la recevras. Ça me rappelle l'époque où tu habitais déjà cette ville et moi Montréal, et où nous nous écrivions sans cesse. Je me souviens que je guettais les pas du facteur sur le trottoir (comme un chien, j'arrivais à flairer son approche alors qu'il était encore à trois maisons de chez moi) et je dégringolais l'escalier pour lui arracher l'enveloppe – toujours grise – et l'emporter dans ma chambre minable avec précaution, craignant de la voir s'effriter. En la lisant, je me laissais submerger par une bouffée de pure émotion. C'est peut-être ce sentiment, devenu plus rare avec l'âge, que j'essaie de retrouver à présent. Sans doute est-il plus susceptible de se manifester quand j'observe les garçons. À propos, comment vont-ils ? (C'est idiot de poser une question à laquelle je connaîtrai la réponse quand tu liras ces lignes.) J'espère qu'ils ne sont pas trop insupportables en mon absence. Même si, secrètement, je me dis qu'ils doivent, tout comme nous, apprécier l'impression de vacances que procure l'éloignement d'un parent, n'importe quelle nouveauté étant préférable à la routine de l'année scolaire.

Je suis arrivé ce matin dans cette auberge exceptionnelle, toute en pignons, terrasses et décrochements de toits invraisemblables, ce qui pourrait faire croire à une bâtisse gothique, alors que ce n'est pas vraiment le cas. Elle l'était peut-être quand Carl Laski y vivait, mais Nora, sa veuve, la propriétaire de l'auberge, qui organise les festivités pour le mariage de Bill et de Bridget (tu te souviens, je t'ai parlé d'elle), l'a transformée en un lieu à la fois extrêmement accueillant et moderne – un percolateur perfectionné fournit un excellent café et les salles de bains sont équipées d'une baignoire à remous. Les chambres procurent un sentiment de paix, et donnent l'impression qu'on est « arrivé à destination ». À mon avis, Nora a un don pour ça. Peut-être a-t-elle trouvé là sa véritable vocation. Elle a vraiment l'air heureuse, quoique distraite, et nous sommes tous sidérés par ce temps incroyable – un beau soleil et une température de vingt et un degrés. Profitez-vous vous aussi de cette douceur merveilleuse ? J'y vois un bon augure pour Bill et Bridget à qui je souhaite tout le bonheur possible. Bridget a un fils âgé de quinze ans, que j'ai hâte de connaître. Je me demande si Bill lui a déjà fait enfiler un gant de base-ball.

Je ne t'ai jamais beaucoup parlé de ma scolarité à Kidd. Un jour, tu m'as demandé pourquoi. Je pense – non, je sais – que c'est parce que les choses se sont mal terminées pour moi là-bas. Je t'ai raconté que mon camarade de chambre était mort un mois avant le diplôme de fin d'études, mais je ne crois pas t'avoir expliqué dans quelles circonstances.

Nous étions tous amis. Stephen (avec qui je partageais une chambre), Bill, Jerry, Rob et moi jouions dans l'équipe de base-ball du lycée depuis que nous avions quinze ans. Le plus doué était Stephen. Avec ses talents sportifs, il aurait pu décrocher une bourse pour étudier dans une très bonne université, ce que ses résultats scolaires ne lui auraient pas permis, car il n'était qu'un élève moyen et s'en sortait surtout par son physique éblouissant et son habileté à présenter des arguments dans les débats contradictoires. Tu l'imagines sans peine, c'était là une source permanente de tension entre nous, car pour ma part, en vrai bûcheur, je potassais tous les textes qu'on nous demandait de lire au moins trois ou quatre jours à l'avance. Pourtant, malgré nos différences sur le plan scolaire, nous étions très liés. Stephen était quelqu'un d'unique, il avait une vision des choses plus large et nous incitait à réfléchir. Bien sûr, nous aurions tous voulu être à sa place. Le mot « beau » ne lui rend pas vraiment justice, étant trop statique à mon avis. Son visage pouvait s'illuminer en un instant, et chacun de nous avait envie que son sourire, réellement captivant, lui soit adressé. Stephen avait de l'argent, ce qui n'était pas le cas de la plupart d'entre nous (Kidd n'était pas un lycée de riches). Son père avait fait fortune dans les télécommunications, au début de leur essor, et possédait une maison immense à Wellesley. Il devait y avoir sept salles de bains. Après avoir divorcé, son père avait épousé une femme très jeune – elle s'appelait Angelica, si je me souviens bien. Elle n'avait que dix ans de plus que nous, ce qui était un peu déconcertant (j'ai peut-être eu le béguin pour elle quand je suis arrivé à Kidd). C'est chez le père de Stephen que, à la même époque, j'ai dû boire de l'alcool pour la première fois (Stephen, lui, avait une longueur d'avance sur moi). Une nuit, nous nous sommes faufilés jusqu'à la réserve de bouteilles et nous avons descendu à nous deux près d'un litre de Jack Daniel's. Je crois que je n'ai jamais été aussi malade de ma vie.

Bill et Jerry partageaient une chambre. Tu te souviens de Bill, nous avons passé deux fois des vacances de neige avec lui et les enfants. En classe, Bill était discret, effacé, tandis que Jerry était d'une agressivité que je qualifierai de rentre-dedans, même si cette expression n'avait pas encore cours. N'empêche qu'il était formidable pour lancer des balles rapides en courbe et, quand elles restaient basses, l'équipe adverse ne parvenait pas à les envoyer hors du champ intérieur. Pendant les cours, il faisait preuve à la fois de vantardise et d'une sincère curiosité intellectuelle. J'avais toujours espéré que la curiosité l'emporterait, mais, il y a cinq ans, j'ai déjeuné avec lui à New York et j'ai été déçu en constatant que le côté vantard avait pris le dessus et même proliféré comme un virus. Je ne pense pas qu'il ait changé depuis, car je viens de le voir débarquer à l'auberge dans une voiture de location démesurée. Je me disais que c'étaient les mariés qui arrivaient quand Jerry, avec son long cou et ses membres interminables (à présent drapés de vêtements coûteux) en est descendu. Pourtant, en dépit de sa suffisance, il est le plus intelligent de nous tous, et j'ai hâte de savoir quelle sera son influence sur notre groupe ce soir.

Rob, un gamin grand et maigre, jouait dans le champ droit, et n'aurait sans doute pas dû le faire. Nous l'ignorions alors, mais ses talents de pianiste virtuose allaient lui valoir d'étudier à la Juilliard School. Je suis persuadé que, dès qu'il a réussi à y entrer (il lui a fallu deux ou trois tentatives), on l'a averti qu'il ne pourrait plus jamais toucher une balle. Je me demande même s'il suit les matches à présent. À l'époque, il était un supporter inconditionnel des Red Sox. À vrai dire, c'est un miracle qu'il ne se soit pas esquinté un doigt à Kidd. Ça arrivait tout le temps.

Les trois autres personnes de notre groupe étaient des filles (aujourd'hui des femmes, bien sûr) : Agnes, Bridget et Nora. Des trois, c'est Bridget que je connais le moins. D'un an plus jeune que nous, elle n'était pas dans notre classe, et ne nous rejoignait que pour être avec Bill. Si Bill était discret et modeste, Bridget, elle, était muette et sourde à tout ce qui n'était pas la voix de son amoureux. Ils représentaient à nos yeux le couple idéal, nous les imaginions fidèles pendant toutes leurs études supérieures et mariés dès l'obtention de leur diplôme. Je ne sais pas exactement ce qui s'est passé – bon, je suppose que Jill est passée par là –, mais je me rappelle le choc que j'ai éprouvé en apprenant que Bill épousait quelqu'un d'autre.

Quant à Nora, je la connais assez bien car elle était la petite amie de Stephen. Elle passait sans cesse dans notre chambre aux heures où les visites étaient autorisées, et assistait à tous les matches de base-ball. Si Kidd avait été le genre d'établissement où on élit un roi et une reine au bal de fin d'année (Kidd était trop modeste pour ça), on les aurait choisis. J'ai toutefois l'impression que Nora doit être attirée par les hommes à problèmes. Dès le printemps de notre dernière année, Stephen était devenu sérieusement alcoolique. Et, d'après ce qu'on raconte partout, Carl Laski était un ivrogne et un salaud. Il ne maltraitait pas Nora, que je sache, mais il était pour le moins perturbé.

À la fin de la terminale, Stephen s'est mis à inventer des raisons pour se soûler deux ou trois fois par semaine. « Faisons la fête », disait-il, ou : « Allez, on se biture. » Boire était de rigueur les vendredis et samedis soir. Un jour, il s'est fait pincer et a été exclu pendant quatre jours. Il est rentré chez lui de son plein gré pour se désintoxiquer. J'ignore pourquoi Nora s'en accommodait, si ce n'est que Stephen était incroyablement dangereux, passionnant et beau à la fois. En outre, je pense qu'elle ne voyait pas le côté répugnant de la chose, contrairement à moi. Les vomissements, les gueules de bois, le dégoût de soi-même. D'ailleurs, pour être franc, dès ce printemps, beaucoup d'entre nous buvaient et faisaient la fête, assurés, pensions-nous, d'être acceptés à l'université. Nous buvions surtout dans les cabanons désertés du bord de mer, la plupart tellement peu solides que nous pouvions facilement nous y introduire. Nous attendions la tombée de la nuit et, s'il pleuvait, nous nous y réfugions, et restions sur la digue ou sur la plage si le temps était à peu près acceptable. Nous avons passé de très bons moments, et je regrette de ne pas en avoir conservé un souvenir agréable, mais ça ne m'a pas été possible. C'est au cours d'une de ces fêtes que Stephen s'est soûlé, est entré dans l'eau et s'est noyé.

Personne n'a remarqué son absence avant qu'il soit trop tard. Nous supposions tous qu'il était retourné au lycée en marchant le long de la plage et en chantant faux, comme il en avait l'habitude quand il était bourré. En ne le voyant pas regagner la chambre, j'ai alerté un surveillant. Je m'en voudrai toujours de ne pas être allé plus tôt à sa recherche sur la plage.

Son corps a été retrouvé une semaine plus tard sur la grève de Pepperell Island. J'ai passé des semaines, des mois, et même des années à essayer d'oublier cette nuit-là. Après l'enterrement et une remise des diplômes sans grande joie, nous nous sommes tous dispersés, trop honteux et malheureux, je suppose, pour garder le contact. Pour Stephen et sa famille, c'était une tragédie. Pour nous, cette tragédie avait quelque chose d'obscène, d'inavouable.

Harrison posa son stylo et s'essuya le front. Ce n'était pas là l'entière vérité, un vernis pudique en dissimulait la moitié.

Je n'ai pas parlé d'Agnes, la plus solide de nous tous, la camarade de chambre de Nora. Malgré son côté vieux jeu et mal fagoté, elle était bonne copine avec tout le monde. Je ne crois pas qu'elle soit jamais sortie avec un seul garçon à Kidd. Maintenant, elle y enseigne, c'est la seule à être restée dans le Maine. Elle ne s'est jamais mariée. J'ignore pourquoi. J'aime à penser que c'est parce qu'elle sait que nous sommes tous – nous les hommes – des cons. Elle est arrivée à l'auberge, mais je ne l'ai pas encore croisée.

Voilà, je t'ai présenté tous les protagonistes. Ils sont restés vivants dans une strate profonde de mon être. Parfois, j'ai l'impression de mieux les connaître que les amis que j'ai à présent – George, par exemple, avec lequel je travaille pourtant depuis vingt ans. Il faudra que tu me dises un jour si tu éprouves la même chose pour les amis que tu avais quand tu étais adolescente. Je me rappelle t'avoir entendue parler de Rowena, mais je ne crois pas que tu aies mentionné d'autres personnes.

Tu me manques, Evelyn. Je regrette que tu ne sois pas près de moi. Je t'observerais pendant que tu t'habillerais pour le cocktail de ce soir, où tu arriverais à mon bras. Tous les hommes m'envieraient. Ensuite, nous reviendrions dans cette chambre splendide et nous écroulerions sur ce lit, qui paraît d'un confort obscène, pour décortiquer la soirée avant de faire l'amour. Nous ne faisons pas assez l'amour, mais je te l'ai déjà dit. Je me demande toujours pourquoi. La vie que nous menons nous en empêche, je suppose. Et les enfants aussi, bien que cet obstacle ait été désiré. Ce sont des trésors, et toi aussi.

Ton mari reconnaissant,

Harrison

Harrison glissa la lettre dans une enveloppe, y écrivit sa propre adresse, puis la dressa contre la lampe.

Après avoir fouillé dans sa valise posée sur le lit, il sortit sa trousse de toilette et se dirigea vers la salle de bains tout en se déshabillant. Une fois sous la douche, il laissa l'eau chaude lui couler sur la nuque. La tête baissée, les bras ballants, il s'interdisait toute réflexion et fredonnait quelques mesures de *Lady Marmelade* : « Voulez-vous coucher avec moi, ce soir ? » Il resta dans cette position pendant de longues minutes, puis commença à s'inquiéter pour la chaudière de Nora dans la mesure où tous les clients devaient se doucher en même temps avant la soirée. Il se savonna donc, se lava les cheveux, se rinça rapidement, puis se sécha et essuya un peu la buée sur le miroir pour pouvoir se raser. Aussitôt, de multiples pensées revinrent l'assaillir. Y aurait-il un dîner après le cocktail, ou chacun serait-il libre de manger à sa guise ? Dans ce cas, comment se regrouperaient-ils ? Il espérait que Nora avait tout prévu. Puis il songea au mariage. Nora n'avait mentionné ni pasteur ni officier d'état civil. Bridget n'était-elle pas catholique ? Distraitement, il se demanda à quoi ressemblerait la cérémonie, si Bridget serait en blanc. Se marier quand on était confronté à un cancer était-il un acte désespéré ?

Propre et rasé, Harrison choisit une chemise parmi les deux qu'il avait emportées. Ce soir, il porterait un veston sport, et demain son costume. Le miroir n'était plus embué quand il retourna dans la salle de bains pour nouer sa cravate. Faisait-il ses quarante-quatre ans ? Comment était-on à quarante-quatre ans ? En tout cas, Nora paraissait plus jeune. Elle avait encore un côté enfantin que l'âge n'avait pas gommé.

Après avoir vérifié qu'il avait sa clé, Harrison sortit de sa chambre. Aussitôt il entendit un brouhaha dans le hall. Bien entendu, il y avait d'autres clients – n'avait-il pas vu l'affiche signalant le mariage Karola-Jungbacker ? –, n'empêche qu'il était étrange d'entendre ces voix alors que tout avait paru silencieux juste avant. Au lieu de prendre l'ascenseur, il descendit l'escalier en tâchant d'avoir de l'allure, conscient qu'il pouvait être observé par quelqu'un qu'il connaissait, conscient aussi du ridicule qu'il y avait à s'en soucier. Dans le hall, il remarqua un couple assez âgé qui se dirigeait vers l'ascenseur de la salle à manger – le premier service du dîner, supposa-t-il. Un couple plus jeune semblait perdu, ayant quitté sa chambre trop tôt pour le repas, ne sachant où se replier pour patienter.

Harrison s'avança vers la bibliothèque et, constatant que la porte à double battant était ouverte, marqua une pause et perçut un bruit de voix parmi lesquelles il ne reconnut que celle de Bill. Lorsqu'il tourna le coin et entra dans la pièce, les visages pivotèrent dans sa direction. Il repéra Rob Zoar en train de parler avec un homme qu'il ne connaissait pas. Rob posa la main sur la nuque de son compagnon et lui murmura quelque chose à l'oreille. Harrison fut assez sidéré, ne s'étant jamais rendu compte que Rob était homosexuel. L'était-il déjà à Kidd ? Les autres le savaient-ils ? Dans un coin, Jerry Leyden le salua en agitant la main. Agnes O'Connor s'approcha, les bras grands ouverts. Harrison entendit son nom prononcé par plusieurs personnes et eut l'impression de se trouver sous les feux de la rampe, au lever de rideau, prêt à prendre part à une réunion d'une grande solennité.

« Harrison !
— Agnes !
— Mon Dieu !
— Tu as une mine superbe.
— Toi aussi. »

Harrison se pencha pour l'enlacer. Dans ses bras, Agnes était encore plus solidement charpentée qu'il ne s'en souvenait (mais lui aussi s'était étoffé, il devait bien le reconnaître). La tenant toujours par les mains, il l'éloigna un peu pour étudier ses traits. Elle semblait sincèrement heureuse de le voir et un peu confuse d'être ainsi scrutée. Il la lâcha. Son visage était marqué, il ne s'attendait pas à autant de rides. Et ses vêtements, constata Harrison, étaient démodés. Une religieuse séculière en tailleur rose. À en juger par sa stature sportive, il vit bien qu'elle n'était pas habituée à se mettre sur son trente et un.

« Comment vas-tu ? demanda-t-elle.
— Bien. Et toi ? »

Elle se mit à rire et avala une gorgée de vin. « Est-ce que nous allons passer toute la soirée à nous répéter "oh ! mon Dieu !" et "tu as une mine superbe !" ?

— Pendant quelque temps. Ce serait encore pire à une réunion d'anciens élèves.

— C'en est une.

— Plus ou moins.

— Quelle nouvelle stupéfiante au sujet de Bill et Bridget, hein ?

— Oui, j'en ai été vraiment surpris.

— Pourtant, tu connais Bill. Ou plutôt, tu es resté en contact avec lui, c'est bien ça ?

— Pendant un certain temps. Je connaissais sa femme. Son ex-femme.

— Je suis contente pour eux. C'est très courageux de la part de Bridget. Et aussi de la part de Bill. »

Harrison sentit la présence de Nora sur le seuil. Dans un coin de la pièce, un barman se tenait derrière le buffet tendu d'une nappe. Harrison ressentit soudain le besoin de boire un verre. « Cette auberge est bien belle, dit-il.

— De tous côtés, la vue est magnifique. » Ils se retournèrent en même temps vers les hautes fenêtres qui, bien sûr, n'offraient pas la moindre vue une fois la nuit tombée. « Je n'en reviens pas de cette transformation ! Est-ce que tu étais venu avant les travaux ?

— À l'exception de Bill et de Jerry, je n'ai pas revu une seule personne présente dans cette pièce depuis vingt-sept ans.

— On dirait que ce n'est pas la même maison.

— J'ignorais que Nora s'intéressait à tout ça.

— Qui pouvait dire à quoi s'intéressait Nora ?

— Je pensais que vous étiez restées en contact.

— En effet. Mais elle était tellement écrasée par Carl…

— Elle devait bien arriver à s'imposer.

— Non, pas vraiment. »

Harrison décela de l'antipathie. « Apparemment, tu n'aimais pas beaucoup Carl.

— C'est l'impression que je donne ? »

Harrison se mit à rire. Le barman apparut à côté de lui et lui demanda ce qu'il voulait boire, comme s'il avait lu dans ses pensées – c'était là, supposa-t-il, ce que les barmen étaient censés faire. Il regarda le verre d'Agnes. « Qu'est-ce que tu bois ?

— Du vin blanc. Il est bien meilleur que celui que je bois d'ordinaire.

— Alors, je vais en prendre moi aussi, dit-il au barman.

— Tu t'occupes d'édition, c'est ça ? reprit Agnes après le départ de celui-ci.

— Oui. Je travaille dans une petite maison d'édition de Toronto. Nous publions surtout des auteurs canadiens et britanniques. Audr Heinrich, Vashti Baker, ça te dit quelque chose ? »

Agnes fit un vague signe de tête. « Et tu as des enfants ?

— Deux garçons. Charlie a onze ans, et Tom neuf. »

On tendit à Harrison un verre délicatement taillé contenant un vin blanc bien frais. « Nora m'a dit que tu enseignais à Kidd.

— Je suis celle qui n'est jamais partie. Tu sais bien, dans toutes les classes, il y a toujours quelqu'un qui s'incruste, qui veut rester élève à vie.

— Comment est le lycée aujourd'hui ?

— Tu ne le reconnaîtrais pas, Harrison. Très multiculturel. L'accent est mis sur les sciences. Les bâtiments ont été agrandis. J'ai un appartement dans Rowan House.

— C'est vrai ? Dans la tourelle ? » Harrison coula un bref regard vers Rob et son compagnon qu'il ne connaissait pas. Avec sa cravate, il se sentait habillé d'une manière pas assez décontractée.

« En fait, oui, dans la tourelle.

— Je t'envie. J'ai toujours rêvé d'aller voir comment c'était à l'intérieur.

— Bon, dès que tu descendras dans le coin… »

Harrison sourit.

« Tu n'es jamais venu à nos réunions d'anciens élèves, dit-elle et, en percevant un léger reproche dans ce ton catégorique, Harrison en déduisit qu'Agnes n'en avait pas manqué une seule.

— En effet.

— Les gens vraiment intéressants ne viennent jamais. »

Harrison avala une gorgée de vin. Rob et son compagnon bavardaient avec Jerry et Julie. Rob était élégant dans son costume gris sombre et sa chemise à col ouvert. « Qui est le type qui accompagne Rob ?

— Il s'appelle Josh. C'est un violoncelliste.

— Je ne m'étais pas aperçu que Rob…

— Moi non plus.

— Le savait-il déjà quand il était à Kidd ? » demanda Harrison en se rendant compte, au moment même où il posait la question, que ça ne le regardait pas. Il essaya de se rappeler avec qui Rob était sorti.

« Je suppose que oui. D'après ce que j'ai lu sur le sujet, biologiquement parlant, il devait bien le savoir. Mais, à l'époque, il ne pouvait pas le vivre. Mieux valait éviter que ça se sache. Maintenant, bien sûr, tout a changé. Nous avons une Alliance gay et lesbienne. C'est une bonne chose en soi et j'en suis contente, mais j'ai peur que les élèves les plus jeunes, qui découvrent à peine leur sexualité, ne se rapprochent de ce groupe avant même de connaître leurs vrais penchants. » Agnes regarda à l'intérieur de son chemisier, où une bretelle de soutien-gorge avait glissé. « Demain, Rob et Josh veulent aller dans les magasins de sortie d'usine. Il y a des vêtements Armani pour eux, et des J. Crew pour moi. Je vais peut-être y acheter des cadeaux de Noël. Tu veux venir avec nous ?

— Peut-être, merci. »

Agnes se pencha en arrière pour le regarder ostensiblement des pieds à la tête. « Voyons, chemise boutonnée, blazer classique… de chez Brooks Brothers, je ne me trompe pas ? »

Harrison sourit. « C'est grave ? »

À travers une cloison, ou au bout d'un couloir, Harrison entendait qu'une autre fête battait son plein, avec un grand nombre d'invités et de la musique. Devant le buffet, Jerry dit à sa femme : « Fais ce que tu veux. Je m'en fiche. »

Agnes lui demanda : « Comment va ta mère ? »

Cette question surprit Harrison. À Toronto, personne ne demandait jamais des nouvelles de sa famille. On ne lui connaissait tout simplement pas de famille. « Elle habite toujours la même maison, à Tinley Park, juste à la sortie de Chicago. Alison, ma sœur, est à Los Angeles. Elle est scénariste.

— C'est vrai ? » Agnes haussa les sourcils, titillée par ce côté glamour inattendu. « Elle a travaillé sur un film que j'aurais pu voir ?

— Nous sommes allés lui rendre visite il n'y a pas longtemps, et elle travaillait sur un film avec Ben Affleck et Morgan Freeman. Les garçons ont pu voir les cascadeurs harnachés tourner les effets spéciaux. Evelyn, ma femme, a bavardé avec Ben Affleck, ce qui, bien sûr, a représenté pour elle un moment inoubliable. »

Les cheveux ramenés derrière une oreille, Nora s'entretenait avec le barman près du buffet. Harrison s'attendait à la voir en uniforme – chemisier et jupe stricts – mais elle portait une robe noire avec un profond décolleté en V. De nouveau, elle lui rappelait les femmes européennes.

« Tu es venu en avion ? demanda Agnes.

— Oui, il y a un vol direct de Toronto à Hartford.

— Il paraît que c'est affreux. Pour ma part, je n'ai pas pris l'avion depuis le 11 Septembre.

— Le plus pénible, c'était de faire la queue. Mais à part ça…

— Bien sûr, il a fallu que les ennuis commencent à Portland. Je crois que, dans le Maine, tout le monde s'est senti responsable.

— J'imagine que des têtes sont tombées.

— En fait, ce n'est vraiment pas le moment de décoller à l'aéroport de Portland, prévint-elle. Les files d'attente sont les plus longues de toute l'Amérique. Est-ce que tu te sens plus en sécurité au Canada ? »

Harrison remarqua qu'Agnes, bizarrement, portait des chaussures sexy à talons aiguilles. Il se demanda si elle les avait achetées pour cette occasion. « À Toronto ? Non, pas du tout. »

Agnes jeta un regard dans la pièce. « Je me demande où sont Bridget et Bill.

— Je suis sûr d'avoir aperçu Bill en arrivant.

— Qui sont les deux gamins en costume ? »

Deux adolescents partaient en reconnaissance le long du buffet où les amuse-gueule avaient fait leur apparition. S'ils ressemblaient à ses fils, ils ne décolleraient pas avant d'avoir englouti l'équivalent d'un repas. « Je crois que l'un est le fils de Bridget, et l'autre son copain. Je ne sais pas qui est qui.

— Pauvre Bill ! » dit Agnes, et Harrison ne sut pas si elle parlait du fait que la famille de Bill n'avait pas voulu venir au mariage, ou d'un fait plus grave, à savoir la maladie de Bridget. « J'espère qu'elle va bien, ajouta-t-elle en répondant aussitôt à la question que se posait Harrison. Je vais me chercher un autre verre. Tu en veux un ?

— Pas pour l'instant. Merci. »

Nora était encore près de la porte. Harrison s'avança vers elle.

« Le vin est délicieux, dit-il une fois arrivé à son côté. Et le verre, lui aussi, me plaît beaucoup.

— Je les trouve aux puces. Et j'ai pris des cours. Pour le vin.

— C'est vrai ?

— Chez un viticulteur, non loin d'ici.

— J'ignorais qu'on cultivait la vigne en Nouvelle-Angleterre.

— Il… il y a beaucoup de petits vignobles disséminés dans le Vermont, le Massachusetts et le Connecticut. Certains produisent du très bon vin.

— Tu te sens toujours heureuse ? »

Elle réfléchit une minute. « Moins transportée que tout à l'heure. Mais nous sommes à la fin de la journée, n'est-ce pas ? N'empêche que je trouve excitant de rassembler tout le monde. Après si longtemps.

— Est-ce là ton uniforme pour les cocktails dans la bibliothèque ? » demanda-t-il en montrant sa robe.

Elle haussa les épaules.

Harrison éprouva le désir aussi violent qu'inopportun d'effleurer la peau nue de son bras. « Agnes et moi nous demandions où était Bridget. Elle est arrivée sans encombre ?

— Oui. Elle est encore en train de se changer dans sa chambre. C'est une grande timide. Tu te rappelles qu'elle était timide ?

— Je me rappelle surtout qu'elle était toujours collée à Bill.

— Tout le monde croit qu'il a pris cette décision parce qu'elle risque de mourir. Mais la vraie raison, c'est qu'il ne s'est jamais pardonné de lui avoir fait tant de mal. Quand il a rompu avec elle à l'université et s'est mis à sortir avec Jill. Je ne la connais pas, cette Jill.

— D'après mes souvenirs, Jill est une femme incroyablement séduisante, dotée d'une robuste tendance à manipuler les gens. Bill était sans doute vaincu d'avance.

— Il pense que Bridget et lui peuvent saisir leur chance à présent.

— J'espère que c'est vrai. » Harrison marqua un temps d'arrêt. « D'ailleurs, j'espère que c'est vrai pour nous tous. »

Nora sourit.

« Comment s'est passée la préparation de l'autre mariage ? demanda Harrison.

— La mariée s'est mise à pleurer sans que personne comprenne pourquoi.

— Tu ne bois pas ? » Harrison montra le verre d'eau gazeuse de Nora.

« Je travaille.

— Ça paraît injuste.

— Bon, je ne fais pas que travailler. Je m'accorderai un verre de vin au dîner. » Elle ramena une mèche derrière une oreille. « Raconte-moi une histoire.

— Pardon ?

— Une histoire courte. Je n'ai pas beaucoup de temps.

— Ici ? »

Nora inclina la tête.

« Bon. Voyons... » Harrison se tut un instant. « D'accord, je vais t'en raconter une, commença-t-il en décidant de la battre à son propre jeu. Un dimanche matin, je me promenais à Kidd, et j'ai aperçu sur la route l'une des plus belles filles que j'avais jamais vues. Je suis arrivé à sa hauteur – j'étais de l'autre côté de la route – et je me suis dit que j'allais l'aborder et lui demander comment elle s'appelait, mais, à la dernière minute, je me suis dégonflé. Je me suis contenté de lui dire bonjour et de continuer mon chemin. Et tu ne sais pas ? Toute ma vie, j'ai regretté de ne pas avoir traversé cette route pour aller lui parler. »

Un long silence s'étira entre eux. Nora croisa les bras, son verre vide, qu'elle tenait par le pied, oscillant entre ses doigts. « J'étais déçue que tu ne m'aies pas attendue devant le portail », avoua-t-elle enfin.

Harrison sentit qu'une bouffée de chaleur prenait naissance dans sa nuque et remontait jusqu'à ses oreilles.

« Dire la vérité est érotique, reprit Nora. Autant qu'ouvrir la bouche pour un baiser. »

Le martèlement que Harrison avait senti un peu plus tôt dans la poitrine se manifesta de nouveau. « C'est ce que font les amants quand ils se retrouvent.

— Je ne veux plus d'amant.

— Un homme, lui, ne peut pas dire ça. Ou plutôt, il peut le dire, mais ça ne signifie pas grand-chose.

— Je suppose que tu ne veux pas de liaison parce que tu es marié. »

Harrison n'eut pas une seconde d'hésitation. « C'est exact. »

Quelqu'un lui donna un petit coup de poing dans le biceps.

« Branch, dit Jerry.

— Jerry. » Harrison lui serra la main et s'aperçut que Nora s'éloignait.

« Tu es toujours à Toronto ? lui demanda Jerry.

— Oui, répondit Harrison, un peu déconcerté par la disparition de Nora.

— Tu n'as jamais pensé à New York ? Ce n'est pas là que les choses se passent dans ta branche ? L'édition ?

— Ma femme est de Toronto. » Harrison était persuadé qu'ils avaient eu la même discussion, mot pour mot, à New York, cinq ans plus tôt.

« Je connais un type chez Random House si tu as besoin d'une recommandation.

— Laisse-moi deviner. Il te doit sa fortune.

— Je lui ai fait gagner un bon paquet au début des années 1980. » Jerry but une gorgée de ce qui paraissait être du whisky. Vêtu d'un pull coûteux en cachemire beige, il était le seul à ne pas porter de veston.

« Ce n'est pas ta femme que j'ai aperçue il y a une minute ?

— Elle est allée se refaire une beauté et va revenir dans un instant. Qui aurait pensé que Nora réussirait à monter une telle affaire ? Tu sais qui la finance ?

— Non. J'avais plus ou moins l'impression qu'elle s'en sortait toute seule.

— Les toilettes sont une vraie merde, et, bon sang, ils auraient pu dégotter un portier. Mais les chambres sont bien. Là, tout est impeccable. Elle n'a rien perdu de son charme, hein ? »

Harrison s'aperçut que cette remarque légèrement sexiste le gênait pour Nora. « Elle est belle.

— Oh ! arrête. Tu as toujours eu un faible pour elle. » Jerry vida son verre et le leva bien haut au-dessus de sa tête pour faire comprendre au barman qu'il en voulait un autre.

« C'était la petite amie de Stephen, dit Harrison en s'en voulant d'être obligé de prononcer ce nom.

— Steve et toi vous étiez très amis. »

Harrison était presque certain que personne n'avait jamais appelé Stephen « Steve ».

« Et tu étais là, hein ? demanda Jerry. La nuit où il est entré dans l'eau ? C'est vraiment ce qu'il a fait, avancer dans la mer comme ça ? Quelle idée ! La température de l'eau ne devait pas dépasser les quatre ou cinq degrés. Il paraît que les pêcheurs de homards ne prennent même pas la peine d'apprendre à nager parce que, s'ils tombent par-dessus bord en cette saison, ils n'ont qu'une ou deux minutes pour tâcher de s'en sortir avant que le cœur lâche. Nager n'y change rien.

— Je n'ai rien vu, en fait.

— Ah bon ? »

Harrison garda le silence.

« C'est vrai que si tu l'avais vu…

— Si j'avais vu Stephen entrer dans l'eau, je l'aurais certainement arrêté, affirma Harrison d'un ton aussi calme que possible.

— Bien entendu. » Jerry le regarda par-dessus son verre. « Tu comptes aller dans les magasins de sortie d'usine demain ?

— Peut-être. »

Jerry jeta un regard impatient en direction du serveur. « Qui pouvait prévoir que Bill et Bridget se remettraient ensemble ? C'est fou, tu ne trouves pas ?

— Oui, c'est fou.

— Il paraît que les ganglions lymphatiques sont atteints. »

Harrison inclina lentement la tête.

« Si la chimio ne marche pas, elle en a pour deux ans maximum, d'après un type de Lenox Hill[1] avec qui je joue au squash, assura Jerry.

— Alors, espérons que la chimio marchera.

— Ouais, bon. » Jerry pencha la tête pour signifier qu'il ne miserait certainement pas son argent là-dessus.

Harrison essaya de se rappeler un article qu'il avait lu quelques mois plus tôt dans le *Wall Street Journal*. « Est-ce que je n'ai pas lu que Bird avait subi d'énormes pertes à la suite de sa fusion avec Sanducci ? demanda-t-il en abattant son seul atout.

— La presse a beaucoup exagéré, s'empressa de répliquer Jerry.

— N'empêche qu'il y a eu de nombreux licenciements.

— Quelques-uns.

— Tu as donc eu de la chance de garder ton boulot.

— Écoute, j'ai quatre-vingts types sous mes ordres.

— Vraiment ! » Harrison tirait quelque satisfaction de cet échange.

« Tu ne trouves pas ça incroyable ? Rob ? demanda Jerry au bout d'un moment.

— Quoi, Rob ?

1. Hôpital de Manhattan.

— Le type qu'il a amené.

— Je n'ai pas encore eu l'occasion de parler à Rob. »

Jerry agita la main par-dessus l'épaule de Harrison. « Hé, Rob ! » appela-t-il.

Quand Harrison se retourna, Rob s'avançait vers eux.

« Harrison, je te présente Josh, dit-il. Josh, c'est Harrison Branch. Est-ce que je t'ai dit que Jerry Leyden, que voici, était le meilleur lanceur de balle en courbe du Maine ?

— De toute la Nouvelle-Angleterre », renchérit Jerry.

Harrison se rappelait un Rob gauche, accommodant, affligé d'une vilaine peau, mais ne retrouvait pas grand-chose de cet adolescent dans l'homme qui se tenait devant lui. Le veston de Rob était d'une coupe et d'un tissu de qualité exceptionnelle, et on ne voyait plus la moindre trace de cette ancienne acné.

« Bon sang, on ne peut pas se faire servir à boire ici ? s'écria Jerry en agitant son verre vide vers le buffet. Je vous rejoins dans un moment. »

Après le départ de Jerry, Harrison s'adressa à Rob : « Félicitations pour ta carrière. J'ai entendu dire que tu jouais toujours dans des salles bondées. »

Star dans son univers musical, Rob haussa les épaules, en homme habitué aux compliments. « Josh et moi venons à Tanglewood l'été avec le Boston Symphony Orchestra. Maintenant que je sais que Nora possède cette auberge, nous prendrons nos repas ici. » Il regarda Josh et lui posa une main sur l'épaule. « Josh va jouer avec le London Symphony la semaine prochaine.

— Bravo, glissa Harrison à Josh.

— Je n'ai rien trouvé à dire à Bill, confia alors Rob. Je ne savais pas si je devais commencer par le féliciter pour son mariage ou par témoigner ma sympathie à Bridget pour l'épreuve qu'elle traverse.

— À mon avis, il vaut mieux s'en tenir aux félicitations, suggéra Harrison.

— Sais-tu comment ils se sont retrouvés ?

— Quelqu'un me disait que c'était lors de notre vingt-cinquième réunion d'anciens élèves. Tu y as assisté ?

— Non. J'ai oublié pour quelle raison. J'étais sans doute en tournée. Sinon, je pense que j'y serais allé. Oui, j'en suis même sûr. »

Harrison se demanda s'il y serait allé dans l'intention de déclarer publiquement : « Écoutez, il y a toujours eu des relations homosexuelles à Kidd. »

« Cet après-midi, il m'est venu à l'idée que jouer au base-ball était bien la dernière chose à faire quand tu étais à Kidd, reprit Harrison. Tu aurais pu t'esquinter un doigt et dire adieu à ta carrière.

— Je crois que j'essayais d'afficher ma virilité », expliqua Rob.

Josh sourit et Harrison se dit que ça devait être une plaisanterie entre eux.

« En fait, tu te débrouillais très bien, estima Harrison en le revoyant plonger de façon spectaculaire dans le champ droit.

— As-tu amené ta femme ? demanda Rob.

— Le délai était trop court, elle ne pouvait pas se libérer. Elle avait une succession sur les bras.

— Elle est notaire ?

— Oui.

— Tu n'aurais pas des photos ? »

Harrison secoua la tête. Apporter des photos de sa famille ne lui était absolument pas venu à l'esprit.

D'un geste empressé, Josh sortit une enveloppe. « Des photos de notre voyage en Grèce. »

Harrison les regarda une à une. Rob et Josh sur une plage de sable blanc. Rob et Josh sur un yacht trop grand pour rentrer dans le cadre. Rob et Josh en cravate noire, sur un balcon de marbre blanc surplombant une mer vert clair.

« Rob est invité dans le monde entier par des amateurs de musique, expliqua Josh.

— Est-ce qu'il t'est arrivé de donner un concert pendant que tu étais à Kidd ? demanda Harrison.

— Je jouais à l'église congrégationaliste, en ville. Je n'en parlais pas au lycée. À l'époque, j'avais un comportement très ambivalent par rapport au piano. Mais il y avait un professeur de musique au lycée… Mme Lamb ?

— Je m'en souviens vaguement.

— Une masse de cheveux ? Des lunettes roses ? Elle m'a pris sous son aile, m'a fait travailler en terminale et pendant les deux années qui ont suivi. J'étais caissier au supermarché du coin pour payer les cours. Et elle a réussi à me faire entrer à la Juilliard School.

— Moi aussi, j'ai travaillé dans ce supermarché, dit Harrison en rendant les photos à Josh.

— Nora est splendide, pas vrai ? reprit Rob.

— Oui.

— Elle a vraiment du goût.

— Apparemment, elle a trouvé sa voie », suggéra Harrison. Il aurait bien aimé boire un autre verre et songea à la manière dont Jerry avait levé le bras. Sauf que ça ne l'avait avancé à rien. « Ça te plaît de vivre à Boston ?

— J'adore cette ville. Nous habitons dans le South End. Il y a des restaurants fabuleux. Bien sûr, je ne suis jamais là. Du moins, c'est l'impression que j'ai.

— Les tournées t'ennuient ? » Harrison pensait à ses auteurs, certains se plaignant de devoir voyager et réclamant de descendre dans les meilleurs hôtels.

« Ça fait partie du boulot », reconnut Rob avec aménité.

Harrison constata que l'épouse de Jerry, vêtue de laine blanche, avait été laissée en plan près du buffet. « Voulez-vous boire un autre verre, les gars ? Je vais m'en chercher un. »

Rob et Josh échangèrent un regard.

« Non, ça va pour l'instant, répondit Josh.

— À tout à l'heure, dit Rob. Tu seras au dîner ?

— Oui, bien sûr. »

Harrison s'approcha du buffet et tendit son verre au barman, qui devina ce qu'il buvait en voyant la dernière goutte qui restait au fond : « La même chose ? » demanda-t-il.

Harrison inclina la tête, puis tendit la main à Julie. « Bonjour, je m'appelle Harrison Branch. Je suis un camarade de classe de Jerry.

— Moi, c'est Julie, dit-elle en serrant la main de Harrison du bout des doigts.

Harrison remarqua qu'elle buvait de l'eau. « Vous devez vous sentir perdue ici.

— Un peu. » Ses longs cheveux soyeux mettaient en valeur ses pommettes hautes et ses grands yeux.

« Ce n'est pas facile de s'intégrer à un groupe dans lequel tout le monde se connaît, dit Harrison en attrapant le verre de vin que lui tendait le barman.

— Il y a de ça. » Elle se tenait toujours sur la réserve.

« Voyons si nous pouvons rendre les choses plus simples, dit-il en faisant face à la pièce. Tous les hommes qui se trouvent ici, à l'exception de l'ami de Rob, là-bas, en veste noire, jouaient dans l'équipe de base-ball de Kidd. Bill et Jerry partageaient une chambre, mais vous le savez sans doute déjà. Agnes et Nora, la propriétaire de l'auberge, en partageaient une aussi. Et Bridget et Bill étaient amoureux l'un de l'autre. Je crois que nous avons fait le tour. Ces deux gamins, là-bas, sont arrivés avec Bridget et Bill. L'un est le fils de Bridget.

— Merci, dit Julie. Et vous, d'où êtes-vous ?

— De Toronto. Je travaille dans l'édition. Et cette personne… » Harrison attrapa Agnes par la manche de sa veste rose. « … c'est Agnes O'Connor. Avez-vous fait connaissance ?

— Brièvement », dit Julie.

Harrison vit qu'Agnes et Julie se toisaient. Du cachemire blanc d'un côté. Un tailleur de confection en laine mélangée de l'autre.

« Où habitez-vous à New York ? demanda Agnes.

— Nous avons un appartement à Tribeca[1] », répondit Julie avec froideur.

Harrison était presque certain qu'Agnes n'avait jamais entendu parler de Tribeca. Il avait envie de demander à Julie ce qu'elle faisait dans la vie, mais c'était là une question piège dès qu'on la posait à une femme. Impossible de s'en sortir avec simplicité. Si

1. Quartier de Manhattan qui se trouve au sud de Canal Street.

bien qu'il se contenta de lâcher : « Nous avons un temps magnifique. »

Agnes entraîna Julie dans une conversation sur le hockey. Harrison n'aurait jamais pensé que Julie pouvait s'y intéresser. Peut-être avait-elle une fille qui y jouait. Il observa les onze personnes présentes dans la pièce pendant qu'elles se rejoignaient, s'éloignaient, se retrouvaient. Les exclamations de surprise avaient beaucoup décru à présent. Regrettant de se trouver là, Harrison aurait volontiers regagné sa chambre pour n'en redescendre qu'à l'heure du dîner. Il manquait d'air, une sensation qu'il éprouvait aussi quand il participait aux réunions de travail avec les commerciaux, et il sentait en outre qu'un léger ennui s'était emparé de la pièce, comme si tout le monde en avait assez de la première phase et désirait passer à la suivante. Mais la deuxième phase ne pouvait commencer sans Bridget, il s'en rendait compte. Il avait noté les absences répétées de Bill, certaines assez longues. Il chercha Nora des yeux et l'aperçut derrière une porte à double battant ouvrant sur un salon particulier. On y voyait une table couverte de vaisselle blanche. Des bougies allumées. Des fleurs blanches.

« Est-ce que Bridget va bien ? demanda-t-il en entrant dans la pièce où Nora vérifiait l'argenterie.

— Elle va descendre dans une minute. Tu veux un autre verre ? proposa-t-elle en remarquant son verre vide.

— Non, merci. J'ai assez bu pour le moment.

— Les vins du dîner seront très bons.

— Tu es une sorte de chorégraphe.

— Je... je suppose, oui. »

Harrison scruta les traits de Nora. « Raconte-moi une histoire, dit-il soudain en les surprenant tous deux.

— Laquelle veux-tu entendre ?

— Celle qui parle de ta vie avec Carl Laski.

— Elle serait trop longue.

— Mais belle ? voulut savoir Harrison.

— Belle dans le sens de divertissante ?

— Non. Belle parce que tu l'aimais, qu'il t'aimait et que vous avez vécu heureux le restant de vos jours.

— Je ne suis pas sûre de connaître cette histoire », dit Nora d'un ton léger.

Elle jeta un coup d'œil par-dessus l'épaule de Harrison, et il se retourna. Sur le seuil se tenait Bridget Kennedy en tailleur gris, les cheveux châtain clair, d'une épaisseur exceptionnelle – une Bridget timide, à l'air affligé, qui, après avoir aperçu Nora, sourit à Harrison.

Dès qu'elle apparut sur le seuil de la bibliothèque, Bridget lut dans leurs yeux affolement, consternation, pitié, curiosité. Un homme (Jerry Leyden ?) se mit à chanter *Here Comes the Bride*[1]. Aussitôt, Bill s'approcha pour la prendre dans ses bras. Mariage et retrouvailles semblèrent alors à Bridget une très mauvaise idée, un fiasco. Tous ces gens étaient des étrangers. De véritables étrangers. À quoi s'attendait-elle donc ?

Nora l'enlaça, et Bridget fut persuadée que son ancienne camarade de chambre pouvait sentir la carapace sous le lainage gris. De plus, la chimio provoquait sans avertissement des bouffées de chaleur qui se manifestaient par un front en sueur et des joues cramoisies, et voilà qu'elle en avait une à présent.

« Tu es splendide ! » Nora ne s'adressait qu'à elle, pas au groupe. Elle l'arracha au bras de Bill et l'entraîna vers le buffet. « Nous allons bientôt dîner, mais il est encore temps de prendre un cocktail. Il y a aussi de l'eau gazeuse.

1. Voici la mariée.

— Je boirai de l'eau, dit Bridget en se rendant soudain compte qu'elle avait soif et ne sachant quel effet aurait sur elle un verre de vin.

— Je m'inquiétais un peu.

— Je me suis habillée, le résultat ne m'a pas plu, je me suis donc changée.

— Est-ce que nous ne faisons pas toutes ça ? Ta chambre te convient ?

— Elle est magnifique. Merci mille fois. »

D'un geste de la main, Nora balaya ses remerciements. « Matt et Brian ont un bel appétit.

— Ils n'ont pas tout mangé, j'espère ? Je voulais leur dire de se restreindre un peu. »

Nora sourit. « Nous avons largement de quoi. »

Matt, qui s'était éloigné du buffet, vint tapoter gauchement l'épaule de sa mère. « Salut, m'man. »

Il s'était peigné, récuré le visage et, malgré elle, en le voyant en costume, Bridget eut aussitôt les larmes aux yeux. Elle le serra brièvement dans ses bras pour donner le change. « Dis-moi, tu n'as pas tout mangé, hein ? » demanda-t-elle en tâchant de prendre un ton quelque peu sévère.

Matt haussa les épaules.

Bridget regarda en direction de Brian et sourit. « J'espère que tu ne t'ennuieras pas trop, lui dit-elle.

— Ça va très bien », répondit le gamin.

Nora commanda de l'eau gazeuse au barman pour Bridget. « Le dîner ne traînera pas en longueur. Nous aurons une entrée, puis le plat principal, après quoi, je dirai à tout le monde de passer dans la bibliothèque pour y prendre le dessert et le café. À ce moment-là, tu pourras facilement aller dans ta chambre si tu en éprouves le besoin.

— Merci. Tu es…

— Je t'ai placée entre Bill et Matt, s'empressa de poursuivre Nora. Mais je peux modifier le plan de table si tu veux être assise à côté de quelqu'un d'autre.

— Non. » Bridget était un peu soufflée, mais ravie que toutes les décisions aient été prises à sa place. « Non, c'est très bien comme ça.

— Et maintenant, je vais devoir te partager avec les autres. À propos, le fleuriste a appelé pour dire qu'il n'y avait pas de problème pour les anémones. »

Quand Bill et Bridget étaient arrivés à l'auberge, Nora était venue les accueillir dans le hall et avait pris un café dans la bibliothèque avec Bridget pour parler de l'organisation des festivités. Toutes deux tenaient à ne pas compliquer les choses. Bridget s'était aperçue que Nora, avec l'aide de Bill, avait déjà réglé tous les détails – musique, fleurs, photographes, repas – et, peu à peu, elle s'était sentie soulagée d'un grand poids. (Plus d'une fois, au cours des semaines écoulées, Bridget avait pensé qu'un mariage était une petite pièce de théâtre, avec mise en scène, public et acteurs qui jouaient leur rôle.) Comme si elle était douée de perception extrasensorielle, Nora avait senti à quel moment Bridget avait besoin d'aller s'allonger. « Va te reposer, avait-elle suggéré. Ça ne t'ennuie pas qu'on te serve le repas dans ta chambre ? »

Ayant rarement eu l'occasion de profiter de ce service, Bridget s'était contentée de sourire.

« Je vais faire monter un assortiment de sandwiches pour vous quatre », avait annoncé Nora en se levant.

La chambre avait enchanté Bridget. À l'évidence, il s'agissait d'une suite pour jeunes mariés, avec salon.

Quant à la salle de bains, elle était plus grande que la salle à manger chez elle. Une énorme baignoire aux robinets chromés luisants était disposée au centre, sur une sorte d'estrade. Matt et Brian avaient ouvert de grands yeux, puis s'étaient sentis un peu gênés par les agréments mis à leur disposition. La baignoire somptueuse. Les bougies sur les tables de chevet. Le seau à champagne en argent sur son support, dans le salon.

Après un petit somme sous l'édredon, Bridget s'était levée au moment où le repas était arrivé. Bien qu'elle n'ait pas eu d'enfant, Nora semblait savoir que les garçons dévoraient à l'adolescence. Il y avait une montagne de sandwiches : au bœuf et au poulet pour les gamins et pour Bill, et au concombre pour elle, sur du pain de mie dont la croûte avait été ôtée. Les tranches de concombre étaient fraîches et croquantes, et Bridget décida d'en acheter une demi-douzaine en rentrant à la maison. C'était l'une des rares choses qu'elle mangeait avec plaisir depuis quelques semaines. Après le repas, les garçons manifestèrent l'envie d'aller se balader, et Bridget poussa Bill à les accompagner, soutenant qu'elle voulait être seule pour se reposer, réfléchir et s'abandonner à ses pensées.

Elle avait alors pris un bain en laissant l'eau bouillonner jusque sous son menton. En sortant, elle avait la peau plissée et rose, et se sentait très détendue. Cette impression s'était toutefois dissipée au moment où Bridget commença à se maquiller et à enfiler ses redoutables sous-vêtements. Pour le cocktail, elle avait le choix entre deux tenues : la première était une robe confortable, car non serrée à la taille. En la passant, elle trouva qu'elle ressemblait à Madeleine Albright et mit sa perruque pour arranger les choses, sauf que, avec ces cheveux impeccablement en place, elle avait l'allure de Margaret Thatcher. L'autre tenue s'imposait donc, un tailleur gris trop étroit, dont il faudrait pourtant s'accommoder. D'abord le body, ensuite le collant, enfin la gaine. Avant même d'avoir mis la jupe en place, Bridget était en sueur. De temps à autre, Bill frappait à la porte pour lui donner des nouvelles du cocktail. Matt et Brian étaient tout propres tout beaux. Jerry se disputait avec sa femme. Rob avait amené quelqu'un – un petit ami. En entendant cette nouvelle, Bridget avait entrebâillé la porte et laissé la buée s'échapper. Elle voulait apprendre tous les détails. Au bout d'un certain temps, Bill s'était manifesté avec une fréquence accrue. « Tout le monde t'attend », avait-il annoncé d'une voix peu stable, parvenant à peine à masquer son inquiétude.

Avec la vapeur qui se dégageait, la perruque frisottait. Bridget pensa que, à condition de ne pas prendre de grandes respirations, les boutons de la veste ne tireraient pas trop. Lorsqu'elle sortit de la salle de bains, Bill était à la porte. « Tu es belle », lui dit-il, ce qui, bien sûr, était la chose à dire, même si elle n'y croyait pas une seconde. À un moment donné, il fallait tout simplement cesser de se préoccuper de son apparence, décida-t-elle en attrapant son sac et en enfilant ses chaussures. Il fallait accepter l'âge et la maladie. Après tout, elle se mariait. Est-ce que cet événement ne primait pas tout le reste ?

Bridget descendit l'escalier d'un pas chancelant. En jetant un coup d'œil dans un miroir du palier, elle constata qu'elle s'était trop maquillée et que le tissu de sa jupe, très tendu sur le ventre, formait déjà des sortes de vergetures. Un souvenir d'enfance lui revint : elle avait huit ou neuf ans, regardait dans sa chambre l'élection de Miss Amérique à la télévision et chantonnait devant le miroir : « Et voici la gagnante... », tout à fait certaine que, un jour, elle participerait au concours. Elle avait imaginé le moment du triomphe avec une telle intensité qu'elle avait vraiment l'impression de l'avoir vécu.

Miss Amérique, imaginez un peu !

Bridget entendit son nom et se retourna.

Harrison la prit doucement par les épaules et l'embrassa sur la joue. « Toutes mes félicitations, dit-il.

— Harrison ! » lâcha-t-elle en ayant peine à croire qu'il se trouvait réellement devant elle. Ses cheveux étaient moins gris que ceux de Bill, mais se dégarnissaient au sommet du crâne. Elle se rappelait la douceur de ses yeux marron, la cicatrice en V au-dessus d'un sourcil (due à sa chute d'un arbre où il avait construit une cabane quand il était petit, se souvint-elle), sa minceur, moins prononcée à présent. Il était l'homme qu'elle pensait qu'il deviendrait, et pourtant, son visage n'était pas resté tout à fait le même. À cause de l'âge, sans doute. Bridget se dit toutefois qu'il devait y avoir une autre raison. Des regrets, peut-être. Ou une certaine sagesse, sauf qu'elle ne savait pas au juste à quoi on reconnaissait la sagesse. Harrison lui souriait et lui disait qu'elle était magnifique. Bridget espérait que tout le monde n'éprouverait pas le besoin de la rassurer sur son pouvoir de séduction. Pour sa part, elle avait une idée bien précise de ce qu'elle était et de ce qu'elle n'était pas. Elle était malade, elle n'était pas bien portante.

Pendant qu'elle regardait Harrison, certains épisodes de leur vie lycéenne lui revinrent en mémoire. Un jour, il l'avait rattrapée alors qu'elle avait eu la bêtise de se rendre de la salle Ford au réfectoire sans manteau, en pleine tempête de neige. Il avait transformé sa veste en tente pour les abriter tous les deux (elle revit aussi la fenêtre rendue opaque par les embruns givrés). Elle se rappela le discours qu'avait fait Harrison au moment où il ambitionnait de devenir le trésorier de la classe. En fond sonore, les Pink Floyd chantaient *Money*. Elle se souvint aussi du jour où, sur le marbre, il avait été frappé à la tête. Malgré le casque, il s'était écroulé comme une masse. Bien sûr, elle ne pouvait pas oublier non plus Harrison Branch le soir de cette dernière fête sur la plage, alors que la tension était palpable entre Stephen, Nora et lui. Et enfin, les horribles semaines de fin d'année, pendant lesquelles il s'était replié sur lui-même et ne voulait parler à personne.

« J'ai été soufflé en recevant l'e-mail de Bill », disait-il à présent.

Seul à avoir connu Jill, la première femme de Bill, Harrison avait même passé des vacances avec le couple. Bridget avait envie de lui demander si Bill avait eu l'air heureux en ménage, comment il s'était débrouillé avec de jeunes enfants, toutes choses qu'elle n'avait aucun moyen de savoir. Mais Agnes s'approcha, prononça son nom et la serra furieusement dans ses bras. Bridget fut contente de constater qu'elle ne la trouvait pas trop fragile pour cette robuste étreinte. Elle avait plus vieilli que Harrison. Mais peut-être un visage ridé trahissait-il une vie plus riche ?

« Mon Dieu, je n'arrive pas à croire que c'est bien toi ! » s'écria Agnes.

(C'est moi ? se demanda Bridget. Une partie de mon moi ? Un moi plus volumineux ?)

« Quelle histoire romantique ! poursuivit Agnes. Retrouver Bill après… combien d'années ?

— Presque vingt-deux.

— Ça devait être… une sorte de deuxième coup de foudre. J'ai participé à cette fameuse réunion, mais je ne suis arrivée que le samedi.

— C'était un peu plus compliqué que ça, mais je crois en effet que, l'un comme l'autre, nous avons tout de suite compris.

— C'est une histoire merveilleuse, vraiment merveilleuse, répéta Agnes. Ce genre de chose n'arrive jamais dans la vie, tu ne crois pas ? »

Impossible de répondre à cette question puisque, à l'évidence, c'était arrivé. Mais voilà que Rob venait l'embrasser sur les deux joues et lui présentait Josh. Puis Jerry la serra très fort dans ses bras et lui présenta Julie, sa femme. Point de mire de toutes les attentions, Bridget, qui n'avait pas bénéficié d'une telle popularité à Kidd, avait l'impression d'avoir remporté un prix fabuleux.

Et c'était peut-être le cas, songea-t-elle. Sans un incroyable concours de circonstances, ce prix aurait très bien pu lui échapper. Jill, la femme de Bill, avait été terrassée par la grippe le jeudi qui précédait le week-end de la réunion des anciens élèves. Bill avait donc décidé de ne pas y participer. Jill l'avait persuadé de s'y rendre en affirmant qu'elle s'en sortirait très bien toute seule. Finalement, Bill avait accepté, à titre de compromis, de n'assister qu'au cocktail du vendredi soir. Il voulait boire un verre avec Jerry, Harrison et Rob, et aussi avec leur ancien professeur d'anglais, Jim

Mitchell, qui, à la surprise générale, devait faire acte de présence. La société d'informatique que Bill avait montée s'était enfin fait un nom, et il éprouvait l'envie égoïste, puérile d'en parler à ses amis. Il s'était donc rendu dans l'hôtel particulier de Back Bay[1] où se déroulait la réunion pendant tout le week-end. Melissa, sa fille, alors âgée de dix-sept ans, passait la nuit chez une amie. Jill avait assuré qu'elle se sentirait très bien avec une tasse de thé et la télécommande du téléviseur à portée de la main, libre, pour une fois, de choisir son programme.

Bridget, quant à elle, avait accompagné son amie Anne à la réunion. Si Anne appartenait bel et bien à la promotion 1974, elle n'avait pas le courage de s'y rendre toute seule. Dans la mesure où de nombreux amis de Bridget – sans parler de son ancien petit copain – avaient été dans cette classe, Anne l'avait persuadée de venir avec elle. Bridget s'était dit qu'elle pourrait revoir Nora, Agnes ou Harrison, mais aucun d'eux n'était là. Bien sûr, elle s'était aussi dit qu'elle pourrait revoir Bill. Elle était d'ailleurs tout aussi curieuse de connaître Jill, celle qui le lui avait ravi, que de revoir, vingt-deux ans plus tard, son premier amour.

Ce cocktail avait provoqué en elle des petits chocs successifs. À intervalles réguliers, un visage connu émergeait sous les traits d'un étranger, telle une photographie qui s'esquisse dans le bac de révélateur. Les années s'effaçaient puis soudain revenaient, et chaque rencontre réclamait des ajustements sur le plan tant intellectuel qu'émotionnel. Une expérience à la fois

1. Quartier le plus ancien et le plus chic de Boston.

pénible et gratifiante quand on se disait que chacun devait procéder aux mêmes ajustements. (Même si, bien sûr, il y avait une demi-douzaine de personnes qui ne semblaient pas avoir vieilli et se repaissaient des compliments, par exemple son amie Anne, ce qui expliquait sans doute sa grande envie d'assister à ce cocktail.)

Au bout d'une demi-heure, Bridget avait senti une tape sur son épaule. Elle s'était retournée et avait aussitôt reconnu Bill – cette lueur magnétique dans son regard semblait aussi intense que deux bonnes décennies plus tôt.

« Bill ! » avait-elle lâché.

Il l'avait embrassée sur la joue.

Pendant une minute, deux, peut-être, ni l'un ni l'autre n'avait pris la parole. Bridget sentait un tremblement gênant dans ses doigts, au point qu'elle devait tenir son verre à deux mains. Elle avait levé les yeux, puis les avait tout de suite baissés, ne sachant où tourner son regard. Bill, lui, fixait le sien sur elle.

Tandis que cette aventure avait littéralement coupé le souffle à Bridget, Bill avait plus tard avoué que ce moment comptait parmi les plus tristes de son existence. Car, en un éclair, il avait vu ce que Bridget avait été trop secouée pour appréhender : la somme époustouflante de tous les jours, de toutes les années qu'ils n'avaient pas passés ensemble.

Certes, Bridget réfléchissait souvent aux coïncidences et au destin, mais abordait rarement avec Bill le sujet de cette réunion, ou alors à voix basse, ni l'un ni l'autre ne voulant risquer d'attirer sur eux l'attention des dieux qui leur avaient permis de se retrouver, conscients de la traîtrise qu'impliquait leur bonheur.

Matt ignorait encore que Bill avait quitté sa femme pour être avec Bridget, et elle savait qu'il faudrait bientôt le lui annoncer. Car il l'apprendrait un jour ou l'autre, par la bouche d'une Melissa, par exemple, trop contente d'assener cette vérité. Avec un frisson soudain, Bridget songea qu'il pourrait très bien l'apprendre au cours de ce week-end. Elle n'aimait pas cacher des choses à son fils, pensait que cela nuisait à une relation sincère. D'un autre côté, elle n'était pas sûre qu'une relation entièrement transparente était possible entre une mère et un garçon de quinze ans. Et Matt, quels étaient les secrets qu'il lui cachait ?

Au cours des mois qui suivirent cette réunion d'anciens élèves, Bill et Bridget s'étaient envoyé des e-mails. Bridget ne tenait pas à déjeuner avec lui du fait qu'il était marié, sachant que son invitation, plus qu'un simple repas, exprimait un désir d'aller plus loin. Elle ne doutait pas de sa sincérité lorsqu'il lui disait qu'il avait passé toutes ces années à penser à elle et qu'il était certain qu'ils ne devaient plus se quitter. Le jeune Bill avait toujours été d'une parfaite franchise, elle s'en souvenait fort bien. Toutefois, elle n'était pas prête à s'engager dans une relation qui nécessiterait mensonges et rencontres furtives, même si elle se rendait compte que temporiser n'était qu'un écran de fumée masquant les sentiments de plus en plus forts qu'elle éprouvait pour Bill – des sentiments émanant d'une réserve de souvenirs très riche, déclenchés par leurs retrouvailles électrisantes. Sans doute savait-elle aussi depuis le début qu'elle finirait par capituler, que cette retenue qu'elle s'imposait n'était qu'une tentative dérisoire pour atténuer sa culpabilité, pour retarder le chaos inévitable que la formation de leur couple déclencherait. Huit mois après la réunion d'anciens élèves, Bridget accepta enfin de déjeuner avec lui dans un restaurant indien de Cambridge où il commanda un *biryani* et elle un poulet *tikka*, dont la sauce très épicée gicla et réussit à se glisser sous ses lentilles de contact en provoquant une douleur si cuisante qu'elle alla se rincer les yeux dans les toilettes et, par la même occasion, saccagea son maquillage.

Après ce déjeuner, Bridget découvrit avec surprise à quel point elle était prête, par amour, à transiger sur ses principes moraux. Avant de revoir Bill, elle aurait affirmé d'un ton catégorique qu'il n'était pas question pour elle d'avoir une relation avec un homme marié, car c'était trop compliqué, trop risqué, et surtout condamnable. Une femme qu'elle ne connaissait pas en souffrirait énormément. Bridget était bien placée pour le savoir. N'avait-elle pas énormément souffert, six ans plus tôt, quand Arthur l'avait plaquée ? Les bras écartés, comme s'il énonçait un fait scientifique, il s'était contenté de dire qu'il la quittait, une heure avant que Matt rentre de l'école. Cette nouvelle avait produit un tel choc que Bridget n'avait pas été capable de comprendre ses mots, de la même manière qu'elle ne parvenait pas à comprendre le calcul intégral ou différentiel pendant sa première année universitaire. Elle se revoyait cet après-midi-là, en train de secouer la tête, bouche bée, et de poser les questions mélodramatiques qu'elle n'aurait jamais cru pouvoir prononcer un jour : « Qui est-ce ? Quand l'as-tu rencontrée ? Depuis quand ça dure ? Où vous voyez-vous ? Et Matt ? » La réponse à cette dernière question l'avait tellement mise en fureur qu'elle avait attrapé la première chose qui lui était tombée sous la main, à savoir son sac, qu'elle avait lancé vers la poitrine d'Arthur et, comme il n'avait fait aucun effort pour le rattraper, rouge à lèvres, crème pour les mains, pièces de monnaie et tickets de caisse s'en étaient échappés avant de retomber sur le sol. Il n'éprouvait plus le moindre intérêt pour le contenu de son sac, ni pour elle d'ailleurs, et entamerait une procédure pour obtenir la garde de Matt.

« Quelle raison peux-tu invoquer ? avait demandé Bridget.

— Je peux l'entretenir, et tu ne peux pas le faire », avait-il simplement répondu.

Sachant qu'elle usait d'un cliché au moment même où les mots passaient ses lèvres, Bridget avait rétorqué avec une parfaite sincérité : « Il faudra d'abord me passer sur le corps ! »

Et une guerre horrible avait commencé, l'amour tournant à la haine d'un jour à l'autre, puis au dégoût au bout d'un mois, à la pitié un an plus tard, et finalement à l'indifférence. Bien que ses revenus aient été sérieusement mis à mal, Bridget avait remporté les deux premières batailles. Par miracle, une troisième avait été évitée. Un compromis avait été trouvé : Matt passerait un week-end sur deux et un mois d'été avec son père.

(Tel un scientifique étudiant des rats de laboratoire, Bridget avait attendu que Matt joue enfin le rôle écrit pour lui cet après-midi-là. Pourquoi ne se mettait-il pas en rage, par exemple ? Mis à part le problème avec l'alcool, elle n'avait encore rien remarqué. Matt partait passer son mois de vacances avec son père après une rapide étreinte chargée de tension – et, jusqu'à cette année, les larmes aux yeux – et en revenait heureux, sans paraître affecté par cette expérience, prêt à reprendre la vie normale. Bien sûr, se disait Bridget, aller voir son père faisait partie de sa vie normale, tout comme la présence de Bill maintenant, les enfants s'adaptant avec une facilité remarquable à de nouvelles conditions d'existence.)

Mais peut-être pas tous les enfants. Melissa, la fille de Bill, n'avait pas cette faculté. Âgée de dix-neuf ans, intraitable, elle avait pris le parti de sa mère, ce que Bridget estimait tout à fait compréhensible. Bill dînait le plus souvent possible avec sa fille, inscrite en deuxième année à la Boston University. Bridget ne l'avait rencontrée que deux fois, une fois avant le diagnostic, la deuxième après, et les deux occasions s'étaient révélées désastreuses. Apprendre qu'elle avait un cancer n'avait pas fait fondre la glace, comme l'espérait Bill, mais avait dégoûté Melissa, Bridget devenant pour elle une chose malade à laquelle son père n'aurait pas dû s'exposer.

En repensant à leur deuxième dîner ensemble à Boston, Bridget se sentit mortifiée. Elle ne savait pas d'ailleurs pas pourquoi Melissa avait accepté ce dîner. Peut-être Bill l'y avait-il contrainte par des moyens que Bridget devait ignorer. Pendant le repas, Melissa prit rarement la parole, et, quand elle le faisait, elle se débrouillait pour s'adresser uniquement à son père et pour mentionner sa mère le plus souvent possible. On aurait dit que Bridget n'était pas là et, pourtant, sa présence était implicite dans chaque souvenir, chaque nouvelle qu'elle donnait de la maison. Quand elle parlait à son père, elle ne le quittait pas des yeux comme si elle essayait de faire passer un message urgent. « Reviens ».

Lorsque Bridget posait une question, elle n'obtenait que des monosyllabes en guise de réponse. C'était rageant, car elle voyait bien qu'en d'autres circonstances une véritable affection aurait pu naître entre elles deux. Melissa n'aurait pas été difficile à aimer. Sa cuirasse cachait en effet une nature très douce. Ses longs cheveux bruns luisants, lâchés dans le dos, se déployaient de temps à autre sur ses épaules. Elle avait une manière charmante de les ramener lentement en arrière. Bridget admirait sa taille fine, la courbe parfaite de sa lèvre supérieure juste sous ses narines, et lui trouvait un air parisien avec sa minceur et sa jolie bouche héritées de sa mère. Du reste, Bridget n'était pas loin d'être jalouse de la première femme de Bill, qu'elle avait vue en photo, mais jamais en chair et en os.

Une fois le café servi, Bill annonça son mariage à sa fille qui réagit de façon prévisible. Elle posa son verre d'eau, s'essuya la bouche, se leva et, sans même jeter un regard à Bill ou à Bridget, quitta le restaurant. Depuis lors, elle n'avait pas répondu aux appels téléphoniques de son père.

« Elle reviendra à de meilleurs sentiments », avait dit Bill, toutefois Bridget voyait bien qu'une réconciliation pourrait prendre des années.

À l'annonce du mariage, Matt avait réagi différemment. Bridget avait expliqué à Bill qu'il était trop tôt pour lui en parler, mais Bill avait soutenu le contraire et affirmé que Matt avait besoin d'élargir la famille et non de la restreindre. Et il avait eu raison. En apprenant la nouvelle, Matt s'était fendu d'un grand sourire. Bill lui avait demandé d'être son garçon d'honneur (même si un garçon d'honneur n'était vraiment pas nécessaire), et tous trois s'étaient aussitôt lancés dans une discussion pour savoir où célébrer l'événement et à qui confier le buffet, comme s'il était tout à fait normal de parler du mariage d'un homme avec une femme qui n'avait que cinquante pour cent de chances d'être en vie dans deux ans.

Bridget balaya du regard les personnes présentes dans la bibliothèque. Y avait-il quelque chose d'obscène à se marier dans son état ? Bill et elle étaient ensemble depuis quinze mois à peine quand on avait diagnostiqué sa maladie, si bien qu'elle se demandait si son cancer n'était pas une sorte de châtiment suprême. Au début de son traitement, elle avait surpris une conversation entre deux femmes dans la salle d'attente du service d'hématologie. L'une confiait à l'autre d'une voix essoufflée qu'elle se mariait dans quinze jours. Bridget avait attribué son essoufflement à la surexcitation avant d'entendre que son cancer initial des poumons gagnait le cerveau. Se marier avec un cancer du cerveau. Bridget avait été sidérée. Mais son propre mariage imminent n'était-il pas tout aussi saugrenu ?

Nora annonça qu'il était temps de gagner le salon particulier. Chacun consulta les cartons posés sur la table avant de se placer. Bridget s'assiérait entre son fils et son futur mari, comme l'avait promis Nora. Brian s'installerait de l'autre côté de son fils. La table était déjà une fête avec sa nappe blanche damassée, ses assiettes anciennes ivoire, ses verres en cristal et sa lourde argenterie. Bridget se trouvait face aux fenêtres du fond de la pièce et n'apercevait qu'une lumière scintillante au loin. Ce qu'elle voyait surtout, c'était l'expression des convives : Harrison, le menton appuyé sur une main, écoutait Bill ; Agnes se penchait carrément vers Julie ; Nora s'entretenait avec un serveur. Le menu était gravé sur des cartons blancs posés dans les assiettes. Bridget aurait des difficultés avec le saumon, mais la salade de betteraves au fromage de chèvre lui sembla appétissante.

Un serveur versa du champagne dans l'un des nombreux verres déployés devant elle.

« Portons un toast », dit Jerry en se levant. Quand il se redressa de toute sa taille, on put constater qu'il semblait en excellente forme physique. Seyant, son pull beige au col en V mettait en valeur ses larges épaules. À l'évidence, Jerry fréquentait régulièrement une salle de sport.

La tension gagna la longue tablée par rides successives. Toujours imprévisible, Jerry pouvait lâcher n'importe quoi. Bridget remarqua qu'on avait servi un tout petit peu de champagne à Matt et à Brian. Pendant que son mari levait sa flûte, Julie garda un visage impénétrable, tel un masque.

« *Le Mariage de Bill et de Bridget*, commença Jerry. C'est une comédie qui passe dans un cinéma du quartier. Avec Tom Hanks et Andie MacDowell. » (Quelques rires fusèrent.) « Un film produit par Universal, qui procure un sentiment de bien-être et surprend par son dénouement heureux. » (Des rires nerveux, car la possibilité d'un dénouement malheureux vint forcément à l'esprit de chacun.) « Je crois exprimer l'avis unanime en disant que je n'ai jamais connu de couple plus voué à vivre ensemble. » (Un silence gêné s'installa pendant que tous regardaient Julie, à l'évidence hors concours.) « Quand nous vous connaissions tous deux à Kidd, vous étiez inséparables. Et, à la vérité, nous étions tous jaloux de votre bonheur. » (Bravo, bravo ! s'écria Rob.) « Puis il y a eu un petit contretemps... hum, un contretemps de vingt-deux ans, et vous voilà de nouveau ensemble et sur le point de vous unir au regard de la loi. » (Bridget jeta un coup d'œil à Matt en se demandant s'il était froissé que sa naissance et son enfance se soient déroulées pendant ce contretemps.) Jerry brandit sa flûte au-dessus de sa tête et tous les convives se levèrent, sauf Bill et Bridget. « Aux unions et aux réunions, dit Jerry. Nous vous souhaitons dix mille jours de bonheur. »

À la surprise générale et au soulagement manifeste de Julie, Jerry s'en était tiré avec élégance et humour. Bill se leva à son tour pour remercier chaleureusement Jerry, et aussi Nora pour sa générosité. Jerry répondit par un bref salut. Nora sourit. Un serveur se faufila près d'Agnes, prêt à prendre les commandes. Matt et Brian vidèrent leur flûte. Bridget se dit qu'elle devrait recommander aux serveurs de ne pas servir de vin aux garçons. Elle ne voulait pas voir son fils soûl la veille de son mariage, ni jamais plus d'ailleurs.

Dix mille jours, ça faisait en gros une trentaine d'années, calcula Bridget. Elle aurait passé les soixante-dix ans quand le bonheur se tarirait.

Si ça pouvait être vrai !

Sa gaine lui coupait le ventre. Elle commanda la salade au fromage de chèvre et le saumon en se demandant si elle serait capable d'en manger. Pardessus la table, elle forma un « merci » avec ses lèvres à l'adresse de Jerry, et il fit mine de la fusiller de son doigt tendu. Presque aussitôt, le niveau sonore monta tellement que Bridget dut élever la voix même pour parler à Bill, et le bruit ne fit que s'amplifier du fait que chaque personne s'apercevait qu'elle devait hausser le ton. On avait vraiment l'impression de participer à une fête, et Bridget en était reconnaissante. Elle avait redouté une assemblée raide et compassée, et en aurait été affectée pour Nora.

Bill avait posé sa main sur la cuisse de Bridget. Si, par ce moyen, il avait pu lui transmettre la guérison, il l'aurait fait, et même accepté d'être malade à sa place, songea Bridget – il se serait prêté de bon cœur à cette sorte de transfusion de santé. Soudain, la conversation se calma un peu, et Julie (oui, Julie, aussi incroyable que ça puisse paraître) demanda à Bridget de raconter comment Bill et elle s'étaient retrouvés. Bridget lança un regard à Bill pour qu'il vienne à sa rescousse, tous deux sachant que le cœur de l'histoire (les rendez-vous clandestins dans des hôtels, la femme de Bill trompée, les coups de fil passionnés quand Matt était couché) ne pouvait être raconté devant les adolescents. Bill jeta un regard lourd de sens dans leur direction pour faire comprendre à l'assemblée que le film réservé aux adultes ne serait pas montré ce soir et qu'il allait leur raconter une version expurgée. « Je suis allé à notre vingt-cinquième réunion d'anciens élèves, j'ai jeté un coup d'œil dans la salle, j'ai vu Bridget, et vingt-deux ans ont été effacés d'un coup. On aurait dit que nous ne nous étions jamais quittés. »

La colère de Jill, le chagrin de Melissa, et le prix considérable que Bill avait dû payer ne furent pas mentionnés. Si Bridget mourait bientôt, ce qui était fort possible, et même probable, compte tenu des statistiques, Bill aurait pris tous ces risques pour un piètre résultat : trois, peut-être quatre ans maximum passés avec elle. Dans vingt ans, trouverait-il toujours que ça en valait la peine ?

Bridget recouvrit un instant la main que Bill avait posée sur sa cuisse. Nora était plongée dans une discussion avec Brian et Matt, et les deux garçons semblèrent ragaillardis. Sans doute déjà un peu ivre, Jerry confia qu'il se vantait souvent d'être très ami avec la femme de Carl Laski. Nora cilla. Bridget devina que Nora considérait l'amitié d'un œil bien différent.

« Bien entendu, je ne lis jamais de poésie, ajouta Jerry en gommant ainsi l'effet positif de sa flatterie. Quelqu'un en lit ?

— Ne sois pas ridicule, Jerry, répliqua Harrison.

— D'accord, alors cite-moi le dernier recueil que tu as lu.

— Je publie Audr Heinrich.

— Tu ne comptes pas. » Jerry brandit son verre dans sa direction et un peu de vin se renversa sur la nappe. « Et toi ? demanda-t-il à Rob en ignorant la main modératrice que Julie avait posée sur son bras.

— Oh ! je ne sais pas. J'aimais bien Yeats.

— Pour ma part, je lis Billy Collins, dit Agnes. En fait, je l'adore.

— Qui est Billy Collins ? demanda Jerry.

— Le poète lauréat[1], répondit Harrison d'un ton placide.

— Bon, parlez-moi plutôt de Robert Frost, rétorqua Jerry. En voilà un qui aurait mérité d'être poète lauréat.

1. Titre décerné par le directeur de la bibliothèque du Congrès.

— Je trouve l'œuvre de ton mari magnifique. » S'adressant à Nora, Rob remettait la conversation sur les rails.

« Merci. » Nora examinait chaque assiette de salade que les serveurs commençaient à déposer devant les convives.

« Avant de rencontrer Rob, j'ignorais qui était Carl Laski, mais depuis, j'ai lu tout ce qu'il a écrit, glissa Josh avec un grand sourire, sans paraître remarquer le côté ambigu de son compliment.

— Si j'avais pu proposer un nom pour un prix, ç'aurait été celui de Carl Laski », reprit Harrison.

Bridget surprit le regard qu'il échangea avec Nora. S'agissait-il cette fois encore d'une plaisanterie entre eux ?

« Tu as toujours eu un côté poète toi-même, reprit Jerry en mordant avec vigueur dans un morceau de pain français croustillant.

— Comment ça ? demanda Harrison.

— Oh ! je ne sais pas. Un peu rêveur. Toujours en train de te promener tout seul. De communier avec la nature, et ainsi de suite.

— C'est vrai, je suppose. »

Même Bridget entendit le « et alors ? » qu'il pensait très fort sans l'exprimer. Harrison buvait lui aussi beaucoup. Il n'avait pas encore touché à sa salade. Une soudaine impression de… – Bridget avait du mal à la décrire – de danger ? de danger potentiel ? flottait dans l'air. Elle se creusait la tête pour trouver quelque chose à dire qui soit susceptible de désamorcer cette tension.

« Mais pas Stephen, reprit Jerry. On ne voyait jamais Stephen en train de lire un poème.

— C'est exact, répliqua Agnes. Il se contentait d'en parler. »

Rob lâcha une sorte de grognement et Bill se mit à rire tout bas.

« Il ne lisait d'ailleurs jamais rien », confirma Harrison pour garder un tour léger à la conversation. Bridget nota qu'il avait devant lui du vin rouge et du vin blanc dans sa multitude de verres et qu'un serveur le resservait en vin blanc. Elle aurait bien voulu, elle aussi, tendre la main vers lui, par-dessus Bill, pour le modérer. Aiguillonner Jerry se révélerait catastrophique. « Je n'ai jamais connu personne comme lui, qui soit capable de disserter avec intelligence sur une œuvre qu'il n'avait pas lue, qu'il s'agisse d'une nouvelle ou d'un poème.

— Comment s'y prenait-il ? demanda Julie.

— Après avoir écouté les autres un instant, il avait le chic pour capter l'essence de la discussion, le thème principal, et il en parlait alors. Ça lui réussissait au point que, bientôt, il devenait le pivot du débat.

— Dans ce cas, son intervention devait manquer de sincérité, estima Julie.

— Bon, oui et non.

— On se fait une partie demain ? proposa Bill.

— Une partie de quoi ? demanda Rob.

— Tu pourras servir d'arbitre », décida Bill en désignant les doigts du musicien, qui valaient des millions de dollars. Bridget se demanda s'il les avait fait assurer. « J'ai apporté des balles, des gants et des battes de base-ball.

— Super, fit Matt.

— Nous formerons deux équipes. Agnes, Nora... » Bill se tourna vers Bridget pour l'inclure, même s'il savait aussi bien que tout un chacun qu'elle ne pourrait pas jouer, ne serait-ce que parce qu'elle risquait de perdre sa perruque. « Toi aussi. Puisque Matt et Brian sont parmi nous, nous devrions organiser des distractions.

— Je suis partant, dit Jerry. Branch, il faudra que tu joues arrêt-court. Tu crois que tu te débrouilleras ? »

Harrison posa son verre avec précaution. Le menton en avant, Jerry le fusillait du regard. Agnes examinait son assiette. Les yeux dans le vague, Julie aurait sans doute bien voulu se trouver à New York. Seul Bill dévisageait tour à tour Jerry et Harrison, prêt, semblait-il, à sauter sur la table d'un moment à l'autre pour jouer le rôle de l'arbitre.

« Laisse tomber, Jerry, marmonna Rob entre ses dents.

— Quoi donc ? » Jerry feignit de ne pas comprendre.

Nora leva une main, claqua des doigts, en un geste habile et sec qui éclaircit aussitôt l'atmosphère. Deux serveurs apparurent, débarrassèrent les assiettes et servirent le plat principal. Le saumon de Bridget était translucide, celui de Bill bien cuit. Bridget échangea leurs assiettes. Jerry fut contraint de renoncer à sa posture agressive pour qu'on puisse déposer sa viande de bœuf devant lui.

« Les temps ont changé, affirma Nora avec intelligence pour passer à un sujet moins sensible.

— C'est certain, approuva Rob en attribuant une signification arbitraire à cette déclaration. Malheureusement, Bush va s'en servir à son profit sur le plan politique.

— Tu étais là quand c'est arrivé ? demanda Jerry.

— J'étais à Boston.

— Bon, si tu n'étais pas présent, tu ne peux pas être bon juge. Julie et moi étions sur place. Nous avons vu les corps. Giuliani a été fantastique. Policiers et pompiers ont fait un triomphe à Bush quand il est venu. »

Rob était sans doute démocrate, mais Jerry était-il républicain ?

« Tu as vraiment vu les corps ? demanda Agnes au bout de la table.

— J'ai vu les gens sauter. Tomber. On entendait le bruit des chocs sur le sol. Mon bureau se trouvait juste en face. »

Un silence s'installa, au cours duquel chacun imagina l'horreur qu'il y avait à être obligé de sauter, le moment où il fallait s'élancer. Cent deux étages. Bridget ferma les yeux.

Quand elle les rouvrit, elle jeta un coup d'œil à Matt, qui avait pâli. Il avait vu les images à la télévision, mais s'était-il représenté les corps en train de frapper le sol ? Puis le regard de Bridget glissa vers Brian, qui triturait une carotte avec sa fourchette. Il fallait mettre un terme à cette conversation.

« Jerry, fit-elle d'un ton qui obligea tous les convives à la regarder. Je suis navrée que tu en aies été témoin et je pense que tout le monde ici est d'accord pour reconnaître que ceux qui se trouvaient à New York le 11 Septembre ont été les plus atteints par cette horreur. Mais personne à cette table n'est resté insensible à cette catastrophe. Elle nous a tous marqués.

— C'est là, en effet, un aspect des catastrophes, déclara Rob en s'essuyant la bouche avec sa lourde serviette damassée. Ce sont souvent des événements on ne peut plus démocratiques.

— Tu dis que tu as été marquée, mais tu ne peux pas vraiment savoir l'effet que ça faisait dans la mesure où tu n'étais pas présente », répliqua Jerry, mais Bridget voyait bien qu'il se calmait.

« Jerry, glissa Julie, je crois que personne ici n'a l'intention de s'approprier l'événement. »

Jerry lui lança un regard mauvais.

Du bout de la table, Agnes ajouta : « Jim Mitchell a parlé un jour de la "démocratie de la catastrophe". Vous ne vous rappelez pas ? Nous étions en train de lire *À l'ouest, rien de nouveau.*

— Tu as plus de mémoire que moi, constata Harrison.

— C'était le meilleur prof que j'aie jamais eu, expliqua-t-elle.

— Ouais, Mitchell, dit Jerry. Un sacré bonhomme. Il enseigne toujours à Kidd ?

— Non. Il est allé dans le Wisconsin. Il enseigne dans un lycée privé.

— Le Wisconsin, reprit Jerry. Il était originaire de cet État ?

— Non, du Massachusetts, répondit Agnes. Nous nous sommes trouvés ensemble à Kidd pendant mes trois premières années.

— Ça ne te faisait pas tout drôle d'être la collègue de ton ancien professeur ? demanda Josh.

— Un peu. Au début. Mais on s'y habitue vite. »

Le visage d'Agnes s'empourpra. Elle aussi devait avoir des bouffées de chaleur, songea Bridget, même si elle était un peu trop jeune pour la ménopause.

D'autres professeurs furent mentionnés, on évoqua le mur tagué du bâtiment Ford, Bill rappela qu'une nuit Rob avait « emprunté » un camion dans le hangar aux machines pour se rendre à Portland. Quatre années passées à Kidd émergèrent ainsi par fragments, restituant des souvenirs en forme de mosaïque, non le tableau entier, mais certains moments marquants. Par exemple le soir où Jerry avait pris une chambre dans un motel pour y faire la fête et où les flics avaient débarqué. La fois où Harrison était monté sur scène pour imiter Mick Jagger (« Je n'ai jamais fait ça », protesta Harrison). Au cours de ce chapelet d'anecdotes, Julie semblait un peu perdue, tout comme Matt et Brian. Ne perdant pas de vue le bon déroulement de la soirée, Nora annonça qu'il était temps de passer dans la bibliothèque pour y prendre le dessert et le café. Ceux qui le souhaitaient dégusteraient ensuite un digestif. À n'en pas douter, ce seraient ceux qui avaient déjà beaucoup bu qui commanderaient cognac ou Drambuie[1], songea Bridget. Harrison se leva avec précaution. Jerry se moucha dans ce qui ressemblait fort à sa serviette de table.

Comment Julie supportait-elle ses mauvaises manières ?

Bridget se dit qu'elle allait s'éclipser sans leur souhaiter une bonne nuit, pour ne pas attirer l'attention sur le fait qu'elle les abandonnait. Jusqu'ici, personne n'avait prononcé le mot « cancer », et elle en était reconnaissante. C'était un miracle, dans la mesure où, d'ordinaire, Jerry n'hésitait pas à mettre au jour les points sensibles de chacun.

Bill se tenait en retrait. Nora disparut dans la cuisine. Bridget aurait voulu la remercier une fois de plus pour le repas, mais elle devrait attendre le lendemain.

1. Liqueur de whisky.

« Où sont passés Matt et Brian ? demanda-t-elle.

— Il paraît qu'il y a une table de billard au sous-sol, répondit Bill.

— Voilà pourquoi ils ont soudain eu l'air intéressés. Assure-toi qu'ils ont ôté leur veston. » Si les gamins se mettaient à jouer au billard sans le retirer, elle savait fort bien qu'il finirait sur une chaise, avant de glisser par terre et d'être piétiné par mégarde, l'attention des deux garçons étant fixée sur le jeu. C'était inévitable.

« Et toi ? demanda Bill.

— Je crois que je vais aller m'allonger.

— Je t'accompagne.

— Non. Reste avec les autres. Empêche Jerry et Harrison de passer les bornes. »

Bill se mit à rire. Bridget vit Josh, sur le seuil, effleurer le dos de Rob, du col à l'ourlet de son veston à la coupe impeccable. Julie se baissa pour ramasser une boucle d'oreille tombée par terre. Jerry annonça qu'il allait pisser. Agnes demanda à Harrison s'il avait entendu parler de la catastrophe de Halifax.

Bridget se tourna vers Bill et, de son genou droit, frôla le genou gauche de son compagnon qui, de nouveau, lui toucha la cuisse. Le coude posé sur la table, il s'appuyait le menton dans son autre main.

« Tu es belle ce soir, je t'assure », dit-il.

Bridget soupira, puis sourit. Aucune réponse ne semblait appropriée. « Jerry est vraiment impossible.

— Certaines personnes ne changent jamais. Qui sait, peut-être sommes-nous tous dans ce cas. N'empêche que son petit discours était gentiment tourné.

— Quel est le problème avec sa femme ?

— La reine des glaces ?

— Il se peut qu'elle n'ait ce comportement qu'avec lui. Est-elle sa première femme ?

— Je crois.

— J'aime bien Josh, dit Bridget. Il est mignon. Je me dis toujours que les couples homosexuels montrent leur attachement d'une façon que les hétéros ne se permettent pas toujours. On dirait qu'ils chérissent les petits bonheurs, leur accordent une grande signification, alors que ces moments nous échappent souvent.

— Leur vie est moins refrénée.

— Peut-être parce qu'ils n'ont pas d'enfant. Les enfants vous pompent l'oxygène, sèment le chaos. J'ignorais que Jerry et Harrison étaient en conflit.

— Je ne suis pas sûr qu'ils l'étaient autrefois, répliqua Bill. Je le découvre. Parfois, en apercevant une faiblesse, Jerry se rue dessus.

— Il a toujours été un peu comme ça.

— Mais maintenant, ce côté s'est accentué, me semble-t-il. »

Bridget songea à la manière dont l'âge pouvait élaguer quelqu'un en laissant seulement subsister les traits les plus prononcés.

Elle avait hâte de retirer ses vêtements. « Nora a été stupéfiante. Je sais bien qu'elle a envie de montrer ce qu'elle a fait de cet endroit, ce qu'elle a accompli, mais il y a plus que ça. Elle s'est montrée d'une générosité extraordinaire.

— Il faudra lui rendre la pareille. L'inviter chez nous un soir.

— Ça ne lui rendrait pas le centième de ce qu'elle a fait pour nous. »

Bill se pencha vers elle et l'embrassa. Ce fut un baiser d'une fougue inattendue, et Bridget posa une main sur la poitrine de Bill.

« On s'embrasse, on s'embrasse ! » dit Jerry en passant derrière eux.

« Donc, tu ne connais pas cette histoire », déclara Harrison.

Ils étaient assis sur des tabourets, au milieu de la cuisine. Une seule lampe était allumée, un globe au-dessus du plan de travail central. Harrison percevait confusément de la peinture crème, un assemblage de planches à languettes et rainures, des étagères de vaisselle blanche ancienne, un évier en acier inoxydable. Sous une fenêtre, on avait encastré une banquette capitonnée. Harrison distinguait aussi l'antre sombre d'un office attenant, fermé pour la nuit.

Il avala une gorgée de café issu d'une machine semblable à celle de la bibliothèque. Du café… Harrison aurait de la chance s'il parvenait à s'endormir avant le matin. Il y avait des années qu'il n'en avait pas bu autant. Tout comme il y avait des années qu'il n'avait pas bu autant d'alcool. La combinaison des deux allait déclencher une gueule de bois phénoménale qu'il sentait déjà se profiler à la périphérie de son champ visuel.

L'auberge était calme. La grosse pendule en bois posée sur l'étagère de vaisselle marquait 1 h 25. Harrison imagina un instant les invités dans leur chambre.

Jerry et Julie se tournaient le dos, chacun s'accrochant à son côté du lit. Lové autour de Bridget, Bill ronflait tout doucement dans son cou (C'était bien une perruque qu'elle portait ? Dormait-elle avec ?). Allongée sur le dos, les mains croisées sur la poitrine, Agnes avait la conscience en paix et ne bougeait pas dans son sommeil. Rob et Josh étaient imbriqués l'un dans l'autre ; Harrison ne poussa pas plus loin cette vision. Mais peut-être se trompait-il. Hostiles en public, Jerry et Julie pouvaient fort bien être passionnés au lit. Bill et Bridget ne dormaient pas forcément dans le même lit pendant sa chimio. Qui savait si l'édredon d'Agnes n'était pas tout entortillé, et ses rêves troublés, cauchemardesques ? Le peu que Harrison avait appris au cours des ans, c'était que, vue de l'extérieur, la vie privée des gens ne montrait jamais son vrai visage.

Nora paraissait épuisée. Il aurait vraiment dû la laisser aller se coucher, il le savait bien. Elle serait obligée de se lever tôt pour veiller au bon déroulement du petit déjeuner.

« L'histoire de ma vie avec Carl ? demanda-t-elle. Non, je ne la connais pas. » Par-dessus sa tête, elle regarda dehors. « Il neige. »

Harrison se retourna. De gros flocons voltigeaient à la lumière d'une lampe extérieure. « Hou, là, là ! » s'écria-t-il en se levant. Il s'avança vers la porte, l'ouvrit et sentit le froid vif, humide. Pendant qu'ils avaient dîné et bu un verre, la température avait chuté. Harrison vérifia le thermomètre placé juste derrière la porte. « Il fait presque un degré en-dessous de zéro. Ça représente une baisse de… plus de vingt degrés ? »

Il referma la porte et retourna vers les comptoirs installés au centre de la pièce. Après avoir posé une fesse sur un tabouret, il avala une gorgée de café. Le rouge à lèvres de Nora s'était estompé et du noir avait bavé sous un œil.

« Un mariage qui dure vingt-deux ans est une longue histoire, expliqua Nora. C'est… c'est un déroulement temporel continu, avec des moments de drame et des périodes d'un ennui stupéfiant. Des passages d'espoir fabuleux. Et des passages de résignation. Il n'est pas possible de raconter cette histoire. Aucun récit n'est capable de l'englober. Même un journal tenu quotidiennement ne pourrait pas t'apprendre ce que tu veux savoir. Qui pensait quoi à quel moment. Qui rêvait quoi. Pour le moins, une vie conjugale se situe à l'intersection de deux histoires, et l'une des deux restera à jamais ignorée. »

Toutes les questions que voulait poser Harrison mouraient sur ses lèvres. S'il faisait le récit de sa propre vie conjugale, y insérerait-il le week-end qu'il avait passé avec Evelyn au château Frontenac, leur budget bientôt épuisé par les repas servis dans la chambre parce qu'ils n'avaient pas quitté le lit ? Inclurait-il la dispute au sujet de pneus neige sur le parking de l'immeuble de Harrison, à la fin de ce week-end ? Serait-il incomplet sans l'ennui que Harrison éprouvait et redoutait le dimanche soir, quand les enfants étaient occupés et qu'Evelyn et lui n'avaient plus rien à se dire ? Ou ce récit se résumerait-il au pur bonheur qu'il avait ressenti au moment où, avec Evelyn et les garçons, il était monté dans le train pour se rendre de Calgary à Vancouver au printemps dernier ?

« Je voulais seulement savoir si tu avais été heureuse, dit-il.

— Je l'ai été. Parfois.

— Alors, c'est bien.

— Jerry était enragé, tu ne trouves pas ? Veux-tu boire un peu d'eau ?

— Avec plaisir. Je sens l'arrivée imminente d'une sacrée gueule de bois. »

Nora attrapa deux verres sur une étagère, ouvrit le robinet et laissa l'eau couler. D'une main, elle en vérifia la température, puis emplit les verres.

« Si Jerry avait dit un mot de plus sur Stephen, je te jure que je l'aurais envoyé au tapis. »

Nora se mit à rire et posa les verres sur le comptoir.

« Ne ris pas. Je l'aurais fait, je t'assure.

— Si je te voyais frapper quelqu'un, je m'évanouirais. Je suis persuadée que tu disposes de bien d'autres moyens pour étriller tes adversaires. Les envoyer au tapis n'est pas une solution.

— Comment fait Julie pour le supporter ?

— Elle a eu du mérite à tenir le coup toute la soirée. Nous écouter raconter nos petites histoires devait être d'un ennui mortel pour elle.

— Quel âge lui donnes-tu ?

— Trente-six ? Quarante ? Josh m'a plu. Je… je suis contente pour Rob.

— Je crois qu'aucun de nous ne s'en doutait. Au lycée.

— Peut-être ne le savait-il pas vraiment lui-même, dit Nora avant d'avaler une gorgée de café. Il est très élégant, très raffiné.

— Sans doute l'influence européenne. Que s'est-il passé au juste ? Il a découvert son talent tout d'un coup ?

— Non, non. Il prenait des cours de piano depuis tout petit. Son talent a été repéré très tôt. Simplement, il n'a pas voulu en tenir compte pendant qu'il était en classe. La première fois qu'il a tenté de s'inscrire à la Juilliard

School, il n'a pas été accepté. C'est à ce moment-là qu'il a décidé de se mettre sérieusement au travail.

— J'ai toujours bien aimé Rob.

— Comme nous tous, je crois.

— En revanche, ce qui m'échappe, c'est comment Bill et Jerry ont réussi à rester amis.

— Jerry n'est pas que dans l'affectation, expliqua Nora. Il distribue des millions – je dis bien des millions – à des organisations caritatives.

— Ah bon ?

— Il s'intéresse particulièrement à Médecins sans frontières. C'est ce que me disait Julie.

— Je l'ignorais.

— Avant le mariage, il faudra que vous arriviez à une sorte de trêve tous les deux. Jerry voudra peut-être voler la vedette à Bridget, mais pas toi, je ne pense pas.

— Bien sûr que non, confirma Harrison, mortifié.

— Tu n'as pas envie d'un morceau de gâteau ? Nous avons d'énormes restes du repas des Jungbacker. Il est délicieux. Tu n'as rien contre la noix de coco ?

— Au contraire, j'adore la noix de coco. »

Nora entra dans l'office obscur et en rapporta un gâteau entamé posé dans une coupe en verre.

« C'était intéressant, ce que disait Agnes sur le fait qu'elle avait dû enseigner l'histoire au lieu de l'anglais quand elle a été recrutée à Kidd. Que tout se résumait à raconter des histoires, de toute façon, si bien que ça n'avait pas grande importance. J'imagine qu'elle fait un très bon prof.

— L'équipe de hockey qu'elle entraîne a remporté de gros succès, dit Nora en attrapant deux assiettes à gâteau sur une étagère. Tu devrais l'interroger là-dessus.

— Elle m'a parlé de la catastrophe de Halifax. Tu en as entendu parler ?

— Non.

— Pendant la Première Guerre mondiale, un incendie s'est déclaré à bord d'un vaisseau dans le port de Halifax. Ce spectacle a attiré tout le monde à sa fenêtre. Quelques secondes plus tard, le bateau a explosé – jusqu'à la bombe atomique, c'était la plus forte explosion causée par l'homme – et tous ceux qui se trouvaient devant leurs vitres ont été rendus aveugles par le verre qui volait. Bon, pas tous, mais beaucoup. »

Nora découpa deux belles parts de gâteau et en tendit une à Harrison.

« Elle est lesbienne ? demanda-t-il.

— Qui ? Agnes ? » Nora ouvrit le tiroir des couverts. « Non.

— Comment le sais-tu ?

— À sa manière de parler des hommes. »

Nora lui tendit une fourchette.

« A-t-elle déjà eu une liaison ?

— Je crois que oui. Peut-être avec un homme marié. Elle y fait parfois allusion d'une manière détournée. »

Harrison goûta cette pâtisserie très nourrissante, nappée de crème fouettée à la noix de coco râpée. « C'est délicieux, dit-il.

— J'ai trouvé une excellente pâtissière en ville. Elle a soixante-treize ans et fait des gâteaux pour sa famille depuis des années. C'est une de ses belles-filles qui m'a parlé d'elle. Je lui ai donc demandé si elle accepterait de se charger de notre pâtisserie. Travailler avec elle est un vrai plaisir. Chaque gâteau livré est meilleur que le précédent.

— Voilà donc un arrangement satisfaisant pour tout le monde.

— Les deux garçons ont un appétit féroce.

— J'aime bien le fils de Bridget. Et aussi son ami. Mais ce gamin est un petit arnaqueur. Il m'a battu au billard après m'avoir embobiné pour y jouer. J'ai perdu dix dollars. »

Nora sourit.

« Est-ce que tu te rappelles ce que tu voulais devenir à dix-sept ans, comment tu t'imaginais vingt-sept ans plus tard ? » demanda Harrison.

Nora tourna la tête vers les fenêtres. Une trace blanche s'accrochait à la manche de sa robe noire, de la farine peut-être. Une fois dans la cuisine, elle s'était passé une main dans les cheveux, comme si elle se préparait à se coucher, et sa tête ébouriffée lui donnait l'air de sortir du lit. « Je suppose… je suppose que je me voyais devenir professeur. Je crois que c'était ce que je prévoyais. Et toi ?

— Je voulais devenir ingénieur chimiste. Je me suis d'ailleurs inscrit à Northeastern[1], et pour financer mes études, j'avais un boulot payé par l'université.

— Tu étais boursier à Kidd, n'est-ce pas ?

— Oui, répondit-il en l'observant pendant qu'elle léchait sa fourchette.

— Et que s'est-il passé à Northeastern ?

— L'histoire habituelle. J'avais un merveilleux professeur d'anglais, je me suis rendu compte que je détestais les maths, voilà. J'ai donc poursuivi mes études à McGill[2].

1. Université qui se trouve à Boston, dans le Massachusetts.
2. Université de Montréal.

— Pourquoi avoir choisi le Canada ?

— Les études y coûtaient moins cher.

— Et c'est comme ça que tu as rencontré ta femme ? demanda Nora en raclant les dernières traces de crème dans son assiette.

— Tu raffoles vraiment de ce gâteau », constata Harrison.

Nora leva les yeux et sourit. « En effet.

— Oui, c'est là que j'ai rencontré Evelyn. »

Un silence s'installa dans la cuisine. Harrison entendit la grosse pendule égrener les secondes. Il avait envie d'avouer à Nora que, à dix-sept ans, il pensait qu'ils finiraient par se retrouver ensemble tous les deux. Plus ivre qu'il n'aurait dû se le permettre, il le dit tout haut. « En fait, je pensais que toi et moi, nous finirions par nous retrouver ensemble. »

Nora ne fit aucun commentaire.

« Tu te rappelles ce fameux soir dans la cuisine du cabanon ?

— Bien sûr.

— Ce n'était qu'une question de temps, et tout aurait été différent. »

Nora posa son assiette dans l'évier. « Après ça, je n'ai plus revu Stephen.

— C'est vrai.

— Ça… ça ne nous aide pas de remuer ces choses.

— Je me demande si ce n'est pas précisément le but de ces réunions d'anciens élèves. Nous délivrer de nos secrets. Dire ce qui ne pouvait pas être dit à l'époque.

— S'il continue à neiger autant, nous aurons demain une couche de huit à dix centimètres. On annonce dix centimètres.

— Tu savais qu'il allait neiger ? »

Nora hocha la tête.

« Même ce matin, quand nous nous sommes émerveillés de cette belle journée, tu connaissais les prévisions ?

— Un front froid venant du Canada.

— Oh ! vas-y, accuse le Canada ! » dit Harrison.

Nora se mit à rire. Harrison s'approcha de l'évier et se tint derrière elle. L'envie de lui embrasser la nuque le gagna. Il avait l'impression que tous les événements de la journée menaient au moment présent. Que ce serait le dernier chapitre d'une histoire. Et peut-être le début d'une autre.

« Bien sûr, ça ne me regarde pas, mais Carl t'était-il fidèle ? demanda-t-il.

— Dans les faits, oui, se hâta-t-elle de dire. En imagination, non. »

Cette réponse réduisit Harrison au silence.

« Il est deux heures moins le quart. » Nora remarqua la trace de farine sur sa manche et essaya de la brosser.

Harrison sentait que Nora pourrait à présent lui permettre de la toucher. La possibilité de ce geste, dont il mesurait les conséquences – pour elle, pour lui, pour Evelyn –, lui causa un léger vertige. Au cours des heures, son désir, conscient dès qu'il avait aperçu Nora dans le hall, avait été à la fois aiguisé par sa proximité et les souvenirs partagés, et émoussé par l'alcool et l'expérience. S'il la laissait partir, il savait qu'il le regretterait. Pendant des mois. Des années, peut-être. D'un autre côté, s'il l'embrassait, il le regretterait aussi. Peut-être pendant des années.

Elle fit couler du liquide vaisselle sur une assiette et attrapa l'éponge. Il lui posa une main sur l'épaule. « Va te coucher. Je m'en occupe. »

Ils auraient pu être mariés depuis des années. Une compensation, en quelque sorte.

Nora s'éloigna sans bruit, arracha un morceau d'essuie-tout au rouleau et se sécha les mains. « Toi aussi, tu devrais aller dormir », dit-elle.

En veste et souliers élégants, Harrison sortit dans la neige. Pour qui l'apercevrait d'une fenêtre, il irait sans doute chercher sa serviette oubliée dans sa voiture, ou s'acquitter de toute autre tâche qui ne pouvait attendre jusqu'au lendemain matin. En fait, ce qui pour lui ne pouvait attendre, c'était humer l'air revigorant, sentir le froid lui fouetter le visage. Sa vision des choses s'éclaircit bientôt. L'air glacial malmenait ses poumons. Nora avait eu raison de parler de bâton agité dans une mare, de boue qui remontait à la surface. Venir ici se révélait dangereux. Ce danger, il avait réussi à l'éviter des années durant. Il glissa un peu sur la neige de plus en plus épaisse. La couche atteignait déjà quatre ou cinq centimètres. Il ouvrit la portière arrière de la Taurus de location et sortit un porte-documents contenant le manuscrit attachant d'un auteur anglais au style magnifique. Harrison savait déjà que c'était du beau boulot. Il avait lu les critiques britanniques. Il aurait pu le publier sans même y jeter un coup d'œil, mais ce soir, avec un peu de chance, cet ouvrage lui donnerait accès à un univers très éloigné des Berkshires. Avec un peu de chance, ce serait son passeport pour le sommeil.

Lorsqu'il s'éloigna de la voiture, il constata que les semelles en cuir de ses chaussures étaient traîtres sur la neige. Il contourna le perron de l'auberge et traversa une pelouse qui, cet après-midi encore, était verte. Si un compagnon d'insomnie l'observait derrière sa vitre, ses empreintes dans la neige lui indiqueraient sa destination. Harrison avança de façon à voir, au coin du bâtiment principal, la petite annexe dans laquelle Nora avait son appartement. La lumière était encore allumée. Il songea à la porte de la véranda, qui donnait accès à sa chambre, imagina une entrée théâtrale, évalua les chances pour que Nora l'admette chez elle, les estima assez grandes.

Il ne portait pas de gants et sa veste convenait à une température d'automne. Sa tête nue était mouillée de neige fondue à présent. Harrison ne voulait pas d'une vie rongée de regrets, mais se croyait trop vieux pour une histoire d'amour. Non, ce qu'il voulait, c'était une deuxième chance, la possibilité de remonter le temps. Presque aussitôt, il ravala toutefois ce souhait, car ce serait là rayer la vie de ses fils, Charlie et Tom. On ne pouvait pas regretter une chose qui avait conduit à la naissance de ses enfants, c'était aussi évident qu'un axiome mathématique. Cette vérité, malgré sa pureté et sa force, n'étouffa cependant pas le désir. Ce que Harrison voulait ce soir, c'était vivre dans deux univers parallèles : l'un à Toronto avec ses fils, l'autre avec Nora dans sa chambre.

Mais on ne pouvait vivre qu'une seule vie. L'autre devait être imaginée. Harrison brossa la neige de son crâne et revint sur ses pas. Il leva les yeux vers les fenêtres de l'auberge. Au premier étage, il y avait de la lumière, mais personne derrière la vitre.

Samedi

En se réveillant, Innes sentit le froid et la faim. L'espace d'un instant, avant de recouvrer ses esprits, il se crut à l'École de médecine. Puis, levant la tête, il se rappela qu'il se trouvait dans la chambre située au dernier étage de la maison des Fraser, à Richmond, un quartier de Halifax. Quand il consulta sa montre, il s'aperçut qu'il avait dormi bien tard. Il avait eu l'intention de se réveiller au moins à sept heures pour lire le document que le Dr Fraser lui avait remis. À présent, il aurait tout au plus le temps de le survoler.

Frissonnant, il fit sa toilette et enfila son unique costume, mais mit une chemise propre et non celle qu'il avait portée la veille. Il lui faudrait se renseigner sur les possibilités de blanchissage, et aussi trouver un tailleur correct. Mme Fraser saurait lui fournir une réponse sur ces deux points. Comme il ne parvenait pas à retrouver ses chaussettes sur la moquette, il alla ouvrir les lourds rideaux prévus pour faire l'obscurité totale en ces temps de guerre. La vue sur le port, scintillante, présentait des contrastes durs. L'eau miroitait entre cargos, paquebots et bateaux de pêche. Malgré la vapeur et la fumée de dizaines de chaudières et de fourneaux, la matinée était belle. En face, une cheminée en fer-blanc lâchait le souffle chaud d'une maison dans l'air froid et sec.

Innes trouvait le port affreux en raison de la guerre et du commerce – réservoirs de carburant, usines textiles, dépôt de la gare, quais regorgeant d'activité – et il s'efforça d'imaginer l'endroit tel qu'il avait dû être mille ans plus tôt : un port naturel étincelant avec, au loin, le rivage de Dartmouth, pas encore une ville, mais une forêt. Deux grands navires se déplaçaient dans le port, remarqua Innes.

Il quitta sa chambre et se laissa guider par les odeurs pour gagner la salle à manger. Attablées, Mme Fraser et Louise en étaient à des stades différents de leur petit déjeuner. Son assiette vidée, Mme Fraser dressait sa liste de commissions, une tasse de thé à portée de la main. Louise venait de se servir une énorme assiettée fumante. Innes songea que même la tenue des femmes avait un petit air militaire. Le chemisier de Mme Fraser arborait un large col marin. Louise portait des épaulettes ornées de boutons en cuivre. Après leur avoir dit bonjour, Innes s'approcha de la table en acajou où plusieurs plats en argent étaient posés sur des réchauds. Soulevant les couvercles, il vit des œufs à l'écossaise[1] dans l'un, des kippers dans un autre, une sorte de porridge dans un troisième. Un porte-toast en argent contenait d'épaisses tranches grillées de pain bis. Divers pots de confiture et de condiments étaient rassemblés sur un plateau.

Innes se servit des œufs, des kippers (un mets très délicat) et deux toasts. Ne souhaitant pas s'arroger le droit de présider, à l'un ou l'autre bout de la table, il

1. Œufs durs enrobés de chair à saucisse, puis passés dans la chapelure et frits.

s'assit en face des deux femmes et déplia sa serviette en lin.

Louise et Mme Fraser s'étaient installées de façon à réserver la meilleure place à leur invité. Le mur donnant sur le port avait été percé de quatre fenêtres cintrées pour profiter d'une vue sans doute plus plaisante en temps de paix, songea Innes. Mme Fraser et sa fille se trouvaient donc dans l'obscurité, tournant le dos à la forte luminosité. Innes se demanda s'il était d'usage, dans cette maisonnée, de converser pendant le petit déjeuner.

« Monsieur Finch, vous allez avoir une belle journée pour votre premier jour de formation à Halifax, dit enfin Louise.

— En effet. Le ciel est bien dégagé. » Innes marqua une pause. « Hier soir, j'ai demandé à votre sœur si elle voulait bien m'appeler par mon prénom. Permettez-moi de vous présenter la même requête. »

Mme Fraser leva soudain les yeux de sa liste, et Innes regretta aussitôt sa suggestion. Sans aucun doute, elle se posait des questions sur les circonstances qui l'avaient incité à prendre cette liberté avec sa fille aînée.

« Si toutefois vous n'y voyez pas d'inconvénient », ajouta-t-il.

Ravie, Louise, qui avait peut-être mal interprété ses paroles, lui sourit. « Ça ne me dérange pas du tout. Est-ce que vous vous sentez nerveux ? Pour votre premier jour ? »

Il n'était pas venu à l'esprit d'Innes qu'il pourrait être nerveux. C'était peut-être un tort. « J'espère que je m'en tirerai bien.

— Oh ! j'en suis sûre, s'écria Louise, qui ignorait qu'une miette de toast s'était logée sur sa lèvre inférieure. N'empêche, si j'étais à votre place… Je n'ai jamais pu m'imaginer en train d'inciser un globe oculaire. » Pour souligner sa répugnance, elle frissonna. Innes fut surpris par sa remarque. Étant la fille du Dr Fraser, elle avait sans doute eu le temps de s'habituer à l'idée de la chirurgie de l'œil.

La porte de la salle à manger s'ouvrit. Innes espéra voir apparaître Hazel et fut exaucé. Il se leva, mais elle lui fit signe de se rasseoir. Sa tenue n'avait vraiment rien de militaire. Elle portait un chemisier en soie pêche, avec de la dentelle ivoire au col. Ce matin, ses cheveux lui dégageaient le visage avec quelque sévérité. Aucune mèche ne retombait avec grâce sur son front. Innes se sentait en parfaite harmonie avec cette présence. Pour sa part, Hazel ne trahissait rien de ce qu'Innes avait pris la veille pour une sorte d'intimité. Il se força à manger lentement (essayant de rompre avec l'habitude estudiantine d'engloutir les repas), même s'il devait encore lire le document que lui avait remis le Dr Fraser. Sur la table où étaient disposés les plats, une pendule indiquait 8 h 36.

S'étant contentée d'un toast et de thé, Hazel s'assit près de sa mère avec l'instinct d'une championne d'échecs. Voulait-elle seulement donner l'impression de prendre ses distances avec Innes, ou était-ce là un geste de protection qu'elle estimait nécessaire ? À moins qu'elle n'ait agi avec générosité en laissant Innes à Louise ? (Mais peut-être, tout simplement, ne voulait-elle pas être vue de bon matin ?)

« Bonjour, monsieur Finch. » Par inadvertance, Hazel tournait en dérision la suggestion qu'Innes venait d'adresser à Louise.

« Bonjour », se força-t-il à répondre.

Pas question, donc, de s'appeler par son prénom au petit déjeuner.

« Maman, j'ai laissé les vêtements sur le lit, pour qu'Ellen s'en occupe, dit Louise de sa place lointaine à cette table vraiment bien longue.

— Tu auras peut-être une lettre aujourd'hui, Hazel », dit Mme Fraser à sa fille aînée en ignorant totalement Louise.

On ne pouvait se méprendre sur l'expéditeur de cette lettre.

« On a besoin de savon dans la salle de bains, reprit Louise.

— Ellen ira en chercher. Hazel, c'est le jour où tu vas à l'hôpital ?

— Oui. J'y resterai jusqu'à une heure.

— Je ne me rappelle pas si ton père va opérer aujourd'hui, ajouta Mme Fraser.

— Je ne retrouve pas mon foulard fauve, annonça Louise.

— Tu l'as peut-être perdu en revenant des magasins hier, suggéra Hazel.

— J'espère bien que non. C'est un de mes préférés. »

Si ces remarques d'ordre domestique eurent pour effet involontaire de l'inclure dans la maisonnée, Innes jugea que ce n'était pas le moment de se renseigner sur les possibilités de blanchisserie ou sur le nom d'un tailleur.

La porte s'ouvrit une nouvelle fois et le Dr Fraser, en col dur et nœud papillon, entra d'un pas vif dans la salle à manger. « Finch ! dit-il en se frottant vigoureusement les mains. L'air est piquant. Cinglant. C'est bon pour les poumons. »

Le Dr Fraser avait les joues roses et le nez qui coulait. Sortir de bon matin pour faire de l'exercice n'était pas venu à l'idée d'Innes.

« Plus de six kilomètres, annonça le Dr Fraser en lissant sa moustache et en examinant les plats alignés sur la table. Je suppose que vous avez un manteau bien chaud, ajouta-t-il comme s'il était seul avec Innes dans la pièce.

— Assez chaud, répondit Innes.

— Bon. Car nous irons à pied à l'hôpital, bien sûr. » Le Dr Fraser prit place au bout de la table. « De nouveaux blessés sont arrivés de France », ajouta-t-il avec une délectation surprenante, semblant avoir oublié qu'il l'avait déjà dit la veille. Les mots étaient toutefois moins accablants au soleil ; nulle tristesse ne s'insinuait parmi la tablée. Hazel avala une bouchée de toast avec sérénité. En pensant à la lettre, elle se sentait peut-être protégée.

Un énorme panache de fumée couronné d'une boule de feu s'éleva derrière une vitre.

« Un incendie ! » s'écria Innes en se levant à demi.

Le Dr Fraser pivota sur sa chaise. « Que diable… »

Innes s'approcha d'une des quatre fenêtres cintrées. « On dirait qu'il y a eu une collision dans le port, annonça-t-il.

— Seigneur ! » lâcha le Dr Fraser une fois arrivé à son côté.

La fumée était noire, épaisse, et des flammes apparaissaient et disparaissaient. Deux énormes vaisseaux semblaient collés l'un à l'autre dans les eaux portuaires.

« La fumée est visqueuse, fit remarquer le Dr Fraser. Phyllis, où sont mes jumelles ?

— Dans la bibliothèque.

— Je vais te les chercher », proposa Hazel.

Innes se retourna à temps pour la voir se lever et se diriger vers la porte battante. Même lorsqu'elle effectuait une simple course, elle était gracieuse dans ses mouvements – dans sa façon de faire glisser sa chaise, de pivoter et de se lever. Là résidait peut-être la différence entre les deux sœurs. Il n'y avait plus trace de l'enfance en Hazel.

Louise et Mme Fraser rejoignirent les hommes postés à la fenêtre. L'un des navires lâchait des étincelles dans le ciel.

« Oh, là, là ! On dirait un feu d'artifice », s'écria Louise.

Dans la rue, les passants commençaient à se rassembler en petits groupes pour observer l'incendie.

« Je n'ai rien vu de tel depuis le début de la guerre, affirma le Dr Fraser. Je suppose qu'il ne s'agit tout de même pas d'une sorte de sabotage.

— Il y aurait donc des Allemands à Halifax ? » demanda Louise en élevant la voix.

Innes entendit Mme Fraser répondre d'un ton légèrement ennuyé :

« Mais non, je suis sûre que non. »

Avec sa bonne vue, Innes remarqua qu'on descendait les canots du navire embrasé. La fumée était en effet épaisse et visqueuse. Des barriques semblaient prendre feu de temps à autre.

Hazel revint avec les jumelles et s'approcha aussitôt de la fenêtre pour les tendre à son père.

« Ils abandonnent le bateau avec une certaine hâte, expliqua le Dr Fraser après les avoir réglées.

— Le navire se rapproche de la côte », constata Innes. En dépit de toute son horreur potentielle – y avait-il des hommes pris au piège ? –, il trouvait magnifique le spectacle de cette catastrophe, avec ces langues de feu et ces étincelles intermittentes.

« Je lis *secours belge* sur l'autre vaisseau », ajouta le Dr Fraser.

Deux infirmières s'étaient arrêtées dans la rue pour observer l'événement. Un gamin, qui devait déjà être en retard pour l'école, s'était juché sur une boîte aux lettres pour mieux voir. Hazel se tenait tellement près d'Innes que la manche de sa robe effleurait sa veste.

Était-ce intentionnel ? L'espace d'un instant, Innes ne put penser qu'à la proximité de Hazel.

« Il vaut mieux retourner à notre petit déjeuner », décida le Dr Fraser en posant les jumelles sur le rebord de la fenêtre.

Réticent à l'idée d'aller s'asseoir alors que Hazel était si près de lui, Innes prit les jumelles et examina le bateau. Hazel s'écarta cependant de lui, comme il convenait.

« Je suis certain de n'avoir jamais vu de fumée aussi noire, dit Innes au Dr Fraser.

— Ils vont réussir à éteindre le feu », répliqua le médecin.

Innes, quant à lui, n'était pas aussi confiant. Toujours à l'aide des jumelles, il suivit le trajet d'un canot de sauvetage. Il voyait les hommes pagayer à grands gestes frénétiques pour gagner le rivage de Dartmouth.

Innes se souvint du document qu'il devait étudier avant de se rendre à l'hôpital avec le Dr Fraser. Il posa les jumelles sur le rebord de la fenêtre. « J'ai quelques affaires à prendre dans ma chambre, dit-il au Dr Fraser. Je redescendrai dans le hall à neuf heures et quart, c'est bien ça ?

— Oui. Et même un peu plus tôt si vous voulez observer l'incendie.

— Je pense qu'on le voit fort bien d'ici. » Innes but sa dernière gorgée de café et tourna les yeux vers Hazel, qui avait regagné sa place. Elle pivota vers lui, et il sentit de nouveau ce regard secret, furtif et encourageant. Et s'il prenait ses désirs pour la réalité ? Seule cette jeune femme semblait être capable de faire cogner à ce point son cœur dans sa poitrine.

Il grimpa les marches deux par deux, obliqua une fois parvenu au noyau de l'escalier et se dirigea vers sa chambre. Les feuilles remises par le Dr Fraser étaient étalées par terre à côté de son lit. La veille, il avait essayé de les lire avant de s'endormir, mais il ne s'en rappelait pas un traître mot. Il jeta un coup d'œil au titre : *L'Ophtalmie purulente chez les nourrissons*.

Le panache de fumée visqueuse s'était encore élevé dans le ciel de Halifax et dérivait, poussé par un léger vent. Les feuillets à la main, Innes s'approcha de la fenêtre. La vitre semblait trouble à la lumière du levant, n'ayant, semblait-il, pas été lavée depuis un certain temps. Innes aperçut la tour d'une horloge et un clocher. Les habitants de Halifax étaient sortis dans les rues par dizaines, par centaines, peut-être, pour regarder l'incendie. À l'évidence, cette ville de garnison n'avait pas connu beaucoup d'opérations militaires. Sans jumelles, il était moins aisé de distinguer ce qui se déroulait sur les lieux de l'incendie. Innes imagina que le vaisseau était maintenant abandonné et se fracasserait bientôt sur le rivage. Baissant les yeux sur le résumé qui figurait sous le titre, il lut : « L'inflammation se développe moins de trois jours après la naissance. »

Le coup de sifflet strident d'une usine l'obligea à lever les yeux. À deux rues de là, un tramway s'était immobilisé. Une femme passait à bicyclette juste sous la fenêtre.

Un éclair aveuglant, tel qu'Innes n'en avait encore jamais vu, masqua tout ce qui se trouvait derrière la vitre et lui fit l'effet d'un coup de poing. D'un seul geste, il lâcha les feuilles, leva un bras pour s'abriter les yeux et tourna le dos à la fenêtre.

C'est alors qu'il entendit un grondement sourd, une énorme explosion, puis un bruit de verre qui vole en éclats. De douleur, il arqua le dos – il était bombardé – et fut projeté en l'air. Pendant qu'il percevait un grincement métallique, il sentit que ses vêtements étaient arrachés à son corps et essaya de se protéger la tête avec ses bras.

Un coup de vent le poussa avec une telle violence qu'il craignit d'être écartelé. Il eut l'impression de tournoyer en l'air, heurta une poutre verticale et s'écrasa au sol. Ce fut son épaule qui supporta le plus gros du choc. Sonné, il perdit bientôt connaissance.

Quand il revint à lui – au bout d'une, de cinq minutes ? –, il avait les narines obstruées de poussière. Affolé un instant, il crut qu'il allait s'étouffer. Combien de temps était-il resté évanoui ?

Il toussa, se moucha, s'efforça de se relever, mais en vain. Que s'était-il passé ? Où était-il ? Il ne s'en souvenait plus.

En ouvrant les yeux, il s'aperçut qu'il était à la fois à l'extérieur et à l'intérieur d'un bâtiment qu'il ne reconnaissait pas. On aurait dit qu'il avait été expédié dans un autre monde, un enfer couvert de poussière. À moins de trois mètres de l'endroit où il était assis, le parquet s'était soulevé et des lames présentaient des bords déchiquetés. L'air était chargé de fumée. Le mur le plus proche ployait tant vers l'intérieur qu'Innes estima qu'il ne tiendrait pas une seconde de plus. Par une fenêtre arrachée, il vit qu'il avait atterri à un étage élevé d'une maison. Non, pas d'une maison, rectifia-t-il en examinant de grosses bobines de coton et de laine emmêlées. Une filature ?

Innes leva les yeux. Il n'y avait plus de toit du tout.

De longues minutes durant, il n'entendit pas un seul bruit. On aurait dit que le monde s'était arrêté.

Il se rappelait un éclair fulgurant. Et, juste avant, un incendie.

Il sentait dans son dos une douleur cuisante. Lorsqu'il y porta la main, il se coupa sur un morceau de verre. Un éclat l'avait entaillé sous l'omoplate. Après avoir ôté une chaussette – d'une manière inexplicable, son pantalon et ses chaussures avaient disparu –, il l'entortilla autour de ses doigts et essaya d'attraper le morceau de verre. Il réussit à le retirer, le jeta au loin, puis appuya la chaussette sur la plaie.

Au nom du ciel, que venait-il de se passer ?

C'est alors qu'il se souvint des Fraser, songea à Hazel. Avait-il été arraché à l'appartement des Fraser ? Dans ce cas, qu'était devenue cette famille ?

Du bout du pied, Innes tenta de rapprocher de lui une bobine de laine, mais son geste l'écarta au contraire. Utilisant alors sa main, il l'attrapa et la posa sur ses genoux. Le sang qui lui coulait dans le dos trempait son maillot de corps. En toute hâte, Innes pressa son autre chaussette sur la plaie et enroula le fil de laine autour de son torse, serrant le plus qu'il pouvait sans le rompre. Une visite à l'hôpital s'imposait car il ne savait pas si sa blessure était profonde.

Curieusement, il ne souffrait pas beaucoup, mais perçut soudain le froid. Scrutant son petit coin de parquet encore intact, il chercha un vêtement quelconque. Tout ce fil et rien à se mettre sur le dos. L'image de sa mère en train de tricoter lui vint à l'esprit. En bas, une femme poussa un hurlement qui glaça Innes et le pétrifia une longue minute, après quoi il s'efforça de crier à son tour, mais n'obtint pas de réponse. Bientôt, il aperçut un tablier en cuir, à manches courtes, pendu à un crochet. Lorsqu'il tenta de se relever, il sentit dans ses muscles la douleur causée par sa blessure.

Son visage aussi lui faisait mal. En passant la main sur une joue, il y trouva incrustés de minuscules éclats de verre entre la pommette et la mâchoire. À tâtons, il les retira un à un. De même, il chercha des fragments de verre dans son oreille, mais n'en trouva pas. S'accrochant à une poutre oblique, il enjamba la partie défoncée du parquet et décrocha le tablier en cuir.

À présent qu'il était debout, Innes apercevait un spectacle étonnant à travers le mur d'en face, en partie détruit. L'eau déferlait sur un paysage dévasté. On aurait dit que l'océan voulait s'approprier la ville. Innes observa cette marée, qui reflua bientôt.

Levant les yeux vers le ciel, il crut voir un dirigeable, mais, en y regardant mieux, il constata que c'était un nuage de chaleur fuselé lâchant des éclairs. Un grognement lui parvint d'en bas. Malgré son hystérie, Louise avait raison : les Allemands avaient bombardé Halifax.

Cherchant un moyen de gagner la rue, Innes balaya du regard le grenier en ruine dans lequel il se trouvait. Le mur arqué allait s'effondrer, et avec lui le reste du bâtiment, ce n'était qu'une question de temps. La peur, qu'Innes n'avait pas éprouvée jusque-là, l'incita à se frayer un chemin au milieu des décombres. Tout son corps se mit à trembler.

Un escalier était intact, mais avait été arraché au mur et pendait de telle manière qu'Innes fut obligé de le descendre presque à la verticale, en s'accrochant à la rampe de son bras indemne. Il lui fallait tout de suite aller à l'hôpital, songea-t-il en sentant le sang couler dans son dos – certes, moins abondamment qu'un peu plus tôt, mais le pansement de fortune se révélait insuffisant.

Il scruta le plancher du bâtiment, jonché d'objets brisés et de morceaux de plâtre, pour essayer de découvrir la personne qui avait hurlé. Il souleva poutres et meubles brisés et appela à plusieurs reprises.

Comme il n'obtenait pas de réponse, il décida de sortir dans la rue par ce qui restait d'une fenêtre dépourvue de toutes ses vitres. Un silence de mort régnait dans la ville.

Ça ne pouvait pas être les Allemands, songea-t-il. Les dégâts étaient trop énormes, trop uniformes. La rue des Fraser n'existait plus. Tout autour de lui, Innes voyait des bâtiments rasés, ou à moitié détruits, leurs toits arrachés, leurs murs gauchis. Une pluie de cendres et de débris tombait du ciel. Les poteaux des lignes téléphoniques penchaient. Un nuage de fumée s'élevait très haut au-dessus de la ville.

À une dizaine de mètres, il aperçut une femme coincée sous une poutre. Pieds nus, il enjamba des amas de métal, de verre et de bois pour l'atteindre. Elle avait le visage ensanglanté, seule touche de couleur dans ce désert de cendres. Des éclats de verre s'étaient fichés dans ses yeux. Il se pencha pour lui prendre le pouls, mais il était inexistant. La poutre lui avait défoncé la poitrine.

Une petite fille d'une dizaine d'années tourna le coin de la rue, où se trouvait une voiture à cheval renversée. À l'exception d'une chemise en coton, elle était nue. Elle avait le visage et les bras sales, et ses cheveux blonds étaient roussis.

« Où est ta maman ? » lui demanda Innes en s'avançant vers elle.

La fillette se contentait de regarder fixement devant elle, le visage dénué de toute expression. Innes songea qu'elle ne voyait peut-être pas. Lorsqu'il agita les doigts devant ses yeux, elle battit des paupières.

« Tiens, prends ma main, dit-il, comme elle ne disait rien. Il faut te trouver des vêtements. »

Frissonnant à présent, Innes savait qu'il devait dénicher un morceau de tissu pour faire tenir son bandage de fortune. Une fois qu'il eut effectué quelques pas avec la petite fille, il se rappela la morte sous la poutre.

« Reste ici, ne bouge pas, dit-il à sa petite compagne. Je reviens tout de suite. »

Retournant à la hâte auprès de la femme, il déchira des bandes de sa jupe et de son jupon, puis lui ôta chaussures et chaussettes.

Voilà qu'il pillait déjà les défunts.

À son retour, il tendit chaussures et chaussettes à la petite fille et lui dit de les mettre. Elle ne semblait toujours pas l'entendre. S'agissait-il d'une immigrante qui ne parlait pas l'anglais ? Innes s'adressa à elle en français, sans avoir davantage de succès. Avec douceur, il la fit alors asseoir sur un morceau de ce qui avait été la banquette rembourrée de la voiture renversée et lui enfila chaussettes et chaussures. Bien sûr, elles étaient trop grandes pour elle, mais il faudrait s'en contenter.

Innes se doutait que la fillette serait incapable de l'aider à panser sa blessure. Soulevant le tablier en cuir, il déroula le fil de laine et appliqua sur la plaie une compresse improvisée avec le jupon de la défunte. En se servant de ses dents et de son autre bras, il enroula le tissu de la jupe autour de son torse en serrant de toutes ses forces, puis il remit le tablier en place. Après quoi, il releva la petite fille.

« Viens », dit-il en lui prenant la main.

Tous deux remontèrent une rue en pente, car Innes pensait que l'explosion avait dû être moins forte sur la colline.

Les ravages dépassaient l'entendement. Il y avait des incendies partout et la ville était couverte d'une suie noire huileuse. Les câbles électriques étaient à terre, les automobiles renversées. Un clocher se trouvait au milieu de ce qui avait été une rue.

Innes vit des cadavres décapités, des survivants nus qui titubaient. Il vit une chaise sur laquelle était toujours assis un enfant mort, une femme agenouillée en prière sur le trottoir, un homme qui, frénétiquement, s'accrochait à une maison en feu. Voulant l'aider, il s'arrêta, mais le brasier était trop vivace et il dut reculer. Au-dessus de lui, un soleil blanc filtrait à travers la suie et les cendres.

Partout où Innes tournait son regard, il apercevait des visages noircis, des cheveux roussis, des corps carbonisés jusqu'à l'os. Pour avancer, il dut enjamber un radiateur, de la vaisselle, un bras entier arraché. Des signes d'une activité domestique paisible – un fragment de tricot, une chaise intacte, une couronne de Noël, des papiers déployés en éventail – étaient éparpillés dans les rues. Innes espérait que la fillette ne mémoriserait pas les images qui se formaient sur sa rétine. À un moment donné, il s'arrêta pour soigner une femme blessée au cou, lui fit un bandage avec sa jupe et lui conseilla de le suivre. Une scène le démoralisa : adossé à un cheval mort, un homme berçait dans ses bras un nourrisson dont la tête ballottait, signe que l'enfant avait péri.

D'autres personnes se dirigeaient elles aussi vers la colline. La citadelle semblait constituer leur destination. Innes passa devant une barrique portant le nom d'un bateau, un homme auquel il manquait un pied, un bâtiment rasé, des dizaines d'animaux – chats, chiens, vaches – certains morts, d'autres en vie, mais couverts de sang. Au bout d'un certain temps, il repéra un immeuble intact – abritant des appartements ? un magasin ? – avec deux hommes postés sur le seuil. Ils pourraient l'aider, songea-t-il, tout au moins lui indiquer l'hôpital le plus proche.

Pendant qu'il s'approchait de ce bâtiment, une dame d'un certain âge en sortit et se chargea de l'enfant. « Comment t'appelles-tu, ma chérie ? » La fillette ne répondit pas. Sans dire un mot à Innes, la dame la poussa à l'intérieur. Au-dessus des vitres fracassées, l'enseigne portait le mot « Pharmacie ».

Innes entra à son tour. Des corps étaient déjà alignés contre un mur, comme dans une morgue – certains défigurés, d'autres le visage hérissé d'éclats de verre. Beaucoup étaient en partie déshabillés. Une ville entière avait été attirée aux fenêtres par le spectacle de l'incendie et avait été tuée sur le coup ou blessée, songea Innes.

« Je suis médecin, annonça-t-il à la première personne qu'il croisa. J'ai besoin d'un pansement pour ma blessure, de vêtements et de souliers, après quoi, je pourrai me rendre utile. »

On lui trouva vêtements et chaussures. Il se doutait qu'ils avaient appartenu à des morts, mais ne posa pas la question. La dame d'un certain âge versa de l'alcool sur sa plaie et lui fit un bandage compressif. « On s'occupe de votre fille, lui dit-elle.

— Ce n'est pas ma fille. Je l'ai trouvée toute seule dans la rue.

— Elle ne veut pas parler.

— Elle est en état de choc », expliqua Innes.

Une longue paillasse sur laquelle le pharmacien avait préparé ses potions servait à présent de civière. En apprenant que le pharmacien effectuait sutures et pansements, Innes prit le relais, réclama des instruments, des antiseptiques et des anesthésiques. Le pharmacien et la dame âgée, qui possédaient des connaissances médicales de base, l'assistèrent. À peine une heure plus tôt, il mangeait des kippers et des toasts dans la salle à manger des Fraser, se rappela-t-il, accablé.

Il travailla sans relâche, l'activité constituant un rempart contre la peur et une curiosité déplacée. Le temps lui manquait pour songer à ce qui n'était pas un besoin immédiat, pour parler aux blessés, ou même pour s'interroger sur ce qu'ils étaient avant l'explosion. Sans leurs vêtements, le visage noirci, ils offraient bien peu d'indices sur leur profession ou leur classe sociale. Innes ôta les éclats de verre fichés dans les yeux et les visages, s'attaqua aux fractures, recousit les entailles profondes. Son travail n'était certes pas celui d'un spécialiste, et ses instruments étaient rudimentaires. Tous les patients devraient être transportés dans un hôpital pour y recevoir de meilleurs soins dès qu'on aurait déniché un véhicule.

Cacophonique, la salle d'opération improvisée retentissait de cris et de gémissements. Quand la morgue, le long du mur, se révéla insuffisante, on disposa des cadavres sur le sol gelé, devant la porte. Hommes et femmes cherchaient des parents et, lorsqu'un cri s'élevait, on devinait que la quête était terminée. Innes apprit que cinquante enfants avaient été tués à l'école Saint-Joseph. Presque tout le monde était mort à la filature du Dominion. L'explosion avait momentanément vidé le port de son eau. Les bateaux avaient été propulsés en l'air.

Innes s'affaira jusqu'au moment où il fut pris de vertiges. On le fit asseoir, on lui apporta de la soupe qui cuisait sur un feu allumé au fond du bâtiment. Il n'y avait plus d'électricité, plus de gaz, plus d'eau dans la ville. Songeant aux Fraser, Innes aurait bien voulu se mettre à leur recherche. Puisqu'il avait survécu, eux aussi étaient peut-être en vie.

La vision du corps de Hazel brisé était insoutenable.

En fin d'après-midi, un médecin militaire vint le relayer. Innes lui demanda où était l'hôpital le plus proche, espérant y trouver le Dr Fraser qu'il aiderait alors.

Content de laisser derrière lui la puanteur, Innes quitta la pharmacie. Mais au bout de quelques minutes, il regretta son départ. Une école était en ruine. Toutes ses possessions dans une taie d'oreiller, une femme semblait errer sans but. Un pâté de maisons brûlait encore. Des objets curieux obstruaient ce qui avait été des rues : un essieu de camion, une machine à coudre, un corset de femme, une panière. Des hommes tiraient sur des poutres. Remarquablement intacte, une maison avait encore une corde à linge tendue sur sa véranda.

Une lettre adressée à un certain Craig Driscoll était coincée entre deux morceaux de bois. Innes nota la présence de soldats et trouva que c'était bon signe. On savait à présent que l'explosion s'était produite quand le *Mont-Blanc*, un vaisseau de munitions, avait sauté dans le port. Innes se rappela les marins en train de pagayer vers Dartmouth pour tâcher de rester en vie.

Lorsqu'il arriva à l'hôpital qu'on lui avait indiqué, Innes se présenta à une infirmière en chemisier bleu, tablier blanc et coiffe. Elle l'accueillit avec soulagement et lui indiqua une salle dans laquelle des médecins pansaient les blessures et pratiquaient les opérations. Ils ressemblaient à des bouchers à la fin d'une longue journée de travail. Innes demanda si le Dr Fraser était là, mais n'obtint aucune réponse satisfaisante. On lui suggéra de retirer son manteau et de prendre la place d'un médecin qui, malgré sa blessure, opérait depuis plusieurs heures. Soixante ablations de globes oculaires avaient été pratiquées. Innes passa sa propre blessure sous silence.

Le nombre d'aveugles ne cessait en effet d'augmenter, et la corrélation entre curiosité et privation de la vue était frappante. Plus tard, Innes apprendrait que l'explosion avait blessé neuf mille habitants et en avait tué deux mille.

Les civières entraient et sortaient. Innes dispensait les premiers secours, opérait, administrait de la morphine. Commencée dans la matinée, l'épreuve tourna au cauchemar le soir, car on était à court d'anesthésiques et d'antiseptiques. Pour la première fois de sa vie, Innes fut obligé d'opérer une patiente sans chloroforme. S'il n'amputait pas le bras gauche déchiqueté d'une jeune fille, il savait qu'elle succomberait très vite à ses blessures. Il donna donc les ordres les plus barbares de sa vie : il demanda à une infirmière de s'allonger sur les genoux de la patiente, à une autre de maintenir fermement son bras indemne. Surprise par le couteau, la jeune fille hurla. Puis, Dieu merci, elle s'évanouit, comme on s'y attendait, permettant à Innes de terminer l'opération et de cautériser la plaie.

On procédait au triage des blessés et les cas les plus graves étaient allongés sur des civières le long d'un mur. Des femmes bénévoles circulaient parmi les lits blancs en fer, apaisaient quand elles le pouvaient. Si Hazel avait été en vie, elle aurait sans doute fait la même chose.

Profitant d'une pause, Innes se déplaça dans les salles, enjambant civières et cadavres. Jamais encore il n'avait vu autant de morts et de blessés. Même ses pires représentations de la France en guerre avaient été moins chaotiques, moins sanglantes.

Il ne cessait de demander le Dr Fraser sans qu'on puisse lui répondre, si bien qu'il songea à quitter l'hôpital et à retourner vers la maison des Fraser pour fouiller les décombres. Toutefois, dans le noir, il doutait de retrouver l'endroit. Vent et neige s'engouffraient par une fenêtre arrachée.

Mon Dieu, songea Innes. Un blizzard à présent.

On lui donna de l'eau, du pain et des pois cassés, une combinaison curieuse qu'il consomma avec reconnaissance. Le premier étage, apprit-il, regroupait les patients qui avaient reçu des soins et se reposaient. Lorsqu'il grimpa l'escalier, il y trouva une infirmière en uniforme, roulée en boule, endormie. Il ne la réveilla pas.

Derrière des portes battantes, des salles s'alignaient de part et d'autre d'un grand couloir. Innes pénétra dans la première, calme et sombre, avec une bougie et un broc blanc posés sur chaque table de chevet. Livide, mais efficace, une unique infirmière s'occupait d'une cinquantaine de patients. Innes fut frappé par le grand nombre d'enfants.

Il entendit une femme psalmodier un chant funèbre dans une salle éloignée.

Passant d'une pièce à l'autre, Innes cherchait les Fraser, seules personnes qu'il connaissait à Halifax. Le nom de certains patients était écrit au pied de leur lit. Lorsqu'il n'était pas mentionné, on pouvait en conclure que les malades étaient incapables de parler ou avaient perdu la mémoire. Innes scruta les visages en pensant à la fillette qui lui avait pris la main. Avait-elle recommencé à parler ? Avait-elle raconté ce qui était arrivé à sa famille ?

La mélopée funèbre devenait plus distincte au fur et à mesure qu'Innes approchait du bout du couloir. Le chant se transforma en récriminations frénétiques, tels les cris perçants d'un oiseau qu'on dérange. Quelque chose dans cette voix incita Innes à accélérer le pas et, en passant la porte, il courait. La tête bandée, une femme assise dans un fauteuil roulant émettait des cris rauques, affolés, et battait l'air de ses mains. Sous le pansement couvrant les deux yeux, Innes reconnut les cheveux châtain clair bouclés, le chemisier à épaulettes ornées de boutons en cuivre. À bout de patience, une infirmière repoussa une main de la patiente.

« Je vais m'occuper d'elle, dit Innes en s'avançant à son côté.

— En voilà une qui a perdu la boule ! »

Aux pieds de l'infirmière, Innes vit un bol de soupe renversé. Il s'accroupit pour être à la hauteur de la patiente, lui prit les mains dans les siennes. Elle se débattait tant qu'il sentait dans ses propres bras ses mouvements désordonnés, affolés.

« Louise, c'est Innes. »

La jeune fille pencha la tête pour tourner vers lui son oreille droite. Elle l'ignorait encore, mais Innes, lui, savait que c'était celle qui entendait, avec laquelle

elle « verrait » le restant de ses jours ceux qui lui parleraient.

« Monsieur Finch ?

— Oui, Louise. C'est Innes.

— Oh ! mon Dieu ! » gémit-elle en tendant les mains.

Il la laissa lui toucher le visage et les cheveux. Ses doigts étaient gourds, inexpérimentés. Innes ferma brièvement les yeux.

« Ils sont tous morts ! s'écria-t-elle. Tous morts !

— Qui est mort, Louise ?

— Maman. Papa. Hazel. Tous morts.

— Comment le savez-vous ? » demanda Innes en tâchant de garder un ton calme. À en juger par le pansement trempé de sang qui lui couvrait les yeux, Louise ne pouvait pas, en effet, avoir vu les corps.

« L'homme qui m'a trouvée me l'a dit. Il m'a dit qu'ils étaient tous morts. » Louise se mit à trembler de façon incontrôlable, et Innes se pencha en avant pour la serrer dans ses bras. Une odeur fétide monta du dos de son chemisier. La malheureuse s'était souillée.

« Mademoiselle, dit-il à l'infirmière. Il faut laver cette patiente.

— Maintenant, monsieur ?

— Oui. » Innes se releva. « Avec de l'eau chaude. Ensuite, je retirerai son pansement.

— Monsieur, il est deux heures du matin.

— Peu importe.

— Il n'y a pas d'eau chaude, monsieur. »

Louise tendit les bras. « Ne me quittez pas », s'écria-t-elle.

Il lui prit les mains pendant que l'infirmière roulait le fauteuil vers la salle de bains. Les grosses roues en bois étaient presque silencieuses sur le linoléum.

« Pourquoi ne peut-elle pas marcher ?

— Elle a la cheville brisée, monsieur. Écrasée. »

Innes se pencha pour soulever la couverture posée sur les genoux de Louise. Un plâtre hâtif lui emprisonnait le bas de la jambe droite.

« Je reste à proximité, dit-il à Louise. Juste devant la porte. Vous pourrez m'entendre et me parler. »

Il observa la scène lorsque l'infirmière allongea Louise sur un lit. Avec habileté, elle la déshabilla et la lava. Innes s'aperçut que le plâtre devrait être refait et espéra qu'il ne faudrait pas remettre les os en place. La nudité de Louise ne lui fit pas détourner la tête. Les petits seins blancs, le ventre contracté, la jambe droite enflée. De temps à autre, elle lui parlait et il lui répondait.

« Il va falloir lui trouver un calmant, dit-il à l'infirmière.

— Il n'y a plus de médicaments. »

Une fois Louise propre et vêtue d'une chemise d'hôpital, Innes s'approcha pour lui prendre la main. « Je vais ôter votre bandage pour vous examiner les yeux.

— Ils me font mal », dit-elle, mais Innes remarqua qu'elle avait une voix moins hystérique.

Avec autant de délicatesse que possible, Innes déroula la gaze, l'infirmière étant postée à côté de lui avec une bassine. Les dégâts étaient considérables. Presque tous les muscles externes de l'œil droit avaient été sectionnés et le globe oculaire saillait de l'orbite. Il faudrait l'ôter. Dans l'œil gauche, une entaille profonde affectait la cornée, ainsi que la peau dessous.

« Je ne vois rien », dit Louise.

Elle serait aveugle à vie, Innes le savait.

Adossée à la tête de lit, Agnes lâcha son carnet sur ses genoux. Dehors, il neigeait. Quelqu'un avait-il parlé de neige la veille ? Agnes se leva et, sans prendre la peine d'enfiler des chaussures, s'approcha de la fenêtre. La neige tombait dru. La couche atteignait déjà près de quinze centimètres. Stupéfiant ! Tout compte fait, ce serait un mariage d'hiver.

Agnes croisa les bras sur la poitrine. Louise était donc aveugle. Bon, il devait en être ainsi, non ? Pourtant, Agnes était consciente que, en moins de temps qu'il n'en fallait pour écrire une phrase, elle pourrait lui rendre la santé et la vue. Mais elle ne le ferait sans doute pas. L'explosion réelle était pire que ce qu'elle pouvait imaginer, malgré la quantité d'ouvrages qu'elle avait lus sur ce sujet. Par exemple, Innes aurait fort bien pu retrouver Louise avec du verre dans les yeux. Dans ce cas, l'aurait-il opérée ?

Louise aveugle pour la vie. D'une manière curieuse, ce rebondissement était satisfaisant.

Ce qui l'était encore plus, c'était d'avoir écrit l'histoire d'Innes Finch. La veille au soir, Agnes avait failli ne pas pouvoir s'empêcher de parler d'une autre histoire qu'elle avait au bord des lèvres. Certes, elle avait mentionné Jim, et ce fait était en lui-même grisant, mais insuffisant. Pourtant, en s'apercevant que ses anciens camarades avaient admiré leur professeur, elle avait éprouvé un certain plaisir. Qu'avait donc dit Jerry ? Que M. Mitchell était « un sacré bonhomme » ?

Oui, songea Agnes. Sans le moindre doute.

La migraine lui martelait les tempes. Si elle mangeait un morceau et buvait du café, sa gueule de bois céderait peut-être. Sauf qu'elle n'avait pas envie de s'habiller, et encore moins de voir les autres au petit déjeuner. Il ne lui restait plus qu'à prendre de l'Advil.

Elle fouilla dans son sac à dos, y trouva le flacon tout au fond, fit tomber dans sa main deux comprimés et alla emplir un verre au robinet de la salle de bains. Deux Advil et le problème est réglé. Voilà le conseil qu'elle donnait aux joueuses de l'équipe de hockey quand elles se plaignaient de petits bobos.

Son reflet dans le miroir n'était pas flatteur. Elle avait le visage hagard, les yeux légèrement injectés de sang. Ses cheveux emmêlés étaient aplatis du côté sur lequel elle avait dormi. En outre, elle avait mauvaise haleine. Sortant son dentifrice et sa brosse de sa trousse de toilette, elle se lava les dents. Bien entendu, elle savait qu'elle aurait mieux fait de prendre une douche et de laisser l'eau lui éclaircir les idées, mais, pour l'instant, se savonner le corps, se faire un shampooing, puis utiliser le séchoir à cheveux, tout cela lui paraissait réclamer un effort surhumain. Si bien qu'elle alla s'asseoir au bureau et regarda fixement la neige.

À quoi allait-elle employer cette journée ? Le match de base-ball n'était bien sûr plus d'actualité. Un tour dans les magasins d'usine ? Les routes seraient-elles dégagées ? Une partie de luge ? Agnes songea qu'elle pourrait trouver un certain intérêt à dévaler la longue pente qui partait de l'auberge. Mais cette activité occuperait-elle assez ses pensées, comme le ski de piste autrefois ? Ou se sentirait-elle encore hantée par le fantôme qui ne la quittait jamais ? Par l'homme qui était avec elle tout en ne l'étant pas. Sans lui, elle se révélait en effet incapable d'apprécier pleinement loisirs et plaisirs nouveaux.

Elle tripota le sous-main. Si elle écrivait à Jim ? Oui, pourquoi pas ? De par sa nature même, cette activité apporterait une sensation satisfaisante de complétude.

Agnes lui écrirait du Massachusetts. La lettre partirait pour le Wisconsin. Jim la découvrirait dans son casier au lycée. Il ouvrirait l'enveloppe, lirait les mots qu'elle avait tracés ici. Un cheminement réussi.

Dans le tiroir, Agnes trouva la pochette en cuir qui renfermait le papier à lettres de l'auberge. Il y avait trois grandes feuilles, deux enveloppes et une carte postale. Bien entendu, Agnes n'enverrait pas une carte postale.

Elle attrapa le stylo à bille sur le bureau. Son écriture était minuscule et très soignée.

Cher Jim,

Je crois t'avoir écrit il y a quelques semaines que Bridget Kennedy (qui s'est appelée Rodgers, et prendra ce soir le nom de Ricci) épousait Billy Ricci. Te souviens-tu d'elle ? Elle était toujours dans notre groupe à Kidd, et je sais que nous avons déjà parlé d'elle. Tu te rappelleras forcément Billy, qui suivait ton cours de littérature américaine. Oui, cette fameuse classe.

En ce moment, je me trouve dans l'auberge que Nora a créée. Je regrette que tu n'aies jamais vu l'ancienne maison. Je couchais alors dans une chambre d'amis, sous une courtepointe démente, en velours et soie, assez usée, mais très belle. Nora a fait un superbe boulot en transformant cette vieille maison en auberge, et j'imagine que ça lui a coûté les yeux de la tête. Le décor est luxueux, avec un côté européen qu'on ne voit pas dans les auberges de campagne américaines. À l'instant, j'étais allongée dans des draps soyeux, sous un édredon. Bien entendu, tu me manquais.

Et voilà ! Je viens de faire ce que je m'étais promis de ne pas faire. Je voulais prendre un ton léger et joyeux pour te raconter notre réunion restreinte d'anciens élèves. Mais j'en suis incapable. Ta pensée ne me quitte pas. Parfois, j'ai l'impression d'avoir un amant mort, dont j'entretiens le souvenir. Être séparée de toi est un supplice bien particulier : à la douleur de chaque séparation s'ajoute la griserie des souvenirs.

Les premiers souvenirs sont les plus exquis de tous. Hier soir, je me rappelais le jour où, après mes études universitaires, fin novembre, je suis allée à Kidd pour te voir. Depuis l'obtention de mon diplôme, je pensais à toi, et je crois être allée à Kidd pour te l'avouer. Mais une fois en face de toi, je me suis sentie intimidée. Assis à ton bureau, tu me posais des questions, j'y répondais en sachant qu'il me faudrait partir bientôt et que je n'aurais pas d'autre raison de revenir te voir. Mes phrases gauches, distraites ont dû t'étonner. J'avais les nerfs à fleur de peau. Je me suis bêtement incrustée dans ton bureau jusqu'à ce que tu finisses par me dire que tu avais une réunion et que tu allais me raccompagner à ma voiture.

Pour moi, sortir dans le couloir à pas lents, c'était un peu le trajet du condamné. L'idée d'un geste théâtral m'est venue, par exemple me tourner vers toi et te dire que je t'aimais. J'imaginais le choc que tu éprouverais, j'imaginais un baiser hollywoodien, dangereux et excitant dans les couloirs de Kidd. Mais il y avait des gens partout, qui s'apprêtaient à partir en week-end. M. Cropsey, le principal, est sorti de son bureau, m'a dit bonjour et m'a demandé comment je trouvais l'université de Mount Holyoke. Affolée un instant, j'ai cru que tu allais en profiter pour t'éclipser. Je me suis montrée sèche avec lui, je n'ai pu m'en empêcher. Ensuite, nous sommes sortis toi et moi. Il tombait de la neige fondue, un temps que nous qualifions en Nouvelle-Angleterre de « cocktail hivernal ».

Un jour, tu m'as dit que, à ton avis, j'avais fait exprès de glisser. Tu me taquinais à ce sujet, tu te rappelles ? Mais, non, je ne crois pas l'avoir fait exprès. En fait, j'en suis même sûre. Je ne tenais sans doute pas bien sur mes jambes et je n'avançais certes pas de gaieté de cœur, c'est peut-être ce qui a provoqué l'accident. J'en ai gardé une boule dans une fesse – du tissu cicatriciel, j'imagine.

Je ne me rappelle plus comment tu m'as amenée dans ta voiture. Je me revois seulement dans la salle d'attente des urgences. Tu me tenais la main, et j'ai pris ça pour un geste paternel, rassurant. J'avais mal, mais la douleur me semblait très lointaine. Tout mon corps se concentrait sur nos mains qui s'étreignaient. Je n'osais pas bouger les doigts d'un millimètre de crainte que tu ne me lâches.

On m'a installée sur un lit, dans une salle séparée en compartiments, puis transportée à la radio. J'étais certaine que tu étais parti rejoindre ta femme et ta fille. Après tout, la fête de Thanksgiving tombait le lendemain, c'était donc un moment mal choisi pour avoir un accident. Je touchais ma main à l'endroit que tu avais serré, et je n'ai presque pas remarqué l'arrivée du médecin. Il m'a dit que je n'avais rien de cassé, que j'aurais un énorme bleu qui mettrait des mois à s'effacer et que j'avais eu de la chance. Il m'a recommandé d'être prudente sur le verglas. Et puis, derrière lui, je t'ai aperçu, la veste ouverte, la cravate relâchée, un sourire encourageant aux lèvres. Debout, les mains sur les hanches, tu me regardais. Tu as observé le médecin pendant qu'il soulevait ma jupe, baissait l'élastique de ma culotte et examinait l'endroit qui avait le plus souffert dans cette chute. Je savais que tu pouvais me voir. Tu ne t'es pas détourné. Ensuite, tu m'as aidée à enfiler mon manteau, et tu m'as soutenue jusqu'à ta voiture. Le temps avait empiré, le froid était glacial. La neige me cuisait le visage. Tu m'as installée à la place du passager, puis tu es monté à ton tour. Je frissonnais – c'était plus le choc que le froid, je pense. Pour me calmer, tu m'as prise dans tes bras. « Je ferais mieux de vous ramener », m'as-tu dit.

Ce baiser ! Long, soyeux, un véritable aveu.

Je n'ai rien oublié, Jim. Pas un seul trajet en avion ou en voiture, pas une seule chambre d'hôtel. Même si j'ai à présent oublié les dates, je m'en souvenais encore il y a peu. Je regrette de ne pas avoir tenu un journal (tous ces précieux détails à jamais perdus !). Notre histoire d'amour avait sa vie propre. Elle aurait mérité d'être notée au jour le jour. Tu te rends compte, Agnes O'Connor, qui gagne sa vie en racontant l'histoire des autres, n'a rien écrit sur ce qui a compté le plus dans son existence !

Oui, je sais bien qu'il y a eu des moments difficiles. Ton propre supplice, que je n'ai jamais pu partager. Mais moi aussi, j'ai souffert. Ces longs mois où tu n'as ni appelé ni écrit. La fois où, alors que nous prenions un verre à Boston, tu m'as dit que nous ne pourrions pas continuer à nous voir. Le jour où tu m'as annoncé que Carol était de nouveau enceinte. Mais le pire, pour moi, c'est le jour où je suis allée à Kidd pour te faire une surprise : j'allais enseigner dans mon ancien lycée. Nous serions collègues. Je me rappelle que ton expression est devenue vide, que la joie que je me faisais de t'annoncer cette nouvelle s'est évaporée aussitôt. À présent, je comprends l'inquiétude que tu as ressentie. Bien entendu. Je comprends que tu ne voulais pas mêler notre liaison à ta « vraie » vie, comme tu l'appelais. Mais à l'époque, je ne l'avais pas compris. J'avais imaginé que tu serais aussi heureux que moi et, en constatant que ce n'était pas le cas, j'ai été blessée, furieuse.

La plupart du temps, je m'efforce d'oublier ce moment. Je préfère repenser au *cottage* que nous avions loué à Bar Harbor et à tes grillades sur le minuscule barbecue de la terrasse. Tu avais même préparé une pizza. Je revois cet hôtel miteux de Portland où nous avons fait l'amour sur un canapé recouvert de tissu écossais. Ensuite, j'ai versé des larmes de pur bonheur. Je me rappelle notre promenade un dimanche soir dans une ville où les magasins étaient fermés et les volets des habitations clos. On aurait dit que nous étions les seules personnes au monde. Il y a maintenant vingt-sept ans que je t'aime. Depuis tout ce temps, je n'ai couché qu'avec toi. Je suis ton autre femme, ta seconde épouse, celle qui t'attend dans sa cabane. Je me délecte de tes visites, je m'en nourris pendant des mois. Si les gens le savaient, ils me plaindraient. Un si grand investissement pour une récompense si maigre en apparence. Mais quand je regarde d'autres couples, je suis convaincue qu'ils seraient incapables d'imaginer ce que nous avons partagé, ce que nous partageons encore.

Je n'avais pas l'intention de me laisser aller, Jim. Je sais que tu t'irrites parfois quand j'évoque ce que nous ne pouvons pas avoir. Pourtant, comment feindre de ne pas me languir de toi ? J'aimerais tant que tu sois ici avec moi et que nous puissions nous glisser tous les deux sous cette couette. Je sais qu'aucune femme ne t'a fait l'amour comme moi. Je sais que tu fantasmes toujours sur moi.

Après avoir posé le stylo, Agnes se prit la tête dans les mains. La douleur était aussi aiguë que si Jim venait de quitter la pièce en ne comptant pas revenir avant plusieurs mois.

Elle se leva et alla chercher un mouchoir en papier dans la salle de bains. Elle se moucha et décida de ne pas envoyer cette lettre, de ne même pas la terminer. Comme elle ne voulait pas laisser les morceaux déchirés dans la corbeille, elle n'aurait qu'à l'emporter dans son sac à dos. N'empêche… est-ce que ç'aurait été vraiment terrible de se confier à quelqu'un ? À Nora, par exemple ? Nora respecterait sûrement son secret. Il y avait si longtemps qu'Agnes portait seule cette histoire. Devrait-elle la garder pour elle pendant le restant de ses jours ? Admettons qu'elle meure soudain ? Si personne n'était au courant, qui préviendrait Jim ?

Ravivés par la rédaction de sa lettre, les souvenirs l'assaillaient à présent. Elle penchait la tête et Jim l'embrassait de la nuque au bas de la colonne vertébrale. Deux jours avant Noël, dans la chambre d'un motel de Bangor, elle ouvrait un coffret pour y trouver une bague – non pas une bague de fiançailles, mais un anneau en argent qu'elle n'avait pas ôté depuis. Elle sentait les muscles de Jim sous ses paumes. Et que dire des dizaines de bars où ils se donnaient rendez-vous ? L'excitation du premier baiser de la soirée. Les mains qui se frôlaient pendant qu'ils commandaient les boissons. Leur conversation concernait leur seule liaison, comme si rien d'autre n'importait au monde. L'arrivée des verres embués était une promesse de lit. Agnes se rappelait une immense chambre, à Montréal, avec six ou sept lits. Encore à présent, elle l'appelait la « chambre aux nombreux lits ».

À pas feutrés, Agnes retourna se glisser entre les draps. Le sang battait dans sa tête. Elle se tourna du côté des fenêtres aux rideaux ouverts. Peut-être avait-elle vraiment trop bu la veille. Le cognac l'avait achevée. C'était idiot d'avoir accepté un alcool après le repas, mais Jerry lui tendait le verre bulbeux, et ce n'était pas souvent qu'on lui offrait un digestif.

Elle aurait bien voulu se rendormir. Les souvenirs étaient douloureux. Ils trahissaient une tendance résolument masochiste. Peut-être eût-il été bon de se faire hypnotiser pour effacer tout souvenir de Jim. Une telle chose était-elle possible ? Mais si elle réussissait à rayer Jim de sa vie, que lui resterait-il ? Une sphère terne dont le noyau rayonnant aurait disparu ?

Soudain, elle se redressa et vit de nouveau, à la périphérie de son champ visuel, ces curieuses taches huileuses qui semblaient monter en formant des cylindres. Il fallait absolument qu'elle prenne rendez-vous chez un ophtalmo, songea-t-elle. Ne plus voir, c'était là le pire destin qu'Agnes puisse imaginer. Elle pensa à Louise, aveugle sous son bandage. Comment se débrouillait-on dans la vie ? Devait-elle changer le sort de Louise ?

Non, se dit-elle en récupérant son carnet sous le duvet. Louise resterait aveugle.

Innes refit un bandage à Louise. Ce ne serait sans doute pas lui qui l'opérerait le lendemain, une fois le chloroforme arrivé.

Épuisés, les chirurgiens se réfugiaient au rez-de-chaussée, dans une salle contenant les fournitures médicales. Une demi-douzaine de lits de fortune y avaient été installés. Ces hommes qui n'arrivaient presque pas à tenir debout attendaient patiemment que l'un se libère. Une calamité n'empêchait pas de respecter un certain savoir-vivre. Innes sombra aussitôt dans un profond sommeil, mais fut réveillé au bout de quatre heures. D'autres praticiens avaient besoin de s'allonger.

Trois jours durant, Innes travailla dans la salle d'opération. Les produits nécessaires arrivaient d'autres régions canadiennes par chemin de fer. Boston envoya un train sanitaire. Des milliers de sans-abri se réfugiaient dans des camps de fortune pour se protéger du blizzard et du froid, d'autres cherchaient morts et blessés dans les morgues et les hôpitaux.

Quand Innes avait une minute, il parcourait les listes de victimes publiées dans les journaux. *N° 221 : femme d'environ vingt-cinq ans, cheveux blonds, yeux bleus, sous-vêtements français, bas roses. N° 574 : restes carbonisés d'un adulte. N° 371 : petit garçon d'environ cinq ans, défiguré, pull rayé marron, sous-vêtements blancs, enveloppe trouvée sur son corps adressée à « M. William Finn, 45 Buckingham Street, Toronto »*. Innes lisait ces descriptions avec attention, y cherchant la mention d'un chemisier pêche en soie, d'une bague en petits diamants. Il pensait que M. et Mme Fraser étaient morts, même si seul le corps de cette dernière avait été retrouvé et identifié. En revanche, il ne croyait pas à la mort de Hazel et se demandait souvent où elle se trouvait au moment de l'explosion. Était-elle encore attablée ? Dans ce cas, les éclats de verre provenant des quatre fenêtres cintrées ne l'avaient sans doute pas épargnée. Mais si elle était sortie dans le couloir, elle avait pu réussir à s'extraire des décombres.

À l'hôpital, Innes acquit un renom d'excellent chirurgien et s'éleva dans la hiérarchie en moins de temps qu'il ne lui en aurait fallu s'il avait été l'assistant du Dr Fraser. Désormais, il n'était plus question de stages de formation. Les jours et les heures défilaient dans une sorte de brouillard tant Innes était épuisé. Il ne quittait pas l'hôpital, y dormait, y mangeait, car, comme le plus gros de l'équipe médicale, il n'avait pas d'endroit où aller. Une ville entière, endeuillée, était sans domicile.

Les souffrances des habitants accablaient Innes. Le concept d'un Dieu malveillant commença à l'effleurer. Comment expliquer en effet, sinon par un caprice, la mort des enfants, la douleur des mères ? On citait les rares familles épargnées. Pour Innes, seule la succession de moments présents avait un sens – il pouvait dire par exemple, oui, ceci s'est passé, ou cela ne s'est pas passé –, mais il était incapable d'appréhender le tout. La musique, l'art, et même la guerre en Europe avaient fui ses pensées. La vie se réduisait à travailler, manger, dormir. Le jour, il opérait, le soir, il lisait la liste des victimes. Il la vérifiait sans faute en se disant qu'il le faisait pour Louise. *N° 83 : femme d'environ vingt-cinq ans, cheveux châtains, chemisier en lin ivoire, bottes avec la mention « Paris » sur la première. L'alliance trouvée sur le corps peut être réclamée à l'hôpital de Camp Hill. Anciennes marques et cicatrices sur la joue droite. Cicatrice de césarienne.*

Pendant ses pauses, Innes se rendait auprès de Louise, qu'on avait transportée au deuxième étage, parmi les blessés dont l'état était jugé moins critique. Elle pleurait et tendait les mains vers lui. Bien qu'on l'eût informée de la mort de sa mère, elle l'appelait encore. La pensée de son avenir l'affolait. Comment survivre en étant aveugle ? Elle suppliait Innes de la soigner en croyant qu'un traitement pourrait la sauver. Cruelle ironie : la fille d'un célèbre chirurgien de l'œil se retrouvait privée de la vue.

L'explosion ne lui avait laissé aucun souvenir. Innes l'interrogeait, lui demandait où elle se trouvait à ce moment-là, mais elle n'en savait rien, et ignorait si Hazel était encore dans la salle à manger. Innes apprit que c'était le cas pour de nombreux blessés : les moments qui avaient précédé l'explosion avaient été rayés de leur mémoire.

Le cinquième jour, il la trouva très agitée. Elle avait renversé un broc d'eau et un garçon de salle nettoyait les dégâts.

« Louise, que se passe-t-il ? demanda Innes.

— Elle est venue ! Alors, je lui ai dit que, maintenant, elle avait tout pour elle. Même si, avant, j'étais la plus jolie, à présent, je n'ai plus rien. Ni maison, ni mari, ni enfant.

— Qui est venu, Louise ? » Innes s'assit sur le lit et lui frotta le bras pour essayer de l'apaiser.

« Je lui ai dit qu'elle pouvait voir, marcher. C'est vraiment injuste. Elle peut voir, elle peut marcher. Pas moi. Je ne pourrai plus me marier. Qui pourrait aimer une aveugle ? Qui épouserait une femme incapable de voir ses enfants ?

— Louise, répéta Innes. Qui est venu ? À qui avez-vous parlé ? »

Elle souleva la tête de son oreiller. « Hazel. Hazel était ici, et maintenant, elle est partie. »

Même s'il s'y attendait, entendre prononcer ce nom fut un choc pour Innes. « A-t-elle dit où elle allait ? demanda-t-il.

— Non.

— A-t-elle dit où elle habitait ?

— Non, répondit sèchement Louise, ayant peut-être senti l'intérêt qui perçait dans la voix d'Innes.

— Était-elle blessée ? A-t-elle souffert de l'explosion ?

— Elle n'en a pas parlé. » Louise avait un ton irrité.

« Et son père ? Votre père ? A-t-elle eu de ses nouvelles ?

— Il est mort. »

Louise se mit à gémir, et Innes lui frotta de nouveau le bras. Malgré son désir de la consoler, il eut le plus grand mal à rester à son chevet. En effet, si Hazel venait de quitter Louise, elle se trouvait peut-être encore dans le bâtiment. Il s'obligea à observer le garçon de salle qui terminait d'éponger le sol, puis aida Louise à se redresser et à boire lorsqu'un nouveau broc fut apporté. Comme il le lui avait déjà souvent répété, il lui dit que beaucoup de femmes aveugles menaient une vie bien remplie, qui valait la peine d'être vécue.

Elles avaient un mari et des enfants. Il existait des écoles dans lesquelles on leur apprenait à effectuer les tâches domestiques.

Louise ne voulait rien entendre.

Au bout d'un moment, il annonça qu'il devait partir et troqua sa liberté contre la promesse qu'il reviendrait le soir lui faire la lecture des journaux. Le pilote et le commandant du *Mont-Blanc* avaient été arrêtés et seraient jugés. Cette information retint l'attention de Louise.

« Si vous me le promettez », dit-elle.

Innes chercha Hazel dans toutes les salles et tous les couloirs, s'élança dans la rue, pensant qu'il l'avait manquée de peu et apercevrait sa silhouette svelte en train de s'éloigner, il la décrivit aux infirmières. Toutes secouèrent la tête.

Pendant la pause du dîner, il erra dans les rues voisines. La logique lui disait qu'il ne retrouverait pas Hazel au hasard de ses promenades, mais, à présent qu'il la savait en vie, il ne pouvait s'empêcher de la chercher. À contrecœur, il retourna à l'hôpital le soir pour faire la lecture à Louise, comme il le lui avait promis. Il aurait eu envie de lui poser de nouvelles questions, mais savait qu'elle en serait bouleversée.

Le lendemain, dès qu'il eut deux heures devant lui, il se rendit tout d'abord à l'hôpital de Camp Hill, puis au train sanitaire de Boston. Il fouilla salles et wagons, mais ne vit personne qui ressemblât de près ou de loin à Hazel. Ses questions ne recevaient pas de réponse. Hazel avait-elle déjà quitté Halifax pour une autre région ? Était-elle simplement hébergée chez des amis, dans une partie de la ville épargnée ?

Innes élabora un plan : il fouillerait chaque secteur l'un après l'autre pour se convaincre que Hazel ne s'y trouvait pas. Cette tâche était pour lui une obligation aussi impérieuse que celle de respirer.

L'après-midi, il retourna prendre son service à l'hôpital et accrocha son manteau à une patère. La veille, il y avait trouvé au fond d'une poche une facture établie au nom de M. Jean LeBlanc pour l'achat d'une lampe. C'était sans doute le manteau de M. LeBlanc qu'il portait en ce moment. Il se demanda à qui avaient appartenu ses chaussures et son veston.

Le nombre d'opérations nécessaires ne diminuait pas. Depuis peu, on pratiquait une seconde opération sur certains patients, la première n'ayant visé qu'à leur sauver la vie. Innes réparait des actes sommaires, qu'il avait parfois lui-même effectués, allait voir ses patients, la plupart hébergés au premier étage. L'hôpital ne sentait plus la cendre et la mort comme au jour de son arrivée. Il n'y avait plus de blessés allongés par terre entre les lits. On gardait les patients dans les étages plus longtemps que nécessaire tout simplement parce que, pas plus qu'Innes, ils n'avaient d'endroit où aller. Des centaines d'enfants étaient désormais orphelins.

Parfois, on assistait à des scènes de bonheur lorsque les membres d'une famille se retrouvaient. En entendant ces rares cris de joie, le personnel soignant levait les yeux pour chercher la source de cette soudaine allégresse. Ce matin-là, un père avait retrouvé sa fille qu'il avait crue perdue, mais l'exultation tourna au chagrin lorsqu'il dut lui apprendre que sa mère était morte.

Innes songeait à son frère, Martin, envoyé en France. Il imaginait les soldats qui reviendraient de la guerre sur un navire de transport pour découvrir que la plus grande partie de Halifax avait été détruite. Autre ironie cruelle : ils seraient sains et saufs, tandis que leur famille, restée à la maison, aurait été décimée.

Lorsqu'il monta au premier étage en lisant un dossier médical, Innes aperçut derrière une porte une jeune femme au chevet d'un lit. Il s'immobilisa pour mieux l'observer. Depuis deux jours, Innes avait souvent cru voir Hazel et s'était précipité pour aborder quelqu'un qui lui ressemblait de dos, mais pas du tout de face. À n'en pas douter, de telles méprises devaient être fréquentes dans toute la ville.

Son dossier sous le bras, il entra dans la salle. La jeune femme ne pouvait le voir, et il résista à l'envie de l'appeler pour ne pas la déranger, car elle conversait avec une patiente. Celle-ci, assise dans son lit, avait un bandeau sur l'œil gauche. En robe de laine grise sur laquelle elle avait enfilé le tablier blanc de rigueur, son interlocutrice lui donnait à manger. Innes se douta que la malade avait les mains bandées et ne se trompait pas. Sans doute souffrait-elle de brûlures.

Feignant de se plonger dans son dossier, Innes parvenait tout juste à lire le nom de « Ferguson ». Une infirmière lui demanda s'il avait besoin d'aide. Il secoua la tête. Enfin, il ne put patienter plus longtemps. Il s'approcha de Hazel et s'éclaircit la gorge. « Mademoiselle Fraser ? »

La cuiller à la main, Hazel se retourna. « Monsieur Finch ! s'écria-t-elle avec une surprise manifeste.

— Quelle joie de vous voir ! lui dit Innes d'une voix émue. J'ai appris hier à peine, par Louise, que vous étiez en vie. »

Hazel avait les yeux fatigués, et ses cheveux n'avaient pas été lavés depuis plusieurs jours. Une vilaine ecchymose s'étalait sur son front et sa joue était striée de plaies qui se refermaient.

« Je suis navré pour vos parents, reprit Innes.

— Merci.

— Je ne voudrais pas vous empêcher de vous occuper de cette patiente. Quand vous aurez terminé, peut-être pourrons-nous échanger quelques mots.

— Oui, bien sûr. »

Innes sortit se poster de l'autre côté de la porte à double battant. Conscient qu'il était en retard pour effectuer ses visites, il consulta sa montre. Aucun malade n'allait mourir au cours des dix prochaines minutes. De temps à autre, il jetait un coup d'œil à travers la partie vitrée de la porte. Les infirmières pliaient des couvertures. Hazel s'était assise sur le lit de la patiente, qui se mit à rire en l'entendant dire quelque chose. Au bout d'un moment, Hazel se releva et alla déposer le bol et la cuiller sur un plateau, près du poste des infirmières.

Plein d'espoir, Innes l'attendit.

Elle passa bientôt la porte. « Innes, dit-elle en le ravissant par l'emploi de son prénom. Ça fait du bien de vous voir. Je me demandais ce qui vous était arrivé.

— Moi de même. Je m'inquiétais beaucoup à votre sujet.

— C'est vrai ? » Elle dénoua son tablier et l'ôta en le faisant glisser au-dessus de sa tête.

« Où vous trouviez-vous quand le navire a explosé ? » lui demanda Innes.

Elle se mordit la lèvre et réprima un sourire. « En fait, aux W-C. »

Innes se mit à rire pour la première fois depuis l'explosion. « Ça vous a sauvé la vie.

— C'est bien ce qu'il semble. » Hazel déroula les manches de son chemisier au grand regret d'Innes, qui avait apprécié la vue de ses poignets. « Et vous ? Où étiez-vous ?

— Dans ma chambre, devant la fenêtre. C'est vraiment un miracle que je n'aie pas été tué. »

Elle l'examina. « Vous semblez avoir été épargné.

— J'ai une petite blessure dans le dos. »

Hazel regarda dans le couloir. « J'imagine que vous êtes passé par des moments terribles.

— N'est-ce pas le cas pour nous tous ?

— Je voulais parler des opérations.

— C'était la course, en effet.

— Je m'en doute. »

Innes fit passer son dossier de la main droite dans la gauche. « Votre sœur se remet bien de ses blessures.

— Est-ce vous qui l'avez opérée ?

— Non. »

Le front de Hazel se plissa. « C'était terrible. Quand je suis allée la voir, elle s'est tellement mise en colère que je n'ai pas osé y retourner. Elle s'en est prise à moi.

— Il faut s'attendre à une réaction un peu hystérique.

— Oui, bien sûr.

— Vous ne saviez pas qu'elle était ici ?

— On m'avait dit qu'elle avait péri dans l'incendie avec mes parents. »

Ce fut au tour d'Innes d'être surpris. « La maison a brûlé ? »

Hazel ne répondit pas.

« Je suis navré, dit-il en imaginant l'atrocité de brûler vif. Espérons que vos parents sont morts sur le coup à cause de l'explosion. C'est le plus probable. »

Le menton de Hazel se mit à trembler, et elle se détourna. Voyant qu'elle était bouleversée, Innes patienta.

Sortant de sa manche un carré de tissu, elle se moucha, puis remit le mouchoir en place. Enfin, elle se retourna vers lui. « Hier matin, ma tante a reçu un message d'une amie qui avait vu Louise ici. Ma sœur est très fragile.

— Elle l'était déjà avant cette catastrophe. »

Hazel le dévisagea avec curiosité. « Il va falloir que je trouve un endroit pour elle.

— Je vous aiderai », promit Innes, même si, pour l'instant, il n'avait pas entendu parler d'écoles pour aveugles restées intactes. Il faudrait en construire, c'était inévitable. « Peut-être sera-t-elle en mesure de quitter l'hôpital dans quelques jours. Y aurait-il un endroit où elle pourrait être hébergée en attendant de trouver une institution ?

— J'habite chez une tante. Leur maison n'a pas été endommagée. » Hazel ramena une boucle de cheveux derrière son oreille. « Bien entendu, il y aura de la place pour Louise.

— S'occuper d'une telle patiente représentera une lourde charge.

— Oui, je l'imagine sans mal. La ville est un enfer, n'est-ce pas ? Au moins, ce spectacle a été épargné à Louise.

— Il lui sera à jamais épargné.

— Je n'aurais jamais cru une telle explosion possible.

— Personne ne pouvait l'imaginer.

— Et tous ces gens attirés aux fenêtres ! Quelle ironie du sort !

— Oui, une cruelle ironie, confirma Innes en consultant de nouveau sa montre à contrecœur. Je dois partir. Des patients m'attendent. À quelle heure quitterez-vous l'hôpital ?

— On m'a demandé d'y rester jusqu'à six heures.

— Acceptez-vous de faire une promenade avec moi à ce moment-là ? Je ne peux pas m'éloigner beaucoup, car je suis de service ce soir. Mais je disposerai au moins d'une demi-heure. »

Elle hésita. « Oui, dit-elle enfin. Je ferai une promenade avec vous. »

Juste avant six heures, Innes se posta à l'entrée de l'hôpital. Il s'était arrangé pour s'absenter une demi-heure au moment de sa pause du dîner. Impatient, il savait que chaque minute qui s'écoulait était autant de temps en moins à passer avec Hazel.

Bientôt elle apparut en chapeau noir à voilette et en manteau à l'élégance incongrue, velours bleu bordé de fourrure, gros boutons argentés cousus en diagonale. Innes se dit qu'elle avait dû emprunter ces vêtements et espéra qu'ils appartenaient à des personnes vivantes. En approchant, Hazel tira sur ses gants.

Sans un mot, Innes ouvrit la porte et tous deux sortirent dans l'air vespéral. Autour de l'hôpital, on avait réussi à déblayer le plus gros des décombres. Les voitures à cheval pouvaient donc circuler. L'essence manquait encore pour utiliser les automobiles. Comme tous les soirs, Innes fut impressionné par le silence. On entendait peu de moteurs, le port était presque inactif. Les voix portaient loin.

« Voulez-vous aller quelque part en particulier ? demanda Innes.

— Non, prendre l'air me suffit.

— La maison de votre tante est-elle très loin ?

— À environ huit kilomètres d'ici, je pense.

— Dans ce cas, comment rentrerez-vous ? » Les mots d'Innes formaient de petits ronds blancs dans l'air glacial.

« Mon oncle viendra me chercher. Il a une voiture à cheval. Et vous ? »

Innes se mit à rire et désigna l'hôpital. « Voici mon humble demeure.

— Vous habitez à l'hôpital ? répliqua-t-elle, surprise.

— Comme beaucoup d'entre nous. On y a aménagé certaines salles. Nous y sommes bien nourris. » Il ne précisa pas qu'il n'avait pas d'autre endroit où aller.

« J'avais réussi à me persuader que vous n'étiez pas mort, dit Hazel. Je pensais que vous étiez peut-être retourné dans votre famille. »

De nouveau, un sentiment d'exultation envahit Innes. Hazel avait songé à lui, espéré qu'il n'était pas mort. « Il y a tellement de travail à faire. Ma place est ici. J'ai envoyé un câble à ma famille. Ils n'attendent pas ma visite.

— Halifax deviendra donc votre ville d'adoption ? demanda-t-elle en contournant un tas de neige fondue.

— S'il est possible d'y vivre, oui.

— J'ai entendu dire qu'on allait construire des logements. Mon oncle fait partie du conseil municipal.

— Il y a des milliers de sans-abri.

— Les charpentiers ne se font sans doute pas de souci pour gagner leur vie ces temps-ci. »

Innes se mit à rire, et ils tournèrent le coin d'une rue.

« Avez-vous cru que c'étaient les Allemands ? demanda-t-elle.

— Pendant un petit moment. Avant de sortir et de constater l'étendue des dégâts. Aucune bombe n'aurait pu les causer.

— Vous n'étiez donc pas dans les décombres de la maison ?

— Je crois que j'ai atterri dans une filature. »

Après avoir réfléchi un instant, Hazel expliqua : « Vous avez dû atterrir aux Looms, un endroit qui se trouvait derrière notre rue, à un bâtiment de chez nous. Ce n'est pas une filature. Plutôt un atelier artisanal.

— Aimeriez-vous vous arrêter pour manger quelque chose ? » proposa Innes.

Hazel secoua la tête. « Un repas m'attend chez ma tante. En fait, c'est déjà bon de respirer de l'air frais. »

Pour la première fois depuis plusieurs jours, l'air ne sentait pas mauvais. L'odeur de mort semblait avoir disparu.

Soudain, Hazel s'immobilisa face à Innes. « Au sujet de ma sœur. Je crois qu'il vaut mieux que je ne vienne pas la voir pendant quelque temps.

— Pour l'instant, ça ne paraît pas indiqué, en effet, répondit Innes, étonné par la conclusion brutale de Hazel. À mon avis, elle va se calmer. J'ai vu beaucoup d'autres patients qu'un accident avait rendus aveugles. Rares sont ceux qui restent bien longtemps sous l'emprise de la terreur qui semble la dominer à présent. »

Hazel se trouvait si près de lui qu'il sentait son haleine.

« J'ai envie de partir, dit-elle. De quitter tout ça. »

N'étant pas sûr de ce qu'elle entendait par là, Innes demanda : « De quitter Halifax ?

— Oui. Je ne veux pas rester ici. Je suis sans cœur, je sais, au moment où tant de gens souffrent. Où ma sœur souffre.

— Mais où irez-vous ? » Innes sentit une boule se former dans sa poitrine.

D'un geste brusque, Hazel ôta son chapeau, secoua la tête, et ses cheveux retombèrent sur ses épaules. « Peut-être aux États-Unis. Je ne sais pas. Une fois la guerre terminée, je pourrais aller en Europe. Tout ce que je sais, c'est que je ne supporte pas cette ville. J'étais déjà dans cette disposition d'esprit avant l'explosion.

— En effet, je l'avais remarqué.

— Et, à présent, plus rien ne m'y retient. »

Cette affirmation piqua Innes au vif. « Vous n'éprouvez pas le besoin d'être auprès de votre sœur ?

— Bien entendu, je m'occuperai d'elle. Nous ne manquons pas d'argent. Et j'irai lui rendre visite…

quand elle m'acceptera. Mais, non, je n'éprouve pas le besoin d'être en permanence auprès d'elle. À mon avis, il vaut mieux que nous soyons séparées pendant quelque temps. »

Ce jugement ne surprit pas Innes. Même sa dureté ne le surprit pas.

« Et votre fiancé ? demanda-t-il. Ne doit-il pas revenir bientôt de France ? »

Hazel tripota son chapeau. « Je lui ai écrit.

— Vous lui avez écrit, répéta Innes, ne sachant pas ce que cette phrase impliquait.

— Je ne vais pas l'épouser. » Elle leva les yeux sur lui. « Une calamité, une catastrophe… et tout est changé. Votre vie, désormais, ne vous laisse plus indifférent. Vous ne pouvez plus la gaspiller. Déjà, avant l'explosion, je ne voulais pas me marier. Les choses ont été facilitées, voilà tout.

— Pas pour lui, me semble-t-il.

— À son retour, il devra rester à Halifax. Toutes ses sociétés sont ici.

— Certaines ont été anéanties, je suppose.

— Oui. Raison de plus. Il faudra les reconstruire.

— Hazel, je serai triste de vous voir partir. »

Elle détourna les yeux. « Vous ne me connaissez pas.

— Je ne crois pas que vous le pensiez vraiment. » Il savait qu'il lui fallait choisir ses mots avec soin. Il n'aurait pas d'autre chance.

« J'ai flirté avec vous ce soir-là et je le regrette, dit-elle. Je n'avais aucun droit d'agir ainsi.

— Mais vous devez bien avoir ressenti quelque chose.

— Je m'étais laissée aller à mon imagination, reconnut-elle avec simplicité.

— Ne voulez-vous pas lui donner libre cours ? Hazel, regardez-moi. »

Hazel se tourna face à lui. « Il faut que je quitte cette ville », déclara-t-elle d'un ton égal.

Puisqu'elle était prête à quitter sa sœur, elle était sans doute prête à quitter un homme qu'elle connaissait à peine.

« Nous n'avons eu qu'une soirée, reprit-elle. Et encore, pas vraiment. Que peut-on apprendre en un soir ?

— Je ne pense pas que le temps soit important en lui-même, déclara Innes en percevant une note quelque peu pédante dans sa voix. Il a suffi d'un instant pour qu'une ville entière soit rasée. Qui aurait cru cela possible ? L'amour ne peut-il pas surgir en un instant ? »

L'obscurité arrangeait bien Innes. Le visage lui cuisait car ces mots lui étaient peu familiers. Sans doute n'avait-il pas eu l'intention de parler aussi vite d'amour. Jamais encore il n'avait eu l'occasion de s'exercer à de telles déclarations. Il avait simplement souhaité faire quelques pas avec Hazel pour obtenir un prochain rendez-vous. S'il avait su que son avenir dépendait de cette entrevue, il aurait répété son discours avant de la retrouver à la porte de l'hôpital.

« Comment pouvez-vous croire que vous m'aimez ? dit Hazel. C'est tout à fait impossible.

— Vous parlez à ma place.

— Bien sûr, excusez-moi. Pourtant, vous vous êtes montré si gentil.

— En ce moment, le mot "gentil" me paraît cruel.

— Oui. Je l'imagine. »

Innes savait qu'il avait perdu. La bataille lui était tombée dessus sans avertissement et, mal préparé, il était vaincu avant même de l'avoir livrée. Le fait que Hazel se soit imaginée avec lui, d'une manière ou d'une autre, ait entretenu cette pensée en secret, aurait pu lui apporter une grande joie si tout espoir ne lui avait pas été aussitôt retiré.

« Vous me manquerez, se contenta-t-il de dire. La chance que vous représentez me manquera.

— Plusieurs chances s'offrent à chacun de nous. » Elle se haussa sur la pointe des pieds et l'embrassa sur la bouche. Ce baiser, bref et fragile, évoquait tout un monde qu'il ne connaîtrait jamais. « Je dois partir, dit-elle en coiffant son chapeau, comme si ce contact n'était qu'un élément parmi d'autres de sa longue journée. Il faut que je retourne à l'endroit où mon oncle vient me chercher. Je ne veux pas lui compliquer les choses en l'obligeant à laisser sa voiture pour essayer de me trouver à l'intérieur.

— Hazel, je vous en prie. »

Elle secoua la tête et porta à ses yeux une main gantée, comme si elle voulait effacer la vue d'Innes. « Ce n'est pas facile. »

Innes essaya de la retenir par l'épaule, mais Hazel s'éloignait déjà, rebroussant chemin en courant. Il la suivit des yeux jusqu'au moment où elle fut engloutie par l'obscurité, et il lâcha alors un son où l'angoisse le disputait à la frustration. Sa voix, il ne l'ignorait pas, porterait loin.

Lorsqu'il retourna à l'hôpital pour assurer son service, il savait qu'il n'aurait pas l'occasion de se restaurer. Tenu à distance jusque-là, l'épuisement le submergea, et Innes s'acquitta de ses tâches avec le sentiment d'être assommé. Un autre médecin lui demanda s'il était souffrant. Innes répondit qu'il était fatigué, mais pas plus que les autres. Son confrère le reconnut en inclinant la tête.

Innes travailla jusqu'au moment où on l'envoya se reposer. Malgré sa fatigue, il n'alla pas se coucher tout de suite et monta au deuxième étage. C'était une manière de retenir un tant soit peu Hazel, il ne l'ignorait pas. En regardant Louise, il imaginerait peut-être les traits de sa sœur. Les mains dans les poches, il poussa d'un coup d'épaule la porte à double battant et s'immobilisa juste après l'avoir franchie.

En voyant Louise dans son fauteuil roulant, près d'une lampe, il se demanda pourquoi elle n'était pas encore couchée. Il avait eu l'intention de l'observer dans son sommeil sans manifester sa présence. Sa posture sereine était encore plus étonnante. Assise bien droite, elle levait le visage comme si elle pouvait voir. Son expression paraissait d'un calme surnaturel. Lui avait-on administré un opiacé et, dans ce cas, pour quelle raison ? Il s'avança à pas feutrés pour qu'elle ne l'entende pas. Lorsqu'il fut à cinq ou six mètres d'elle, il constata avec surprise qu'elle pleurait. Elle était calme, mais elle pleurait.

Innes se rappela les petits seins blancs, le ventre tendu. Sa mère, qui était aveugle et avait souvent eu besoin de lui, lui vint à l'esprit.

En voulant faire un pas de plus, il heurta un chariot métallique. Le bruit se répercuta dans la salle, et Louise se tourna dans sa direction.

Incapable de dormir malgré l'heure tardive à laquelle il s'était couché, Harrison fut le premier à se présenter dans la salle à manger. Avant d'être conduit à une place devant la fenêtre, il attrapa un exemplaire du *New York Times* sur une table basse. Le panorama était fort différent de celui de la veille : le bleu des montagnes lointaines avait été remplacé par le blanc d'une tempête de neige bien plus violente qu'au moment où il avait quitté Nora, quelques heures auparavant. Les routes ne seraient pas praticables, songea-t-il, et il se demanda si la famille de Bridget, qui devait arriver ce jour-là, réussirait à assister à la cérémonie. Il n'avait pas écouté la météo. Peut-être la neige ne durerait-elle pas.

Harrison avait besoin d'un café et d'un petit déjeuner copieux car son mal de tête naissant s'était à présent incrusté dans le lobe frontal de son cerveau. Un gros titre attira son regard : LES TALIBAN ABANDONNENT LEUR DERNIÈRE PLACE FORTE : AUCUNE TRACE D'OMAR. Il tourna alors la page pour se reporter à la rubrique « Portraits de victimes », qui retraçait la courte biographie des morts du World Trade Center. Par exemple, celle d'un homme diplômé de la Wharton School, à l'université de Pennsylvanie, qui avait élaboré un modèle mathématique pour analyser les courbes de profits. Un autre travaillait le soir au restaurant Spazzio, sur Columbus Avenue, et venait d'acheter une maison à Union City, dans le New Jersey. Comme il le faisait de temps à autre, Harrison imagina ce qu'on devait ressentir en se retrouvant piégé dans un immeuble et en sachant peut-être qu'on allait mourir. Le verre qui volait en éclats et les couloirs obstrués. Les flammes qui gagnaient et la fumée qui vous étouffait. Les cadavres qui s'empilaient sur les rebords des fenêtres et les coups de téléphone à la famille, passés sur un portable – tout d'abord pour appeler à l'aide, ensuite pour dire adieu. La peur devait être intolérable. Ces images mentales rappelèrent à Harrison l'insistance étrange avec laquelle Jerry avait affirmé la veille, pendant le dîner, que, si on ne s'était pas trouvé à proximité de la catastrophe, on n'avait pas réellement le droit d'en parler. Bon, il n'avait pas tout à fait tort. Voir basculer les gens des tours, puis, plus tard, respirer les cendres de l'incendie avait dû être terrifiant. Lorsqu'on a littéralement respiré, absorbé en soi un événement, on le fait sien. Si quelqu'un d'autre avait soutenu cet argument, Harrison aurait pu abonder dans son sens, mais le ton de Jerry – voire sa simple présence – lui faisait grincer des dents. Il avait bien aimé l'adolescent et détestait l'homme. À Kidd, Jerry fanfaronnait déjà, mais, à l'époque, ce trait de caractère était plus amusant qu'agaçant. Sans compter que c'était un sacré lanceur.

Une serveuse, qui n'était pas Judy, informa Harrison que le samedi matin les clients se servaient au buffet qu'elle lui indiqua. S'il le désirait, il pouvait commander autre chose, mais elle pensait qu'il y trouverait son bonheur. Elle lui servit une tasse de lavasse comparée à l'express serré de la bibliothèque. Après le petit déjeuner, il s'y rendrait pour boire un autre café et lire le journal, décida-t-il. En effet, il n'avait jamais réussi à se plonger dans un journal le matin lorsqu'il n'était pas chez lui – la place lui manquait pour l'étaler sur la table.

Au buffet, Harrison choisit des œufs au four, du lard bien cuit, des fraises (il ne put s'empêcher d'y chercher une mouche) et un muffin à la carotte. Si ces mets substantiels ne parvenaient pas à chasser son mal de tête, alors, rien n'y ferait. Lorsqu'il retourna à sa place, il aperçut Bill à l'entrée.

« Bill ! appela-t-il de la voix sonore que les hommes emploient pour parler entre eux.

— Tiens, Harrison. » Bill s'avança vers lui et examina son assiette. « Ça m'a l'air bon, vraiment bon. »

Levant sa coupe de fraises, Harrison indiqua sa table, devant la fenêtre. « Je suis installé là-bas.

— Je te rejoins dans une minute. Je vais chercher ma dose quotidienne de cholestérol. »

Harrison posa son petit déjeuner sur la table, replia le journal et le glissa entre sa chaise et le mur. Quelques minutes plus tard, Bill, en chemise à carreaux et gilet gris, s'assit en face de lui. Harrison remarqua une légère bedaine sous le gilet, des cheveux argentés qui s'éclaircissaient (limaille de fer sur un crâne presque chauve), détails plus évidents à la lumière matinale que lors du cocktail. Bill n'avait pris que des fraises.

« Alors, et ton taux de cholestérol ?

— J'essaie de perdre cinq ou six kilos.

— Le jour de ton mariage ?

— Il faut que je rentre dans le smoking.

— Tu ne pouvais pas y penser avant ?

— Disons que je me réserve pour le repas de mariage. Tu devrais voir le menu. Et les vins ! » Bill porta une main à son front pour marquer son incrédulité. « Je suis bien content de m'être montré raisonnable hier soir. Avoir la gueule de bois ne m'aurait vraiment pas arrangé aujourd'hui.

— Tu as bien raison, affirma Harrison en raclant la dernière trace d'œuf dans le ramequin blanc. J'en ai une assez redoutable pour nous deux. Comment va Bridget ?

— Bien. » Après un silence, Bill répéta : « Bien, très bien. Elle dort encore. Quant aux garçons, ils ne se lèveront pas avant midi si je ne vais pas les réveiller. » Il jeta un coup d'œil par la vitre. « On dirait que le match prévu ne pourra pas avoir lieu.

— Apparemment.

— Dommage, les gamins l'attendaient avec impatience. Ça fait des semaines qu'ils m'entendent rabâcher à propos de notre ancienne équipe. J'ai bien peur que Jerry, Rob et toi ne soyez devenus des vedettes à leurs yeux. »

Harrison se mit à rire.

« Je ne plaisante pas. Il faudra que tu leur signes un ou deux ballons que j'ai apportés.

— Sans problème. Je signerai Nomar.

— Bridget se débrouille formidablement bien, dit Bill en transperçant une fraise. Il paraît que plus la chimio est dure, plus le résultat est concluant. N'empêche que ça m'a fait un choc de la voir subir ça. J'aurais préféré que ce soit moi. »

Harrison s'appuya à son dossier. « Billy Ricci. Franchement, je crois que ce nom pourrait être la définition du véritable amour.

— Dans quelques années, on jugera la chimiothérapie barbare, inhumaine, on y verra une forme de torture légalisée. Au mieux un traitement révoltant.

— Comme les sangsues.

— Pire. Mais, avec chaque jour qui passe, je vois ses forces revenir.

— C'est magnifique.

— Ouais, elle s'en tire bien. » Bill se tut un instant. « Elle s'en tire très bien. »

Lorsqu'il répéta sa phrase, Harrison perçut une faille dans sa confiance à tout crin, devina qu'il se forçait à l'optimisme. Bill versa la moitié d'un pot de crème épaisse sur ses fraises et les parsema de sucre.

« Tu parles d'un régime ! fit remarquer Harrison en regardant Bill enfourner le tout.

— J'avais peur que tu ne sois gêné à cause de Jill et de Melissa.

— C'est bien sûr aux gosses qu'on pense d'abord. Quant à Jill, je ne peux pas dire que je la portais vraiment dans mon cœur. »

Bill s'avança tout au bord de sa chaise. « Tu n'es pas le premier à me le dire. Ça fait un peu bizarre de s'apercevoir après coup que personne n'aimait la femme qu'on a épousée.

— Le problème n'est pas vraiment là. Je trouvais surtout que vous n'étiez pas très bien assortis. » Harrison vit un couple s'asseoir non loin d'eux. L'homme aussi bien que la femme avaient l'air un peu dans le brouillard, et Harrison se dit qu'ils avaient dû eux aussi forcer sur les boissons la veille. Peut-être étaient-ils invités à l'autre mariage.

Bill but un long trait de café. « Comment va Evelyn ? »

Harrison avait l'impression que Bill posait la question plus par politesse que par curiosité. « Très bien. Elle va devoir s'occuper d'une affaire énorme. Sinon, elle serait venue.

— De quoi s'agit-il ?

— Son affaire ? De cupidité et de faiblesse humaine. »

Bill sourit. « Merci d'être descendu du Canada pour assister au mariage. Ça fait un bout de chemin.

— En fait, le Canada se trouve à l'ouest d'ici, mais je suis ravi d'être venu.

— Je m'imagine toujours que le Canada est au nord de tout. Quelle drôle d'histoire, hein ? Ça ne te fait pas bizarre de revoir Jerry, Agnes, Rob ?

— Si, très bizarre. Le temps et la mémoire nous jouent là un tour de passe-passe que je n'ai pas encore complètement appréhendé.

— Et Nora…

— Oui, Nora…

— Elle a été formidable avec Bridget. Seigneur, Bridget est passée par de sales moments, et pas seulement à cause du cancer. Son mari l'a quittée. Elle essaie d'élever seule un gamin de quinze ans. Matt est un brave gosse, mais, bon, il a quinze ans. »

Harrison acquiesça.

« Je me dis que j'ai vraiment eu de la chance », reprit Bill.

Levant les yeux de son muffin, Harrison songea que c'était plutôt un manque de chance d'épouser une femme atteinte d'un cancer déjà avancé.

« D'avoir retrouvé Bridget, expliqua Bill. J'ai bien failli ne pas aller à cette fameuse réunion d'anciens élèves. À présent, je ne peux pas m'imaginer vivre autrement.

— Ah ! toutes les choses qui ne se produisent pas ! Par définition, nous ne savons même pas qu'elles ne se sont pas produites.

— Des histoires non abouties.

— Le temps perdu à chercher son portefeuille qui fait que tu arrives avec une minute de retard à l'endroit où un semi-remorque vient d'emboutir une autre voiture au lieu de la tienne. » Harrison mordit dans son muffin à la carotte et songea à son propre taux de cholestérol et à l'analyse de sang qu'il serait sage pour lui d'effectuer bientôt.

« La femme dont tu n'as pas fait la connaissance parce qu'elle ne trouvait pas de taxi pour se rendre à la fête que tu as dû quitter très tôt, ajouta Bill. Si on regarde les choses sous cet angle, tout, dans la vie, est une succession d'histoires qui ne se sont pas produites.

— Sauf que nous ignorons ce qu'elles auraient pu être. »

Bill racla la crème sucrée sur les bords de sa coupe. « Melissa ne viendra pas au mariage.

— C'est ce que j'ai entendu dire.

— Pourquoi faut-il que tout soit aussi compliqué ? Quand je suis avec Bridget, je ne doute pas une seconde d'avoir pris la bonne décision. J'ai retrouvé Bridget et nous sommes ensemble. Point final. Ça me paraît aller de soi, être aussi évident que… » Bill balaya la salle des yeux comme s'il cherchait quelque chose qui lui aurait fourni une métaphore appropriée. « … que, je ne sais pas, moi, que la pluie. » Il s'essuya la bouche avec sa serviette. « Mais ensuite, je regarde Melissa et j'ai envie de vomir. Comment un adulte peut-il faire une chose pareille à ses gosses ?

— La dernière fois que je l'ai vue, j'ai eu l'impression que Melissa n'était plus une gamine, mais bientôt une femme.

— N'empêche, tu comprends ce que je veux dire.

— Tu n'as qu'à te fier à ton instinct, suggéra Harrison sans vraiment croire lui-même que c'était la solution.

— C'est ce que je fais depuis quelque temps. » Bill baissa les yeux sur sa bedaine.

« Et l'informatique, ça marche ?

— Nous faisons de la sous-traitance. Une société de Boston nous a demandé d'élaborer des logiciels de reconnaissance faciale pour des boîtes comme Logan[1].

— J'espère que l'ACLU[2] ne va pas vous mettre des bâtons dans les roues.

— Je crois que la situation a changé. Et pour toi, comment vont les affaires ?

— Pas terrible. Quelqu'un – je ne sais plus qui – a dit que Dieu, ou Alan Greenspan[3], avait dû appuyer sur le bouton "pause".

— Donc, ce qui se passe à New York se répercute à Toronto.

1. Logan Computer Service, société d'informatique.

2. American Civil Liberties Union, Union américaine pour la défense des libertés individuelles.

3. Président de la FED, la Réserve fédérale, banque centrale des États-Unis. Il a pris sa retraite en 2006.

— Bien entendu. » Harrison avait envie de poser une question à Bill, mais n'était pas sûr d'en avoir le droit. « Jerry Leyden et toi, vous semblez être restés amis, commença-t-il avec hésitation. J'étais un peu surpris de le voir ici.

— Il donne beaucoup d'argent à une organisation caritative dont je m'occupe à Boston. »

Lors de la soirée sur la plage, Jerry avait proposé de payer une pizza à tout le monde, se rappela soudain Harrison.

« Qu'est-ce qui se passe entre vous deux, à propos ?

— Je ne sais pas au juste. Rien. »

Bill se leva. « Je vais reprendre des fraises. »

Tout en le suivant du regard, Harrison réfléchit à la notion de ces choses qui ne se produisaient pas. Que se serait-il passé s'il ne s'était pas inscrit au cours de poésie française du XVIIIe, n'était pas arrivé en retard un matin d'octobre et n'avait pas été obligé de s'asseoir au dernier rang, à côté d'une jolie blonde en col roulé blanc ? Il n'aurait jamais fait la connaissance d'Evelyn. Le lendemain, ou une semaine plus tard, aurait-il rencontré quelqu'un d'autre ? Comment aurait été cette personne ? Aurait-il eu des filles au lieu de fils ? Ou aurait-il, dans une sorte de tentative désespérée, recherché Nora en dépit du fait qu'elle était déjà mariée ? Harrison était encore à l'université quand il avait appris qu'elle vivait avec Carl Laski. Il se rappelait son immense surprise, puis son profond désarroi. On aurait dit que des douves avaient soudain été creusées autour de Nora. On ne pouvait pas rivaliser avec des gens de la stature de Carl Laski. Bien qu'ils ne se soient plus parlé depuis ce fameux soir dans le cabanon, Nora ne quittait pas ses pensées et, parfois, il se voyait en train de monter dans sa voiture pour aller la voir à New York. Peu après avoir entendu dire qu'elle avait épousé Laski, il s'était demandé à quoi ressemblait la vie de Nora. Avec son côté fascinant. Et le prestige que conférait un mariage avec une célébrité. Puis Harrison avait lui-même travaillé dans l'édition et entendu des rumeurs : le retrait du monde d'un Laski misanthrope, les histoires qui circulaient sur son alcoolisme. Il avait alors eu l'impression que Nora était partie vivre dans un pays pour lequel il ne possédait pas de passeport, et qu'elle parlait désormais une langue étrangère.

Bill revint sans fraises. « J'ai changé d'avis. Je crois que je ferais mieux de monter voir comment Bridget s'en sort. Je lui ai commandé un plateau. Il faut bien gâter un peu la mariée.

— En effet, c'est ton boulot », dit Harrison.

Le journal coincé sous le bras, Harrison trouva la bibliothèque désertée et le percolateur prêt à fonctionner. Après avoir appuyé sur un bouton qu'il pensait être le bon, il obtint une demi-tasse de café serré, opération qui l'emplit de satisfaction. Il s'installa sur le même canapé que la veille, quand il avait pris un express avec Nora. En levant la tête vers la rangée de vitres, il constata qu'il ne neigeait presque plus. Un soleil pâle perçait une couche de nuages quasi translucides.

Sa tasse à la main, Harrison attendit un moment avant d'ouvrir le journal et se contenta d'observer le ciel. La lumière filtrait lentement à travers les nuages qui s'effilochaient, faisait étinceler les arbres et les buissons couverts de neige. En moins de temps qu'il ne lui en fallut pour terminer son café, la luminosité devint presque trop forte. Harrison ferma brièvement les yeux.

Silhouette sombre sur fond clair – comme un négatif photographique –, Nora lui apparut telle qu'elle était ce printemps-là à Kidd, puis à la rentrée de leur terminale : en jean étroit et boucles qui oscillaient à ses oreilles, elle s'installait aux abords du terrain de base-ball ; les cheveux flottant dans le dos, elle se penchait sur un livre à la bibliothèque, ignorant que Harrison se tenait derrière elle ; elle se prélassait sur le lit de Stephen, pendant que tous trois écoutaient Lynyrd Skynyrd et Eddie Kendricks. Une fois qu'il s'était rendu compte que Nora et Stephen formaient un couple, Harrison avait remarqué qu'ils ne se quittaient pas d'une semelle et, par voie de conséquence, ils se trouvaient souvent réunis tous les trois. Stephen ne semblait pas voir d'inconvénient à sa présence, paraissait même l'encourager. Son camarade de chambre était pour lui un public, et Stephen adorait se donner en spectacle, Harrison le savait bien.

Stephen était déjà devenu une vedette de base-ball sur le campus, mais l'ironie n'était pas entièrement absente de cette admiration. Pendant les matches, une claque se formait soudain et hurlait « Steven ! Steven ! » chaque fois que l'arrêt-court s'avançait vers le marbre. Ces encouragements moqueurs étaient une fin en soi, tout comme de nombreuses initiatives des élèves cette année-là, mais cette ironie, au final, n'en glorifiait pas moins le petit doué de Kidd. Jouant deuxième base, Harrison pouvait jeter de rapides coups d'œil en direction de Nora pendant que le lanceur s'échauffait. En général, elle ne se joignait pas aux clameurs, mais parfois, Harrison surprenait son drôle de demi-sourire. Un jour, Harrison réussit un double jeu et les spectateurs hurlèrent « Harrison ! Harrison ! », ce qui était de l'ironie au troisième degré.

Quand Stephen suivait un cours, ou, ce qui arrivait plus souvent, dormait, Harrison se retrouvait seul avec Nora. Il se rappela un jour de début mai, où tous deux s'étaient croisés sur un sentier.

« Salut, tu vas t'entraîner ? » lui demanda Harrison.

Il faisait chaud. Nora avait enfilé un short et un T-shirt pour jouer au tennis. Harrison portait un pantalon et un polo à manches longues, tenue exigée par l'entraîneur de base-ball car, ce jour-là, ils s'exerceraient aux glissades.

« Oui, répondit Nora. Mais... euh... » Elle regarda la mer.

« Mais quoi ?

— Je peux... je peux te parler de quelque chose ? »

Harrison sauta sur l'occasion. « Bien sûr. »

Nora lâcha sac à dos et sac de sport par terre. Harrison fit de même et la suivit jusqu'à un grand rocher plat surplombant une crique. Ils s'y assirent.

« Euh... Stephen boit, expliqua aussitôt Nora.

— Je sais. » Harrison était toutefois surpris par la brutalité de cette affirmation.

« Il boit beaucoup.

— Ouais, je suppose que c'est assez grave », reconnut Harrison, qui avait vu quelques nuits plus tôt un tableau effroyable : Stephen en train de serrer dans ses bras la cuvette des toilettes. Même pour ça, son camarade désirait un public, mais, après un rapide coup d'œil, Harrison avait refusé de se prêter à son jeu.

« D'où il le sort ?

— L'alcool ? C'est Frankie Forbes qui le lui fournit. » Harrison faisait allusion à un type du coin, âgé d'une vingtaine d'années, qui travaillait dans le bâtiment. Forbes achetait la gnôle, l'entreposait à l'arrière de sa camionnette, et la revendait le jeudi après-midi aux élèves. Sans demander de papiers d'identité.

« Tu bois aussi, reprit Nora. Moi, ça m'arrive une fois de temps en temps. Mais ce n'est pas la même chose.

— C'est vrai.

— Pourquoi ? Pourquoi il fait ça ? » Nora s'entoura les genoux de ses bras. Elle avait les jambes nues entre le short et les chaussettes de tennis. Harrison se rappela son envie de lui caresser le mollet.

« Je n'en sais rien. Le moteur de Stephen ne tourne pas à la même vitesse que le mien. » Comme Harrison ne cessait de penser à une Camaro de 1969 qu'il avait vue en vente dans un journal local, les métaphores automobiles lui venaient tout de suite à l'esprit. S'il parvenait à convaincre sa mère de lui envoyer l'argent qu'aurait coûté son billet d'avion, à condition d'ajouter ce qu'il avait gagné en travaillant au supermarché de la ville le dimanche, il pourrait presque réunir la somme nécessaire et repartir en voiture dans l'Illinois pour passer les grandes vacances en famille.

Nora rassembla ses cheveux et les noua sur la nuque. « Je... je ne sais pas, Harrison. Tu ne penses pas que nous devrions l'aider ?

— Nous avons tous besoin d'aide.

— Je ne plaisante pas. Je me fais du souci. Hier soir... hier soir, il était tellement soûl que, franchement, je crois qu'il ne s'est même pas aperçu de ma présence.

— Où étiez-vous ?

— Sur la plage. »

Harrison n'avait pas envie de se représenter Stephen et Nora sur la plage. Il se força à ne pas regarder l'intérieur de la cuisse de Nora, bien visible. « Je ne suis pas sûr qu'il nous écouterait. Ce qui m'étonne, c'est qu'il ne se soit pas fait prendre plus souvent. Pour te dire la vérité, je suis sidéré qu'il n'ait pas été viré du lycée.

— Il a de meilleures notes depuis quelque temps.

— Grâce à toi.

— Oui.

— C'est bien que tu lui donnes un coup de main, parce que, sans ça, il risque de voir s'envoler sa bourse pour Stanford. »

L'entraîneur de base-ball de cette université avait recruté Stephen, malgré ses résultats médiocres. Aucun élève de Kidd n'avait jamais pu s'inscrire à Stanford. Harrison irait à Northeastern, Nora à l'université de New York.

« D'ailleurs, il va être complètement noyé à Stanford », ajouta Harrison.

(Dans la bibliothèque, Harrison sentit que son cœur marquait un temps d'arrêt. Avait-il réellement employé le mot « noyé » ?)

Nora remua le cou d'un geste paresseux, sensuel.

« Bon, écoute. » Harrison lui posa une main sur l'épaule, satisfaisant ainsi l'envie lancinante de la toucher qu'il éprouvait depuis plusieurs mois. « Si tu veux l'aider, je te donnerai un coup de main. »

Nora poussa un hurlement, et Harrison lui lâcha l'épaule, croyant presque, un instant, l'avoir brûlée avec ses doigts. Nora s'agrippa la taille aux endroits où Stephen venait de la pincer. Sans aucune douceur. Plus pour faire mal que pour surprendre. Stephen releva Nora, l'enlaça et l'embrassa dans le cou, un baiser long et ostensiblement possessif auquel, d'ordinaire, il ne se livrait pas devant Harrison. D'ailleurs, ce dernier avait apprécié la retenue que le couple observait jusque-là en sa présence, retenue sans laquelle leur trio n'aurait pas été vivable.

« Alors, Branch, tu lui donneras un coup de main pour quoi faire ? » demanda Stephen.

Nora s'écarta un peu de lui.

« Nous allons être en retard à l'entraînement », répondit Harrison en jetant un coup d'œil à sa montre. Il aperçut alors le sac de sport que Stephen avait abandonné à plusieurs mètres du rocher sur lequel Nora et lui étaient assis. Avait-il eu l'intention de les espionner ?

« Bon, vendredi, on fait la fête ! » annonça Stephen avec un sourire charmeur qui découvrit des dents à la blancheur parfaite. Il abattit son poing dans la paume de son autre main. « Dans le cabanon des Binder.

— Stephen, enfin ! lâcha Nora sans élever la voix.

— Nous avons un match samedi matin, fit remarquer Harrison.

— En fait, si tu tiens à savoir la vérité, reprit Nora avant de marquer une pause, nous étions en train de dire que tu buvais.

— Quoi ? » Stephen enfonça les mains dans ses poches et resta un long moment immobile. « Je bois ? demanda-t-il enfin. C'est vrai… Et alors ?

— Ça nous inquiète », expliqua Nora.

Stephen inclina la tête, comme s'il comprenait peu à peu. « Harrison et toi, vous vous inquiétez à mon sujet. » La stupéfaction céda la place à une expression plus dure. « Bon, je suis ravi de savoir que mes amis s'occupent de moi. Dis donc, Harrison, tu as raconté à Nora que tu étais bourré samedi soir ?

— Ce n'est pas pareil, Stephen, lui opposa Nora.

— Ah bon ? Tu trouves ? Il n'a pas réussi à trouver les toilettes et il a pissé sur le mur de Hodgkins, qui, comme chacun sait, est le dortoir des petites nouvelles. »

C'était vrai, même si Harrison eût préféré l'oublier.

« Alors vous devriez peut-être tous les deux vous faire aider, dit Nora.

— C'est pas comme si on se droguait », rétorqua Stephen.

Pour la première fois depuis qu'il s'était faufilé en douce auprès d'eux, Harrison lui trouva la voix épaisse. Avait-il déjà bu ?

Harrison retourna à l'endroit où il avait abandonné son sac à dos et son sac de sport, et les hissa sur une épaule.

« Alors, Harrison, tu es partant pour vendredi ? lui lança Stephen. Chaque participant devra donner cinq dollars à Forbes avant jeudi. »

Une sorte d'impuissance inexplicable avait alors envahi Harrison… Le désir de ne pas être laissé de côté lors d'une fête qui compterait Stephen et Nora.

« Bien sûr, avait-il répondu en se dirigeant vers le terrain de base-ball. Je suis de la partie. »

« J'ai entendu dire qu'il y avait ici du café méchamment serré », dit Rob sur le seuil de la bibliothèque.

Arraché à sa rêverie, Harrison leva les yeux. « Il est fameux.

— Tu étais à des kilomètres d'ici.

— À quatre cents kilomètres, pour être précis. Tu as déjà pris ton petit déjeuner ?

— Je n'en prends pas. Je n'en ai jamais pris.

— C'est pour ça que tu gardes la ligne, dit Harrison en admirant la silhouette élancée vêtue d'un jean et d'un pull en cachemire.

— Non, c'est plutôt un problème de nervosité. » Rob s'avança dans la pièce. Il semblait sortir de la douche, frais lavé, les cheveux encore humides.

« Tu as le trac avant les concerts ?

— Toujours. » Rob s'arrêta devant le percolateur et l'examina. « Comment ça marche ?

— C'est incroyablement compliqué, répondit Harrison en se levant. Je vais devoir le faire à ta place. »

Harrison appuya sur un bouton et haussa les épaules. Rob sourit.

« Je ne sais pas si je pourrai y arriver.

— Au bout de deux ou trois jours de pratique, ça devrait venir. »

Rob s'assit en face de Harrison et balaya la pièce du regard. « Joli, hein ?

— Très.

— J'ignorais que Nora avait ça en elle.

— Je crois que ce week-end va nous permettre d'apprendre beaucoup de choses les uns sur les autres », suggéra Harrison.

Rob inclina la tête. « Sur toi, par exemple. Il n'y a que quinze jours que je sais que tu travailles dans l'édition. »

Harrison devait-il saisir la balle au bond et lui retourner qu'il ignorait son homosexualité ? Rob voulait-il en parler ? Harrison n'en savait rien. « J'aime bien ton ami Josh, dit-il à la place.

— Il travaille son instrument.

— Il a apporté son violoncelle ?

— Non, il s'exerce de façon virtuelle. Il s'assied, ferme les yeux et pose les doigts sur des cordes imaginaires.

— Tiens, tiens ! » Harrison pensa à Beethoven qui composait des symphonies qu'il était incapable d'entendre.

Rob croisa les jambes et Harrison remarqua les chaussettes hautes, les chaussures faites sur mesure. Rob s'y entendait en matière d'élégance, c'était indéniable. Mais le plus intéressant, c'était qu'il avait vraiment l'air d'être de son époque. La chemise blanche impeccable sous le pull en V. La montre Movado. La coupe de cheveux soignée, discrète, avec pourtant quelques épis sur le devant qui lui donnaient un petit air piquant. Harrison se promit d'assister à son concert si jamais il venait à Toronto.

« Je vous admire tous les deux, dit-il. Je n'ai jamais eu d'oreille.

— Je m'en souviens. »

Harrison se mit à rire.

« Stephen, lui, chantait plutôt bien, ajouta Rob. Tu te rappelles la nuit où il s'est levé et où il a imité Neil Young ?

— Oh, là, là ! Je n'y avais plus pensé depuis des années.

— En fait, j'étais jaloux de toi. Je m'étais salement amouraché de lui. »

Harrison réprima sa surprise. « Est-ce que tout le monde n'en était pas là ? lâcha-t-il d'un ton décontracté.

— Un jour, je l'ai vu courir sur la plage. Je me trouvais sur une falaise, près du bâtiment Rowan, et je le voyais approcher de loin. Sa foulée était belle, tantôt dans l'eau, tantôt sur le sable, d'une grande aisance. Il m'a toujours fait l'effet d'un animal aux membres superbement élancés. Un guépard, peut-être. Il paraissait tout oublier sauf le moment présent. J'enviais cette disposition. »

Harrison garda le silence.

« Excuse-moi, reprit Rob. Ça doit être dur pour toi de nous entendre sans cesse parler de lui.

— Un peu.

— Si seulement nous avions su à l'époque ce que nous savons maintenant. Que, de nous tous, c'était celui qui n'aurait jamais dû boire. Il disait qu'une bière c'était trop, mais une douzaine pas assez.

— Ah bon ? Un jour, il m'a dit que s'arrêter après une bière le rendait malade.

— On n'échappe pas à son destin.

— C'est sûr.

— Mais, mon Dieu, qu'il était marrant ! Tu te rappelles la fois où on est venu chercher Mitchell en classe et où Stephen, sans perdre une seconde, s'est avancé pour prendre sa place et terminer le cours ? Il a fait du Mitchell tout craché. Sa démarche un peu saccadée, son accent de Boston, et même son rire. Une imitation brillante.

— Je l'avais oublié, dit Harrison en souriant à ce souvenir.

— C'était vraiment quelqu'un.

— En effet. »

Un long silence s'étira dans la pièce.

« Ça ne me regarde pas, mais est-ce que tu le savais déjà à Kidd ? demanda Harrison.

— Que j'étais gay ? »

Harrison le confirma en espérant qu'il n'avait pas dépassé les limites du bon goût. Est-ce que tous les homosexuels s'attendaient à cette question et avaient horreur qu'on la leur pose ?

« Bien sûr, répondit Rob.

— Mais tu es sorti avec…

— Avec Amy Shulkind. Parce que Bridget nous a réunis, c'est tout. Elle faisait toujours ça. Une vraie marieuse. » Rob avala une gorgée de café. « Au début, on espère qu'on se trompe. Je ne connais pas un seul gamin qui soit heureux en s'en rendant compte. » Il posa sa tasse sur la table basse et jeta un coup d'œil sur un exemplaire du *New Yorker*. « Et toi, Branch ? À quel moment ça t'est arrivé ?

— Pardon ?

— Quand t'es-tu trouvé, quand as-tu su qui tu étais ? » Rob ouvrit le magazine et regarda un dessin humoristique.

« Pas facile de répondre. Je ne suis même pas sûr d'en être arrivé là.

— Encore existentialiste dans l'âme ? demanda Rob en levant les yeux sur lui. Ça, c'est le bon côté de l'homosexualité. Tout a tendance à devenir clair en un rien de temps. Bon, ce n'est pas le seul bon côté.

— J'espère bien.

— Tu as une famille. » Rob referma le magazine.

« Oui. Et je suppose qu'il n'est pas tout à fait juste de prétendre que je ne sais pas où j'en suis. Pour ce qui est de mes fils, j'ai l'esprit d'une clarté redoutable.

— Ça, c'est le mauvais côté de l'homosexualité, avoua Rob en s'appuyant au dossier et en croisant les bras sur la poitrine.

— Et sûrement pas le seul, fit Harrison d'un ton léger, en écho à la réplique précédente de Rob.

— Non, en effet.

— J'imagine que c'est la musique qui te définit à présent, ajouta Harrison en regrettant de ne pas avoir écouté un de ses CD avant de venir.

— La musique... Josh... et aussi, je ne sais pas... » Il sourit. « Les Red Sox.

— Tu as toujours été un fichu masochiste.

— Attends un peu, tu verras.

— Quoi ? Tu veux que j'attende soixante-dix ou quatre-vingts ans ?

— Question nouveauté, avec les Cubs, tu repasseras.

— Ils ont perdu la forme, reconnut Harrison. L'année fabuleuse de Sammy et le punch de Leiber n'ont pas suffi.

— Hou hou ! » appela une voix sur le seuil. Bill était en parka bleu vif et chaussures de marche.

« Quoi de neuf, Billy ? demanda Rob.

— On va jouer, tout compte fait. »

Rob jeta un coup d'œil par la vitre. « Avec ce temps ?

— Du base-ball sur neige, répondit Bill en levant une balle Wiffle[1] et une batte en plastique jaune. L'idée vient de Jerry. Il dit qu'il a essayé le golf sur neige à Aspen[2], et qu'il lui a fallu quarante-cinq minutes pour négocier le premier trou.

1. Marque de balle perforée en plastique.
2. Station de ski réputée du Colorado.

— À Aspen, répéta Harrison.

— Écoutez, rester assis toute la journée à attendre la cérémonie de mariage me rendrait dingue ! assura Bill.

— D'accord, je suis partant, dit Rob.

— Toi, tu fais l'arbitre, précisa Bill en le montrant du doigt. Les bases sont délimitées, on a pensé à tout. Nora a des Frisbee qu'on peut utiliser. Le problème, c'est qu'elle est blanche », ajouta-t-il en levant la balle en plastique.

Harrison réfléchit une minute. « J'ai peut-être une idée.

— Tu nous trouveras devant l'entrée quand tu seras prêt. »

Harrison se mit en quête du petit garçon qu'il avait vu la veille et le dénicha dans la salle à manger, vêtu d'une doudoune North Face. Il présenta ses excuses aux parents, qu'il dérangeait en plein petit déjeuner, demanda au gamin s'il avait toujours les feutres dont il s'était servi la veille à table, et expliqua qu'il en avait besoin pour un match de base-ball sur neige, auquel il invita le père et l'enfant à participer. Après réflexion, il invita aussi la mère. Elle soupira et répondit que passer cinq minutes seule dans la bibliothèque serait un vrai délice.

Quand Harrison, en anorak et chaussures de sport, retourna dans le hall, le gamin l'attendait avec sa boîte de feutres. Son père allait arriver dans une minute, annonça-t-il. Harrison choisit la couleur vert fluo. Le gosse ne disait pas un mot tant il était impressionné par le fait que des adultes lui aient demandé de jouer au base-ball avec eux. Sans grand succès, Harrison essaya de le mettre à l'aise.

« Tu t'amuses bien ici ? Est-ce que tu as déjà joué dans une équipe junior ? Super, ta doudoune… tu l'as achetée hier ? »

En sortant, ils aperçurent Bill sur une pelouse, près du parking. Lorsque Harrison brandit le feutre, Bill leva le pouce. Harrison colora de son mieux la balle en s'en mettant plein les doigts. Distraitement, il se demanda si l'encre partirait avant la célébration du mariage.

« Bon, voyons… dit Bill une fois tout le monde rassemblé. Harrison, Jerry et… comment t'appelles-tu ? demanda-t-il au gamin.

— Michael.

— Salut, Michael. Moi, c'est Bill. » Bill s'avança vers le père du gosse et lui tendit la main.

Le père la serra en disant : « Peter.

— Bon, formidable. » Bill se tourna vers le groupe. « Peter, Michael, Harrison et Jerry dans une équipe. Agnes, Matt, Brian et moi dans l'autre. Nora, tu joues ? »

Un vêtement sur les épaules, Nora se tenait sur la véranda. « Je vais vous regarder une minute.

— Julie ? »

En manteau de fourrure, Julie s'appuyait à la balustrade. Elle secoua la tête.

La réverbération du soleil éclatant sur la neige était rude pour les yeux. Tout le monde sauf le gamin portait des lunettes de soleil.

Agnes fut la première de son équipe à jouer. Dans son élégante parka noire, Jerry effectua un mouvement complet pour lancer la balle, comme s'il la destinait à Ichiro Suzuki[1]. La balle vert fluo fendit l'air et laissa

1. Excellent joueur des Seattle Mariners.

un peu partout des petites taches évoquant des traces de lapin – sur les doigts de Jerry, sur la batte, sur la neige. Après plusieurs coups loupés, Agnes frappa une chandelle.

« Chandelle au centre ! » s'écria Rob. L'arbitre se doublait d'un commentateur sportif. « Branch recule vers le champ extérieur. Il a l'air de ne plus voir la balle à cause du soleil. Non, il l'attrape. Belle réception au-dessus de l'épaule. Un retrait. Matt Rodgers est sur le marbre et Billy Ricci prêt à jouer. Et voilà Leyden qui prend son élan avant le lancer. Oui, jolie petite balle de plus en plus basse. Rodgers la fait sortir en force, c'est à croire qu'il veut l'envoyer vers les magasins d'usine. Première prise. »

Le fait de se trouver dans le champ extérieur – ou ce qui en faisait office – et d'attraper cette balle Wiffle vert fluo réveilla en Harrison le souvenir d'avoir joué au base-ball dans la rue quand il était gosse. Les enfants se rassemblaient au petit bonheur la chance, quittaient le jeu quand leurs mères les appelaient pour le dîner, revenaient après le repas. Il revit le terrain vague à côté de la confiserie, les bases marquées dans la terre avec un bâton, les mouvements de batte déchaînés, la course vers les bases, les disputes dès que le score était serré. Ces réminiscences firent monter à ses narines une bouffée d'air pur dans lequel flottait une odeur d'herbe tondue et de terre grasse.

« Ricci, qui a effectué une belle saison l'année dernière avec les Sox, s'avance vers le marbre, poursuivit Rob avec le débit haché d'un journaliste sportif. Jerry Leyden guette le signe du receveur pour savoir comment lancer la balle. Belle réception de Michael dans la neige. Première balle. »

De temps à autre, Nora venait jeter un coup d'œil. Quant à Julie, elle avait disparu. Fier de lui à un point ridicule, Harrison frappa une longue chandelle qu'aucun des voltigeurs ne pouvait atteindre, ce qui valut un coup de circuit à son équipe. Le score était tellement élevé que c'en était ridicule. 18 à 11, d'après Bill. Harrison soutint qu'il était de 17 à 13. Rob avoua qu'il avait perdu le fil, et les deux équipes huèrent cet arbitre peu consciencieux. Lorsqu'il se retourna, Harrison constata que le petit Michael, juché, en guise de luge, sur le Frisbee qui signalait la première base, dévalait la pente. Les jambes en l'air, le gamin s'en donnait à cœur joie.

« Bonne idée ! » s'écria Harrison.

On alla chercher des luges et des toboggans légers, simples cuvettes en aluminium, dans une remise qui se trouvait sous la véranda, et Harrison songea à la remarque de Nora sur les hommes qui n'avaient pas fait de luge depuis des années, mais aimaient se donner en spectacle devant leur femme et leurs enfants. Il casa ses jambes dans un toboggan et descendit la pente. Tassée, la neige lui permit une belle glissade. Pourquoi les jeux innocents de l'enfance constituaient-ils donc des souvenirs à ce point précieux ? songea-t-il.

Après avoir failli percuter un arbre, il fut éjecté du toboggan. Reprenant son souffle, il attrapa la corde et tira son engin léger, puis sauta de côté pour éviter Bill, qui déboulait à toute allure sans pouvoir maîtriser sa trajectoire. Agnes le suivait de près et hurla à Harrison de s'écarter.

« Pas mal, ta descente, lui dit Rob quand il atteignit le sommet.

— Essaie à ton tour ! Enlève ton manteau, je te prête ma parka.

— Je ne peux pas. »

Soudain, Harrison se rappela qu'il devait prendre soin de ses doigts. « Ça t'embête ?

— Parfois. »

Harrison jeta un coup d'œil en bas. Matt et Brian avaient improvisé un obstacle de soixante centimètres qu'il fallait sauter. Sur son toboggan, Bill s'y essaya, s'envola et atterrit sans douceur de l'autre côté.

« Nous allons avoir un marié avec des béquilles, dit Rob qui se tourna ensuite vers l'auberge. Je ferais mieux d'aller chercher Josh avant qu'il s'épuise avec ses doigtés virtuels », lança-t-il par-dessus son épaule.

En bas, Bill riait. Harrison vit une Agnes hors d'haleine remonter la pente.

« Dire que je me trouvais en forme ! » lâcha-t-elle.

Harrison était tenté par le saut.

Agnes l'encouragea. « Vas-y.

— Tu crois ?

— On n'est jeune qu'une fois.

— Certes, mais je tiens à rester croulant encore un certain temps. »

Il sauta dans le toboggan, enfonça les mains dans la neige pour acquérir de la vitesse, fonça sur l'obstacle. Vu du sol, il paraissait beaucoup plus haut que du sommet.

Harrison s'éleva, puis retomba en culbutant. Pendant une minute, il resta affalé sur la neige, le souffle coupé. Puis il regarda le ciel, se sentit de nouveau gagné par la volupté de ces activités enfantines, une impression comparable à la joie qu'il éprouvait quand il attrapait les balles basses de ses fils ou se risquait sur la glace avec eux.

Bill, qui remontait la pente en tirant sa luge, lui lança : « C'était superbe, Branch. Vraiment superbe. »

Harrison roula sur le ventre. La neige s'accumulait sur le devant de sa parka et dans ses baskets. Il se redressa sur les genoux et regarda autour de lui. Son toboggan était resté à mi-pente. Les pieds presque engourdis, il alla le récupérer et remonta.

« Quelle culbute ! » s'exclama Nora à son arrivée. Elle avait toujours son manteau jeté sur les épaules et le serrait de ses mains gantées. Ses lunettes de soleil lui cachaient les yeux. « Vous semblez bien vous amuser, ajouta-t-elle.

— C'est de la nostalgie que je perçois dans ta voix ?

— De temps en temps, j'aimerais bien n'être qu'une cliente ici.

— Tu parles sérieusement ?

— Oui. »

Harrison regarda en bas. « Quelqu'un va se payer cet arbre.

— Je sais. J'ai... J'ai bien pensé à le faire couper, mais il est si beau. Surtout en automne.

— C'est quoi comme arbre ?

— Un érable à sucre. »

L'arbre solitaire qui poussait en bas déclencha soudain une réminiscence. « *Ethan Frome*, dit-il tout haut en faisant allusion à cette œuvre dans laquelle un homme et celle dont il voudrait faire sa maîtresse tentent de se suicider en précipitant leur traîneau sur un arbre. L'histoire se passe plus ou moins par ici, n'est-ce pas ?

— À Starkfield.

— Mais ce village est imaginaire.

— Oui. »

Un autre souvenir revint à Harrison. « Au début de sa carrière, ton mari a plusieurs fois vanté les mérites d'*Ethan Frome*.

— Carl n'appréciait pas les autres livres d'Edith Wharton.

— N'est-ce pas inhabituel ? La plupart des gens qui aiment Edith Wharton les préfèrent. *L'Âge de l'innocence*, par exemple.

— Toujours est-il qu'il a changé d'avis par la suite.

— Pourquoi ? »

Nora s'écarta un peu de lui. « Il trouvait ce livre tiède. Artificiel. Niais. Pour lui, il ne fallait pas que l'architecture d'une œuvre romanesque soit visible.

— Et toi, qu'en penses-tu ? »

Nora haussa les épaules. « Il ne faut pas y chercher ce qui n'y est pas. Il s'agit d'un court roman à l'écriture sèche, accessible aux élèves du secondaire. Carl… Carl l'admirait au début de sa carrière parce qu'il envisageait de devenir romancier. Pour un poète qui souhaite passer à ce genre littéraire, un court roman à l'écriture sèche paraît tout indiqué. »

Tournant la tête, Harrison scruta Nora. « J'ignorais qu'il avait eu cette ambition.

— Ça t'étonne, hein ? dit-elle en le regardant.

— Oui. Énormément. Alors, est-ce qu'il a écrit un roman ? »

Nora glissa ses mains gantées sous ses aisselles. « Il en a commencé un. Quand il a su qu'il allait mourir, il m'a obligée à le brûler.

— Tu plaisantes ?

— C'est irritant pour quelqu'un qui travaille dans l'édition, je suppose.

— Et comment ! répliqua Harrison avec force. J'imagine que son éditeur en serait lui aussi très contrarié. Quel était le sujet de ce roman ?

— Je n'en sais rien, répondit Nora en serrant son manteau autour d'elle. La première fois que je l'ai vu, c'est le jour où Carl m'a dit où il se trouvait. Je ne l'ai même pas sorti de son carton. Carl a exigé que je le jette dans le feu de cheminée. Assis dans son fauteuil, il surveillait l'opération. Il ne parlait jamais de ses œuvres. Du moins, pendant qu'il les écrivait. »

Les mains fourrées dans ses poches, Harrison donnait des coups de pied dans la neige.

« Te voilà muet de stupéfaction, reprit Nora.

— Je pensais à l'explorateur Richard Francis Burton. À sa mort, sa femme a brûlé tous ses écrits pornographiques. » Harrison s'interrompit. « C'est le privilège d'une veuve, je suppose, de protéger l'image de son mari.

— Peut-être, dit Nora en jetant un coup d'œil à sa montre. Mais, en l'occurrence, Carl s'est protégé lui-même. Il faut que je parte.

— Non, supplia Harrison d'un ton faussement désespéré, les bras tendus. Tu me quittes toujours. »

Harrison voulait plaisanter, mais, une fois prononcés, les mots parurent d'une sincérité gênante.

« À plus tard, d'accord ? » demanda-t-elle, et il sentit un petit coup au cœur. Elle s'éloigna à reculons dans ses bottes, et agita la main.

« Bien sûr », confirma-t-il en la suivant des yeux lorsqu'elle grimpa les marches avec vivacité et disparut dans le hall. En se retournant, il aperçut le visage de Jerry Leyden à quelques centimètres du sien.

« Ça se voit, quand un type a encore le béguin, dit Jerry.

— Quoi ? »

Jerry avait le nez qui coulait, et des blanchiments répétés avaient donné à ses dents un bleuté translucide.

« Un jour, j'ai recherché sur Internet l'ancienne petite amie que j'avais à Kidd. Tu te souviens de Dawn Freeman ? Maintenant, elle élève des moutons dans l'Idaho. Ça, je suis bien content de ne pas me trouver là-bas. »

Harrison aurait bien voulu que Jerry recule d'un pas. Son haleine sentait le café froid.

« Hé, écoute, je ne voulais pas t'asticoter hier soir. Avec Stephen. Je sais bien que tu l'adorais. »

Il n'obtint pas de réponse.

« On dirait qu'on s'est tous tirés indemnes de ce meurtre. »

Harrison avait un mal fou à laisser ses poings dans ses poches. « T'es vraiment un sale con, Leyden ! marmonna-t-il entre ses dents avant de pivoter pour s'éloigner.

— Branch, attends une minute ! » s'écria Jerry en le retenant par la manche.

Harrison baissa les yeux sur sa main et, quand Jerry le lâcha, il lui fit face.

« Écoute, reprit Jerry. J'ignore ce qui s'est passé ce fameux soir sur la plage. C'est vrai que je t'ai cherché, et moi-même je ne comprends pas pourquoi. Pour être franc, je pense que c'est contre moi que j'étais en colère. Ce soir-là, en rentrant au dortoir et en apprenant que Stephen avait disparu, je me suis senti… Je ne sais pas... » Jerry baissa les yeux sur le bas de la colline, puis les reporta sur Harrison. « Impuissant. Stephen était mort sans que personne s'en aperçoive, et nous, nous étions tous... vivants. Bien vivants. » D'un geste brusque, Jerry ôta ses gants. « J'ai eu la même réaction avec le 11 Septembre. Tous ces corps tombaient, et moi, j'étais toujours en vie. Je suis incapable de décrire ce que j'éprouvais. Une sorte de nausée intérieure. De la culpabilité, bien sûr. Et de la colère, tu peux l'imaginer. Mais le plus terrible, c'est le sentiment d'impuissance. Merde alors, j'ai horreur de me sentir impuissant. »

Harrison prit une longue inspiration, et Jerry fourra ses gants dans ses poches.

« Stephen était un type tellement beau », conclut Jerry.

Harrison s'installa au volant de la Taurus et sortit du parking à toute vitesse. Loin d'avoir un but précis, il éprouvait simplement le besoin de rouler, d'entendre le bruit du moteur.

La longue allée de l'auberge avait été déblayée, mais Harrison se rendit compte presque aussitôt qu'il allait devoir ralentir s'il ne voulait pas finir dans un arbre à cause de Jerry Leyden, de Stephen Otis ou de n'importe quelle autre figure de son passé.

Il évacua de son esprit le visage et la voix de Jerry. Quand il atteignit la grand-route, il dérapa un peu en s'y engageant et la suivit jusqu'au village. La veille, il avait guetté les panneaux indiquant l'auberge et n'avait pas prêté beaucoup d'attention à cette bourgade. À présent, il remarquait un bureau de poste, une librairie qui paraissait engageante, une école primaire qui ressemblait à une usine, et deux autres auberges qu'il compara, avec un préjugé défavorable, à celle de Nora. La première était une bâtisse victorienne rose et violet promettant un petit déjeuner à volonté ; l'autre un modeste *bed and breakfast*, construit malencontreusement à côté d'une station Mobil.

Après avoir garé la Ford dans la rue principale, Harrison avança, les mains dans les poches. La neige était en train de fondre dans ses baskets. Des chaussettes sèches s'imposaient. En passant devant un curieux bâtiment, il jeta un coup d'œil en haut du perron et constata qu'il s'agissait de la bibliothèque municipale, le Graal de sa profession. En fait, non, rectifia Harrison après réflexion, en se rappelant la librairie, qui était, elle, le vrai Graal, avec ses ventes et sa promesse de bénéfices. La bibliothèque n'en constituait pas moins une curiosité, grand bâtiment jaune à colonnes et tourelles arrondies. Jadis, l'un des habitants les plus fortunés du village – le médecin, ou un vénérable juge – avait dû y habiter. Quand il grimpa les marches, Harrison essaya d'imaginer Carl Laski en train de les gravir ; ou d'entrer dans la librairie ; ou de se sauver de bon matin pour avaler un beignet sur le chemin de l'université. Nora l'accompagnait-elle ?

Une fois à l'intérieur, Harrison se dirigea vers le rayon poésie en espérant y trouver un exemplaire du dernier recueil publié par Laski, *Arbres en feu*. L'endroit était calme en cette fin de samedi matin. Seules quelques personnes étaient assises devant des ordinateurs ou lisaient des journaux dans la salle de lecture. Harrison avait toujours aimé l'atmosphère feutrée des bibliothèques, et cette idée surannée que le silence était nécessaire pour s'absorber dans des textes.

Lorsqu'il examina les deux rangées consacrées à la poésie (deux sur les cinq cents, mille, peut-être, que comptait sans doute cet endroit), il se demanda pour la énième fois pourquoi il s'était consacré à ce secteur marginal qu'était la littérature. Et même, à sa branche la plus marginale. À ce jour, Harrison avait édité une demi-douzaine de biographies de poètes et deux minces recueils de poèmes : l'un de l'Américain Audr Heinrich, une aventure qui avait valu à l'auteur aussi bien qu'à la maison d'édition une renommée considérable, et l'autre de l'Irano-Canadien Vashti Baker, un volume dont les ventes avaient été tellement faibles que, d'après les écrans radars, il avait sombré. N'empêche, Harrison était fier de ces recueils, bien plus fier que des nombreux ouvrages de vie pratique et de polars qu'il avait été obligé d'éditer pour éviter de plonger sa société dans le rouge.

Après avoir attrapé *Arbres en feu*, il prit place à la table en cerisier ciré. Il savait que l'œuvre de Laski, saisissante, était d'une simplicité trompeuse. Feuilletant le livre, il chercha des allusions aux femmes. S'il n'en avait pas été conscient jusque-là, il comprit alors qu'il espérait trouver des vers inspirés par Nora. L'expression « ruisselant de pluie » lui accrocha l'œil. Il lut le reste du poème. Un homme regardait une femme se laver les cheveux et se disait que son fils lui aussi observait la sienne lorsqu'elle se livrait à cette activité.

Faisant lentement défiler les pages, Harrison examina la typographie, chercha des mots et des vers révélateurs. C'était là une méthode apprise dans l'édition. S'il soupçonnait une répétition, il pouvait en trouver la première occurrence en quelques secondes à peine.

Feuilletant le livre à rebours, il repéra le mot « langue » et ouvrit le livre à cette page en l'aplatissant sur la table.

Le poème s'intitulait « Sous le toit incliné » et, encore plus que les autres œuvres de Laski, il regorgeait de détails sexuels explicites. Il donnait une impression de vécu. Bien que Harrison n'ait pas lu le dernier recueil du poète, ce texte semblait indiquer une nouvelle direction. La femme décrite était blonde, mais il était persuadé qu'il s'agissait quand même de Nora. « La cuisse étroite ; le sourire asymétrique. » Il songea à son drôle de demi-sourire.

Quand il ferma les yeux, une sorte de jalousie lascive le gagna. Tant pis pour lui, il l'avait bien cherché. En entrant dans cette bibliothèque, il voulait inconsciemment dénicher des allusions aux relations intimes de Nora et de Carl Laski. Ouvrant les yeux, il relut le poème comme s'il pouvait découvrir, caché entre les mots, un détail encore plus révélateur.

Malgré le thème – la sexualité –, la joie était peu présente. L'extase recelait les germes de la perte. Était-ce là l'aperçu que Harrison espérait trouver sur la vie conjugale de Nora ?

Tout en scrutant les vers, il se rappela une accusation qu'Evelyn lui avait jetée à la tête alors qu'ils se querellaient, environ six ans après leur mariage. Il était blindé, il était incapable d'aimer un autre être, à savoir elle, bien sûr. Harrison avait été blessé par ce reproche dont elle l'avait accablé dans le feu de la dispute et qu'elle avait retiré le soir même. Car il savait que son ménage, qu'il avait cru solide, se prêtait dorénavant à toutes sortes de critiques, comme si, soudain, la chasse était ouverte. Une fois Evelyn sortie de la pièce, il était resté allongé sur le lit et s'était demandé si elle avait raison. Avait-il perdu en cours de route la capacité d'aimer pleinement un autre être ? Mais soudain, l'idée l'avait traversé que ses fils pouvaient ne pas être de lui, et pourtant, il les aimait. Cette constatation l'avait rassuré à un point inimaginable. Se redressant alors, il avait éprouvé un certain plaisir en se justifiant ainsi.

Harrison referma le livre. Sans carte de lecteur, sans moyen d'en obtenir une, il ne pourrait pas l'emprunter. La librairie en aurait peut-être un exemplaire. Le village, somme toute, était une sorte de Mecque pour les fervents admirateurs de Laski.

Une fois dehors, Harrison traversa la rue et entra dans la librairie. Un jeune homme pâle à la moustache châtain clair leva les yeux sur lui et répondit au sourire de Harrison par un signe de tête. Harrison ne se lança pas dans son activité habituelle – dénicher les livres publiés par sa maison d'édition, puis soulever le rabat de la couverture –, car, dans cette librairie américaine, il ne trouverait pas d'ouvrage publié par ses soins. C'était une boutique minuscule, à peine assez grande pour y loger deux bibliothèques sur pied. N'ayant eu aucun mal à trouver le rayon poésie (une demi-étagère), Harrison acheta un exemplaire du dernier recueil de Laski. Avant de regagner sa voiture, il s'arrêta pour boire une tasse de café et en profita pour lire d'autres poèmes. Après quoi, il fit le plein d'essence et retourna à l'auberge.

Il s'attarda un peu à la réception dans l'espoir d'apercevoir Nora, mais en vain. Pendant qu'il grimpait l'escalier, il se dit qu'elle avait dû aller se reposer et l'imagina en train de prendre un long bain dans la baignoire somptueuse rehaussée de marbre, à l'eau vert chartreuse car elle y aurait versé un peu de ces huiles essentielles que renfermaient les flacons anciens.

Il se réveilla en sursaut et se sentit un instant désorienté. Où se trouvait-il ? Quelle heure était-il ? En jetant un coup d'œil au réveil posé sur la table de chevet, il s'aperçut qu'il avait dormi plus qu'il n'en avait l'intention et se dépêcha de se lever. Un mariage l'attendait. Après une douche rapide, il s'habilla.

Une fois qu'il eut enfilé le costume acheté pour l'occasion, il noua sa cravate devant le miroir. Depuis combien de temps n'avait-il pas assisté à un mariage ? Le dernier, c'étaient les secondes noces de sa sœur, cinq ou six ans plus tôt. Ça devait être ça, il ne se rappelait rien de plus récent. La photo de mariage de Nora et Carl Laski lui revint en mémoire. Comme Nora avait donc l'air jeune et vulnérable à l'époque, et comme, en la voyant ainsi, il avait eu envie de s'interposer entre les mariés !

La cuisse étroite ; le sourire asymétrique.

De ses doigts, Harrison ramena en arrière ses cheveux qu'il aurait aimés plus fournis. En songeant à Bill, il espéra que la cérémonie serait digne, et la fête animée. Seigneur, un chemin difficile attendait le couple.

Il sortit du pantalon qu'il avait porté au début de la journée son portefeuille et la clé de sa chambre, et les empocha. Lorsqu'il baissa les yeux, il constata que ses chaussures avaient besoin d'être cirées. Dans la salle de bains, il trouva le nécessaire à cirage et frotta un soulier après l'autre en posant le pied sur le barreau de la chaise installée devant le bureau, puis se lava les mains. Enfin, il ouvrit la porte, jeta un dernier coup d'œil dans la chambre, éteignit la lumière et sortit.

Avant même d'avoir atteint la bibliothèque, Harrison entendit de la musique, un morceau saisissant de beauté. Chopin ? Mozart ? La chaîne hi-fi de Nora devait être remarquable, songea-t-il. Mais quand il tourna à l'angle et franchit la porte à double battant, il vit Rob au piano demi-queue qu'on avait installé dans la pièce pour l'occasion. Ses doigts couraient sur les touches avec une précision et une délicatesse époustouflantes, et Harrison en resta un instant cloué sur place. L'attirance que Rob avait jadis éprouvée pour Stephen lui revint à l'esprit.

Est-ce que tout le monde n'en était pas là ?

Presque en transe, Harrison alla s'asseoir. Que l'un d'entre eux puisse avoir un tel talent l'inondait de plaisir et de fierté. Ce pianiste, Harrison l'avait connu autrefois, quoique brièvement, même s'il n'était pas encore celui qu'il allait devenir. Nora et Rob avaient eu une idée ingénieuse en leur réservant cette délicieuse surprise. Elle donnait à Harrison l'impression d'être invité dans un manoir du XVIIIe siècle et d'assister à un concert réservé à des privilégiés, à des élus.

À la fois calme et exalté, une disposition bien paradoxale, il balaya la pièce du regard. Çà et là, de discrets bouquets de fleurs blanches semblaient répartis au hasard. À l'évidence, c'était l'œuvre de Nora. Malgré la douzaine de chaises pliantes – six de part et d'autre d'une allée étroite –, la bibliothèque avait conservé son élégance. La lumière des plafonniers avait été baissée, et des bougies disposées près des fenêtres projetaient leurs lueurs dansantes sur les visages. Harrison repéra Agnes en robe bleue, assise près de Josh en costume-cravate (des achats effectués dans les magasins d'usine ?). Deux femmes qui lui étaient inconnues, l'une jeune, l'autre plus âgée, étaient installées au premier rang, séparées d'Agnes par l'allée. La mère et la sœur de Bridget ? Coiffée d'un chignon banane maintenu par une barrette ornée de perles, Julie fermait les yeux, en proie à une ferveur toute religieuse. Juste derrière elle, il y avait Jerry, les cheveux hérissés de gel.

Les yeux fermés lui aussi, Harrison aurait voulu entendre Rob jouer pendant des heures. Dès son retour, il emmènerait Evelyn et les garçons écouter l'orchestre symphonique de Toronto, il se le jura. D'ailleurs, il ne se rappelait même plus à quand remontait le dernier concert auquel ils avaient assisté. En outre, il chercherait à se procurer des CD de Rob ; il y avait un bon disquaire non loin de son bureau. Comment avait-il donc pu laisser sa vie se priver de tant de beauté ? Car c'était lui le coupable : trop de travail, trop de temps passé à gagner de l'argent et à le dépenser. Il aurait dû familiariser ses fils avec la musique classique depuis longtemps, songea-t-il, et il se demanda s'il n'était pas trop tard. Il leur parlerait de son ami, un joueur de base-ball devenu un célèbre pianiste. Les CD, objets magiques pour les gosses, sauraient les convaincre.

Des murmures et des bruissements se manifestèrent sur le seuil d'une porte, face à l'assistance. Quand Harrison ouvrit les yeux, il vit Bill et Bridget avancer, suivis par Matt et Brian. Apparemment, le cortège nuptial ne remonterait pas l'allée de fortune. Tous deux se mariaient pour la seconde fois, et le nombre d'invités était restreint. Et surtout, devina Harrison, ni Bill ni Bridget ne voulait de chichis.

En tailleur rose, Bridget serrait les lèvres. L'afflux de sang qui avait gagné son visage lui donnait un teint resplendissant. Bill et les gamins étaient en smoking, une attention que Harrison trouva émouvante. Une femme qu'il ne reconnut pas marchait sur leurs talons. Sans doute le juge de paix qui allait célébrer le mariage. La musique reflua peu à peu. Assis sur le tabouret, Rob s'écarta du piano et croisa les mains sur ses genoux, dans l'attitude d'un organiste à l'église.

Le dos tourné à l'assistance, Bill et Bridget faisaient face au juge de paix.

Nous sommes réunis ici aujourd'hui pour célébrer l'un des événements les plus marquants de la vie...

Nora se glissa sur la chaise libre à côté de Harrison. Elle lui adressa un bref sourire, salut aussi bien qu'aveu de surexcitation. Tout son travail – sa chorégraphie, son organisation, les surprises qu'elle avait ménagées – allait être dévoilé.

« Que jouait Rob ? lui chuchota Harrison.

— Du Haendel. »

Bill prit la main de Bridget et la serra. À côté du couple, Matt et son ami semblaient un peu déconcertés, mais leur solennité était impressionnante. La sœur de Bridget se leva et posa une main dans le dos de la mariée. Agnes – Agnes, entre toutes ! – sanglotait tout haut, avec moult hoquets et frémissements de tête. Josh lui proposa son mouchoir, et elle s'en servit. Cet effondrement intrigua Harrison. Agnes était-elle heureuse pour Bill et Bridget ? Angoissée pour Bridget ? Se marier représentait un acte de foi, songea Harrison, aujourd'hui plus que jamais.

... reconnaître la valeur et la beauté de l'amour...

Le chuintement d'une porte qui s'ouvrait incita Harrison à regarder derrière lui. Une jeune femme en courte jupe noire et pull blanc, un sac noir en bandoulière, se tenait sur le seuil. Elle semblait gênée, telle une spectatrice qui entre dans une salle de concerts pendant que l'orchestre joue un passage *pianissimo*. Lorsqu'elle chercha des yeux une place libre, Harrison la reconnut. Melissa. La fille de Bill.

Bill se retourna (peut-être avait-il entretenu un espoir secret ?), aperçut sa fille, et un flot d'émotions défila sur son visage. Incrédulité. Joie. Fierté. Il fit signe à Bridget, qui jeta un coup d'œil à l'assemblée restreinte et aperçut la jeune femme. Une expression de pur soulagement apparut alors sur ses traits.

... unir Bridget Kennedy Rodgers et William Joseph Ricci par les liens du mariage...

Au cours de la brève cérémonie, le marié versa une larme, mais pas la mariée. De temps à autre, Agnes lâchait des hoquets éperdus. Josh l'entourait toujours de son bras et lui parlait tout bas. Qui aurait pu deviner qu'Agnes, qui avait toujours paru très maîtresse d'elle-même, pourrait s'effondrer de la sorte en assistant à un mariage ?

Au bout de quelques minutes, Josh retira son bras et vint se placer à la droite des mariés. Harrison frémit en se disant qu'il allait réciter un poème ou prononcer un discours, alors qu'il ne connaissait pas suffisamment Bill et Bridget pour s'acquitter de cette tâche. Qui avait donc eu cette idée ? Mais Harrison entendit les premières notes d'une voix de baryton saisissante, au point qu'il en eut des frissons dans la nuque. Il ne reconnut pas ce morceau chanté en italien, mais supposa qu'il parlait d'amour. Soudain, il comprit que l'attirance entre Rob et Josh avait pu précéder tout désir physique et transcender sexualité et sexe des intéressés.

Bien timbrée, dotée d'une large tessiture, la voix de Josh était presque trop puissante pour la pièce, et pourtant son phrasé avait une subtilité toute de retenue et de tendresse. Harrison regarda Nora, qui avait orchestré ce triomphe. Une cérémonie plus belle et intense que celles auxquelles Harrison avait assisté, deux fois plus courte, rehaussée d'une musique céleste.

« Bravo ! » lui murmura-t-il à l'oreille.

Dans un élan de fierté ou d'affection, Nora lui prit la main entre les siennes et la posa sur ses genoux. Harrison sut alors qu'Evelyn s'était complètement trompée, des années plus tôt, durant cette dispute sans importance, oubliée depuis longtemps : il était vraiment loin d'être blindé.

L'appréhension s'était manifestée devant la porte de la bibliothèque quand le juge de paix, que Bridget voyait pour la première fois de sa vie, avait expliqué le déroulement de la cérémonie. Bridget entendait le son étouffé du morceau paisible que jouait Rob en guise de prélude. Josh, dont elle avait fait la connaissance la veille à peine, chanterait à la fin. Rob avait assuré qu'il avait une voix magnifique, mais il pouvait être de parti pris. Tant de mariages avaient été gâchés par des voix de soprano instables, incapables d'atteindre les aigus, songea-t-elle.

Matt, qui se tenait un peu à l'écart, paraissait frappé de stupeur.

« Matt ? avait lancé Bridget, en laissant à Bill le soin d'écouter les instructions.

— Ça te va, m'man ? » Matt passa une main rapide, nerveuse dans ses cheveux.

« Tu veux parler de la cérémonie ?

— De tout le truc », répondit-il en la regardant bien en face. C'était là l'une de ses qualités. Bridget n'avait en revanche jamais croisé le regard de plusieurs amis de son fils.

« Ça ne va pas être bien compliqué, affirma-t-elle. C'est une sorte de croisement entre un office religieux et une petite pièce de théâtre. Quelqu'un se mettra à pleurer. Moi, je serai nerveuse. Pour toi, tout se passera bien. Tu n'as pas de réplique à donner. Tout ce que Brian et toi avez à faire, c'est vous tenir bien droits et avoir l'air élégants. Comme l'un des gardes dans *Macbeth*. Tu te rappelles cette pièce ?

— Écoute, m'man !

— Tu t'en tireras très bien.

— Mais j'ai les alliances.

— Je l'espère bien.

— Alors, quand est-ce que je dois les sortir ?

— Quand le juge de paix te le dira. Si tu loupes le bon moment, je te donnerai un coup de coude en tendant le doigt. »

Matt lâcha un gros soupir.

« Tu vas adorer ça », reprit Bridget en tapotant la manche de son smoking, même si elle n'en était pas persuadée. D'ailleurs, elle n'était elle-même pas ravie de se soumettre à cette cérémonie. Non parce qu'elle n'avait pas envie d'épouser Bill, bien au contraire. Mais elle aurait préféré s'acquitter des formalités sur-le-champ, là, dans le couloir. Puisque le juge de paix leur annonçait les formules rituelles, pourquoi ne pas les prononcer tout de suite ? Pourquoi attendre de le faire devant les invités ? Puis Bridget songea à l'organisation de Nora, à la belle musique de Rob, à la façon dont la bibliothèque avait été transformée en vue de ce mariage... alors, bien sûr, la cérémonie devait avoir lieu. Au moins, il ne s'agirait pas de la messe catholique que Bridget avait dû subir pour son premier mariage, un véritable test d'endurance. Pendant quatre-vingt-dix minutes, il avait fallu se lever, s'asseoir, s'agenouiller pour prier, se relever pour chanter, se rasseoir pour écouter le sermon.

Cette brève cérémonie n'exigerait pas autant de rituel. En dix minutes à peine, l'affaire serait réglée, et ils iraient sabler le champagne. Et puis, oui, ce soir, Bridget boirait elle aussi une coupe de champagne. D'ailleurs, elle n'en aurait pas refusé une maintenant.

Elle jeta un coup d'œil à Brian et lui sourit. L'ami de son fils avait meilleur aspect aujourd'hui, on aurait dit qu'il s'était passé le visage au papier de verre. Il lui retourna son sourire. Bridget se demanda s'il avait déjà assisté à un mariage et se promit de ne pas le perdre de vue pour s'assurer qu'il ne resterait pas à l'écart des festivités.

« Matt ! » dit-elle. Se rappelant qu'elle devait parler à son fils, elle lui posa une main sur le bras. « Il y a une chose que je dois t'avouer. »

Matt pâlit.

« Non, non, s'empressa de dire Bridget. Ça ne me concerne pas. En fait, si. Mais c'est un petit détail. Quand Bill et moi nous sommes retrouvés, il était encore marié. »

Le soulagement de Matt était immense. « Enfin, m'man, j'le savais déjà.

— Je tenais à préciser que Bill et moi… »

Matt leva la main. « Pas de problème, je t'assure.

— C'est vrai ?

— Ouais. »

Si elle n'était pas certaine que son fils avait bien compris ce qu'elle comptait lui avouer, elle voyait que Matt ne voulait plus en entendre parler. Bon, elle avait tenté le coup et se sentait libérée d'un poids.

Le juge de paix la prit par le coude, c'était le moment. Bridget entrerait la première, suivie par Bill, puis viendraient Matt et Brian, et enfin le juge de paix. Le cœur de Bridget battit un peu plus fort, ses mains se mirent à trembler. Ses lèvres aussi, et elle les serra. Et, comme de bien entendu, une bouffée de chaleur la saisit d'abord au visage, puis gagna les épaules et le cou. La sueur se formait sous ses aisselles. Son tailleur serait fichu, mais tant mieux car elle le détestait. Elle avait peur que la culotte de son body ne se voie sous sa jupe. D'ailleurs, pourquoi fallait-il tourner le dos aux invités ? Ils pouvaient être distraits par l'arrière de sa perruque, la partie qui faisait le moins naturelle.

En entrant, Bridget vit sa mère et sa sœur assises au premier rang. Toutes deux lui sourirent, et sa sœur agita discrètement la main. Venant de Boston, elles étaient arrivées à temps pour le déjeuner, qu'elles avaient pris dans la salle à manger, et s'étaient appesanties sur le trajet long et traître, sur l'état déplorable des routes, ces exclamations exagérées ayant pour but d'éviter d'avoir à prononcer le mot « cancer » le jour du mariage, un mot presque médiéval tant il suscitait la frayeur, songea Bridget. Peu d'autres parvenaient à rivaliser avec lui. « Terroriste » ? Non, trop impersonnel. « Guerre nucléaire » ? Non, d'abord, ça faisait deux mots. « Mort » ? Un lieu commun, trop abstrait. Il n'impliquait pas l'idée de long déclin, de supplice. « Incurable » ? Oui, peut-être. À la rigueur.

Pendant le repas, sa sœur avoua qu'elle avait hâte de se rendre dans les magasins d'usine avant de revenir s'occuper de ses cheveux. Sa mère, qui souffrait d'arthrite, alla s'allonger dans sa chambre. N'ayant jamais aimé les sports d'hiver, Bridget se replia dans la suite nuptiale. N'était-il pas normal d'avoir envie de solitude le jour de son mariage ? Bridget se serait bien contentée d'une modeste chambre pour elle seule. Elle n'avait pas envie de voir Bill ou de lui parler avant la cérémonie. Mais comment aurait-elle pu demander deux chambres ? Seules les jeunes vierges pouvaient se le permettre de nos jours. Du reste, de nos jours, plus personne n'était vierge.

Bill lui prit la main. Derrière eux, quelqu'un sanglotait. Sa mère ? Non, ce n'était pas le bon côté. Agnes ? Impossible. Qui d'autre était assis là ? La main de Bill posée sur la sienne eut l'effet escompté – la respiration de Bridget se fit moins précipitée. La bouffée de chaleur refluait. Rob intercepta son regard et forma avec ses lèvres une phrase qu'elle ne fut pas sûre de comprendre. « Je t'aime beaucoup » ?

Vous engagez-vous à aimer, honorer, chérir et protéger...

D'un geste vif, Bridget tourna la tête. Oui, c'était bien Agnes qui sanglotait. Mais pourquoi donc ? Elles se connaissaient à peine toutes les deux. À Kidd, elles n'avaient pas été très proches et il y avait vingt-sept ans qu'elles ne s'étaient pas vues. Bill exerça une nouvelle pression sur sa main et, quand Bridget le regarda, il l'engagea, d'un mouvement de tête, à examiner l'assemblée. Bridget se retourna et scruta le petit groupe. Harrison et Nora assis au fond. Agnes et Josh. Sa mère et… oh ! mon Dieu.

Elle vit les longs cheveux bruns, le pull blanc et la jupe. Melissa avait effectué un long trajet pour assister au mariage de son père.

Bridget reporta son regard sur Bill, sur ses yeux écarquillés par le miracle que représentait la présence de sa fille, sur son sourire à peine réprimé. Elle ne pouvait pas imaginer plus beau cadeau pour lui : l'impression que toutes les pièces du puzzle étaient désormais en place, une absolution plus cruciale que celle qu'un prêtre ou elle-même aurait pu lui accorder. Melissa s'accrocherait à son père pendant la réception et risquait d'ignorer Bridget, mais aucune importance. Sa venue comptait tellement pour l'homme qui, dans une minute et demie, serait le mari de Bridget.

… la vie accordée à chacun de nous…

Quand elle était adolescente, Bridget rêvait de devenir Mme Ricci avant même d'avoir été présentée à Bill au lycée. Ils avaient un an de différence et n'étaient pas dans la même classe, si bien que Bridget le contemplait de loin, admirait sa façon de traverser le campus avec son sac de sport sur l'épaule, le dos bien droit, regardant devant lui, prêt à sourire à quiconque croisait son chemin. À force de manœuvres, elle s'était rapprochée de lui. Comme cela n'avait pas suffi, elle avait demandé à une amie de s'assurer qu'il assisterait à un bal de l'école, un vendredi soir de la fin octobre. Ce n'était pas qu'elle poursuivît Bill, mais elle savait qu'il était timide avec les filles et que ce serait à elle de faire le premier pas. Elle se rappelait qu'elle serrait les poings en s'avançant vers lui et en lui proposant de danser sur un titre des Jackson Five assez entraînant pour ne pas les obliger à converser. D'ailleurs, ils n'avaient pas beaucoup parlé en dansant, la musique et les bavardages étant si bruyants qu'il fallait hurler pour se faire entendre.

Après la fête, ils sortirent dans la nuit, à l'air vif de la côte. Tous deux étaient en nage, et Bridget eut aussitôt froid. Comme elle ne portait qu'un pull, Bill lui passa sa veste. Ils ne regagnèrent pas tout de suite les chambres, mais descendirent l'étroit sentier qui menait à la plage, avec le seul clair de lune pour les guider. Là, ils s'assirent sur le sable humide et, tout en contemplant l'eau qui montait peu à peu vers eux, Bridget s'aperçut qu'elle esquintait son pantalon neuf. À ce moment-là, ils s'étaient mis à parler, mais de quoi ? Elle ne savait plus, se rappelait surtout ce qu'elle éprouvait en étant assise à côté du garçon dont elle rêvait depuis plusieurs semaines.

À présent, elle se disait que c'était une histoire banale, sans doute répétée des centaines de fois cet automne-là dans tous les lycées. Deux gosses qui se sentaient voués l'un à l'autre s'étaient trouvés. Bill ne l'embrassa pas ce premier soir, mais avant la fin de la semaine ils s'étaient faufilés sur la plage une nouvelle fois et étaient devenus amants. La rapidité avec laquelle elle avait permis à Bill de lui faire l'amour aurait effrayé une autre fille, lui aurait imposé la prudence, mais Bridget n'éprouvait aucune culpabilité, aucun remords, aucun besoin d'atermoyer. Que Bill et elle se soient unis de la manière la plus primitive au monde lui avait semblé juste et tout naturel.

Le juge de paix marquait à présent une pause et faisait un signe de tête à Matt. S'empressant de fouiller dans sa poche, le gamin sortit les alliances et les présenta sur sa paume en sueur. Le juge de paix les prit et en remit une à Bridget, l'autre à Bill.

... l'anneau nuptial, symbole du cercle ininterrompu de l'amour...

Juste avant de descendre de sa chambre, Bridget s'était généreusement enduit les mains de crème à la Vaseline pour que Bill n'ait aucun mal à lui passer la bague au doigt. Du fait qu'elle avait grossi depuis qu'ils avaient acheté les alliances, elle craignait que l'anneau d'or ne reste bloqué à la jointure. Mais Bill accomplit son unique tâche avec facilité et délicatesse.

... renoncer à toutes les autres et ne vous attacher qu'à elle ?...

Dans quelques secondes, ils seraient mari et femme. Bridget aurait bien voulu que leur histoire ait été plus simple, parcours direct menant de la rencontre au mariage. Mais ça n'avait pas été le cas. L'interlude auquel Jerry avait fait allusion dans son discours avait duré plus de deux décennies.

Jamais Bridget n'avait pensé que Bill pourrait lui être infidèle. Elle ne connaissait pas de garçon plus franc. Si bien que, lorsque sa lettre était arrivée au lycée où elle était encore en terminale, Bridget avait été sidérée. Bill lui écrivait qu'il était tombé amoureux d'une autre. Une certaine Jill. Pendant qu'elle lisait et relisait cette missive une bonne douzaine de fois, l'incrédulité faisait place à une douloureuse certitude, car Bill, avec l'honnêteté qui le caractérisait, ne lui aurait jamais infligé ce chagrin si la situation n'avait pas été claire. S'il disait qu'il était tombé amoureux d'une autre, c'était vrai, point final.

Bridget n'aimait ni l'exagération ni le mélodrame, mais elle ne pouvait se rappeler cette époque sans que les mots « anéantie », « nouvelle catastrophique », « désastre » et « envie de mourir » lui viennent à l'esprit.

Elle ne répondit pas à la lettre de Bill. Sa mère et sa camarade de chambre la poussaient à aller voir Bill dans le Vermont, où il faisait ses études, mais elle ne voulait pas le supplier et ne se voyait vraiment pas en train de frapper à sa porte pour trouver chez lui cette dénommée Jill dont il était à présent amoureux. Elle était sûre de ne pas survivre à une telle confrontation. D'ailleurs, même si elle y survivait (bien entendu, voyons), quelque chose en elle serait cassé, perdu. Ses souvenirs ? Sa foi ? La possibilité de croire un jour à l'amour ?

Si bien qu'elle avait souffert en silence. La nouvelle lui portait un coup affreux. Ses hormones en étaient bousculées. Bridget se rappelait les longues promenades dangereuses, tard le soir, dans l'espoir de se faire agresser. Les repas sautés, les soirs de week-end difficilement supportables, où il lui fallait expliquer à ses amis et à sa famille pourquoi elle n'était pas avec Bill. Et, plus que tout, elle regrettait l'avenir qu'elle n'aurait plus, désormais. En effet, elle avait tant imaginé leur vie commune – le mariage, la maison, le bébé – qu'elle avait l'impression qu'on la lui avait retirée. Bien entendu, elle pleurait, pleurait au point qu'elle eut mal à la tête pendant plusieurs semaines.

Dans la bibliothèque, à présent, Josh s'était avancé près de Bill. Bridget pria pour qu'il ne chante pas d'une manière trop pénible, trop empruntée, et pour que la cérémonie ne se termine pas sur une note désagréable.

Mais, dès le début, la voix de Josh se révéla magnifique. Tout simplement magnifique. Bridget lança un coup d'œil à Bill. Quel était cet air stupéfiant ?

À présent, peu lui importait de tourner le dos aux invités. Bien plus que les formules de cette cérémonie très simple, la voix de Josh la bouleversait. C'était curieux, dans la mesure où les paroles étaient en italien. Ne les comprenant pas, Bridget inventa les siennes : « Nous avons vécu tant d'années séparés, mais maintenant, nous nous sommes retrouvés. Je regrette que nous n'ayons pas eu d'enfant ensemble. À vingt et trente ans, j'avais un beau corps résistant, et c'est dommage que tu ne l'aies pas vu. »

Josh tint la dernière note en la laissant lentement décroître. Bill prit la main de Bridget. Matt se trouvait à quelques centimètres à peine.

Voilà ce que j'ai maintenant, songea Bridget : un mari, un fils et un avenir écourté, si bien que je dois vivre chaque heure comme si c'était la dernière.

Dès que Rob commença à jouer, Agnes sut qu'elle allait se mettre à pleurer. Elle réagissait ainsi à l'église quand les fidèles entonnaient un cantique connu, au concert quand le son des violons était exquis, et même à la fin des matches de base-ball, au moment où le ténor entamait l'hymne national. La musique libérait en elle des émotions qu'elle maîtrisait le reste du temps. Vénération. Gratitude. Notion de quelque chose d'infiniment plus grand que soi. Peine. Chagrin. Solitude.

Parfois, elle pleurait sur le sort d'anonymes. Milliers de victimes d'un génocide au cœur de l'Afrique, de tremblements de terre en Asie du Sud-Est. Centaines de noyés lors des inondations en Inde. Parfois, elle pleurait sur ceux qui avaient péri pendant la Première Guerre mondiale, dans le naufrage du *Titanic*, ou à Massada. Ces derniers temps, elle s'apitoyait sur les morts du 11 Septembre et se demandait comment ils avaient pu sauter du cent deuxième étage en sachant que c'était un suicide à coup sûr. En fait, il suffisait de s'abandonner à la pesanteur. Était-on conscient pendant la chute, ou l'organisme se grippait-il en provoquant une perte de connaissance salutaire ? Combien de temps mettait-on à s'écraser au sol ? Agnes imaginait la femme à laquelle le *New York Times* avait consacré un article, celle qui tendait la main vers une machine à café et, debout sur le rebord de la fenêtre, regardait en bas, tournant le dos aux flammes. Non, se dit Agnes. À sa place, elle n'aurait pas sauté.

D'ailleurs, mon Dieu, pleurer était en soi désastreux. Devait-elle s'excuser ? Josh lui passa un mouchoir, et elle tenta un sourire, mais sans succès. Secoué de sanglots convulsifs, son corps ne voulait pas se calmer. Elle allait avoir une mine épouvantable, et ses yeux mettraient des heures à dégonfler – il faudrait les asperger d'eau glacée.

Agnes ne pouvait pas cesser de pleurer car elle pensait maintenant à Halifax et à tous ceux qui y étaient morts, imaginait la femme clouée au sol par une poutre, la poitrine écrasée. Cette femme était sans doute mère. Bien sûr. Et que dire de la fillette âgée de dix ans qui avait perdu sa famille ! Rendez-vous compte : après avoir vu le ciel s'embraser, se réveiller seule au monde en enfer. Et ce malheureux, appuyé au cadavre d'un cheval, serrant son enfant mort dans ses bras. Le choc atténuait-il le chagrin ? La douleur d'un père pouvait-elle jamais s'effacer ?

Pour sa part, Agnes ne le saurait jamais, ne serait jamais mère. À quarante-quatre ans, elle avait déjà des règles irrégulières qui sautaient parfois un ou deux cycles. La femme de Jim, Carol (quel prénom froid !), avait enfanté deux fois. Ses gosses étaient grands maintenant, l'un étudiait à l'université, l'autre venait tout juste d'obtenir son diplôme. Un jour, Jim avait dit qu'il quitterait peut-être Carol une fois les études supérieures des enfants terminées (des années plus tôt, il avait parlé de leurs études secondaires, pour faire ensuite remarquer que ça ne marcherait pas, car où iraient-ils pendant les vacances scolaires ?), mais Agnes doutait fort qu'il parvienne jamais à quitter sa femme. D'ailleurs, même s'il le faisait, il était trop tard pour avoir des enfants.

Donc, c'était hors de question.

Agnes regarda autour d'elle. Nora était assise à côté de Harrison. Nora, elle non plus, n'avait pas eu d'enfant. Déjà père, Carl n'envisageait pas d'en avoir avec elle. Quant à Rob et Josh, leur seul recours serait l'adoption. Mais tous avaient, ou avaient eu dans leur vie ce dont Agnes était privée. Un compagnon. Une femme. Un mari. Un amant qui partageait votre vie. La seule chose qu'Agnes et Jim avaient partagée, c'étaient des chambres dans des motels ou des *cottages*, et encore, jamais plus de trois jours d'affilée. Quelle impression ça ferait de revenir à la maison avec des provisions et de trouver Jim affalé sur un divan, en train de lire le journal ? De se réveiller tous les matins et de le voir arquer son long dos pour enfiler ses chaussons ? De se lover contre son corps chaque fois qu'elle en avait envie ?

... l'union d'un homme et d'une femme par les liens du mariage...

Et, bien sûr, il y avait autre chose qu'Agnes ne connaîtrait jamais. Un mariage. Une consécration publique de sa relation avec Jim. Cet acte célébré si souvent lui était interdit. Soudain, elle secoua la tête. Elle n'en finissait pas de s'apitoyer sur son sort. Une réaction aussi navrante qu'inutile. À quoi servait en effet de pleurer sur ce qu'elle ne pouvait avoir ? À rien. Ses larmes ne réussiraient qu'à attirer l'attention sur elle, si bien qu'il lui faudrait inventer une raison plausible pour les expliquer. Car elle connaissait à peine les adultes que Bill et Bridget étaient devenus, même si elle les aimait bien.

(Une pensée horrible lui traversa l'esprit. Bridget allait-elle se méprendre, croire que c'était parce qu'elle risquait de mourir bientôt qu'Agnes était bouleversée ?)

Après s'être une nouvelle fois mouchée, Agnes s'appuya à son dossier. Josh ôta le bras qu'il avait passé sur ses épaules et lui donna un petit coup sur la jambe avant de se lever, si bien qu'Agnes fut troublée. La cérémonie était-elle terminée ? Elle le vit se tourner vers l'assemblée. Il sembla se recueillir, et Agnes crut qu'il allait prendre la parole, comme des gens le faisaient spontanément lors de funérailles. C'était plutôt bizarre. Il y avait de quoi se sentir un peu nerveux.

Car, malgré sa gentillesse, Josh n'appartenait pas à leur groupe.

Mais au lieu de parler, Josh se mit à chanter. C'était une aria, pensa Agnes. Forcément. Tirée d'un opéra italien. Ou d'un opéra en italien. Agnes connaissait même peut-être cette œuvre, car elle écoutait souvent de l'opéra sur la station de radio publique régionale. Lorsqu'elle ferma les yeux, les sanglots convulsifs commencèrent à céder. Elle croisa les mains sur ses genoux. Était-ce Nora qui avait prévu ce moment lyrique ? Sur la proposition de Rob, bien sûr. Peut-être Josh était-il chanteur en plus d'être violoncelliste. Personne ne pouvait avoir une telle voix et la garder pour soi.

(Avait-elle eu tort de rendre Louise aveugle, se demanda alors Agnes ? S'était-elle montrée sans cœur ?)

Le chant s'arrêta bientôt, trop vite au goût d'Agnes. Malgré son envie d'applaudir, elle se retint, ça ne se faisait pas à un mariage. Mais elle aurait eu encore besoin de musique, car un endroit secret en elle avait été à peine effleuré et devait être encore fouillé.

Agnes cilla. Le juge de paix déclarait Bill et Bridget mari et femme. Déjà ? La célébration du mariage était-elle finie ? Agnes avait à peine entendu un mot.

Il fallait se ressaisir à présent. Suivraient un dîner, des discours, une atmosphère de fête. Tout le week-end menait à ce moment crucial. Agnes devrait leur expliquer qu'elle pleurait à tous les mariages et aurait dû les prévenir. Lamentable, hein, ajouterait-elle en essayant de plaisanter. Pour éviter toute question, elle se répandrait en compliments sur Bridget, sur la voix de Josh, sur le talent de Rob. Quelle chance ils avaient de connaître autant de gens doués !

Le genou raide du fait qu'elle s'était contractée, Agnes se leva. Une petite foule entourait déjà Bill et Bridget. Jerry, sans cravate, en costume anthracite. Julie lissait son chignon. Harrison serrait la main à Bill. Bridget enlaçait Josh. Un peu à l'écart, Rob avait peine à ne pas montrer à quel point il était fier de son compagnon. Bon, songea Agnes, il lui fallait aller dans sa chambre pour se passer le visage à l'eau. Avait-elle du collyre Visine dans sa trousse de toilette ?

« Agnes ! » appela Harrison.

Lorsqu'elle se retourna, il l'attira contre lui. Le visage enfoui dans sa chemise et sa cravate, elle sentait l'odeur de son savon ou de sa lotion après-rasage. Il ne posa pas de questions et elle lui en fut reconnaissante.

Harrison la tint longtemps dans ses bras. Agnes sentait que les gens bougeaient, que les voix faiblissaient.

Elle s'écarta alors. « C'est juste que… je ne sais pas…

— Tu as une mine épouvantable, dit-il en l'examinant. Où est ta chambre ?

— N° 22.

— Je t'accompagne et je t'attends.

— Tu n'as pas besoin… »

Harrison lui coupa la parole. La prenant par le menton, il lui leva le visage, ce pauvre visage ravagé, peu attirant. Il y avait des années qu'un homme n'avait pas eu ce geste.

« Agnes, qu'est-ce qui ne va pas ? Pourquoi es-tu triste ? »

Elle brûlait de lui répondre – Seigneur ! comme elle avait envie de se confier –, mais qu'aurait-elle dit ? J'aime un homme, je l'ai toujours aimé, mais il ne me rend mon amour que de façon sporadique, avec de longs intervalles inexpliqués ? Non, elle ne pouvait pas dire ça, pas à cet homme gentil planté devant elle.

« Bon, disait Jerry, imaginons le scénario suivant : Vous montez dans un avion, vous vous asseyez dans votre fauteuil de première classe. Quelques minutes plus tard, six Arabes montent à leur tour et s'installent eux aussi en première. Supposons que l'un d'eux ait un coran à la main. Alors, est-ce que vous descendez de l'avion ? »

Jusqu'ici bruyante, dans la mesure où plusieurs conversations étaient menées de front, la tablée se tut. Agnes réfléchit à la question de Jerry.

Après la cérémonie et le cocktail qui avait suivi, les invités s'étaient assis à la longue table du salon particulier qu'ils avaient occupé la veille. Ce soir, toutefois, personne n'avait besoin de consulter les cartons pour se placer. L'organisation pointilleuse de Nora n'était plus nécessaire. À moins que le fait de s'asseoir au hasard n'ait fait partie de son plan. Si le décor, avec ses anémones et sa nappe damassée ivoire, venait rappeler qu'on fêtait un mariage, l'ambiance était à présent plus détendue. On avait ouvert une demi-douzaine de bouteilles de champagne et porté des toasts. Les convives avaient dégusté l'entrée, un potage au potiron et aux canneberges. Agnes buvait un vin blanc délicat, dont elle ignorait le nom, n'étant pas connaisseuse.

« Je ne les remarquerai que s'ils sont beaux gosses », lança Josh au bout de la table, ce qui lui valut une exclamation faussement outrée de la part de Bill. Sur un petit nuage depuis la célébration du mariage, ce dernier était assis entre sa nouvelle épouse et sa fille, et, même si Melissa n'avait presque pas ouvert la bouche sauf pour s'adresser à son père (et surtout pas à Bridget), il avait vraiment l'air comblé. L'expression « nager dans le bonheur » vint à l'esprit d'Agnes.

« Moi, je descendrais, affirma Bridget. Pour Matt. Quand on a un enfant, on ne pense plus seulement à soi. » Agnes jeta un coup d'œil à Matt, qui rougit aussitôt d'embarras. « Mais, pour commencer, je ne serais sans doute pas montée, car l'avion me terrifie, ajouta Bridget. Je verrais donc là une excellente excuse pour filer. »

Janice, sa sœur, était placée à côté de Matt. Bridget avait expliqué que sa mère, présente au cocktail, se retirerait pour prendre son repas dans sa chambre. Son arthrite était tellement aiguë qu'une position assise prolongée la faisait beaucoup souffrir.

« Si Bridget descendait, je l'accompagnerais, glissa Bill.

— C'est là un faux-fuyant, estima Josh d'un ton affable.

— Quelqu'un d'autre ? » sollicita Jerry. Il avait ôté son veston et remonté ses manches de chemise. Agnes se demanda s'il avait préparé ce petit test pendant toute la journée.

« Je crois que j'engagerais la conversation avec l'un de ces hommes, répondit Rob d'un air pensif. Je lui demanderais ce qu'il fait dans la vie. Où il habite. Je pourrais ainsi me décider en fonction de ses réponses, de son comportement, et aussi de la réaction de ses compagnons quand ils me verraient lui parler.

— Voilà qui paraît sage, jugea Harrison.

— Moi, je préviendrais l'hôtesse, dit soudain Agnes sans avoir préparé sa réponse.

— À quoi ça servirait ? répliqua Jerry.

— Je ne sais pas. Je crois que je lui demanderais si elle a remarqué que six Arabes viennent d'embarquer.

— Est-ce que ce ne serait pas de la discrimination ? lui opposa Jerry.

— Bien sûr. Mais cette situation ressemble tellement au 11 Septembre que je doute que la notion de discrimination soit encore pertinente.

— Ça te serait égal de juger les gens au faciès ? insista Jerry.

— Peut-être pas, mais j'essaierais de sauver ma peau avant de penser au politiquement correct. Sans parler de la vie des deux cents autres passagers. Et des milliers de victimes potentielles à l'endroit où l'avion s'écraserait.

— Et si l'hôtesse ne faisait rien ? »

Agnes réfléchit un instant. La question se poserait sans doute déjà parmi les passagers. Les Arabes eux aussi pourraient l'avoir entendue parler à l'hôtesse. « Attendez une minute. Tu as bien dit en première classe ?

— Oui.

— Bon, alors, je ne bougerais pas. Si j'avais la chance de voyager en première, ce qui ne m'est encore jamais arrivé, je ne renoncerais certainement pas à ma place. »

Harrison se mit à rire et Nora, assise à côté de lui, sourit.

« Et toi, Nora ? » demanda Jerry.

Elle portait un châle en dentelle noire sur une robe sans manches. Au niveau du cou et des clavicules, sa peau était lisse, blanche et unie. Des pendants en perles noires ornaient ses oreilles. Agnes avait toujours admiré la façon dont Nora réussissait à avoir l'air chic avec trois fois rien. « Si ma dernière heure est arrivée, c'est qu'elle devait arriver.

— Tu ne descendrais donc pas de l'avion ?

— Non. Non, je ne crois pas.

— Moi non plus, je ne bougerais sans doute pas », déclara Harrison. Il leva un verre ventru de vin rouge devant son visage et sembla y chercher la réponse. Il avait lui aussi ôté son veston et desserré sa cravate.

« Tu plaisantes, dit Jerry.

— Non. Les bonnes manières m'empêcheraient de quitter mon siège. Je trouverais très grossier de redescendre. Sans parler du tracas de devoir trouver un autre vol. J'essaierais de calculer combien de chances il y aurait pour que ces six hommes soient des terroristes. Une sur mille ? Une sur dix mille ? Et combien de chances pour que l'un d'eux ait réussi à franchir les portiques de détection avec un cutter. Une sur un million ? Je suerais à grosses gouttes, je vous l'accorde, mais je ne crois pas que je descendrais de l'avion.

— Julie ? » Jerry tourna la tête vers sa femme, assise près de lui.

« Je prendrais un Xanax, répondit-elle d'un ton glacial. Et même deux. »

Cette réponse fut considérée comme une plaisanterie, mais Agnes était sûre que Julie parlait sérieusement.

« Vous êtes tous cinglés, affirma Jerry. Moi, je décamperais au triple galop.

— Pourquoi ? demanda Harrison.

— Même si les responsables de la sécurité de l'aéroport sont de haut niveau, six Arabes qui montent en première classe trois mois après le 11 Septembre déclencheraient en moi un signal d'alerte.

— Tiens, tiens ! Et le jugement au faciès, alors ?

— Face à une telle situation, je serais moins regardant. Voyons : je risque la mort si je reste dans l'avion, mais pas si je descends. Le choix me semble assez simple.

— Tu n'as pas besoin des six Arabes pour ça, fit remarquer Harrison. Tu risques de toute façon la mort si tu restes dans l'avion, et pas si tu descends.

— C'est exactement mon point de vue, dit Bridget. Voilà pourquoi je ne prends pas l'avion.

— En fait, tu risques davantage de mourir dans un accident de la route en revenant de l'aéroport que dans un avion, déclara Rob.

— Et toi, Melissa ? » demanda Jerry.

Agnes apprécia ce souci de l'inclure dans la conversation. Avant de répondre, par réflexe, Melissa regarda son père.

« Bon, commença-t-elle lentement. À supposer que j'en aie le temps, j'observerais ces hommes avant de prendre une décision. Est-ce que leur comportement est celui de la plupart des gens qui montent dans un avion ? À savoir, s'installer, chercher quelque chose à lire, avoir l'air de s'ennuyer un peu, penser à éteindre son portable, boire quelque chose ? Ou bien ont-ils l'air trop vigilants, trop observateurs ? Ont-ils remarqué que je les surveille ? » Elle marqua une pause. « Mais, pour dire la vérité, je ne suis même pas sûre que je m'apercevrais de l'arrivée de six Arabes dans l'avion. »

Bill éclata de rire et Harrison l'imita plus discrètement.

« Ça te plaît d'être à l'université ? demanda Agnes à la jeune fille.

— Oui.

— Qu'est-ce que tu étudies ?

— Je crois que je vais choisir la psychologie comme matière principale.

— Tu habites seule ou avec des amies ?

— Nous partageons un appartement à trois.

— Où ça ?

— Dans Commonwealth Avenue.

— Oh ! j'adore Boston, s'écria Agnes en souriant à Melissa.

— Où allez-vous passer votre voyage de noces ? » demanda Julie à Bill et à Bridget, une question qui non seulement réduisit la tablée au silence, mais sembla curieuse venant juste après l'effort déployé pour faire sortir Melissa de sa coquille. Jerry n'avait-il donc pas parlé à sa femme de l'état de Bridget ?

Bill prit la main de Bridget. « Notre voyage de noces n'est pas pour tout de suite. Mais nous irons en Europe en mars. Paris, Londres, Florence.

— Dans ce cas, il faudra bien que vous vous déplaciez en avion », fit remarquer Jerry.

Avec aplomb, Bridget demanda à Julie si elle pourrait alors lui emprunter un ou deux Xanax.

« Je vous envie, dit Nora en souriant à Bridget.

— Tu pourrais prendre quelques jours de vacances, répliqua Jerry en se tournant dans sa direction. Cet établissement marche bien. J'ai lu l'article publié dans le *New York Magazine*.

— Mais non, je t'assure. C'est là l'un des pièges de l'hôtellerie. Il faut être là tout le temps. Il n'y a pas de jours chômés.

— Pas du tout ? s'exclama Julie, et Agnes se demanda si cette femme en fourrure et perles avait travaillé un seul jour dans sa vie.

— Bon, j'exagère. Mais il n'y en a pas beaucoup.

— Et toi, qu'est-ce que tu fais ? » Agnes regretta sa question dès qu'elle passa ses lèvres.

« Je travaille au Crédit suisse, répondit Julie.

— En fait, Julie est vice-présidente, et dirige la branche financement des sociétés », précisa Jerry.

Pendant un moment, personne ne prit la parole autour de la table. Chacun s'était sans doute fait les mêmes idées fausses qu'elle, supposa Agnes.

« Tu dois beaucoup voyager, lâcha enfin Nora.

— D'où le recours au Xanax, glissa Josh.

— Julie n'est pas du genre à se vanter », reconnut Jerry.

Et toi, tu ne fais vraiment rien pour la mettre en valeur, songea Agnes.

« En effet, dit Rob. Et je trouve ça vraiment sympathique. »

Julie se cacha derrière son verre de vin. Trois serveurs arrivèrent avec de grands plateaux d'argent chargés des plats principaux. Agnes avait commandé une sole. Ayant chipoté avec son potage, elle était affamée, une faim qu'elle attribuait à ses larmes et à une sorte d'épuisement émotionnel. En outre, elle commençait à être un peu éméchée.

Après la cérémonie, Harrison l'avait accompagnée dans sa chambre et attendue pendant que, dans la salle de bains, elle se passait le visage à l'eau froide pour tenter de rendre à ses traits un semblant de normalité. Elle n'avait pas voulu retarder trop longtemps Harrison, mais elle avait dû se recoiffer et éponger sa robe, éclaboussée sur le devant. Quand elle était ressortie, Harrison, assis sur le lit pour regarder CNN, lui avait dit : « Voilà qui est mieux », et Agnes s'était autorisée à se détendre un peu.

Lorsqu'ils étaient arrivés dans le salon où le repas serait servi, Harrison lui avait demandé si elle voulait boire quelque chose, et Agnes s'était empressée d'accepter. Son verre à la main, elle s'était enfin approchée de Bridget pour l'enlacer et la féliciter.

« Est-ce que tu as des enfants ? demanda Agnes à Julie.

— Un. Une fille. Elle a treize ans.

— Oh ! s'écria Agnes avec enthousiasme. Il va falloir lui trouver un lycée. Avez-vous pensé à Kidd ? »

Agnes nota le temps d'arrêt, le regard échangé entre elle et son mari, puis Jerry se chargea de répondre.

« Emily est autiste », expliqua-t-il tout de go, alors qu'il s'était bien gardé d'en parler jusque-là. Agnes regretta de l'avoir forcé à révéler ce secret. « Elle va dans une école spécialisée à Manhattan. La meilleure du pays. »

Cette information laissa un instant Agnes à court de mots. Devait-elle se montrer navrée que la fille de Jerry soit autiste ? Ou heureuse d'apprendre qu'on s'occupait aussi bien d'elle ? « Je l'ignorais, dit-elle, émerveillée par la masse d'événements arrivés à ses six amis en vingt-sept ans. Je suis contente qu'elle soit aussi bien soignée », ajouta-t-elle.

Jerry tripota sa serviette, la posa sur la table, puis la remit sur ses genoux. Il semblait sur le point de dire quelque chose, mais garda le silence. Cette petite brèche de vulnérabilité parut attachante à Agnes. Pour la première fois depuis qu'il était arrivé à l'auberge, elle le plaignit.

Les yeux d'Agnes firent le tour de la table. Bill et Bridget. Deux mariages ratés les avaient séparés. Voilà qu'ils en abordaient un autre. Un cancer du sein. À quel stade en était la maladie ? Les enfants devraient s'adapter à une famille recomposée. Agnes avait surpris Matt en train d'observer Melissa tantôt à la dérobée, tantôt sans détour. Dorénavant, ils étaient demi-frère et demi-sœur, même s'ils s'étaient à peine adressé la parole.

Nora. Mariée toute jeune à un homme qui aurait facilement pu être son père. Un homme réputé peu commode, dont l'intelligence supérieure et la célébrité avaient pu se révéler à la fois stimulantes et exaspérantes. Veuve à présent, chargée de lourdes responsabilités sans compagnon avec lequel les partager, semblait-il.

Harrison. Qu'Agnes avait beaucoup admiré autrefois. Le seul vrai boursier de Kidd. Élevé par une mère devenue veuve des années plus tôt. À première vue, c'était lui qui, parmi eux, avait l'air de mener la vie la plus normale : marié, deux enfants, un bon boulot, une maison. Pourtant, une sourde angoisse le travaillait. Peut-être, en se retrouvant dans ce groupe, ne pouvait-il s'empêcher de penser à Stephen, un garçon qui, extérieurement du moins, paraissait bénéficier de tous les avantages – beau, doué pour le sport, charmeur, riche – et à qui, pourtant, il manquait une certaine authenticité, si bien qu'une sorte de frénésie le poussait toujours à se mettre en avant. Contrairement à Harrison, qui, lui, restait en retrait, étant plutôt un solitaire, un spectateur.

Jerry. À l'évidence empêtré dans une vie conjugale froide, voire tendue. Une enfant autiste.

Rob. Heureux à présent entre sa vocation et son amant, sa vie professionnelle et sa vie amoureuse connaissant apparemment toutes deux un immense succès. Pourtant, sa scolarité à Kidd avait sans doute été pénible. Ensuite il avait dû batailler pour entrer à la Juilliard School, et pour se faire une place dans le monde gay. L'existence d'un homosexuel n'était jamais facile, quand bien même elle paraissait heureuse et réussie. Mais Agnes extrapolait peut-être, une fois de plus.

« Rob, je voulais te demander des nouvelles de tes parents, dit Harrison. Est-ce qu'ils habitent toujours à Manchester ?

— Non, ils sont allés en Caroline du Nord pour se rapprocher de ma sœur. Son mari et elle ont trois gosses. Et ta mère ? Elle est restée à Chicago ?

— Oui. Elle a pris sa retraite d'enseignante il y a deux ans. Nous la voyons souvent. Elle est formidable avec les garçons.

— Je me demande qui, de nous tous, sera le premier à être grand-père ou grand-mère, glissa Nora d'un ton rêveur.

— Seigneur ! s'exclama Bill. En voilà une manière de gâcher un excellent repas ! »

Agnes réfléchit à la question. Ce ne serait ni Nora, ni Rob, ni elle-même. Sans doute pas Jerry. Ce qui ne laissait que Bill et Bridget, et Harrison. Melissa baissait les yeux ; quant à Matt, à en juger par son expression, il devait regretter de ne pas se trouver à des kilomètres.

« Est-ce que quelqu'un sait ce qu'Artie Cohen est devenu ? » demanda Agnes pour changer de sujet. Artie, un de leurs camarades qui assistait aux cours de Jim Mitchell, avait été très ami avec Stephen.

« Je crois me rappeler qu'il serait parti en Indonésie, mais je n'en suis pas sûr, répondit Rob.

— Qu'est-ce qu'il ferait là-bas ? voulut savoir Jerry.

— Médecin, peut-être. Ou bénévole dans une organisation quelconque. Il me semble que j'ai dû lire cette information il y a une dizaine d'années.

— Bravo, dit Agnes.

— Quelqu'un d'autre reçoit le bulletin des anciens élèves ? demanda Rob.

— Oui, moi. » Agnes le lisait avec attention dès sa publication pour savoir qui faisait quoi dans la vie, qui s'était marié et avec qui, et qui était mort. « Vous avez tous appris le décès de Joe Masse ?

— Dans un accident de voiture ? demanda Rob.

— Il se trouvait dans un petit avion qui s'est écrasé près d'une station de ski, dans le nord de l'Italie.

— J'en avais entendu parler, dit Jerry.

— Quelle tristesse, lâcha Nora.

— Quelqu'un a-t-il contacté le père de Stephen ? » reprit Jerry.

Le regard de Nora se posa brièvement sur Harrison, puis se reporta sur Jerry. « Moi. Je vais le voir de temps à autre, en général quand je me rends à Boston.

— Il habite toujours à Wellesley ? s'enquit Jerry.

— Oui. Tout seul dans cette énorme bâtisse. »

Harrison, qui buvait du vin rouge, fit signe au serveur de le resservir.

« Qu'est devenue sa femme ? » poursuivit Jerry.

Agnes sentait monter la tension des treize convives. Le menton reposant sur sa main, Harrison fixait des yeux une fenêtre obscure. Penché en avant, les coudes sur la table, Jerry écoutait avec la plus grande attention. Rob jeta un coup d'œil à Josh pour lui signifier qu'il lui expliquerait la situation plus tard. Même Nora, si calme d'ordinaire, se mordillait un ongle.

« Elle est partie, répondit Nora. Après la mort de Stephen. Je crois que c'est ça. »

Agnes entama son poisson. La sauce était délicieuse. Des céréales (du riz ?) paraissaient vertes, toutefois, la lumière tamisée ne permettait pas de s'en assurer.

« Quelqu'un sait-il ce qui est arrivé à ce bon vieux Fitz ? demanda Rob en faisant allusion à leur ancien professeur d'arts plastiques. Je me rappelle qu'il a filé en plein milieu de notre dernière année.

— Jim Mitchell m'a dit un jour qu'il était parti parce qu'il était obsédé par l'idée de peindre, répondit Agnes.

— Tu veux parler de peinture à l'huile ? demanda Jerry.

— En tout cas, il voulait devenir artiste peintre.

— Et alors ? Qu'est-ce qui s'est passé ?

— Il n'a pas pu en vivre. Il ne trouvait pas de galerie pour exposer. Aux dernières nouvelles, il enseignerait l'histoire à Nyack, dans l'État de New York.

— Hou, là, là ! s'écria Rob d'une voix éteinte.

— Dites donc, reprit Jerry avec animation. Vous vous rappelez le jour où Mitchell nous a surpris en train de fumer de l'herbe derrière les vestiaires après l'entraînement ?

— Et comment ! fit Harrison.

— Voyons, qui était là ? Toi, moi, Rob, Bill… » En pensant soudain à Melissa et à Matt, Jerry rectifia aussitôt. « Non, Bill. Tu n'étais pas là. »

Bill se mit à rire sous cape.

« Mais Stephen, lui, était présent, hein ?

— Oui, confirma Harrison.

— Et on était en train d'avaler la fumée, là, en tirant sur nos joints. Mitchell a tout de suite compris, pas vrai ?

— Bien entendu.

— Ouais, lâcha Jerry avec admiration. Mitchell était un sacré bonhomme. Il n'en a pas parlé. Nous aurions pu nous faire virer.

— Sûrement. » Harrison but une gorgée de vin. « Jamais je n'ai frôlé de si près le renvoi. »

Annonce-leur maintenant, songea Agnes en sentant un poids sur sa poitrine.

« C'était vraiment idiot. » D'un air lourd de sous-entendus, Harrison se tourna vers Matt. « Ne fume jamais de marijuana », ajouta-t-il.

Agnes comprit alors qu'il devait être un peu gris.

« Au lycée, compléta Rob.

— Juste après un match, renchérit Jerry.

— Surtout si un prof est dans le coin, conclut Harrison.

— Ouais, Mitchell ! » Jerry soupira. « Il était formidable.

— Je l'aime », dit Agnes.

Les coudes posés sur la table, elle attendit le cataclysme qui n'allait pas manquer de se produire.

« Comme nous tous, reconnut Harrison d'un ton léger. Tu l'avais choisi pour superviser ton travail de fin d'études, c'est ça ? L'avoir ensuite comme collègue a dû être formidable.

— Non, je voulais dire que je suis amoureuse de lui. » Agnes se rendait compte qu'elle scellait son destin, qu'elle ne pourrait revenir en arrière, qu'elle mettait Jim en danger et, de ce fait, risquait de ne plus le voir (n'y avait-il pas là un infime soulagement ?).

« Quoi ? » s'écria Jerry.

Agnes les brava du regard. « Je l'aime. Je l'ai toujours aimé. »

Face à cette révélation, les réactions furent immédiates. Estomaqué, Jerry rentra le menton. Harrison se pencha sur le côté, n'en croyant pas ses oreilles. Rob hocha lentement la tête.

« C'est magnifique, dit Nora au bout d'un long moment.

— Eh bien, non. Pas du tout. »

Le silence était tel qu'Agnes entendait la conversation qui se déroulait dans la pièce voisine. Un homme parlait d'un modèle de Lexus. Une femme évoquait la marque Anichini.

« Matt ? » Nora s'adressait à lui par-dessus la table. « Brian et toi n'avez pas besoin de rester avec les vieux si vous voulez descendre jouer au billard.

— D'accord. » Matt était à l'évidence ravi de saisir le premier prétexte pour s'en aller.

« Je crois que je vais aller voir comment va maman, annonça la sœur de Bridget.

— Très bien. Moi aussi, je ne vais pas tarder à monter », dit Bridget.

Matt regarda sa nouvelle demi-sœur. « Tu veux venir ? »

Melissa haussa les épaules. « Je ne suis pas très douée.

— Nous non plus.

— On est même plutôt nuls, renchérit Brian avec un grand sourire.

— Bon, alors, d'accord. »

Des bavardages à voix basse couvrirent le départ embarrassé de Matt, Brian et Melissa. Janice suggéra à Bridget de rester encore un peu pour profiter de ses amis. Rob demanda à Harrison s'il voulait du vin. Ce dernier acquiesça, vida son verre et le lui tendit. Son public se préparait à ce qui allait suivre, songea Agnes.

« Alors, de quoi s'agit-il ? demanda Jerry une fois les éléments extérieurs partis.

— J'aime Jim Mitchell depuis mon année de terminale à Kidd, affirma simplement Agnes.

— Et il t'aime aussi ? s'enquit Bridget d'une voix douce.

— Oui. »

Elle percevait la tension dans sa propre voix. Son cœur cognait dans sa poitrine.

« Alors, qu'est-ce qui ne va pas ? demanda Harrison.

— Il est marié. Depuis le début. »

Jerry siffla. « Ça fait combien de temps maintenant ?

— Vingt-deux ans. » Agnes sentait la sueur sous ses bras et dans son dos. Sa robe serait fichue.

« Oh ! Agnes ! s'écria Nora, et Agnes ne savait pas si Nora était bouleversée parce qu'elle ne s'était pas confiée à elle, ou à cause du poids de toutes ces années.

— Je suis retournée à Kidd peu après ma rentrée à l'université, expliqua Agnes. C'est une longue histoire, mais, bref, je me suis retrouvée aux urgences. Il m'y a accompagnée et, ce soir-là... » Elle s'interrompit.

« Jim Mitchell, répéta Rob avec un respect mêlé de crainte.

— Lui-même, confirma Agnes.

— Je me souviens de sa femme, dit Jerry. J'ai oublié son nom, mais je sais qu'elle venait assister aux matches. Elle était assez mignonne. Petite, brune, c'est ça ? »

Agnes inclina la tête. « Elle s'appelle Carol.

— Quelle histoire stupéfiante, dit Bridget en secouant lentement la tête. Vraiment stupéfiante.

— En effet, confirma Agnes.

— Et sa femme n'est pas au courant ? demanda Jerry.

— Je ne crois pas.

— Comment est-ce possible ?

— Jim et moi ne nous voyons pas très souvent. Nous nous donnons rendez-vous dans des villes où personne ne nous connaît, et passons une nuit ou un week-end dans un hôtel discret.

— Et ça te convient ? demanda Nora, incapable de dissimuler son inquiétude.

— Oui, répondit Agnes avec force. Je ne veux pas ce que vous avez. Ou ce que vous avez eu. Je ne veux pas un homme au quotidien dans ma vie. J'apprécie trop mon appartement et ma solitude. Jim et moi nous retrouvons avec d'autant plus de plaisir que nous avons été séparés.

— Agnes, je suis content pour toi, s'écria Rob. S'il t'a rendue heureuse pendant toutes ces années, tant mieux. Je serais bien hypocrite de prétendre le contraire.

— Puisqu'il t'aime autant, pourquoi n'a-t-il pas quitté sa femme ? demanda Jerry. Ce n'est pas très honnête envers elle. »

Surprenant tout le monde, Julie jeta sa serviette sur la table. « Depuis quand te préoccupes-tu de ce qui est honnête ?

— Comment ? rétorqua Jerry, sincèrement étonné, ou feignant fort bien de l'être.

— Espèce de salaud ! » Julie repoussa sa chaise et se leva. « Petit merdeux ! » Elle attrapa son sac et son châle. Agnes la suivit des yeux quand elle quitta la pièce sans ajouter un mot.

Jerry s'appuya à son dossier. « Seigneur !

— De toute façon, ça n'a plus d'importance, dit Agnes sans s'énerver. C'est fini entre nous.

— Pourquoi ? demanda Nora.

— Parce que je vous en ai parlé. Je lui avais promis de ne jamais rien dire. Et voilà que je viens de le faire.

— Tu te soucies de respecter la parole que tu lui as donnée ? » Jerry se remettait vite du départ de sa femme et n'avait vraiment pas l'air de vouloir la rattraper. « Enfin, ce type s'est servi de toi.

— Non. Absolument pas. Tu ne connais rien à notre histoire, Jerry, alors tais-toi.

— Eh là ! » Jerry leva une main. « Calme-toi.

— Ce qu'il y a, c'est que nous n'aimerions pas te voir souffrir, avança Rob.

— C'est un peu tard, non ? » lâcha Agnes. Elle n'aurait pourtant pas voulu employer ce ton acerbe avec Rob.

« Que veux-tu dire par là ? s'enquit Harrison d'une voix paisible.

— Je sais ce que vous pensez tous de moi. Cette Agnes sérieuse, costaude. Dommage qu'elle ne soit jamais sortie avec personne. Qu'elle ne se soit pas mariée. Qu'elle n'ait pas eu d'enfant. Serait-elle lesbienne ? »

Agnes entendait une femme appeler « Ian » dans un couloir. Un serveur faisait le tour de la table pour servir à boire. D'un geste discret, Nora lui demanda de se retirer.

« Agnes, dit enfin Nora.

— Excuse-moi, Bridget. Je m'étais promis de ne pas en parler. C'est ton dîner de mariage, et j'ai tout gâché.

— Tu n'as rien gâché du tout. »

Mais, bien sûr, ce n'était pas vrai. Agnes le lisait sur leurs visages. Jerry, bien déterminé à ne pas lâcher prise. Nora, attristée. Harrison, stupéfait. Rob, désireux de faire bonne figure pour Agnes.

« Je ne supportais pas de vous voir tous repartir après ce week-end sans être au courant. Sans savoir que moi aussi, j'avais une vie. Qui ne ressemble pas à celle que mènent la plupart des gens, certes. Une vie dispensée par intervalles. Mais j'ai connu des moments transcendants, jamais mornes, vécus avec intensité, gorgés de bonheur. Qui d'entre vous peut en dire autant ? J'ai eu ma part de richesse. Demain, nous nous promettrons de nous revoir, mais nous ne le ferons sans doute pas. Qui sait, j'aurais pu mourir sans qu'aucun de vous ait jamais été au courant. Pauvre Agnes, auriez-vous dit. Une vieille fille.

— Nous n'aurions pas dit ça », répliqua Nora.

Une fois libérée de son secret – et de sa colère –, Agnes s'aperçut qu'elle ne pouvait plus s'arrêter. Tout à l'heure, ou demain matin, sur la route du Maine, elle aurait peut-être envie de rentrer sous terre en se remémorant la scène, mais, pour l'instant, elle ressentait un immense soulagement en n'étant plus obligée de cacher ce qui était au cœur de son existence.

« Si, vous l'auriez pensé. Vous l'avez pensé, d'ailleurs. Tout comme je ne t'enviais vraiment pas ta vie conjugale, Nora. Tout comme je me demande ce qui ronge Harrison. Et comme je me demande l'effet que ça fait d'avoir un cancer et de vouloir quand même se marier.

— Agnes, arrête ! » dit Rob.

Elle l'ignora. « Pourquoi faisons-nous tous semblant ? Nous avons passé chaque minute de nos retrouvailles à cacher les choses qui nous tenaient le plus à cœur. Autrefois, nous étions très amis. Nous voici à présent presque des étrangers. Bien sûr, je ne m'attendais pas à des confidences, d'ailleurs, je n'y tiens pas. C'est juste que j'ai toujours mené une double vie et que je flaire ça chez les autres à cent lieues. »

Elle savait qu'elle était allée trop loin, qu'elle avait offensé des gens qu'elle admirait, voire aimait sincèrement, mais elle n'avait pas envie de retirer ses paroles. Trop tard. Avant de partir, il lui restait une dernière chose à dire.

« Nous nous racontons tous des histoires. » Elle se leva. « Ce fameux soir à la plage. Il s'agit d'une sorte de cancer en soi. Nous étions tous là. Nous avons tous vu Stephen. Nous l'avons vu se soûler jusqu'à l'inconscience. »

Sans bruit, Nora repoussa sa chaise et se leva elle aussi. Agnes l'observa lorsqu'elle passa derrière les convives pour gagner une porte qui menait peut-être à la cuisine.

« Nous sommes tous complices de la mort de Stephen. Nous savions qu'il était alcoolique, et nous ne l'avons pas surveillé. Lorsque nous nous sommes aperçus de son absence, il était déjà trop tard. »

Agnes posa sa serviette sur la table. Une sorte de gant qu'elle jetait. « C'était un beau mariage, Bridget. Sincèrement. Je te trouve belle, courageuse, et je te souhaite une vie heureuse. Beaucoup, beaucoup d'années de bonheur avec Bill. »

En lançant un coup d'œil à Harrison, puis à Rob, Agnes comprit qu'elle ne les reverrait pas. Elle aurait pu leur dire adieu, mais la soirée avait déjà eu sa part de drames, si bien qu'elle se contenta de remettre sa chaise en place.

Demain matin elle se réveillerait, fourrerait ses affaires dans son sac en Nylon orange, monterait dans sa voiture et retournerait dans le Maine. Le trajet serait long, elle le redoutait déjà. Il ne ressemblerait en rien à celui qu'elle avait effectué pour venir la veille. Hier, elle avait encore une vie, de l'espoir. Aujourd'hui, elle n'avait plus rien.

Quand Bill et Bridget quittèrent la table, Harrison se leva. Il souhaita une bonne nuit aux derniers convives, Rob, Josh et Jerry, la déclaration d'Agnes, puis son départ ayant mis un terme à la soirée. Les trois hommes iraient peut-être boire un verre dans la bibliothèque, mais Harrison n'avait aucune intention de se joindre à eux.

Poussant la porte du fond, celle par laquelle Nora avait disparu, Harrison se retrouva dans la cuisine, comme il s'y attendait plus ou moins. D'un air surpris, Judy le regarda par-dessus une petite forêt de pots à crème dépareillés.

« Où est Nora ? demanda Harrison sans préambule.

— Je ne sais pas, répondit Judy, sans doute décontenancée par sa question abrupte.

— Elle est entrée ici.

— Elle n'a fait que passer. »

Son veston jeté sur une épaule, il parcourut l'auberge – bibliothèque, salon, une salle à manger dans laquelle on fêtait apparemment un autre mariage –, mais en vain. Bien sûr, ils pouvaient s'être croisés, mais Harrison prit le risque de suivre le long couloir qui menait aux appartements de Nora. En tournant à l'angle, il remarqua que sa porte était entrebâillée, comme si elle était allée chercher une liste ou une note dans son bureau.

Harrison poussa la porte. Nora était assise dans un fauteuil, face à la porte-fenêtre qui donnait sur sa véranda privée.

Il lança son veston sur le lit.

« Tu voulais que je te raconte une histoire ? »

Sa question était brusque et de pure rhétorique.

Nora garda le silence.

Sans tenir compte de sa réaction, Harrison poursuivit : « Très bien, je vais t'en raconter une. »

Les poings sur les hanches, il lui fit face en se rendant compte que sa posture et sa voix étaient pleines de colère. Au bout de quelques secondes, il fut toutefois incapable de continuer à regarder Nora, assise jambes croisées, son châle remonté jusqu'au cou, les yeux fixés sur les carreaux, et lui tourna donc le dos pour avancer vers la porte-fenêtre. Crénelé, le reflet de Nora s'esquissait sur la vitre.

« Bon, je ne m'étendrai pas sur le fait que j'ai passé presque toute ma première et toute ma terminale à observer de loin cette fille pour laquelle j'avais un faible depuis ce jour fatal d'octobre. Puis de près, quand je me suis aperçu, à ma grande surprise, qu'elle était la petite amie de Stephen Otis, censé être mon meilleur ami. »

Harrison marqua une pause.

« D'ailleurs, avoir un faible n'est pas vraiment l'expression qui convient. Je pourrais parler d'amour. Mais tu ne me croirais pas, car à tes yeux, pour aimer quelqu'un, il faut au moins avoir un début de relation avec lui. Dans la mesure où c'est moi qui raconte l'histoire, je ferai l'impasse sur la sémantique et j'affirmerai que j'étais amoureux de cette fille, de loin, comme je le disais, puis d'assez près, mais pas assez pour la toucher, malheureusement, car comme je l'ai indiqué, elle était la petite amie – s'agissait-il d'un amour véritable ? – de mon camarade de chambre. »

Il se croisa les bras sur la poitrine.

« Nous passerons donc sur toute cette période pour en arriver à cette fameuse soirée sur la plage, le troisième samedi de mai, si ma mémoire est bonne. Une nuit durant laquelle la température de l'eau devait être d'environ quatre degrés, ce qui, tu l'ignores peut-être, peut tuer quelqu'un en moins de trente minutes. À cause du vent, la température de l'air n'a pas dépassé sept degrés. Tu me suis jusqu'ici ?

— Harrison !

— Bon, je me retrouve dans un cabanon appartenant à un couple de Boston, les Binder, qui ne s'en servent que l'été, et que s'approprient des gamins privilégiés de Kidd en ne voyant pas où est le problème s'ils pénètrent par effraction dans une maison provisoirement abandonnée, ladite maison se trouvant à cinq kilomètres du lycée. Ce fait prendra plus tard toute son importance. »

Pourtant, Harrison avait oublié ce détail pendant des années.

« Bon, voyons, qui participe à cette fête ? Où il y avait, je devrais le préciser, une quantité phénoménale d'alcool fournie par Frankie Forbes, venu deux jours auparavant livrer à notre intention dix caisses de Budweiser, du vin en quantité et, pour les plus sérieux buveurs d'entre nous, plusieurs bouteilles de Jack Daniel's. » Après un silence, Harrison reprit : « Ce bon vieux Forbes. Un ami précieux pour la promo 1974. Qu'aurions-nous fait sans lui ? »

Qu'était-il donc devenu ? se demanda Harrison. Un ivrogne ? Non, il était trop malin pour ça. Il s'était sans doute acheté une maison sur la côte du Maine avec l'argent que lui versaient volontiers les élèves de Kidd.

« Alors, qui participe à cette fête ? Jerry Leyden, qui n'en manque jamais une, non parce qu'il aime spécialement boire, mais parce qu'il étudie le comportement humain. Il adore observer, tirer des conclusions, engranger ces détails et les ressortir à l'occasion pour s'amuser ou se faire mousser. Jerry aurait fait un excellent espion, voilà ce que j'ai toujours pensé. Mais il a préféré mettre ses talents exceptionnels au service d'un sens aigu des affaires, et, à force de combines, il s'est hissé au sommet de la jungle new-yorkaise des affaires, ce qui n'est pas un mince exploit. Voilà donc Jerry et sa petite amie, Dawn, qui, d'après ce que j'ai cru comprendre, élève à présent des moutons dans l'Idaho. Qui d'autre était là ? Rob Zoar, sans doute déjà conscient de ses préférences sexuelles, mais pas encore prêt à les assumer, vingt ans avant que se créent des clubs gays dans les lycées. Rob, la quintessence du brave type, a plutôt forcé sur la bière – il est un peu parti, dirons-nous – et lui aussi, il aime bien observer le genre humain, mais, au contraire de Jerry Leyden, pas pour en tirer un profit personnel. Il n'y a pas encore de Josh dans sa vie, mais qui sait ? Peut-être y a-t-il eu un élève plus jeune, ou un professeur, la nature humaine étant diverse par définition.

« Il y a donc là une quinzaine, non, une vingtaine au moins d'autres personnes. La fête est maintenant bien lancée, l'extinction des feux dictant le déroulement de toutes les soirées à Kidd. Nous devons abandonner le cabanon au plus tard à onze heures moins le quart pour courir dans les chambres qu'il faut impérativement avoir regagnées avant onze heures. Tu te rappelles l'extinction des feux, Nora ?

— Harrison, à quoi rime tout ça ?

— Je te raconte une histoire, tu l'as oublié ? demanda-t-il au reflet dans la vitre. Et cette histoire a une intrigue, quoique sordide. Je vais y venir. Je parlais donc des présents à cette fête. Bill et Bridget se pelotent dans un coin. Personne ne le leur reproche. Agnes O'Connor est assise sur le divan et discute avec Artie Cohen de... de quoi ? Voyons voir... de la guerre du Viêtnam ? Et beaucoup d'autres se perdent dans une sorte de brouillard, parce que celui qui te parle est plutôt éméché. Moins que d'autres, note bien. Pas encore dans les vapes. Non, j'étais plus que gai, mais pas complètement bourré. En tout cas, moins que Stephen, qui avait mélangé whisky et cannabis. D'où ses yeux injectés de sang, sa démarche chancelante et ses baisers baveux. Oui, j'ai vu ça, Nora. Et n'oublions pas son rire au charme fabuleux, hilare, contagieux, qui, tel un piccolo devenu fou, s'élevait au-dessus de l'orchestre déchaîné.

— En tout cas, à présent, tu es ivre, dit Nora.

— Tu crois ? » Harrison pivota vers elle. « Il se trouve que je n'ai pas le vin gai, je peux te l'assurer. Vraiment pas. »

Il se tourna de nouveau vers les vitres et décroisa les bras. Son énergie retombait quelque peu. Fourrant les mains dans ses poches, il examina son reflet. Un homme fractionné par les meneaux.

« Enfin, la jeune fille déjà mentionnée est là. Et moi, un gamin de dix-sept ans amoureux – oui, bon Dieu, autant utiliser ce mot – d'une jolie fille taboue, qui semble plus qu'agacée par Stephen – par son ivresse, mais peut-être surtout, à mon avis, par ses gestes crûment possessifs : baisers démonstratifs à pleine bouche, proposition peu discrète de filer dans une chambre envahie par l'humidité –, ce gamin donc suit la fille dans la cuisine où elle est allée sous le prétexte de chercher de l'eau, mais, à mon avis, pour être seule. Une chance que notre héros – moi, en l'occurrence – ne peut laisser passer. Je ne la trouve pas devant l'évier, mais la tête posée sur les bras, assise sur un sol pas très propre. Très malheureuse, apparemment. »

L'image de Nora recroquevillée dans un coin lui revint en mémoire, petit animal anéanti.

« Je m'accroupis devant elle et lui demande ce qui ne va pas, même si, n'ayant pas manqué un seul de ses gestes et étant aussi fin observateur de la nature humaine que notre Jerry et notre Rob, je le sais déjà. J'aide cette désespérée à se relever. Et comme c'est parfois le cas quand on a dix-sept ans, l'étreinte destinée à consoler évolue bientôt et produit, du moins chez le garçon, une sensation proche de l'extase, si ce n'est l'extase elle-même. Et chez la fille ? Qui sait ? On aime toujours à penser qu'une telle réaction est réciproque. Sans aucun doute, les longs baisers passionnés traduisent un sentiment qui est loin d'être tiède, et peut-être un certain soulagement. Était-elle soulagée ? Je le crois. Les mains tâtonnent, celle de la fille se glisse sous ma chemise, juste au-dessus de ma ceinture, un détail que je me suis rappelé toute ma vie.

Imagine un peu. Vingt-sept ans à se rappeler un détail aussi infime.

— Je ne veux pas entendre la suite. »

Harrison l'ignora. « D'une manière ou d'une autre, nous pivotons, j'ai le dos contre le rebord métallique de la paillasse en Formica et, pour dire les choses simplement, je suis électrisé de tenir dans mes bras cette fille que je rêvais de toucher depuis des mois, cette fille qui ne m'appartenait pas – si toutefois un être humain peut appartenir à un autre – mais qui semblait s'abandonner quelque peu. On me pardonnera donc d'avoir pensé qu'elle partageait certains de mes sentiments, à savoir que nous nous étions trouvés, quoique par un chemin détourné et pas totalement irréprochable. »

Ne voulant pas renoncer trop vite à ce moment, un moment qu'il sentait encore dans toute son immédiateté et qu'il n'avait jamais réussi à revivre malgré des années d'effort, Harrison se tut un instant.

D'une main, Nora se couvrit les yeux.

« Mais ce genre de plaisir sublime doit se payer s'il est volé, n'est-ce pas ? Voici donc Stephen Otis qui arrive dans la cuisine de son pas titubant et, malgré son état second, ne peut manquer de remarquer que son camarade de chambre et sa petite amie s'enlacent avec passion. »

Harrison se souvenait de l'incrédulité soudaine peinte sur les traits de Stephen, pendant que son propre cœur cognait de culpabilité dans sa poitrine.

« Nous aurions pu nous écarter l'un de l'autre, mais, reconnaissons ce mérite à la fille, elle n'a pas bougé, et je lui en serai toujours reconnaissant. Bien que, avec le recul, ce soient cette absence de réaction, cet arrêt sur image, cette réticence à démêler nos membres qui ont mis un point au lieu d'un point d'interrogation à la phrase de Stephen, qui devait être plus ou moins : "Qu'est-ce que c'est que ce bordel." »

C'était exactement ce qu'il avait dit, Harrison en était sûr.

« La fille n'a pas prononcé un mot, et moi non plus. Une preuve de sang-froid extraordinaire, me dis-je à présent, vu la catastrophe qui pouvait résulter de cette situation. Qui sait ce que peut faire un alcoolique vexé, trahi ? Les journaux et émissions de télévision regorgent d'histoires de ce genre. La fille nous a alors laissés en faisant courir sa main sur mon bras, promesse non équivoque. Un geste qui a empli de joie mon cœur ardent, et peut-être même de défi. Je me suis appuyé à la paillasse en Formica en me soutenant de mes bras, m'attendant à un coup ou, pour le moins, à un crachat. Stephen, qui ne s'exprimait jamais avec une grande clarté quand il était soûl, s'est contenté de dire "espèce de salaud" et de lever la bouteille carrée de Jack Daniel's, non pas pour m'en frapper, mais pour boire une lampée impressionnante – je me souviens d'avoir été sidéré. Ensuite, il est reparti.

« J'étais… quoi donc ? Transporté ? Dégrisé ? Soulagé ? En plein fantasme sexuel ? Il fallait que je trouve la fille, que je la touche de nouveau. Je devais lui dire que je l'aimais. Jamais message ne m'avait paru plus urgent. D'ailleurs, une telle occasion ne s'est jamais plus présentée, pourrais-je ajouter. Je me suis donc mis à sa recherche. Un coup d'œil dans la véranda. Non, pas de Nora. Dans les pièces sordides de ce poulailler qui passait pour un cabanon de plage. Pas de Nora non plus. Était-elle allée se coucher ? Une décision raisonnable, certes, mais une fin bien terne à mon récit. »

Au moment d'aborder le point suivant, le seul qui importait en fait, Harrison s'interrompit, les yeux rivés au sol.

« Je suis donc retourné sur la véranda. Et là, j'ai vu avec horreur Stephen, lui que je ne cherchais surtout pas. Il titubait et, j'avais peine à le croire, il pleurait.

— S'il te plaît, Harrison ! s'écria Nora.

— Il répétait, je cite : "Oh ! putain ! Oh ! putain !" Sans savoir que j'étais là. Je me suis dit qu'il était désespéré de nous avoir trouvés dans la cuisine et j'ai eu de la peine pour lui. Je lui ai dit quelque chose. Peut-être ai-je seulement prononcé son nom. Il s'est retourné et m'a vu. Je ne lâchais pas des yeux la bouteille vide qu'il tenait à la main, une arme potentielle. Il a dit : "Merde, je ne peux pas retourner là-bas." »

Harrison se tut un instant.

« J'ai fait un pas vers lui, il a hurlé : "N'approche pas !" et s'est mis à reculer. »

Avant de révéler un détail qu'il n'avait jamais confié à personne, Harrison hésita. Mais il était venu dans la chambre de Nora pour ça, pour raconter cette histoire, laquelle devait inclure ce détail terrible.

« C'est alors que j'ai senti l'odeur », s'empressa-t-il de dire.

Nora se couvrit de nouveau les yeux.

« Stephen a dit : "J'ai chié dans mon froc." »

D'un seul élan, Nora se leva du fauteuil et vint s'asseoir au bord du lit.

« C'était un phénomène dont j'avais entendu parler, mais dont je n'avais jamais été témoin, reprit Harrison. Cette phase extrême de l'alcoolisme. J'étais sonné, stupéfait, j'avais honte de cette manifestation physique de l'ivresse. Si je ne m'abuse, j'étais pétrifié. “Je vais entrer dans l'eau, s'est écrié Stephen. Pour laver mon pantalon. Apporte-moi quelque chose, mec. Vole n'importe quoi dans un placard.” »

Harrison jeta un coup d'œil à Nora.

« Stephen a pivoté et s'est mis à descendre les marches de la véranda pour gagner la plage. Je lui ai dit : “Stephen, ne fais pas ça.” Il m'a demandé : “Quoi ? Quoi ?” »

Harrison se mordit l'intérieur de la joue et fixa le plafond pendant qu'il se rappelait ce moment.

« L'eau n'était pas agitée, mais pas vraiment calme non plus. On voyait des moutons blancs. Que fallait-il que je fasse ? Stephen devait se laver. Il ne pouvait pas se montrer dans cet état. Mieux valait encore que les autres croient qu'il était allé nager pour s'éclaircir les idées et non parce qu'il s'était chié dessus, non ? »

Un long soupir s'échappa de ses lèvres.

« J'ai commencé à descendre les marches derrière lui, mais il s'est retourné et m'a dit de ne pas le suivre. Il pleurait encore. »

La voix de Harrison était nouée, il s'en rendait compte.

« La nuit était assez sombre, et je l'ai tout juste vu s'éloigner sur la plage. Une fois au bord de l'eau, il a trébuché et, en pataugeant, il a avancé jusqu'au moment où il a eu de l'eau jusqu'aux genoux. »

Harrison déglutit avec difficulté.

« Mais, tu comprends, en réalité, j'aurais pu l'aider. J'aurais pu lui prêter mon pantalon, retourner au lycée en slip en longeant la plage et me glisser dans le bâtiment des chambres sans me faire remarquer. »

Pour la millième fois, il se demanda pourquoi il ne l'avait pas fait.

« Stephen a perdu l'équilibre et s'est retrouvé assis sur le sable. Les vagues lui montaient le long des jambes. Je le voyais lutter pour dégrafer sa ceinture.

— Harrison ! »

Il s'arma de courage pour terminer son récit.

« Et alors, j'ai entendu un bruit, une porte qui s'ouvrait. Je me suis retourné et j'ai vu que c'était Jerry Leyden. Il me cherchait. Ou cherchait Stephen. Parce que ce qui s'était passé dans la cuisine s'était répandu comme une traînée de poudre, et notre Jerry, à l'affût d'observations nouvelles et intéressantes sur le comportement humain, voulait parler à l'un des protagonistes. »

Il se rappelait l'expression de Jerry, la façon dont il avait essayé de scruter la plage, derrière lui. Harrison l'avait repoussé à l'intérieur de la maison.

« Je me suis mis face à lui et j'ai essayé de protéger Stephen de son regard inquisiteur. Je ne sais plus ce que j'ai pu lui dire. Peut-être : "Tu n'as pas vu Stephen ?" pour brouiller les pistes.

« "Qu'est-ce qui s'est passé, mon vieux ?" m'a demandé Jerry.

« Je lui ai livré un ou deux faits en pâture pour l'amadouer et l'inciter à regagner l'intérieur du cabanon. J'ai dû lui dire : "Putain, on se gèle dehors" ou "Allez, on rentre", je ne me souviens plus exactement, mais ça a marché. J'en avais raconté assez pour lui donner envie d'aller le répéter à quelqu'un d'autre. »

Harrison alla s'asseoir dans le fauteuil que Nora venait de quitter.

« Quand je suis ressorti, Stephen avait disparu. »

Sur le lit, Nora pleurait.

« Je me suis précipité sur la plage en hurlant le prénom de Stephen. Mais le bruit des vagues devait couvrir ma voix. Tu te rappelles le tintamarre du ressac… même par temps calme, il fallait hurler pour se faire entendre. J'ai cherché des traces de pas, mais je n'ai rien vu. Les vagues effaçaient tout. J'ai alors pensé que Stephen avait pu se débarrasser de son pantalon, ou le laver de son mieux avant de regagner le lycée. Je m'étais peut-être trop attardé avec Jerry, et Stephen s'était impatienté. »

Harrison se frotta les yeux.

« À présent, je sais que j'aurais dû courir dans la rue, frapper à la porte d'une maison éclairée et appeler la police. Elle aurait prévenu les gardes-côtes. L'auraient-ils sauvé ? Je l'ignore. Comme tu le sais, on meurt en moins d'une demi-heure dans une eau aussi froide. »

Après une interruption, Harrison reprit :

« Je suis rentré au lycée. Il n'était pas dans notre chambre. J'ai arpenté les couloirs en l'appelant. Comme je ne le trouvais pas, je suis allé voir le surveillant. Je lui ai dit que la dernière fois que j'avais vu Stephen, il était sur la plage. »

Un long silence s'étira dans la pièce.

« Le lycée a appelé la police qui a mis vingt-sept longues minutes pour arriver à Kidd. Ce détail n'avait plus d'importance car, bien sûr, de toute façon, il était déjà trop tard. »

Harrison lâcha un profond soupir.

« Je me répétais que Stephen n'avait pas dû s'affoler et souffrir pendant plus de quelques secondes. Mais comment en être sûr ? Et ces secondes, qu'elles ont dû être horribles ! J'imagine que ses pieds se sont pris dans son pantalon, de sorte qu'il n'a pas réussi à se relever. Peut-être est-il parvenu à se mettre à genoux. Une vague l'a renversé et il a été emporté par le courant.

— Oh ! mon Dieu ! murmura Nora.

— C'est pour ça que je n'en ai jamais parlé. À cause de ce détail pitoyable, que je ne voulais pas divulguer. J'ai même tenté d'effacer ce souvenir. La dernière image de mon ami : il tente de se nettoyer dans l'eau. J'ai essayé de me persuader que, si je n'avais rien dit, c'était pour Stephen. Pour ne pas souiller sa mémoire. Mais toi et moi, nous savons bien que c'est de la blague. »

Harrison se prit la tête dans les mains. C'était cruel envers Nora d'avoir raconté cette histoire. À quelle fin l'avait-il fait ? Pour révéler la vérité ? Qu'est-ce que ça changeait au juste ?

« Est-ce qu'Agnes était au courant ? demanda Nora.

— Personne n'était au courant.

— Nous sommes tous coupables. Voilà ce que voulait dire Agnes. Toi. Jerry. Et surtout moi. J'aurais dû veiller sur lui.

— Et moi donc. Il était mon ami. Quand je pense à sa vie… envolée. Toute une existence fichue en l'air. Vingt-sept ans d'une vie non vécue.

— C'est insupportable.

— Comme tu le sais, son corps a été rejeté sur le rivage de Pepperell Island. Détail horrible, une corde s'était prise autour de son cou, si bien que la rumeur d'un suicide s'est répandue. Je n'ai jamais connu personne de moins tenté par le suicide que Stephen Otis. À moins qu'on n'appelle suicide le fait de se tuer tout doucement en buvant.

— Écoute, Harrison, il n'a pas toujours été alcoolique.

— Je suis venu ici pour te raconter cette histoire. En fait, je l'ignorais, mais maintenant je le sais. Agnes serait fière de moi, tu ne crois pas ?

— Harrison !

— Et je ne t'ai pas encore dit le plus beau. Après l'enterrement, le père de Stephen a assisté à la remise des diplômes de fin d'études. Tu te rappelles ? Au cours de la cérémonie, il y a eu un hommage rendu à Stephen. Ensuite, M. Otis est venu dans ma chambre et m'a dit qu'il voulait voir où son fils était mort. Comme j'étais le dernier à l'avoir vu en vie, il pensait que je connaissais l'endroit. »

Harrison se pencha en avant, posa les coudes sur ses genoux et s'étreignit les mains.

« Nous sommes partis dans sa voiture. Je ne savais pas quoi dire. J'aurais pu tout raconter, mais ça n'aurait avancé à rien. Je l'ai emmené au cabanon. Il a garé la bagnole dans l'allée. Nous avons franchi les dunes pour atteindre la digue. Je tremblais.

« "C'est ici ?" m'a demandé M. Otis. Je le lui ai confirmé. "Tu n'aurais rien pu faire, fiston", m'a-t-il dit. Il m'a appelé fiston et m'a posé une main sur l'épaule. Il essayait de me réconforter. Intérieurement, je hurlais. Je voulais répondre que ce n'était pas vrai, que j'aurais pu faire quelque chose. »

Harrison espérait que Nora n'allait pas répéter les paroles du père de Stephen, ou, comme beaucoup de femmes auraient pu en être tentées, dire : « Tu as fait ce qu'il fallait. » Une absolution vide de sens s'apparentait à un péché aux yeux de Harrison. Pourtant, curieusement, ses principes moraux perdaient en certitude.

Avouer quelque chose ne vous soulageait pas de votre sentiment de culpabilité, c'était de la connerie, songea-t-il. Comme c'était pratique de le penser, on se berçait d'illusions. Avouer une faute la rendait au contraire plus réelle, il le savait à présent.

Et quel récit triste, sordide ! Harrison était incapable de visualiser Stephen tel qu'il avait été. Seules lui revenaient en mémoire quelques images, quelques photos, certaines prises chez lui, d'autres figurant dans les annales du lycée, où il éclipsait tout le monde. Capitaine de l'équipe de base-ball. Délégué de classe en terminale. Pitre. Harrison avait tout fait pour en enterrer certaines. Stephen allongé sur un lit avec Nora. Pataugeant dans l'eau. Il y en avait d'autres dont il se délectait au contraire. Stephen en train d'attraper une balle basse qui rebondit au niveau de sa poitrine avant de sauter en l'air pour l'envoyer sur le marbre, gagnant ainsi un tour et remportant le match. Mais Stephen, l'essence de Stephen, s'était envolée, tout comme celle du père de Harrison, dont seules quelques anecdotes et quelques photos rappelaient le souvenir. L'homme lui-même s'était évanoui.

Derrière lui, Harrison entendit un léger bruissement. Il était temps de partir. L'attitude la plus élégante aurait été de se lever et de s'éloigner sans un coup d'œil en arrière, sans échanger de propos qui ne pourraient qu'être banals et rabaisseraient sa confession. Mais il savait qu'il n'avait pas bien raconté cette histoire, qu'il avait peut-être forcé sur l'émotion, de sorte que partir sans un mot serait théâtral, faux. En tant qu'ami, Harrison se devait de réconforter Nora. À tout le moins lui dire qu'il regrettait ce qui s'était passé.

Lorsque Nora lui posa les mains sur les épaules, il tressaillit. Ces deux petites choses tièdes lui faisaient l'effet de bombes. Que traduisaient-elles ? Le pardon ? Ou un simple geste d'apaisement destiné à éteindre toute conversation, à chasser la banalité.

Électrisantes, les mains se glissèrent sous son col, puis effleurèrent sa poitrine et, enfin, Nora posa la tête sur son épaule, sa joue tout près de l'oreille de Harrison. Fallait-il immobiliser ces mains pour signifier fermement « non » et laisser Nora les retirer, ou se retourner, l'embrasser sur la bouche, un « oui » indiscutable ? En une fraction de seconde, il prit sa décision. Après vingt-sept ans de fantasmes sporadiques, il se leva et enlaça la jeune fille, une femme à présent. La réalité du moment présent était si vive qu'il en avait le souffle court. Il l'embrassa, et elle répondit à son baiser avec une maturité trahissant une longue expérience qu'il ne pourrait qu'imaginer pendant le restant de ses jours.

Nora se dégagea alors et s'avança vers la porte. L'espace d'un instant, désespéré, Harrison crut qu'elle allait l'abandonner une fois de plus, mais non, elle ferma la chambre à clé. Quand elle se retourna sans son drôle de demi-sourire aux lèvres, Harrison sentit son cœur s'emballer. Elle ôta ses chaussures. Qu'elle était belle ! Harrison revit Evelyn en train de faire glisser de ses épaules une chemise de nuit et chassa cette image, cette histoire parallèle. C'était là un acte délibéré de trahison. Une fois bannie, Evelyn resterait à distance le temps nécessaire. Une heure, peut-être. Ou une nuit. Toute la vie ? Même si l'expression « temps nécessaire » suggérait non seulement un début magnifique, mais aussi, à l'horizon, une fin programmée.

Avant le mariage, Bridget avait préparé la chemise de nuit délicate, enveloppée de papier de soie, pour l'avoir sous la main au moment de se coucher. Elle ferma la porte de la salle de bains. Bill s'apprêtait à allumer une bougie au chevet du lit. Tous deux étaient épuisés par cette longue journée d'attente, par la cérémonie elle-même (Bill avait failli s'effondrer en remarquant l'arrivée imprévue de Melissa), et enfin par la déclaration surprenante d'Agnes, finale dramatique (qui expliquait sans doute ses larmes versées au cours de la célébration), mais Bridget savait que Bill ne s'endormirait pas avant qu'elle l'ait rejoint. Après tout, c'était leur nuit de noces.

Elle se demanda comment Matt, Brian et Melissa s'étaient entendus pour jouer au billard. Peu après le départ d'Agnes, les mariés avaient pris congé des invités en assurant qu'ils se reverraient le lendemain matin au petit déjeuner pour se dire au revoir. Lorsqu'ils avaient quitté le salon particulier, seuls Jerry, Rob, Josh et Harrison étaient encore attablés, et Bridget ignorait s'ils étaient allés boire un dernier verre dans la bibliothèque. Elle pensait plutôt que, comme Bill et elle, chacun avait regagné sa chambre pour méditer sur l'impossibilité de pénétrer l'esprit d'autrui.

Après avoir jeté un bref coup d'œil à son reflet dans le miroir, Bridget ôta sa perruque, la secoua un peu pour lui donner un aspect moins apprêté et la remit sur sa tête. Son teint était pâle à la lumière trop vive, pratique pour se maquiller, mais effrayante lorsqu'on se regardait après une longue soirée. Lorsqu'elle eut retiré le tailleur rose hideux et les sous-vêtements honnis, elle savoura un instant la liberté de son corps. Après la chimio, elle perdrait ses kilos en trop. Le médecin lui avait dit de ne pas s'inquiéter. Certaines de ses patientes avaient retrouvé leur petit 36 sans le moindre effort. Bridget ne ferait jamais du 36, mais un 40 serait déjà très bien.

Écartant le papier rose, elle sortit la chemise de nuit désuète, en soie, taillée dans le biais, légèrement pincée à la taille. C'était là une folie de jeune mariée, mais quand Bridget avait vu cette élégante pièce de lingerie noire en vitrine d'une boutique de vêtements anciens, elle s'était dit : « Pourquoi pas ? » Pourquoi priver Bill d'un plaisir esthétique ? Pourquoi ne pas se comporter durant cette nuit de noces comme elle l'aurait fait s'ils s'étaient mariés à vingt ans ?

Une fois la chemise enfilée, Bridget s'examina dans le miroir. La garniture en dentelle soulignait délicatement sa poitrine et masquait des mamelons qui pointaient chacun dans une direction différente à la suite de l'opération du sein droit. Elle se brossa les dents, appliqua sur ses lèvres un brillant qui tacherait sans doute le beau linge de Nora, puis en ôta l'excès en pressant un mouchoir sur sa bouche. Comme elle ne s'était pas démaquillée, les oreillers seraient peut-être salis. Et alors ? Il fallait bien s'attendre à un certain désordre dans la suite des jeunes mariés, non ?

En ouvrant la porte de la salle de bains, elle fut surprise de voir toutes les lampes encore allumées, puis aperçut Bill assis au bord du lit, en chemise, slip et chaussettes. Arrivait-elle trop tôt ? Était-il allé voir Matt ou Melissa pour s'assurer qu'ils avaient passé un bon moment ? Lorsqu'elle s'avança, il leva les yeux. Il pleurait.

Bill pleurait.

« J'ai été si longtemps séparé de toi, et voilà que je risque de te perdre », dit-il simplement.

Soudain glacée, Bridget comprit qu'il pensait qu'elle allait mourir. Peut-être l'avait-il pensé depuis le début.

Imaginer sa propre mort et voir quelqu'un d'autre l'imaginer étaient deux choses bien différentes. C'était encore pis si l'autre en parlait.

Bridget regretta de ne pas avoir enfilé une robe de chambre. Mais elle ne pouvait pas abandonner son nouvel époux en pleurs pour aller en chercher une. Après avoir fait quelques pas vers lui, elle s'arrêta.

« Bill ?

— Toute ma vie j'ai désiré ce moment, et maintenant, qu'est-ce qui nous attend ? »

La question demeura sans réponse. Les frissons de Bridget étaient bien réels à présent. Pour y mettre un terme, elle s'enveloppa de ses bras, mais ne sentit que la soie fine de la chemise de nuit.

« Ça paraît tellement injuste ! s'écria Bill. D'une injustice révoltante. Et tout ça, c'est à cause de moi. »

Mon Dieu, pensa Bridget.

Bill croisa les bras et se mit à osciller d'avant en arrière au bord du lit. En chaussettes et boxer noirs, il avait l'air émasculé. Trop longtemps il avait mis à distance l'horrible réalité du cancer. Pourquoi cette réalité avait-elle choisi ce moment précis pour se rappeler à lui, Bridget l'ignorait. Peut-être l'arrivée de sa fille, portant son bonheur à son comble, avait-elle fait sauter la soupape de sûreté. Le caractère frauduleux de ce bonheur lui était apparu pendant les quelques minutes où, se retrouvant seul, il avait baissé la garde.

Ils devaient pourtant lutter de concert, songea Bridget. Les enjeux étaient trop importants. Son fils. Sa santé. Et toutes ces années dont ils n'avaient pas profité. C'était le moment de rattraper le temps perdu. Contournant Bill, Bridget alluma la bougie sur la table de chevet et éteignit la lumière.

Une dernière chose.

Bridget ôta sa perruque et la jeta par terre.

« Tu ne veux pas te coucher ? » suggéra-t-elle.

Passant de l'autre côté du lit, elle se glissa entre les draps. Elle entendit que Bill se déshabillait. Un homme qui pleurait était un spectacle effrayant. Pendant la cérémonie, ces larmes ne l'avait pas perturbée, car elle savait qu'elles exprimaient la joie, le soulagement. Terrifiantes à présent, elles traduisaient le désespoir. Il fallait à tout prix y mettre un terme. Si Bill s'effondrait, elle s'effondrerait elle aussi. Et Matt ne tarderait pas à les imiter. Il fallait empêcher cette réaction en chaîne.

Une fois couché, Bill tendit aussitôt les bras vers elle pendant qu'un dernier sanglot s'échappait de ses lèvres malgré lui. « Les choses n'étaient pas censées se passer comme ça, dit-il en la serrant dans ses bras.

— Je sais.

— Tu es belle. » Un petit rire se mêla à un hoquet. « Demain matin, quand je repenserai à tout ça, il ne me restera plus qu'à me tuer.

— Surtout pas. Je ne peux pas me permettre d'être veuve. »

Il fit courir sa main sur la hanche de Bridget. « Je ne voulais pas dire…

— Bien sûr que non. »

Elle était pourtant sûre du contraire. Bill se disait qu'elle allait mourir bientôt et qu'il se retrouverait seul. Et c'était bel et bien triste. Pourquoi n'aurait-il pas eu le droit d'éprouver du chagrin ? Tous deux auraient pu partager vingt-sept ans de vie commune. Au mieux, il ne leur en restait à présent que deux ou trois, et ce serait une période difficile en grande partie. Pour ce qu'elle en savait, cette nuit représentait peut-être le meilleur de ce qui leur serait octroyé.

« Est-ce que tu pourras jamais me pardonner ? demanda Bill.

— Que veux-tu que je te pardonne ?

— De t'avoir abandonnée. D'avoir épousé Jill.

— Je t'ai pardonné il y a bien longtemps.

— C'est vrai ? Quand ?

— Oh, je ne sais plus. La semaine dernière, peut-être. »

Bill l'embrassa d'une manière qu'elle adorait. Si leur vie commune comptait moins de deux ans, ils étaient d'anciens amants, avec leurs petites habitudes. L'aventure n'était pas pour eux. Peut-être, ce soir, Bill aurait-il pu tenter quelque chose de nouveau, mais le chagrin – ce puissant antidote à la sexualité – le paralysait.

Bridget porta la main de son mari à sa tête. « Touche-moi là », souffla-t-elle.

Jamais encore elle n'avait fait l'amour avec lui sans sa perruque. Effleurer son crâne était effrayant, elle le savait – duvet clairsemé, plaques chauves –, mais elle pensait qu'il fallait en passer par là. Pour qu'ils se sentent réellement mariés, il devait lui toucher la tête. Sa main resta un instant immobile à l'endroit où elle l'avait posée. Peut-être n'avait-il pas bien compris ce qu'elle attendait de lui. Elle patienta, persuadée qu'il comprendrait.

Il lui caressa le côté de la tête, au-dessus de l'oreille, près de la tempe, puis la nuque. Bridget songea alors à la jeune fille, chez le *sheitel macher*, et se demanda comment s'était passée sa nuit de noces. Avait-elle ôté sa perruque avec solennité pour révéler son crâne rasé ? Avait-elle pleuré ? Son mari, un homme sans nom et sans visage, lui avait-il caressé la tête avec autant d'amour que Bill le faisait en ce moment, avait-il apprécié à sa juste valeur le sacrifice de son épouse ?

Bill se montrait délicat et Bridget lui en fut reconnaissante. Son crâne était devenu sensible, un détail qu'elle ignorait avant de perdre ses cheveux. Bill remonta la main qu'il avait glissée sous le corps de Bridget et lui maintint la tête. Il l'attira à lui et l'embrassa longuement.

Voilà qui est mieux, pensa Bridget. Pourquoi se raconter qu'elle n'était pas malade ? Pourquoi ne pas l'aimer telle qu'elle était ? N'était-ce pas ce à quoi toute femme aspirait ?

Dimanche

Comme en rêve, elle prononça son prénom. Harrison replongea dans le sommeil. Cette absence ne dura que quelques secondes, quelques minutes tout au plus.

La chambre était sombre, les stores baissés. Nora était allongée sur le dos, il était lové contre elle. À présent que Harrison se rappelait, les souvenirs faisaient battre son cœur à coups redoublés et diffusaient une chaleur instantanée dans tout son corps. Avec le recul, il s'étonnait de ce qui lui avait paru urgent la veille.

Tendant la main vers elle, il trouva son bras. La peau en était tiède et sèche.

Il revit Nora au-dessus de lui, lui enserrant délicatement le corps avec ses genoux. Puis sur le dos, les bras tendus vers la tête de lit. Qu'ils aient fait l'amour le surprenait au plus haut point, le sidérait.

Le profil de Nora s'esquissait à peine. Harrison devait rêver lorsqu'il l'avait entendue dire son prénom, car elle dormait. Il remonta sur sa poitrine la couette, qui de son propre côté s'était repliée au niveau de sa taille. L'auberge était silencieuse. Il n'entendait ni musique ni bruits de voix. Depuis combien de temps dormaient-ils ? Derrière des portes fermées, dans d'autres chambres, des gens couchés s'agitaient ou rêvaient.

Harrison sentait l'odeur de Nora allongée près de lui. Hors contexte – et même replacés dans leur contexte, songea-t-il –, les rapports sexuels étaient une activité à la fois bizarre et merveilleuse.

La veille, Harrison avait cédé à la tentation. Ce matin, une autre tentation le gagnait – considérer ce qui s'était passé entre Nora et lui comme un accomplissement. En 1974, ils s'étaient embrassés. La main qu'elle avait glissée sous sa chemise lui avait paru une promesse, il s'en souvenait très bien. Si Stephen, qui lui avait volé la vedette d'une manière macabre et involontaire, n'avait pas mis un terme à ce qui avait commencé ce soir-là entre eux, leur histoire d'amour se serait-elle effilochée dès la fin de leur première année de fac – Harrison à Boston, Nora à New York ? Harrison se serait-il retrouvé un jour le rival de Carl Laski ?

Une idée impensable.

Par-dessus l'épaule de Nora, Harrison voyait la lumière empiéter sur l'ombre. On était dimanche matin. Il repensa au mariage, au dîner, à la confession d'Agnes. Un redoutable cadeau empoisonné pour Bill et Bridget, qui méritaient beaucoup mieux, estima-t-il. Même si, en fin de compte, cela n'aurait pas grande importance, car la bataille du couple se concentrerait désormais sur un plan très personnel.

Avec la lumière plus vive, Harrison devina les contours du fauteuil dans lequel il s'était assis. Par la porte ouverte de la salle de bains, il apercevait la baignoire. Le soleil dessinait des motifs rectangulaires sur les stores. Il se rappela qu'il avait vu son reflet dans les vitres sombres. La journée allait être ensoleillée, et il n'avait pas envie de la commencer.

Raconter enfin à Nora ce qui s'était passé ce soir de mai, près de trois décennies plus tôt, lui avait apporté un certain soulagement. Le fardeau était désormais partagé, et les mains de Nora sur ses épaules équivalaient à un pardon. Avant ce week-end, Harrison croyait ne plus être capable d'éprouver ce mélange intense de désir et d'amour qu'il avait connu dans sa jeunesse. S'il n'avait jusque-là jamais trompé Evelyn, cette fidélité lui semblait parfois une sorte d'échec, un manque d'imagination. Hier soir, en cédant à la tentation, il avait été transporté, heureux de se sentir vivant, tout simplement.

Aux dépens d'Evelyn. Il se rappela qu'il avait chassé sa femme de son esprit. Bien sûr, elle ne le saurait jamais, toutefois Harrison, lui, le savait, et ça changeait tout. Il aurait à présent des souvenirs nouveaux, frais.

Une sonnerie bruyante, importune le fit tressaillir. Nora s'écarta de lui.

« Tu avais mis le réveil ? demanda-t-il.

— J'étais obligée. » Elle se rallongea et essaya de se réveiller. « Il faut que j'aille m'occuper du petit déjeuner. » Nora tourna la tête sur l'oreiller pour regarder Harrison, puis lui toucha le visage, comme si elle avait peine à croire qu'il se trouvait dans son lit. « C'est extraordinaire. »

Harrison se rapprocha, mais elle lui posa une main sur la poitrine.

« Il faut vraiment que je me lève.

— Ne devrions-nous pas parler tous les deux ?

— Nous le ferons. Plus tard. »

Nora se leva et enfila sa robe de chambre. Il lui fallait prendre une douche et s'habiller. Harrison l'observa pendant qu'elle remontait les stores. De son bras, il se protégea les yeux. La réverbération du soleil sur la neige était aveuglante.

Une fois dans sa chambre, Harrison fit les cent pas. Il portait encore les vêtements qu'il avait mis pour le mariage. Son veston et sa cravate étaient jetés sur le lit non défait, dans lequel il n'avait pas dormi. Ses joues étaient râpeuses et une douche s'imposait.

Pour préserver sa famille, il savait qu'il ferait bien de quitter l'auberge le plus vite possible. Il arriverait à l'aéroport de Hartford en avance, mais cela valait mieux que de rester ici. Trop agité toutefois pour accomplir la simple tâche de rassembler ses affaires, il arpenta la chambre, de la porte de la salle de bains au mur opposé, puis revint sur ses pas.

Ce matin, il n'avait même pas pris Nora dans ses bras, ne l'avait pas embrassée pour lui dire au revoir. Allaient-ils se quitter ainsi ?

Il s'assit sur le lit et laissa son regard errer par la fenêtre. La neige fondue gouttait du toit. Une tasse de café lui éclaircirait les idées. Il se rappela la machine installée dans la bibliothèque. Serait-il convenable de s'y rendre d'aussi bon matin ? Quelle heure était-il, d'ailleurs ? Sa montre marquait presque sept heures. Tôt pour un dimanche matin. Le café était-il déjà prêt dans la salle à manger ?

Sans s'être lavé, Harrison quitta sa chambre et se dirigea vers la bibliothèque. Les bruits d'une auberge en train de se réveiller lui parvenaient. Des voix dans une chambre éloignée. Des pas sur le parquet. Le bruissement, puis le claquement assourdi d'une porte. Dans le hall, un homme, une tasse de café à la main, avait étalé un journal sur la table basse. Harrison songea à lui demander où il s'était procuré son café. Judy, l'assistante de Nora, arriva alors avec une pile de nappes et de serviettes.

« Bonjour, dit-elle.

— Bonjour », lui retourna Harrison.

Ses cheveux blonds étaient sévèrement tirés en arrière et, une fois de plus, sa canine proéminente avait une trace de rouge à lèvres. Harrison se demanda pourquoi personne ne le lui avait encore fait remarquer.

« Vous vous êtes levé tôt », constata-t-elle.

... le sourire asymétrique...

« Oui.

— Avez-vous trouvé Nora ?

— Pardon ?

— Hier soir, vous la cherchiez. »

L'esprit de Harrison tournait à toute allure. Il mentit. « Non. Je voulais la remercier, mais elle était allée se coucher.

— Bon, elle ne va pas tarder. Dois-je lui dire que vous la cherchez ?

— Non, ce n'est pas la peine. Non. Je ne vais pas partir tout de suite. Je la croiserai forcément. En fait, j'avais envie d'une tasse de café.

— Vous pouvez aller dans la bibliothèque. Je viens de mettre la machine en route.

— Merci. »

Il commença à se diriger vers la bibliothèque, puis s'immobilisa et emprunta l'escalier.

Impossible, songea-t-il.

Avant d'atteindre sa porte, il avait déjà sorti la clé, cette grosse clé dorée. Une fois dans sa chambre, il la jeta sur le lit, chercha le mince recueil acheté la veille et le découvrit sur le bureau, caché par un pull. Il s'assit sur le lit et alla directement au poème qu'il avait lu dans la bibliothèque municipale, celui qui l'avait autant intrigué et torturé par ses images sexuelles, « Sous le toit incliné ».

La femme du poème était blonde et avait de vilaines dents. La veille, le mot « langue » lui avait attiré l'œil. Il retrouva le vers en question : « … caresser de ma langue ta dent… »

Un petit tressaillement de confirmation lui parcourut la colonne vertébrale.

Lorsqu'il relut le passage, il fut certain que Carl Laski parlait bien de celle qui avait servi la salade dans laquelle était tombée une mouche, celle qu'il venait de croiser dans le hall.

… le sourire asymétrique…

Harrison avait peine à imaginer la cruauté qu'il avait fallu à Laski pour écrire ce poème, puis pour le faire taper par Nora. Et enfin pour le publier.

Revenant aux premières pages, Harrison chercha la date de parution. 1999. Ce volume avait été publié après sa mort.

Réfléchissant toujours, Harrison s'assit sur le lit. Cinq minutes s'écoulèrent. Dix.

Le livre à la main, il se leva, s'approcha de la fenêtre, puis revint sur ses pas. Il se gratta la tête. Comment Nora avait-elle pu le laisser faire ?

La clé dans sa poche, Harrison sortit de sa chambre et se dirigea vers la suite de Nora. Elle lui avait dit que

Carl ne lui avait été infidèle que sur le papier, il s'en souvenait.

Lorsqu'il arriva au bout du couloir, il vit la porte fermée. Au lieu de l'ouvrir – ne l'avait-il pas fait la veille ? –, il frappa.

La peau encore humide après sa douche, Nora était en robe de chambre. Sur le lit – refait, impeccable, brisant le cœur de Harrison – il y avait un soutien-gorge et une culotte, un pantalon noir, un chemisier blanc, deux chaussettes noires.

Le visage de Nora était rosé, ses cheveux plaqués sur le crâne, ses sourcils pâles et ses lèvres nues.

« Harrison ! lâcha-t-elle, surprise.

— Puis-je entrer ?

— Je… je ne suis pas en avance, répondit-elle, mais elle s'effaça et ajouta : Bien sûr. »

Il l'enlaça et l'embrassa. Elle sentait le dentifrice. Après l'avoir relâchée, il s'assit sur un coffre en cèdre, au pied du lit. Elle fixa les yeux sur le livre qu'il avait à la main.

« Il y a un poème à la fin », expliqua-t-il.

Nora garda le silence.

« Celui qui s'appelle "Sous le toit incliné". »

Elle enfonça les mains dans les poches de sa somptueuse robe de chambre. Harrison examina ses jambes pâles sous l'ourlet, ses pieds nus. Ses mains, il le savait, étaient la seule partie rugueuse de son corps, rendues calleuses par les gros travaux.

« Je crois que c'est ton tour de me raconter une histoire », dit-il d'un ton calme.

Nora passa devant lui pour aller s'asseoir sur le lit.

« Je t'aime », ajouta-t-il.

Aussitôt, ces mots lui parurent creux, mièvres, banal message imprimé sur carte postale. Qu'il était donc étrange de noter leur faiblesse, après avoir attendu toutes ces années pour les prononcer. Oui, ils se révélaient tout à fait insatisfaisants.

« Cette nuit représente peut-être l'expérience sexuelle la plus forte de ma vie.

— Tu ne penses pas vraiment ce que tu dis. » Elle posa les mains sur ses genoux.

« En tout cas, pour l'instant, c'est ce que je ressens. »

Un silence s'étira dans la pièce.

« C'est pour moi que Carl a quitté sa femme, expliqua enfin Nora. Il ne l'avait encore jamais fait, cette idée ne lui était même pas venue à l'esprit. Il y avait tant de belles étudiantes qui se jetaient à son cou. Il avait beau friser la soixantaine, il attirait encore les regards de gamines âgées de vingt ans. »

Nora s'interrompit, et Harrison s'aperçut que sa voix gagnait en émotion.

« Nous avons quitté la ville. Carl voulait s'éloigner de l'horrible gâchis de sa vie conjugale. À mon avis, il croyait pouvoir se purifier en venant à la campagne. En faisant du yoga, en renonçant à manger de la viande, en marchant beaucoup. Je savais déjà que ça ne marcherait pas, qu'il ne suffisait pas de changer de lieu pour se changer soi-même. »

Harrison posa le recueil à côté de lui sur le coffre.

« Certains hommes ont besoin des femmes pour s'accomplir, poursuivit Nora. Voilà ce que je lui ai dit.

— Tu as été son accordée.

— Carl était insatiable. Dès qu'il se trouvait à la maison et n'écrivait pas, il exigeait ma présence et une attention de tous les instants. Il fallait le connaître pour comprendre cette attitude. Je crois que beaucoup d'hommes sont comme ça. Jerry, sans doute. Mais pas Bill. Ni toi.

— Non.

— Et, en effet, j'étais son accordée. » Après une hésitation, elle demanda : « Est-ce donc aussi terrible ? De subordonner sa vie à celle de quelqu'un d'autre ? Si, du fait que je me consacrais à Carl, son art s'en trouvait amélioré, ce sacrifice n'en valait-il pas la peine ?

— Pour lui, peut-être, répondit tranquillement Harrison. Mais je ne vois pas ce que tu pouvais y gagner.

— Ah bon ? répliqua-t-elle avec un étonnement sincère. À ton avis, peut-on affirmer qu'il aurait mieux valu que je me consacre à autre chose ? Je ne le crois pas. Il y aurait beaucoup à dire sur le sacrifice. Plusieurs religions sont fondées sur ce principe.

— De nos jours, les femmes ne vivent plus ainsi », lui opposa Harrison en sachant, bien sûr, que ce n'était pas tout à fait vrai. Beaucoup d'entre elles se sacrifiaient encore aux autres.

« J'estimais qu'il était un grand poète. À l'époque je trouvais que, si je pouvais jouer un rôle quelconque dans son écriture, ça en valait la peine. »

Harrison s'efforça de ne pas imaginer Nora avec Carl Laski, un homme qui frisait les soixante-dix ans quand il était mort. Il savait à quoi ressemblaient les hommes à cet âge pour en avoir vu beaucoup dans les salles de sport. Soudain, comme on pourrait s'apercevoir qu'un bruit s'est arrêté, il remarqua que Nora ne bégayait plus et s'exprimait avec calme et détermination.

« J'étais encore plus isolée que Carl. Nous habitions ici, dans cette maison, bien loin du village. Il me semblait que je n'existais que pour lui. Je travaillais pour lui. Il était tout pour moi. »

Harrison avait du mal à se représenter la Nora qu'elle décrivait, celle pour laquelle Carl Laski représentait tout. Mais en repensant à l'adolescente qui avait vécu à l'ombre de Stephen Otis, il eut un peu moins de difficulté à croire qu'elle avait pu se laisser influencer à ce point par quelqu'un d'autre.

« Beaucoup de bruits couraient à propos d'autres femmes. Mais tous se fondaient sur ses poèmes. En imagination, Carl m'était infidèle tous les jours. Je le lisais noir sur blanc. Quand il écrivait à la gloire d'une femme, j'étais méfiante, mais il y avait tant de ressemblances avec moi ou avec celles qui m'avaient précédée que je ne pouvais jamais être sûre de rien. »

En se représentant Nora en train de scruter les vers de Laski et d'y chercher des indices sur ses infidélités imaginaires, Harrison tressaillit.

« Pourtant, je savais, comme savent les femmes, à cause de détails insignifiants, banals. En outre, Carl avait un appétit sexuel féroce – je sais bien que tu n'as pas envie de l'entendre –, et je remarquais une légère baisse d'activité, suivie par un brusque regain. C'était devenu le schéma habituel. Je le sentais. En imagination, il avait de nombreuses liaisons. Comme tous les hommes, je suppose. La différence, c'était qu'il écrivait ses fantasmes et que je les tapais. »

Elle prit une profonde inspiration.

« Curieusement, je n'ai jamais songé à partir. Je l'avais épousé et nous étions isolés. Le quitter ne m'a jamais paru un choix possible. Où serais-je allée ? Et avec qui ? »

Tu aurais pu essayer de me retrouver, pensa Harrison.

« Un jour, Carl a amené à la maison une jeune femme. Blonde, âgée de dix-huit ans, rien à voir avec l'idée qu'on se fait d'une étudiante. Carl la traitait de fille du patelin, même devant elle. Il la trouvait fascinante. Son accent. Ses vilaines dents. Jusque-là, il n'avait jamais connu personne qui lui ressemblât. Elle était boursière. Brillante, d'après Carl. Mais mal dégrossie. À table, elle avait des manières épouvantables, je m'en souviens. Je me disais qu'elle se conformait à l'image qu'il avait d'elle – une fille appartenant à la classe ouvrière en train de s'éduquer – et que son comportement à table faisait partie du rôle qu'elle jouait. »

La facilité apparente avec laquelle Nora racontait son histoire sidérait Harrison. Ni larmes, ni hésitation.

« Précisons qu'il l'a amenée à la maison pour qu'elle y habite. Il a prétendu que c'était temporaire, qu'elle n'avait nulle part où aller. Que sa bourse ne couvrait pas les frais d'hébergement. Qu'elle avait vécu à moitié dans sa voiture, à moitié chez des amis. Elle était assez sale pour que je le croie. Nous avions tant de chambres, disait-il, que nous pouvions bien lui en céder une jusqu'à ce qu'elle se remette en selle. Il a présenté la chose comme un acte d'humanité, si bien que je ne pouvais pas refuser. »

Elle se tourna face à Harrison.

« Voilà comment les choses se passent. Par paliers. Au début, on a de grandes espérances. Puis l'existence, peu à peu, se charge d'annihiler ces espérances, d'en souligner le côté naïf ou fou. On se rend compte que la vie conjugale n'est pas ce qu'on croyait. Que l'amour est au mieux sporadique. Que l'homme qu'on a épousé quand on était très jeune peut se révéler avoir un caractère difficile. Qu'espérer une intimité de tous les instants est bourgeois, pour utiliser un mot que Carl aimait employer. »

Nora se mordilla un ongle.

« Parfois, je les entendais faire l'amour. Les cloisons étaient minces et, même du bout du couloir, je les entendais. »

En visualisant la scène, Harrison fut choqué. Nora seule dans son lit. La première épouse en train d'écouter les ébats du mari et de la seconde épouse.

« C'est l'une des choses auxquelles je me suis attachée en rénovant la maison après la mort de Carl, poursuivit-elle. Les murs des chambres sont à présent solides et épais, de sorte qu'on n'entend rien de l'une à l'autre. »

C'était vrai. De la sienne, Harrison n'avait pas surpris un seul bruit.

« Ce que Carl ne m'avait pas dit, c'était que Judy était enceinte. Au bout de quelques semaines, je n'ai pas pu ne pas m'en apercevoir. Ça se voyait peut-être déjà avant que je sache qu'il fréquentait son lit. Le matin, je l'entendais vomir dans la salle de bains. Je voyais sa taille s'arrondir. Un jour, je lui ai posé la question. Oui, m'a-t-elle dit, elle était enceinte. J'ai failli lui demander si l'enfant était de Carl. Mais, même si je le savais, je ne voulais pas l'entendre.

— Nora, je suis navré.

— Ce jour-là, j'ai pris conscience que Carl Laski était un monstre. Des années durant, il m'avait interdit d'avoir un enfant. Il en avait eu, disait-il, et ils ne lui avaient apporté que du chagrin. Pas question qu'il recommence. D'ailleurs, ajoutait-il toujours, il était trop vieux pour ça. Sauf que moi, je n'étais pas trop vieille. Je désirais vraiment un enfant. Et voilà que Carl s'était permis d'en faire un à cette... cette gamine. »

Harrison s'efforça d'appréhender la situation. Une fille hébergée dans la maison, une fille enceinte de son mari. Il se rappela en quels termes Nora avait parlé de Carl Laski à peine deux jours plus tôt. *Il était merveilleux. C'était un poète merveilleux et un homme merveilleux.*

Ayant lu la biographie de Roscoff, il était persuadé, bien qu'il ne l'eût pas aimée, que Laski avait été pour le moins un homme tourmenté, peu commode. Toutefois, en écoutant les commentaires louangeurs de Nora, qui prenait sa défense, il avait commencé à voir en lui un mari merveilleux, un bon professeur. À présent, il comprenait que sa première impression avait été la bonne : en fait, il s'était comporté en tyran égocentrique.

« J'étais furieuse. Je l'ai mis au pied du mur. Il a affirmé que l'enfant n'était pas de lui. Il a feint la surprise. Carl était capable de trahir, mais il ne savait pas mentir. Il s'en tirait très mal. J'ai menacé de le quitter. Il me semble même que j'ai fait ma valise. Je n'en ai jamais parlé à personne.

— Ta confiance m'honore », dit Harrison, mais il n'en était pas sûr. La veille, ses sentiments avaient été simples, purs, impérieux.

« Je lui ai dit que je ne resterais qu'à condition qu'il se débarrasse d'elle. Que je ne voulais pas vivre sous le même toit, que j'en avais assez de les entendre faire l'amour. Carl s'est alors montré attentif. À mon avis, il avait cru jusque-là que je n'avais rien entendu, rien compris. Il a promis de lui trouver un hébergement ailleurs. » Elle prit une longue inspiration. « C'est à ce moment-là qu'il a découvert sa maladie.

— Un cancer.

— Il a eu affreusement mal à la gorge pendant plusieurs semaines d'affilée. Je croyais qu'il avait une streptococcie. Je le poussais à aller voir un médecin, mais il refusait, préférant utiliser tout un arsenal de plantes médicinales. Il ne jurait que par ces remèdes, qu'il achetait au village. Mais la douleur a tellement empiré qu'il a fini par aller au dispensaire de l'université. On lui a conseillé de faire des analyses. Ce mot terrifiait Carl. Des “analyses”. Il est alors redevenu un enfant. Un enfant têtu et destructeur. »

Dans l'esprit de Harrison, Laski se transforma en vieillard enragé, sorte de roi Lear.

« En fin de compte, c'est moi qui ai dû m'occuper de trouver un endroit pour héberger la fille. Je suis allée voir le doyen de l'université, je lui ai expliqué qu'elle avait vécu dans sa voiture et vivait alors chez nous. Le doyen avait appris la maladie de Carl, qui était un professeur vénéré par le corps enseignant. Il m'a promis qu'il ferait en sorte d'augmenter la bourse de la fille pour qu'elle puisse payer sa chambre et sa nourriture. Je n'ai pas révélé qu'elle était enceinte. »

Le doyen savait-il que cette fille et Laski avaient été amants ? se demanda Harrison.

« Puis Carl a été affreusement malade. À hurler. Il enrageait, il pleurait. Il citait toutes les femmes qui avaient inspiré ses poèmes. Il avouait toutes ses liaisons imaginaires, sordides. Et il en éprouvait du plaisir. Loin de demander pardon, il cherchait à me blesser, parce que j'étais jeune et que j'allais lui survivre. Certaines filles n'avaient pas plus de dix-sept ans. Il adorait les toutes jeunes étudiantes. Pour ma part, je n'étais qu'une parmi d'autres, parmi tant d'autres. Le fait qu'il m'avait épousée, qu'il était resté avec moi en disait plus long sur moi que sur lui. Je manquais de caractère. Je n'étais rien. Un zéro. Il a piétiné tous les bons souvenirs que j'avais de notre vie commune. »

Harrison avait à la fois envie de consoler Nora et de la secouer. Comment avait-elle pu se montrer aussi complaisante ?

« Lorsque j'ai appris la maladie de Carl, j'étais vraiment incapable de l'abandonner. Peut-être étais-je soulagée de savoir que notre vie conjugale faite de mensonges allait bientôt prendre fin. Et peut-être le sentait-il car, avec les jours qui passaient, il comprenait que, malgré la chimio et les rayons, il ne guérirait pas, et la fureur le gagnait. Une fureur indescriptible. » Après s'être tue un instant, Nora ajouta : « La vitesse avec laquelle l'amour peut se transformer en haine est incroyable.

— Nora !

— Tu ne peux pas imaginer à quel point j'étais soulagée quand il est mort. Et reconnaissante qu'il s'en soit chargé lui-même. »

Un silence s'étira sur plusieurs minutes.

« Après l'enterrement, je suis allée voir Judy. Je crois que j'avais dans l'idée de prendre l'enfant pour essayer de l'élever. Mais elle l'avait déjà confié – c'était un garçon – à une organisation caritative catholique. »

Enfin, Harrison perçut son effort pour refouler les larmes.

Nora prit une longue inspiration et leva les yeux au plafond. C'était donc la perte de l'enfant qui avait représenté la vraie tragédie pour Nora.

« C'est à ce moment-là que j'ai pensé à créer une auberge.

— Et tu as embauché Judy.

— Je l'ai hébergée et formée.

— Vous gérez donc l'auberge toutes les deux.

— Oui. Je la paie bien. »

Harrison regretta de ne pas pouvoir rester un jour de plus. Une semaine de plus. « Je n'ai pas envie de retourner à Toronto. C'est affreux, terrible, mais vrai. Je voudrais rester ici avec toi. »

Nora se leva et se planta devant lui. « Cette auberge est ma forteresse. Je veux qu'il en soit ainsi. J'en ai besoin. »

Il se leva à son tour et elle l'embrassa.

« Il faut que je m'habille », dit-elle.

Il comprit alors qu'ils ne se reverraient plus. Ni à leur trentième réunion d'anciens élèves, dans trois ans, ni à leur quarantième, voire à leur cinquantième, s'il était encore en vie à ce moment-là. Un jour, un homme – qui ressemblerait à Harrison, mais serait sans attaches, un homme avec lequel elle n'aurait pas de passé commun – viendrait à l'auberge, verrait Nora, lui parlerait, et l'affaire serait entendue.

« Ton mari avait raison. Il n'y a pas de mots pour décrire une certaine sorte de douleur. »

Il s'avança vers la porte à double battant, l'ouvrit et sortit sur la véranda. Ses enfants n'apprendraient jamais la trahison de leur père. Harrison rentrerait chez lui, jouerait au base-ball et patinerait avec eux, et ils ne sauraient jamais que le temps d'une nuit il avait souhaité les quitter.

Sur son visage, le soleil était plus chaud qu'il ne s'y attendait. Marchant dans la neige fondue, il se dirigea vers l'entrée de l'auberge et pensa aux glaciers qui se réchauffaient et à tous ces oiseaux qui volaient vers le nord.

Derrière sa vitre, Agnes vit Innes, en bras de chemise, avancer dans la neige pour tourner le coin de l'auberge. Bien entendu, ce n'était pas Innes, mais Harrison Branch, qui portait encore les vêtements de la veille. Mais il aurait pu s'agir d'Innes, Innes tel qu'il serait à quarante-quatre ans. La même tenue droite, trahissant cependant une certaine timidité. Les cheveux déjà un peu clairsemés. Pourquoi Harrison marchait-il donc dans la neige ?

Derrière elle, sur le lit, Agnes avait déjà rassemblé ses affaires : son sac marin fait avec soin, son manteau replié, son sac à dos dans lequel elle avait fourré les savonnettes et les shampooings généreusement fournis par l'auberge (par Nora ?). Elle jeta un coup d'œil à la lettre posée sur le bureau, qu'elle avait commencé à écrire la veille à Jim Mitchell, avant d'avouer cette liaison au dîner. Elle la déchirerait et en jetterait les morceaux (inutile de les rapporter chez elle). Jim n'apprendrait peut-être jamais sa trahison et se dirait qu'Agnes s'était simplement effacée. Et c'était bien ce qui allait se passer. Elle s'effacerait et retournerait à Kidd, un endroit qu'elle n'avait presque jamais quitté, tout au moins en pensée. Dans l'après-midi, elle corrigerait des copies d'histoire, puis s'entretiendrait avec l'entraîneur de l'équipe féminine de basket, dont elle était l'assistante. Au printemps, elle le seconderait pour les entraînements d'athlétisme et, à l'automne, elle s'occuperait seule de l'équipe de hockey sur gazon – course après les balles et batterie d'exercices afin de préparer les joueuses à ce qui se révélerait, espérait-elle, une saison victorieuse. Elles auraient leur chance cette année avec le retour de Molly Clapper. Molly avait un bon revers, un coup droit encore meilleur, et surtout se plaçait d'instinct où il le fallait quand il le fallait. Et ce train-train continuerait… jusqu'à quand ? Jusqu'à la mort d'Agnes ? Jusqu'à sa retraite ? Sa vie, qui lui avait paru pleine de promesses à peine deux jours plus tôt, semblait terriblement vide à présent.

Une grosse voiture blanche remonta l'allée incurvée. Postés au bas des marches, Jerry et Julie la guettaient. Elle s'arrêta, le chauffeur descendit et ouvrit d'abord la portière qui se trouvait derrière lui. L'air ravi de repartir, Jerry s'élança aussitôt, contourna l'arrière du véhicule et s'empressa de monter. Julie attendit patiemment que le chauffeur arrive de l'autre côté, puis, sa fourrure sur le bras, s'installa avec grâce. Avant que la portière soit refermée, Agnes vit Julie poser sur la banquette son manteau de fourrure, petit animal séparant mari et femme.

Harrison s'était arrêté au milieu de ce qui était sans doute une pelouse. Que faisait-il donc là ? Peut-être ne voulait-il pas être obligé de dire au revoir à Jerry et Julie qui s'éloignaient maintenant. Agnes tenait à dire au revoir à Nora, à la remercier pour ce week-end, pour les repas, et pour sa jolie chambre. Parviendrait-elle ensuite à s'esquiver sans croiser les autres ? Bill et Bridget sauraient qu'Agnes leur souhaitait tout le bonheur possible. D'ailleurs, elle leur écrirait en rentrant à Kidd. Oui, bonne idée. On pouvait exprimer beaucoup plus de choses dans une lettre qu'en faisant ses adieux à la hâte.

Entre-temps, Harrison n'avait pas bougé. Il semblait terrassé, les yeux fixés sur les montagnes. Agnes entendait l'eau goutter de l'avant-toit et, de temps à autre, un paquet de neige glissait et tombait. La réverbération était presque aveuglante et il devait faire chaud dehors. La neige semblait fondre sous les yeux d'Agnes. Était-ce possible ? Pouvait-on vraiment la voir disparaître, s'évaporer ?

Lorsque Harrison avança, Agnes imagina Innes à sa place. Le médecin ne se trouverait toutefois pas dans une auberge des Berkshires, mais peut-être dans une grande ville. Pas Toronto, décida-t-elle. New York. Elle se le représentait en train de descendre Madison Avenue et de pousser le fauteuil roulant de Louise. Ça se passerait en… 1934, calcula Agnes. L'Empire State Building était-il déjà construit ? En y songeant, elle opta plutôt pour la Cinquième Avenue, à l'angle de la 34e Rue, où le plus grand immeuble du monde venait d'être érigé. Peut-être Innes et son épouse étaient-ils venus à New York pour admirer cette curiosité (bon, pas Louise, bien sûr, puisqu'elle était aveugle). Tous deux avaient pris quelques jours de vacances loin de Toronto, de la médecine, de leurs enfants. À moins qu'ils n'aient emmené leurs enfants – Angus, âgé de quatorze ans, et Margaret, de huit ans ? Dans ce cas, ils les auraient laissés à l'hôtel, avec la domestique de Louise.

C'était une journée tiède de début décembre. Près de dix-sept années s'étaient écoulées depuis l'explosion de Halifax et le couple n'en parlait jamais. On aurait pu croire que Louise avait toujours été aveugle dans les rues de Toronto, la ville où ils avaient émigré après leur mariage – source de joie pour Louise –, célébré hâtivement à Halifax. Si Louise avait besoin d'un fauteuil roulant, c'était que, en plus d'être aveugle, elle était estropiée, sa cheville n'ayant jamais guéri de façon satisfaisante. Grâce au dévouement de son mari et à l'engagement d'une aide (oui, il y avait bien une domestique restée à l'hôtel), Louise avait eu et élevait deux enfants, s'imposant en tant qu'épouse d'un chirurgien de l'œil réputé (la renommée d'Innes l'avait précédé à Toronto), et faisait même, de temps à autre, une apparition dans la bonne société locale des années 1930. (La Dépression avait-elle autant affecté le Canada que les États-Unis ? Oui, sans aucun doute, décida Agnes.)

En dépit de ces succès, Louise n'en restait pas moins une aveugle qui ne pouvait se débrouiller seule. On le remarquait à ses lunettes noires, bien sûr, deux cercles sombres reliés par une mince barre en or. Plus secs et plus plats qu'ils ne l'auraient été chez une autre femme, ses cheveux étaient retenus par des pinces légèrement de travers, et son rouge à lèvres était appliqué au jugé. Louise parvenait-elle à imaginer l'effet que produisait sur elle son manteau vert, dont la couleur ne la flattait pas ? Se rendait-elle dans les grands magasins en fauteuil roulant, une amie la poussant dans le rayon robes ? L'épouse du chirurgien, qui frisait à présent la quarantaine, s'en remettait-elle à son mari pour choisir ses chaussures et ses chapeaux ?

Agnes visualisait avec précision ce couple marié depuis dix-sept ans. Vêtu d'un long manteau marron, coiffé d'un chapeau, le Dr Finch avançait derrière le fauteuil en bois, pourvu de roues en caoutchouc. Il poussait sa femme, devenue plus lourde avec l'âge, dans la rue légèrement en pente, sans laisser paraître ses efforts. En fait, il avait presque l'air heureux. Pas forcément parce qu'il accompagnait sa femme, plutôt à cause de l'aventure que représentait ce voyage, car il était ravi à l'idée de quitter Toronto et le Canada, s'il devait être franc. Même pendant la Dépression, New York affichait une vitalité inconnue à Toronto, malgré tous les raffinements de cette ville du Nord.

Louise était en train de dire – Agnes l'écoutait avec attention – qu'ils devraient aller chez Macy's. Joan lui avait affirmé que ce grand magasin était merveilleux. En avaient-ils le temps ? À quelle heure commençait le concert à Carnegie Hall ? Pour Louise qui ne voyait pas, un concert était en effet l'idéal.

Agnes s'avança vers le bureau.

Innes lui répondit avec la politesse dont il ne se départait jamais, même quand son épouse handicapée usait d'un ton querelleur, ce qui semblait se produire plus fréquemment ces derniers temps. Il voyait et elle ne voyait pas, et elle ne se privait pas de le lui rappeler de temps à autre. Ce jour-là, elle avait une voix quelque peu belliqueuse malgré ce beau voyage. Louise était fatiguée. Elle était souvent fatiguée. C'était si fatigant d'être aveugle. Il fallait tendre l'oreille. Imaginer. Comme d'habitude, Innes la plaignait de ne pas voir la flèche de l'Empire State Building, d'une beauté à couper le souffle. D'entendre seulement les gens qui les entouraient. De ne pas pouvoir admirer la décoration magnifique des vitrines de Noël, avec leur profusion d'ornements aux détails minutieux.

Innes se frayait un chemin en tâchant d'éviter la neige fondue. S'il ne se souciait pas de l'endroit où il posait les pieds, il veillait à mettre Louise à l'abri des éclaboussures des bus et des taxis. Innes et Louise se déplaçaient rarement en taxi. L'effort qu'il fallait déployer pour installer Louise dans une automobile rendait l'entreprise risquée et fort longue. Chaque fois que c'était possible, ils allaient donc à pied. L'exercice avait donné à Innes des bras robustes et un torse musclé. Contrairement aux nombreux piétons, il était conscient de l'inclinaison de cinq degrés de la rue, du fait qu'il devait pousser une femme de soixante-huit kilos. Il ne se plaignait pas. Son sort lui pesait toutefois lorsqu'un passant dévisageait Louise avec dégoût, puis avec pitié. Ce regard effronté était non seulement grossier, mais rappelait d'une façon gênante à Innes des sentiments qu'il avait enfouis juste sous la surface.

Il se demanda alors si leur vie aurait été plus facile à New York, au sein d'une société moins fermée, moins insulaire. À Toronto, Louise avait ses amies et sa famille, mais elle était souvent inactive, son oisiveté engendrant une série de symptômes déplaisants : ennui, irritabilité, tendance à geindre et à faire un drame de tout. Elle ne pouvait pas passer le temps comme les autres femmes de la bourgeoisie, en brodant ou en lisant. Au début, Louise avait refusé d'apprendre le braille ; à présent, elle le déchiffrait comme une fillette de sept ans lit une page imprimée.

Mais c'étaient là des pensées qu'Innes aurait le temps de développer pendant le trajet de retour en train. Pour l'instant, il voulait profiter de ses courtes vacances. L'hôtel, avec sa maquette sous verre dans le hall. Les dîners au restaurant avec Margaret et Angus,

Margaret habillée comme une petite dame d'une robe ceinturée de perles noires. Un déjeuner avec un confrère de l'école de médecine, suivi d'une visite de la ville dans la Buick de ce praticien. Innes aimait surtout les promenades solitaires qu'il effectuait pendant que Louise se reposait. Errer à l'aventure, sans but précis, lui procurait une sensation proche de la liberté.

« J'aurais dû mettre une écharpe, tout compte fait, dit Louise.

— Tu as froid ? Il fait pourtant tiède. Une douceur qui n'est vraiment pas de saison.

— Toi, tu marches, mais moi, je suis assise. C'est normal que j'aie plus froid que toi. »

Innes ne répondit pas, ayant appris des années plus tôt que Louise ne lâchait jamais prise.

« Parle-moi, exigea-t-elle.

— Il y a une grande affluence dans les rues.

— Oui, oui, je l'entends. Parle-moi des bâtiments, des vitrines.

— Bon, laisse-moi revenir un peu en arrière. »

Il s'arrêta devant un diorama inspiré par Dickens et décrivit le feu de cheminée, l'arbre de Noël illuminé autour duquel s'étaient regroupés les membres de la famille en costumes du XIXe siècle. Il regarda une autre vitrine.

« Il y a de jolies robes de chambre exposées, dit-il. L'une d'elle plairait peut-être à Margaret.

— Décris-la-moi.

— Elle n'est sans doute pas en laine, elle a l'air plus douce que ça. On dirait de la peluche. Je ne m'y connais pas beaucoup en tissus.

— Pouvons-nous entrer ? Je toucherai l'étoffe.

— Bien sûr », répondit Innes, même s'il quittait à regret le grand air, la neige qui fondait, l'abondance de véhicules dans les rues, les paroles des passants, qui flottaient jusqu'à lui. *Patience. Un enjeu énorme. Scandaleux.*

Présentant le dos à la porte, Innes l'ouvrit en pesant avec son épaule. Une jeune femme en étole de fourrure lui sourit, ce qui ajouta à la somme des petits plaisirs inattendus de sa journée.

Avisant, derrière le comptoir des gants, une vendeuse en robe de soie verte, Innes lui demanda où il pourrait trouver la robe de chambre bleue exposée en vitrine.

« La lingerie est au sixième », répondit-elle avec indifférence, d'une voix nasillarde.

Sans difficulté, Innes entra dans le grand ascenseur, sortit au sixième étage, monde de combinaisons, gaines, négligés et déshabillés. Il chercha le rayon des robes de chambre, pilota Louise dans cette direction, et mit dans sa main le bas du vêtement qu'il avait repéré.

« C'est en chenille, dit-elle aussitôt. Quelles couleurs y a-t-il ?

— Du rose, du blanc, du bleu pâle et… laisse-moi regarder… du jaune.

— Laquelle irait le mieux à Margaret ? »

Louise n'avait jamais vu sa fille.

« La bleu pâle, je crois. Avec ses yeux.

— Joan m'a dit qu'ils faisaient des paquets fabuleux ici. Assure-toi seulement qu'on te donnera bien la plus petite taille. »

Après avoir rangé le fauteuil contre un mur, Innes fit patiemment la queue pour avoir son paquet-cadeau, laissant une oreille traîner pour entendre la conversation des femmes qui l'entouraient. Lorsqu'il récupéra son achat, il fut confronté à un problème et dut demander à Louise de tenir le gros carton sur les genoux car il ne pouvait pas manœuvrer le fauteuil et le porter.

Une fois que l'ascenseur les eut ramenés au rez-de-chaussée, Innes poussa sa femme entre le rayon des parfums et celui des gants, puis sortit au soleil vif, que Louise sentit sur son visage. Il tourna le coin de la rue.

La foule était plus dense qu'une demi-heure auparavant. Tout le monde semblait vouloir profiter de cette belle journée. En face, plusieurs personnes attendaient de pouvoir traverser. Innes se pétrifia soudain.

Traversant la rue, elle venait vers lui, portant un feutre à bords roulés et un manteau en lainage à col de fourrure. Sans s'apercevoir de sa présence, elle veillait à éviter les plaques de neige fondue. Les quelques secondes durant lesquelles Innes observa Hazel lui parurent les plus intenses de sa vie.

Ce fut le fauteuil roulant qui attira son attention. Presque tous les passants, d'ailleurs, jetaient un bref regard à l'occupante. Puis à son compagnon. Hazel fit de même. Ses yeux glissèrent sur la femme aux lunettes noires, une fois, deux fois. Elle s'immobilisa. Innes vit son expression passer d'une douce rêverie au choc. Son regard remonta jusqu'à lui.

Il ne l'avait pas revue depuis le jour où elle s'était éloignée de lui à Halifax. Jalouse depuis l'enfance, Louise avait trouvé une nouvelle raison d'être furieuse contre sa sœur, qui n'était ni aveugle, ni handicapée, si bien qu'elle ne supportait pas qu'on prononce son nom à la maison. Au début, Hazel lui avait écrit. Innes avait lu à Louise ses deux premières lettres, mais, après avoir essuyé les colères qui en résultaient, il avait cessé de les partager avec sa femme. Finalement, les lettres n'étaient plus arrivées, et Innes lui aussi avait cessé de donner des nouvelles de Louise. Le courrier de Hazel était posté à Boston, une ville qui était demeurée magique pour Innes pendant dix-sept ans.

« Pourquoi nous sommes-nous arrêtés ? demanda Louise.

— À cause de la circulation. » Innes trouva tout juste assez de souffle pour lui répondre. « Nous sommes obligés d'attendre que les véhicules passent.

— Les rues sont donc à ce point bondées ?

— Oui, je le crains. »

Il aurait reconnu Hazel n'importe où. Des années durant, il l'avait imaginée telle qu'elle était à vingt-deux ans. Elle en avait trente-neuf à présent. Était-elle mariée ? Avait-elle des enfants ? Toutes les questions qui avaient occupé ses pensées pendant près de deux décennies se bousculaient dans sa tête, et il ne pouvait en poser aucune. Dans quelques secondes, il devrait la quitter. Louise était maligne.

Il agrippa la manche de Hazel. Elle ne tressaillit pas. Il n'avait pas oublié ses yeux magnifiques.

« Innes ? insista Louise d'une voix geignarde. Ce paquet est lourd. »

Innes souhaitait que Hazel lise un mot sur ses lèvres. Mais quel mot ?

Il relâcha son bras.

« Attendez-moi », dit-il sans bruit.

Avec une immense réticence, Innes pivota et se remit à pousser le fauteuil. Il avançait sans savoir où il allait. Ses pensées étaient chaotiques, pressantes. La ville scintillante l'aveuglait.

« Innes ! s'écria Louise d'un ton sec.

— Oui ?

— Où allons-nous ?

— J'ai quelques courses à faire. Je te ramène dans ta chambre pour que tu te reposes.

— Quelles courses ?

— Du tabac. Un livre dont j'ai besoin.

— Très bien. » Louise était contente de retrouver son nid temporaire. Elle commanderait du thé et des pâtisseries, Innes le savait. Quand il reviendrait à l'hôtel, il verrait des miettes sur le corsage de sa robe.

Sereine, son sac pendant à son poignet, le bord de son chapeau lui cachant les yeux, Hazel n'avait pas bougé.

« Depuis combien de temps attendez-vous ? lui demanda-t-il en la rejoignant, hors d'haleine après avoir couru.

— Une heure, plus peut-être.

— J'avais peine à dissimuler mon impatience.

— Louise a beaucoup changé.

— En quel sens ?

— Elle paraît furieuse. Ça m'a attristée. »

Innes inclina la tête. Oui, Louise était furieuse. Elle l'avait toujours été. À quoi bon se sacrifier pour une femme si on ne parvenait pas à l'aimer davantage ? Un homme heurta le coude d'Innes.

« Nous sommes venus ici en vacances, expliqua-t-il.

— Vous habitez donc toujours Toronto.

— À la même adresse, oui.

— J'ai cessé d'écrire.

— De toute façon, elle ne voulait plus que je lui lise vos lettres. »

Innes poussa Hazel hors du chemin d'un cycliste et laissa sa main s'attarder sur son bras. « Est-ce qu'il y a toujours autant de circulation qu'aujourd'hui ?

— À cette époque de l'année, oui. »

Elle le regarda sous son chapeau. Innes constata qu'elle paraissait assurée. L'œuvre du temps, ou de l'expérience.

« Allons chez moi », proposa-t-elle.

Cette invitation hardie étonna Innes. Puis il se dit qu'ils ne pouvaient pas rester plantés au coin de la rue.

« Vous habitez ici ? En ville ?

— Assez loin au nord.

— Devrions-nous y aller en taxi ?

— Si vous voulez.

— Mon temps est compté. »

Dans le taxi, Innes prit dans la sienne la main gantée de Hazel. Ce geste ne lui suffisait pas. Il ôta son gant, puis celui de Hazel, et étreignit cette main nue.

Ils remontèrent l'avenue, passèrent devant les hôtels particuliers et le parc. Innes ne voyait la ville qu'autour du visage de Hazel.

Ils s'arrêtèrent devant un modeste bâtiment en grès brun. Après être descendue du taxi, Hazel grimpa quelques marches et attendit Innes devant une porte aux carreaux bleus biseautés.

« C'est à vous ? » demanda-t-il en levant les yeux sur l'immeuble de trois étages.

Elle sourit. « Je n'ai qu'un appartement. »

Ils montèrent au troisième étage. Dans le petit ascenseur, Innes prit le bras de Hazel, ne souhaitant pas la lâcher ne fût-ce qu'un instant. Ils se retrouvèrent dans un couloir sombre. Hazel entraîna alors son compagnon vers une porte qu'elle ouvrit.

Il lui tint son manteau lorsqu'elle en fit glisser les manches. Innes se débarrassa du sien, mais ne sut où les poser.

« Là », dit-elle en montrant un fauteuil au cuir crevassé et en trahissant une impatience qui fit bondir le cœur d'Innes.

Vêtue d'une fine robe marron ceinturée qui lui arrivait juste sous les genoux, Hazel avait les cheveux courts et crantés. Elle était mince. Beaucoup de femmes étaient minces ces temps-ci, songea Innes. Il avait oublié ses jambes robustes, musclées.

« J'ai souvent pensé à vous. »

Elle hocha la tête. « Est-ce que c'était très difficile ?

— Louise ? Ma vie ?

— Louise.

— Non. Pas très. Seulement de temps en temps.

— Vous l'avez fait pour moi. Pour que je puisse partir.

— Mes raisons semblaient compliquées à l'époque.

— Êtes-vous amer ?

— Non. »

Il la suivit dans une petite pièce sombre. Un jeté – en chenille, il le savait à présent – couvrait le lit. Malgré son exaltation, Innes remarqua une coiffeuse juponnée, un collier de perles passé autour d'un support fixé au miroir. Plus tard, il remarquerait des signes d'un train de vie économe : bas de soie lavés avec soin, pendus au porte-serviettes dans la salle de bains, orange unique dans le réfrigérateur, sacs en papier gardés dans un tiroir.

Que Hazel ait pu se trouver là pendant toutes ces années paraissait à peine possible.

« J'enseigne dans un lycée de filles en ville, dit Hazel.

— Vous êtes-vous mariée ?

— Non.

— Il doit bien y avoir eu… » Innes s'interrompit. Il ne pouvait pas la questionner sur d'autres hommes. Pas dans cette pièce. Pas dans ces circonstances. Si bien qu'il préféra annoncer : « J'ai un fils. Un beau petit garçon. Il fera des études d'ingénieur, je pense. Ou peut-être d'architecte. Nous sommes allés deux fois voir l'Empire State Building. Et j'ai aussi une fille, Margaret. Elle est plutôt grande pour son âge et joue très bien du piano.

— Comment s'appelle le garçon ?

— Angus. » Innes hésita, puis ajouta : « C'est le nom de mon père. Vous êtes leur tante.

— Leur avez-vous parlé de moi ?

— Un peu. Ils connaissent votre existence. Nous leur avons dit que vous aviez été blessée à Halifax, expliqua-t-il en se sentant honteux. Que vous viviez à l'étranger. »

Hazel hocha la tête.

« Je dispose de vingt minutes tout au plus », dit Innes.

À travers le tissu fin de sa robe, il sentait la colonne vertébrale de Hazel. Il fit glisser sa chemise par-dessus sa tête. Elle dégrafa ses jarretelles avec soin. Il sentait les ondulations du couvre-lit dans son dos. Elle avait une haleine fraîche. Il oublia Louise, pour qui il avait sacrifié une joie qu'il aurait pu connaître depuis des années. Car Innes avait toujours cru que, avec le temps, il aurait réussi à convaincre Hazel de partir avec lui. S'il n'avait pas vu Louise dans son fauteuil cet après-midi-là.

Ils étaient allongés face à face sur le lit. Les cuisses de Hazel étaient humides. Innes voyait les ridules d'une femme de trente-neuf ans, à présent que le soleil avait tourné le coin de son immeuble. Il y avait près d'une heure qu'il était parti de son hôtel. Hazel n'était pas vierge. Comment avait-il pu seulement imaginer qu'elle le serait ? Il lui caressa le visage, les cheveux.

« Qu'enseignes-tu ?

— L'histoire.

— Est-ce que tu es restée ici pendant tout ce temps ?

— J'ai habité Boston un moment, puis je suis retournée à Halifax. Ensuite, je suis venue ici.

— Tu es retournée à Halifax ? répéta-t-il, surpris.

— Brièvement.

— Moi, je n'y suis jamais retourné.

— J'ai trouvé la ville déprimante.

— Tu as eu… » Innes hésita. « … des amants ? dit-il enfin.

— Oui. »

Innes s'aperçut qu'il en était content, qu'il n'aurait pas voulu qu'elle se refuse ce plaisir. Toutefois, il était également content de ne pas pouvoir mettre de visage sur ces hommes.

« L'un a-t-il compté plus que les autres ?

— Oui. »

Qu'il était donc étrange qu'Innes n'ait connu Hazel qu'une soirée, un matin et un après-midi, et qu'elle lui ait manqué à ce point durant toutes ces années. La ressemblance entre les sœurs avait peut-être entretenu son souvenir.

« Je n'ai pas la force de te quitter », dit-il.

Elle l'attira contre sa poitrine. Innes comprit qu'il devait enregistrer chaque seconde pour être ensuite capable de recréer cette heure dans toute sa dimension merveilleuse. La facilité avec laquelle elle s'était dévêtue. L'absence de honte. Le sens de l'inévitable.

« As-tu jamais pensé à moi ? demanda-t-il.

— Oui, bien sûr.

— Ce soir-là, à Halifax, avant l'explosion, t'en doutais-tu ?

— Je n'en savais pas assez pour en être sûre, mais, oui, avec le recul, je devais m'en douter. » Elle se tut un instant. « Es-tu heureux en ménage ?

— Heureux n'est pas le mot qui convient. Satisfait, peut-être. J'accepte mon sort.

— Aurions-nous été heureux ?

— Oui. J'en suis persuadé.

— Elle t'a donné des enfants.

— Oui. L'un sans aucune difficulté. L'autre avec plus de complications. »

Innes songea à quel point il était étrange que Louise ait pleuré ce jour-là à Halifax en disant qu'elle n'aurait jamais de mari ni d'enfant, que Hazel aurait tout…

alors que c'était le contraire. C'était Louise qui avait un mari et des enfants.

« Tu ne regrettes pas de ne pas avoir eu d'enfant ?

— Si. La plupart du temps. Parfois, j'ai peur de l'avenir.

— Louise n'aurait pas pu s'en sortir. Elle y parvient tout juste avec nous tous pour l'entourer.

— Ce jour-là… ça ne semble pas possible.

— L'explosion ?

— Oui.

— Tu étais fiancée.

— Il est revenu. Il était obligé de rester à Halifax, mais pas moi.

— Les choses étaient aussi simples que ça ?

— Non.

— Toutes ces années… » Innes fut alors aussi proche du désespoir qu'il avait jamais pu l'être.

« Il ne faut pas y penser.

— Je dois retourner à Toronto. Après-demain.

— Tout se passera bien », dit-elle pour l'apaiser, en laissant courir ses doigts sur son dos.

Il avait envie de dormir. Dieu qu'il avait envie de dormir dans ce lit. Avec cette femme. Il raconterait à Louise qu'il était tombé sur un ami et n'avait pas vu le temps passer. S'il s'attardait davantage, il lui ferait manquer le concert. Louise savait bien qu'il aurait fallu une catastrophe pour qu'Innes lui fasse manquer son concert.

Mais c'était bel et bien une catastrophe, songea-t-il.

D'un mouvement brusque, il se leva, rassembla ses affaires, s'habilla comme s'il voyait ses vêtements pour la première fois de sa vie. Quand il tourna les yeux vers Hazel, il la vit assise au bord du lit, en robe de coton. Il enfila son veston, ses chaussures. Pour nouer ses lacets, il s'assit à côté d'elle. Son manteau et son chapeau étaient posés sur le fauteuil, dans l'autre pièce. Il prit la main de Hazel.

La sensation éprouvée était viscérale, douleur physique. N'avait-il pas déjà assez sacrifié ? Mais, pour être franc, tout n'avait pas été que sacrifice. Il avait un métier qui lui apportait d'immenses satisfactions. Il avait sa famille. Sa vie.

Il ne pouvait abandonner Louise. Ç'aurait été immoral.

Après avoir embrassé Hazel, il se leva, s'avança vers la porte et posa la main sur la poignée.

Agnes demeurait la tête dans les mains. Elle n'arrivait pas à se décider. Innes pesait-il sur la poignée pour partir et ne jamais revenir ? Était-ce la chose à faire ? Innes serait-il alors un homme bien ?

Elle le voyait hésiter, la main sur le verre taillé. Peut-être observait-il les carreaux, peut-être entendait-il une sirène dehors. Ne sachant pas au juste où il était, il lui faudrait trouver un taxi pour effectuer, au supplice, le trajet jusqu'à son hôtel, qu'il avait quitté une heure plus tôt dans un état d'exaltation lumineuse.

Hazel attendait patiemment derrière lui. Ce n'était pas à elle de prendre la décision. Elle n'essaierait pas d'influencer l'homme hésitant à la porte, mais Agnes pouvait imaginer ce qu'elle pensait.

Agnes savait ce qu'elle espérait.

Alors, non, se dit Agnes en posant brusquement le stylo. Innes ne quitterait pas Hazel. Il partirait cette fois, mais reviendrait, décida-t-elle avec une sorte de joie sauvage au cœur. Peut-être dès le lendemain, pour passer une heure avec elle. Oui, voilà. Innes s'occuperait de Louise, élèverait ses enfants, mais ne renoncerait pas pour autant à Hazel. Ils se retrouveraient à New York et à Toronto. Aux chutes du Niagara et à Chicago. Ils seraient amants jusqu'au moment où l'un d'eux (sans doute Innes, Agnes ne pouvait pas lui infliger d'autre chagrin) mourrait.

Le cœur gonflé, l'imagination comblée, Agnes rangea son carnet dans son sac à dos. Ce faisant, elle lâcha son stylo et dut se baisser pour le ramasser. En se relevant, elle vit de nouveau ces taches huileuses, cylindriques, à la périphérie de son champ visuel. Peut-être était-ce davantage un problème de tension que de vision.

Elle terminerait l'histoire une fois rentrée chez elle. Peut-être pourrait-elle même l'envoyer à un éditeur. Pourquoi pas ? Car quel était l'intérêt de la fiction sinon de corriger la réalité ? se demanda-t-elle en hissant son sac marin sur son épaule. Sinon de récrire le passé ? D'apaiser des rêves fébriles ?

N'ayant presque rien avalé la veille – le mariage, les nerfs, la cuirasse des sous-vêtements –, Bridget avait un appétit d'ogre, mais ne voulait pas réveiller Bill. Elle se rendit donc seule dans une salle à manger déserte, s'assit près de la fenêtre et vit le soleil commencer à élever sa masse brûlante au-dessus des montagnes. Au bout d'un moment, elle croisa le regard d'une jeune femme qu'elle avait vue accomplir diverses tâches dans l'auberge : servir, accueillir les clients, et même, une fois, porter une valise.

« Puis-je aller vous chercher quelque chose ? demanda la jeune femme.

— Je sais bien que le petit déjeuner n'est pas encore prêt, mais peut-être pourriez-vous me donner ce qui est le plus commode pour vous, café, jus de fruits, céréales si vous en avez ?

— Vous êtes la mariée ?

— Oui. »

Il devrait y avoir un mot pour désigner une mariée de quarante-trois ans, songea Bridget. C'était le genre de mot dont les Inuit pouvaient disposer.

Fascinée, elle observa la serveuse qui déposait la commande sur un monte-plats et l'envoyait dans la cuisine située au rez-de-chaussée. Matt et Brian avaient-ils remarqué ce système ? Il n'y avait pas encore si longtemps, l'un aurait mis l'autre au défi de se faufiler dedans pour s'amuser à monter et à descendre.

À dix heures, elle les réveillerait pour qu'ils puissent s'habiller et faire leurs bagages, sans oublier le moindre accessoire de leur smoking, espéra-t-elle. Elle imagina ceintures, boutons de manchette et nœuds papillon éparpillés par terre, dans le sous-sol où se trouvait la table de billard. Quant à elle, elle rassemblerait ses affaires et demanderait à Matt et à Brian d'emporter tous les sacs à la voiture. Ensuite, elle se mettrait à la recherche de Nora pour la remercier. Pour sa gentillesse, pour les repas extraordinaires, pour toutes les dispositions qu'elle avait prises. Nora s'était montrée plus que généreuse. Même si Bill avait réglé une certaine somme (il n'en avait pas précisé le montant), elle savait que Nora avait été largement de sa poche en offrant une bonne partie de ce qu'avait coûté ce week-end non seulement aux mariés, mais à tous les invités.

Bridget songea à Jerry et à Julie. Leur couple survivrait-il au trajet du retour ? Puis elle pensa à Agnes (quelle confession parfaitement inattendue !) et se demanda ce que l'avenir lui réservait. Sa révélation mettrait-elle un terme à sa liaison ou inciterait-elle Jim Mitchell à agir ? Il était difficile de ne pas reprocher à ce dernier d'avoir mené Agnes par le bout du nez durant toutes ces années. Ou devait-on l'admirer pour sa loyauté envers sa famille ? Bridget s'inquiétait à l'idée que son propre mariage puisse, bien malgré elle, provoquer la dissolution de deux couples. Quelle forte influence exerçaient ces réunions d'anciens élèves ! Était-ce pour cela que tant de gens refusaient d'y participer ?

Restait le mystère attaché à Nora et à Harrison. Il se passait nettement quelque chose entre eux – n'importe qui pouvait s'en apercevoir. Nora s'était assise à côté de Harrison pendant la cérémonie. Ce geste était-il significatif ? Ne connaissant pas assez bien Nora, elle ne pouvait pas lui poser la question. Bridget repensa à la manière dont Nora avait quitté le salon après le défi incroyable lancé à la tablée par Agnes.

Quant à la soirée à laquelle ils avaient pris part au temps du lycée, elle n'en avait gardé que quelques souvenirs : Bill et elle se pelotaient discrètement dans un coin (il faisait trop froid, avaient-ils décidé, pour aller sur la plage), se levaient parfois pour aller chercher un Coca. Il y avait beaucoup de bruit et les garçons semblaient se soûler plus vite que d'habitude. On sentait que quelque chose était en train de se terminer. Dans une semaine, ils passeraient leurs examens, et dans quinze jours, tout le monde serait parti. Bill dans sa famille, à Albany, Bridget dans la sienne, à Foxboro. Plusieurs semaines pourraient s'écouler sans qu'elle voie Bill et, s'il réussissait à venir la voir, ses parents les auraient à l'œil. En septembre, Bill irait à l'université.

On avait murmuré que Nora et Harrison s'étaient embrassés dans la cuisine, elle s'en souvenait. À l'époque, Bridget y avait vu un rapprochement logique, car même si elle n'avait jusque-là rien remarqué entre eux, elle était persuadée qu'ils allaient bien ensemble, beaucoup mieux que Nora et Stephen, dont la liaison avait toujours sidéré Bridget. Ce soir-là, elle avait aussi compris autre chose : Harrison avait attendu Nora depuis le début.

Bridget ne désirait rien que de très simple à présent : elle voulait rester en vie jusqu'à la fin des études universitaires de Matt. Ensuite, elle devrait lui faire confiance pour se débrouiller seul dans la vie. C'était beaucoup demander, elle le savait. Il y avait même peu de chances pour qu'elle voie son fils terminer le lycée.

Voilà qui ne lui laissait vraiment pas assez de temps. Sa mort entraînerait une dégringolade pour Matt. Elle espérait que Bill aurait le bon sens de ne pas le quitter pendant un an après ses études secondaires et retarderait son entrée à l'université. Qu'il le mettrait au travail, veillerait à ce qu'il rentre à la maison le soir, dialoguerait avec lui. Il faudrait qu'elle en touche un mot à Bill quand elle l'estimerait prêt à entendre ce genre de chose. Dans un an, peut-être, si tout allait bien.

Bridget entendit que le monte-plats arrivait. La blonde lui apporta son petit déjeuner. Sur le plateau, il y avait des céréales si elle en avait envie, mais aussi bien d'autres mets : des œufs au lard croustillant, une brioche raffinée, du beurre doux, une coupe de fruits rouges, un pot de crème fraîche. Une cafetière en argent.

Un vrai festin de mariée.

Bridget se mit à rire et demanda à la serveuse son prénom. Elle ne lui dit pas comme elle aurait pu le faire : « Je n'en viendrai jamais à bout », car elle savait qu'elle n'en laisserait pas une miette.

Un mouvement à l'entrée de la salle à manger attira l'attention de Bridget. La jeune fille intercepta son regard et, instinctivement, croisa les bras sur la poitrine. Bridget porta au crédit de Melissa le courage de ne pas tourner les talons. Elle était sans doute venue se restaurer avant de filer, en se disant que les mariés dormiraient encore.

Comme elle était jolie, même embarrassée ! Un T-shirt blanc à encolure bateau moulait sa cage thoracique et sa taille menues, et son jean étroit descendait sur ses bottes noires. Une fine chaîne en argent pendait à son cou.

Bridget se leva à demi et l'appela.

À contrecœur, Melissa se tourna dans sa direction.

« Tu veux te joindre à moi ? »

Bien élevée, la jeune fille traversa la salle, mais refusa de croiser son regard. Lentement, avec grâce, elle relâcha les bras et s'assit en face de Bridget.

« Où est mon père ? demanda-t-elle aussitôt.

— Il dort.

— Oh ! Je n'ai pas vraiment faim.

— Tu as une longue route devant toi », fit remarquer Bridget.

Melissa haussa les épaules.

(Les vieux trouvaient toujours les trajets trop longs.)

« Il y aura un buffet plus tard, mais tu peux commander à la carte. Comme tu vois, on m'a gâtée. » Bridget jeta un coup d'œil à son petit déjeuner. Melissa allait la trouver gloutonne. « J'ai commandé des céréales, et on m'a apporté tout ça. »

Melissa hocha la tête.

« Tu as bien dormi ? »

La jeune fille tripota l'argenterie. « Ouais, ça va.

— Comment était la partie ? »

Melissa ne sembla pas comprendre.

« De billard, ajouta Bridget.

— Oh ! Pas mal. Brian nous a tous battus. »

Ne pose plus de questions avant que Melissa prenne la parole d'elle-même ou te demande quelque chose, se recommanda Bridget.

Judy vint prendre la commande. Elle tendit une carte à Melissa et se prépara à attendre, mais Melissa ne dut pas lire plus loin que la première ligne, estima Bridget.

« De la bouillie d'avoine, demanda-t-elle avec nervosité. Et du thé, s'il vous plaît.

— Nous avons de l'Earl Grey et…

— De l'Earl Grey », s'empressa de commander Melissa.

Une fois Judy partie, Melissa, les mains sur les genoux, regarda par la fenêtre, la vue lui fournissant sans doute un prétexte bienvenu.

« Je suis contente que tu sois venue au mariage, reprit Bridget. Ça compte beaucoup pour ton père. »

Melissa inclina la tête.

« Je sais que ça n'a pas dû être facile.

— Matt a été gentil », dit Melissa.

Bridget se sentit soulagée d'un poids. Dépassant le simple échange de politesses, cette remarque constituait peut-être une brèche dans laquelle elle pourrait s'engouffrer pour établir un dialogue. « Tu as un seuil de tolérance très élevé à l'égard des garçons de quinze ans. Ils peuvent parfois se montrer… bon, tu le sais. Assez odieux.

— Non. Il a été gentil. Nous avons un peu parlé. »

Malgré une furieuse envie d'en savoir davantage, Bridget se retint de demander de quoi ils avaient parlé. « Tu devrais venir à la maison un de ces jours », proposa-t-elle, tout en sachant qu'elle prenait un risque.

Melissa détourna les yeux. Elle éprouverait toujours une féroce loyauté envers sa mère, et Bridget ne s'en mêlerait pas. C'était là une qualité qu'on ne pouvait qu'admirer.

« Peut-être », répondit Melissa en laissant la porte ouverte, sans toutefois s'engager.

C'était déjà ça, songea Bridget. C'était même beaucoup.

Elle lui posa alors quelques questions auxquelles la jeune fille répondit poliment avant d'en poser une à son tour, à la stupéfaction de Bridget.

« Comment vous sentez-vous ? »

Après avoir réfléchi une minute en buvant une gorgée de café, Bridget décida de dire la vérité sans l'édulcorer.

Les pinces du crabe l'inquiétaient, expliqua-t-elle. Le risque de récidive, le terme employé pour une reprise du cancer, était de cinquante pour cent. Dans ce cas, les os, le cerveau ou le foie seraient atteints. Elle espérait vivre jusqu'à ce que Matt ait l'âge de Melissa. C'était le marché qu'elle avait plus ou moins conclu avec Dieu : une fois que Matt aurait vingt ans, Dieu ferait d'elle ce qu'il voudrait. Les médecins ne parlaient jamais de « guérison ». Il ne fallait jamais considérer une rémission comme définitive.

Si Melissa tressaillit en entendant l'une ou l'autre de ces explications, elle parut les écouter avec concentration. Elle faisait une parfaite confidente, songea Bridget, attentive mais détachée. Telle l'inconnue assise près de vous dans l'avion, à qui vous racontez tous vos secrets.

« À mon avis, la réponse que tu as faite hier soir au dîner, au sujet des Arabes dans l'avion, était la meilleure de toutes celles qui ont été proposées », déclara Bridget.

Melissa pencha la tête sur le côté. Elle comprendrait sans doute que Bridget le pensait vraiment, qu'elle ne la flattait pas, qu'une femme qui avait avoué redouter l'apparition de métastases dans ses os disait forcément la vérité.

Le soleil chauffait le dos de Bridget pendant le chargement du coffre. Matt et Brian charriaient jusqu'au monospace valises, costumes protégés dans leur housse, cadeaux. (Des cadeaux ! Bridget ne s'y attendait pas.) Quand Bill avait rejoint sa femme et sa fille dans la salle à manger, Bridget, qui redoutait un second effondrement de son nouvel époux décidément bien fragile ce week-end, lui suggéra aussitôt de faire le trajet avec Melissa pour qu'elle ne reparte pas seule. Quant à elle, elle ramènerait Matt et Brian. Après quoi, elle s'était mise en quête de Nora, afin de la remercier, mais n'avait pas eu de chance. Préférant la laisser dormir, elle ne s'était pas aventurée dans sa suite.

Dès son retour, elle lui écrirait une longue lettre.

« Et ils furent heureux le restant de leurs jours. »

Bridget se retourna et vit Rob et Josh, chacun portant une housse à habits identique sur l'épaule.

« Où est le marié ? demanda Rob.

— Nous ne rentrons pas ensemble.

— Déjà séparés ? » répliqua Rob d'un ton affligé en souriant de cette plaisanterie.

Bridget le serra dans ses bras. « Merci d'être venu.

— Je n'aurais manqué ça pour rien au monde.

— Longue et heureuse vie, dit Josh en enlaçant brièvement Bridget à la manière d'une connaissance qui pourrait bientôt devenir un ami.

— Je t'appelle la semaine prochaine, annonça Rob. Pour te laisser profiter d'une période décente de félicité conjugale.

— Tu comptes rester un moment à Boston ?

— Vingt jours. Je vais les savourer.

— Et vous, vous allez à Londres, dit Bridget à Josh.

— Dans quatre jours.

— J'espère que tout se passera bien là-bas.

— Merci.

— Bon, on y va. » Rob se tourna vers Matt. « Occupe-toi bien de ta maman. » Il lui serra la main. « Je t'enverrai le CD dont nous avons parlé, et surtout, continue à travailler tes accords. »

Matt inclina la tête. Bridget savait que son fils devait être ravi qu'un pianiste aussi doué s'intéresse à sa pratique musicale.

Rob pivota et commença à lever la main en guise d'adieu. Puis il interrompit son geste, s'approcha de Bridget et l'enlaça de nouveau, plus longuement cette fois, une étreinte qui résumait tout ce qu'il n'avait pas exprimé pendant le week-end et ne dirait pas devant Matt.

Je sais que tu vas t'en sortir.

Rob recula alors et remonta la bandoulière de sa housse sur son épaule.

« Moi aussi », dit Josh.

Bridget claqua le hayon du monospace. « Bon, ça y est. Montez », dit-elle à Matt et à Brian.

L'un d'eux aurait pu s'installer à l'avant, mais il préférèrent s'asseoir ensemble sur la banquette arrière. Bridget enclencha la marche arrière. Elle n'avait dit au revoir ni à Agnes ni à Harrison. Étaient-ils déjà partis ? Après avoir fait demi-tour, elle aperçut une branche qui étincelait au soleil. C'était peut-être une illusion d'optique, car la lumière se déversait sur cette seule branche. Bridget arrêta le véhicule. C'était un spectacle trop beau pour le laisser passer. Tournée vers les montagnes, la branche scintillait comme si elle était sertie de gemmes.

L'arbre avait dû être à l'ombre, mais, à présent que le soleil le frappait à cet endroit, l'écrin de joyaux allait fondre en quelques secondes.

Une idée vint alors à l'esprit de Bridget. Une idée extraordinaire.

Il y avait de grandes chances pour qu'elle vive.

Elle pourrait voir Matt disputer de nombreux matches de base-ball. Melissa viendrait peut-être à Noël. Étouffant sur les gradins d'un amphithéâtre en plein air, Bridget pourrait assister à la remise du diplôme universitaire de son fils.

Bill et elle vieilliraient peut-être ensemble. Deviendraient vieux, très vieux ensemble.

Cette pensée était si étonnante que Bridget tourna la tête pour vérifier si Matt, lui aussi, avait remarqué la branche étincelante, s'il s'était fait les mêmes réflexions. Mais son fils avait déjà mis ses écouteurs et bataillait avec son baladeur. Il lui sourit et, de la main, lui fit un petit coucou.

Un vrai prodige, songea Bridget lorsqu'elle démarra et quitta le parking.

Harrison retourna dans sa chambre et commença à rassembler ses affaires. Sa lettre à Evelyn, écrite deux jours plus tôt, était restée sur le bureau. Il la relut, la déchira et en jeta les morceaux dans la corbeille. Avec son œil de juriste, elle aurait remarqué que le nom de Nora revenait très souvent et se serait posé des questions.

Une fois sa valise faite, Harrison balaya la pièce du regard pour s'assurer qu'il n'avait rien oublié, sortit dans le couloir et laissa la lourde porte se refermer derrière lui.

Il s'apprêtait à descendre dans le hall pour passer à la réception quand il eut envie de faire un petit détour par la bibliothèque. Là, il regarda la vue (maintenant familière, elle perdait un peu de son charme), la machine à café perfectionnée, la photographie encadrée de la maison qu'avait été l'auberge des années plus tôt. Il scruta l'hippodrome, le train au loin, simple tache floue. L'endroit existait bien avant Nora, Carl Laski, Harrison Branch ou le fantôme de Stephen Otis. Combien de récits pouvait avoir abrités un bâtiment aussi ancien ? se demanda Harrison.

Lorsqu'il arriva dans le hall, il n'y avait personne à la réception. Après avoir patienté un instant, par correction, il déposa la lourde clé dorée sur le registre. Il avait déjà donné le numéro de sa carte de crédit. On lui enverrait la note. Qu'il serait donc curieux de recevoir ce papier à Toronto ! D'avoir une enveloppe mentionnant l'auberge de Nora posée sur sa table de cuisine ! Un monde empiétant douloureusement sur l'autre. Harrison serait-il capable de l'ouvrir, ou la classerait-il intacte dans un dossier de factures, pour y jeter un coup d'œil plus tard – dans plusieurs mois, peut-être ?

Cette note serait une blessure à vif, tout comme le souvenir cuisant de Stephen, qui pouvait se réveiller à tout moment.

Harrison hissa son sac sur son épaule et sortit dans la forte luminosité.

L'allée était humide. Le labyrinthe se dévoilait. Même la grille en fer forgé luisait au soleil.

D'un pas vif, Harrison gagna sa voiture. Il lui faudrait moins de deux heures pour arriver à Hartford. Plus une heure d'attente avant le décollage de son avion. Deux heures de vol jusqu'à Toronto. Il arriverait à temps pour le dîner dominical, un rituel démodé qu'Evelyn et lui avaient décidé de conserver en se disant que les garçons avaient besoin, une fois par semaine, d'un festin immuable leur servant de repère. Evelyn préparerait un carré d'agneau (son plat préféré) ou un filet de porc (le plat préféré des enfants), et ils prendraient leur temps pour le savourer, sans que rien vienne les déranger. Ce soir, le dîner serait une torture pour lui, mais la semaine prochaine, tout irait déjà un peu mieux, et mieux encore dans quinze jours. Enfin, ses souvenirs de ce mariage ne lui reviendraient que de temps à autre – au déjeuner, disons, pendant qu'il attendrait un collègue en dessinant de mémoire le toit compliqué de l'auberge sur une nappe en papier.

Raconte-moi une histoire, avait-elle dit.

Harrison ouvrit le coffre et y jeta son sac. Derrière lui, il entendit du bruit et se retourna. Entouré de parents et d'amis, un couple se dirigeait vers la voiture des mariés. Au pare-chocs arrière, on avait attaché des boîtes de conserve vides, et des serpentins multicolores humides adhéraient au capot. Harrison ne fit qu'entrevoir les mariés, qui devaient être ceux de la fête Karola-Jungbacker, l'autre mariage qui s'était déroulé en même temps que celui de Bill et de Bridget. Vêtue d'un jean et d'un T-shirt décontractés, mince et souple, la jeune mariée dévala les marches et, un joli sourire aux lèvres, s'arrêta pour serrer une amie dans ses bras. D'une main dans son dos, le marié semblait la guider vers leur nouvelle vie. Solidement bâti, en sweat portant le nom de la ville de « Dartmouth », il se retourna pour serrer une main. On le bourra de tapes amicales et il se mit à rire. Au milieu du groupe, un homme, caméra au poing, s'écria : « Par ici, Ian ! Regarde par ici ! » Harrison entendit d'autres clameurs s'élever.

« Sois sage », dit quelqu'un.

« Surtout pas », dit un autre.

Sur le seuil, Nora agita la main. Harrison ne savait pas si c'était à son intention ou à celle du couple, et il retourna le salut. Un petit geste de la main qui pouvait passer inaperçu.

Le marié aida sa femme à monter en voiture et mit le moteur en route. Harrison suivit des yeux le véhicule qui, dans le tintamarre des boîtes de conserve, emprunta l'allée courbe et passa devant lui. Souriant toujours, la mariée le regarda, et il lui sourit à son tour.

Ils avaient l'avenir devant eux, songea-t-il. Un avenir recelant une incroyable beauté. Des paris risqués. De l'amour parental. Un sentiment de cassure. Une maladie diagnostiquée. Un chagrin apaisé. Un grand amour. Une trahison. Une immense catastrophe.

Quand il se retourna pour ouvrir la portière de la Taurus, il se sentit soudain vidé. Pendant une minute, il ne parvint pas à respirer. Il n'avait pas prévu qu'être séparé de Nora lui ferait aussi mal physiquement.

Peut-être avait-il tort de partir, songea-t-il – tort pour des tas de bonnes raisons. Il tourna les yeux vers l'entrée de l'auberge, mais Nora avait disparu.

Serait-il possible de tout recommencer ? Nora et lui pouvaient-ils récrire leur histoire ? Bill et Bridget l'avaient bien fait. Après toutes ces années, une vie commune avec Nora était-elle envisageable ?

Il sentit son sang bouillonner.

Charlie, pensa-t-il. Tom.

Harrison s'appuya à la portière et attendit encore un peu.

Remerciements

Je tiens à remercier plusieurs personnes. Katherine Clemans, éditrice-née. Chris Clemans, qui m'a fait connaître les joies du base-ball. Molly Osborn, qui m'a parlé de hockey sur gazon. Celeste Cooper, avec qui j'adore échanger des idées. Elinor Lipman, une grande amie, à la fois en littérature et dans la vie. Jennifer Rudolph Walsh, à qui je dois tant. Michael Pietsch, bien-aimé capitaine du vaisseau. Asya Muchnick, dont j'apprécie énormément l'œil critique et le caractère aimable. Heather Fain, qui rend le côté public de la vie d'un écrivain plus facile à supporter. Karen Landry, qui a l'air d'aimer le base-ball encore plus que moi. Et John Osborn, qui a toujours une vision plus large des choses.

Mais surtout, je voudrais remercier mon père, Richard Shreve, à qui je dédie ce livre, pour m'avoir persuadée, ainsi que mes sœurs, Janet Martland et Betsy Shreve-Gibb, que nous pouvions être ou faire ce que nous voulions à condition de consentir aux efforts nécessaires. Parfois, la vie nous enseigne le contraire, mais nous n'avons jamais voulu le décevoir.

Composé par Nord Compo
à Villeneuve-d'Ascq (Nord)

Imprimé en France par

MAURY-IMPRIMEUR
à Malesherbes (Loiret)
en octobre 2010

POCKET – 12, avenue d'Italie - 75627 Paris cedex 13

N° d'impression : 159635
Dépôt légal : novembre 2010
S19855/01